EL TEOREMA DE JÚPITER

EL TEOREMA DE JÚPITER

ELENA CASTILLO CASTRO

TITANIA

Argentina • Chile • Colombia • España
Estados Unidos • México • Perú • Uruguay

A Rodrigo; que tu alma sea noble,
tu espíritu libre y tu corazón fiel.

PARTE 1

MARGARITAS: la flor de la inocencia

1

*«Ser una estrella solo significa que has encontrado tu lugar
especial en el mundo y que brillas donde estás».*

Dolly Parton

Apuntaba directo hacia la frente de aquel indio. Aguantaba con firmeza
la tensión del elástico mientras mantenía el ojo izquierdo cerrado para
enfilar con precisión la pequeña pelota de goma justo hacia la frente de
piel roja y arrugada. Odiaba aquellos cuadros, eran antiguos, aburridos y
escalofriantes; sobre todo el del semínola descamisado que lucía dos largas trenzas sobre el pecho y una solitaria pluma de águila en el cogote.
Era un tipo feo, con gesto de pocos amigos y un buen rifle del ejército de
los Estados Confederados en su regazo.

—Ni se te ocurra, Landon Frazier. ¡Ya tienes ocho años! Sal de ahí
abajo ahora mismo y dame ese tirachinas.

Sobresaltado, Landon se golpeó la cabeza contra el tablero de la mesa
bajo la que se escondía del enemigo. Dothy avanzó hacia él decidida y
usó la escoba de cerdas largas y duras para hacerlo salir de su refugio.

—¡Como destroces uno de esos cuadros, que deben de valer una fortuna, tus padres te enviarán a un reformatorio! Y yo no los haré cambiar
de idea.

La asistenta ladraba mucho, pero mordía poco. Eso lo sabía bien Landon, por lo que cambió la diana a la que disparar con aquel tirachinas
para retarla.

—Como me lances esa pelota, vas a estar comiendo puré de guisantes
todas las noches hasta que cumplas veintiuno.

Con un buen golpe de escoba, la mujer consiguió hacer caer de espaldas al niño, y la pequeña pelota rodó sin remedio hacia el salón del té. Landon le sacó la lengua con descaro a la asistenta y salió corriendo para atrapar la munición de su arma de guerra. Esta rodó sin freno, cruzó toda la sala hasta chocar con la puerta, la que daba al caminito que conducía al nuevo invernadero. Su padre lo había hecho construir para su madre como regalo por su último aniversario de bodas. Pensaba cogerla y volver a cargar contra la regordeta empleada, su nuevo objetivo, pero escuchó voces al otro lado de la puerta y le pudo la curiosidad. Pensó que podían ser ladrones que buscaban las joyas de su madre o, aún mejor, alienígenas que venían con la intención de llevarlos a todos a su nave para hacer pruebas científicas con sus cuerpos. Landon cargó su arma y, con mucho cuidado, giró el pomo que abría la puerta. Apoyó la espalda en la pared y contó hasta cinco antes de salir apuntando.

—¡Alto ahí!

De un salto, salió con las piernas amenazadoramente abiertas, alzándose sobre una pequeña *creek* que sostenía una maceta con flores amarillas entre sus manos. Con el susto, la niña la dejó caer y desparramó el abono sobre sus pies. La pequeña lo miró con temor, paralizada. Antes de bajar el arma, él tuvo que superar la impresión que le había causado encontrarse con una nativa de verdad en su casa.

—¿Qué haces aquí? ¿Quién eres? —preguntó acusador.

La niña no contestó, miró con sus profundos ojos oscuros el desastre que había ocasionado y comenzó a respirar agitada. Se le había escurrido por el hombro uno de los tirantes de su peto vaquero, y de las largas trenzas color azabache se le escapaban mechones lacios, que flotaban con la brisa de aquella primavera.

—¿No hablas mi idioma?

Ella lo miró y arrugó la frente molesta, pero no emitió ni un sonido.

—Yo: Cometa Frazier. Tú: Cascabel —pronunció solemne el niño, con la mano derecha alzada como si prestara juramento, como lo había visto hacer en todas las viejas películas de vaqueros que coleccionaba su padre en la biblioteca.

Entonces, ella relajó el gesto y comenzó a reír mientras recogía las flores e intentaba agrupar el abono alrededor de sus raíces.

—¿De qué diantres te ríes?

—¿Yo, Cometa? ¿Tú, Cascabel? —repitió ella entre risas.

Landon dio un respingo al escucharla hablar por fin. Se había fijado en sus pies descalzos, en el tono tostado de su piel y en los hoyuelos que se le habían formado en los mofletes al sonreír.

—Sí, Cometa es mi nombre de guerra porque, cuando lanzo el balón, en el equipo dicen que toma la velocidad de una estrella fugaz.

—Y yo soy Cascabel, ¿no?

—Bueno, tienes uno justo ahí, enganchado a tu trenza. —Landon no pudo resistir la tentación de acariciar con un par de dedos aquel pelo que parecía seda brillante.

—Pues ese no es mi nombre, pero me gusta.

—Podría ser tu nombre de guerra.

La niña volvió a reír con los hombros encogidos.

—En todo caso, sería mi nombre de paz —Sonrió ella alargando la comisura de sus párpados.

Landon arrugó la nariz, no había comprendido aquello, pero tampoco le importó. ¡Tenía a una india de verdad en su casa! Y no se parecía en nada a los de las tribus de sus cuadros. Bueno, quizá sí, pero ella era... ¿bonita?

—¿Adónde vas? —le preguntó Landon al ver que, tras recogerlo todo, se marchaba por el lateral de la casa hacia la entrada.

—Con mi madre, para que arregle esto antes de llevarlo al invernadero. —Le hizo un gesto con la mano para que la siguiera y le dio la espalda.

Landon miró hacia el lugar al que se dirigía la niña dando alegres saltitos al compás de la canción que cantaba y la siguió a una distancia prudente, la suficiente como para que la *creek* no pensara que él tenía el más mínimo interés en ella. Descubrió una furgoneta celeste aparcada en la entrada de su casa. En el lateral de la carrocería tenía escrito «*Lomasi's Flower Truck*». ¡Era una floristería con ruedas! A Landon le resultó muy curioso y se preguntó desde dónde vendrían, pues en Abbeville no había ninguna tienda especializada en flores. La estructura se abría por los laterales, por lo que pudo ver su interior, atestado de macetas de diferentes tamaños que contenían una gran variedad de especies. Una señora apareció oculta tras dos enormes ficus y, al ver a la pequeña, se paró y dejó los maceteros en el suelo para atenderla con dulzura. Era otra nativa, no fue difícil para Landon deducir que era la madre de aquella niña. Decidió acercarse, quería ver bien la furgoneta y pensó que, con suerte, le dejarían montarse en ella y probar el volante.

—Él es el niño. Él es Cometa —dijo la pequeña *creek* señalándolo con el dedo.

Landon se replanteó la idea de acercarse, pues podía terminar castigado por haber apuntado a la india con su tirachinas y haber provocado el estropicio de la maceta rota.

—Ven, chico. Puedes acercarte, de hecho, nos vendría bien tu ayuda —le dijo la madre.

Él avanzó con las manos metidas en los bolsillos de sus pantalones cortos y la barbilla alzada, con el paso receloso y aguantando la respiración.

—Hola, Cometa. Soy Lomasi y ella es Malia. —Aquella mujer le desplegó la sonrisa.

Landon miró a la niña al conocer su nombre real y apretó los labios para aguantar una sonrisa.

—¿Nos ayudas?

—Sí, señora.

Le pusieron en las manos una planta que pesaba más de lo que habría imaginado, pero cargó con ella detrás de ambas sin protestar porque, si la niña pequeña podía acarrear una igual, él no iba a ser menos. De hecho, hizo varios viajes al interior del invernadero ayudando a transportar prácticamente todo el contenido de la furgoneta. Lomasi hablaba mucho, por eso Landon se enteró de que ella y su hija venían desde la reserva Poarch Creek de Atmore, que una amiga de su madre, Beau Belle, las había conocido en la feria de agricultores cuando visitaron Abbeville con su furgoneta, de que Malia tenía casi siete años y tres gatos, y de que sabían todo, absolutamente todo, sobre las flores.

El invernadero estilo victoriano que había mandado construir el señor Frazier tenía el suelo y las paredes de ladrillos expuestos. La perfilería de madera, pintada en blanco, sujetaba enormes cristales cortados con formas rectas y elegantes. Era muy bonito y, según su madre, también romántico. De pronto, sin embargo, el interior se había convertido en un tremendo jaleo de formas, colores y olores que Lomasi miraba de arriba abajo.

—Bueno, creo que tengo mucho trabajo por delante. Hay que colocar cada cosa en el lugar adecuado para que el resultado sea como sentirse en el paraíso.

Un aplauso entusiasta irrumpió dentro, y los tres se giraron para mirar:

—¡Eso suena fabuloso! Estoy tan emocionada... Por cierto, soy Reese Frazier y tú tienes que ser Lomasi, ¿verdad? Beau Belle me ha hablado maravillas de ti, dice que eres la Miguel Ángel de los jardines. No puedo esperar para ver cómo transformas este espacio vacío.

—Bueno, no creo que esto llegue al nivel de la Capilla Sixtina, pero mire qué flores traigo: ranúnculos italianos, anémonas mistrales, amapolas de Islandia... Le aseguro que no habrá un invernadero más bello de aquí a Mobile.

—¿Y quién es esta jovencita? —Landon se dio cuenta de que su madre lo había visto con la mirada hipnotizada puesta en la niña, y se giró con intención de escabullirse de allí—. Quieto aquí, Landon Frazier. ¿Adónde crees que vas?

El chico conocía bien el tono autoritario de su madre y paró los pies en seco.

—Es Malia, mi hija. Disculpe que la haya traído, pero no tenía con quien dejarla y... —dijo Lomasi.

—Si quiere, Landon la puede acompañar a la piscina. Mis hijas están bañándose allí. Seguro que le apetecerá refrescarse y jugar un poco mientras usted trabaja en el invernadero. ¿Qué le parece?

Lomasi miró a su hija para que fuera ella la que respondiera a la propuesta.

—No llevo bañador, señora.

—¡No te preocupes! Le diré a Dothy que te busque alguno de las niñas que te valga.

La niña se encogió de hombros y miró hacia Landon, que silbaba fingiendo no prestarles atención. Su madre la animó a irse con las hijas de aquella señora, y sabía que negarse no era de buena educación; además, no podía molestar a una clienta.

Landon la guio hasta el lateral opuesto de la enorme casa en silencio, pero mirándola de reojo. Aquella niña era bastante rara; lo observaba todo con los ojos demasiado abiertos, no paraba de olfatear cada rincón como si fuera un perro y movía las manos con cada golpe de brisa.

—¿Por qué haces eso? —le preguntó, imitándola.

—Para bailar con el viento.

Landon bajó las manos de inmediato y la miró de nuevo con el ceño fruncido. Era muy pero muy rara.

Dothy le facilitó un bañador y le presentó a las cuatro hermanas de Landon, que salieron del agua, obedientes, para recibir a la invitada.

—¿Quieres jugar con nosotras? —le preguntó Viola, mostrándole un balón hinchable.

Malia se acercó al borde de la piscina y miró el agua como si quisiera entenderla o tal vez escucharla.

—¿Sabes nadar? —le preguntó Landon, que había subido hasta su cuarto como un verdadero cometa para ponerse también un bañador.

—Sí, sé nadar, pero es que el agua está demasiado limpia; es tan azul que no parece de verdad.

—¡Pues te aseguro que lo es! —gritó el muchacho antes de lanzarse de cabeza.

Malia sintió de pronto que una mano se posaba en su hombro y la acariciaba con suavidad.

—¿Nunca te has bañado en una piscina? —La hermana mayor se agachó para poder hablarle mirándola a los ojos.

—Nunca, pero sé nadar, lo hago en el rio de la reserva.

—¿Qué te parece si nos sentamos un rato en el borde, metemos los pies en el agua y me haces una trenza como la tuya?

La niña asintió y ambas se dirigieron a las escaleras para sentarse a la entrada de la piscina. Allí metieron los pies y Malia movió sus pequeños dedos, estirándolos para dejar que el agua circulara entre ellos. Mientras veía jugar a los otros cuatro dentro del agua, ella disfrutó enredando en sus dedos los mechones de aquel pelo tan rubio que parecían rayos de sol.

Landon la invitó varias veces a unirse al juego y, finalmente, al quinto intento, lo consiguió. Le sorprendió comprobar que era rápida, que podía aguantar la respiración bajo el agua durante más tiempo que él y que su risa era pegadiza.

Aquella noche, el chico quiso que su madre, una orgullosa «dama del sur» que conocía bien la historia de aquellas tierras, le contara todo sobre los *creeks,* y para ello hicieron un recorrido por las distintas fotografías y láminas que colgaban de las paredes de aquella antigua mansión.

—Mucho antes de que los colonos se mudaran a estas tierras, los *creeks* y los semínolas se establecieron aquí. La tribu *muskogee* de los *creeks* no era nómada. Ellos se quedaron a vivir a orillas de los arroyos y fueron unos excelentes agricultores.

—¿Y qué les pasó, mamá?

—Pues que, cuando los colonos llegaron, los *muskogee* querían vivir juntos en paz, pero el resto de las tribus *creeks* y los semínolas no estaban de acuerdo en dejar que aquellos extraños se apoderaran de sus tierras. Durante décadas estuvieron luchando con éxito frente a los estadounidenses, los españoles del oeste de Florida y los ingleses del este. Pero en 1813, los *creeks* que se habían aliado con los ingleses invadieron la Florida española y lucharon bajo las órdenes de Andrew Jackson contra las otras tribus, que se conocían como los «Bastones Rojos».

—Su madre señaló la foto de aquel hombre de pelo blanco y adoptó una voz narradora, que intentaba captar aún más la atención de su hijo, antes de señalar la siguiente lámina—. El general Andrew Jackson hizo construir el Fuerte Williams y marchó cortando seis millas de bosque hasta el campamento del jefe menawa de los Bastones Rojos. Envió a la infantería montada hacia allí y a los indios aliados al sur para que cruzasen el rio Tallapoosa y rodearan así el campamento. Más de quinientos Bastones Rojos murieron en aquella batalla. Todo aquello debilitó mucho a los *creeks*. Hermanos contra hermanos... Y, a pesar de eso, luego Andrew Jackson no hizo diferencias entre los que habían luchado junto a él o contra él, y obligó a casi toda la Nación *Creek* a traspasarle sus terrenos.

—¡Pero eso no es justo!

—Ninguna guerra es justa, hijo. Esos terrenos eran muy deseados por los estadounidenses, los querían para expandir sus enormes plantaciones de algodón.

—¿Como esta en la que vivimos, mamá? —preguntó Landon horrorizado.

—Muy probablemente, hijo. Aunque algunos pocos *creeks* no fueron deportados a la fuerza y se quedaron. Supongo que es el caso de los antepasados de Lomasi y su hija.

Landon la miró sorprendido, nunca habría imaginado que los indios habían luchado entre sí, y menos aún que sus antepasados habían sido ladrones de tierras. No estaba seguro de entender quién tenía la razón.

—Entonces, ¿quiénes eran los buenos y quiénes los malos, mamá?

—Todos, cariño. Todos eran buenos y malos.

Landon asintió, intentando procesar la información. Su madre estaba entusiasmada contando con pasión todo aquello. Amaba aquellas láminas, sabía muchas historias, y la había escuchado más de una vez hablar con su padre de lo mucho que le hubiera gustado ir a la universidad para estudiar Historia. Pero, por algún motivo que no entendía, su hermana Lisa tenía la culpa de que aquello no hubiese sucedido.

—Años después, los españoles cedieron los terrenos de lo que es hoy el sur de Alabama, incluido nuestro condado de Henry, y los americanos renunciaron a reclamarles Texas. Aunque después hubo más batallas y repartos de tierras... Bueno, es una historia triste y complicada, hijo, pero es la nuestra. Hay que conocerla y aprender de ella.

Reese Frazier acarició la cabeza de su hijo y lo condujo hacia otra lámina:

—Mira, este es el Abbey Creek, atraviesa el centro de Wiregrass. Pero el nombre indio para este arroyo era Yatta Abba, que significa «bosque de cornejos».

—¡Pero ese es el nombre del festival de Abbeville!

Ambos sonrieron. El primer sábado de mayo, aquel pueblo celebraba la floración de los cornejos con bailes, exhibiciones, concursos y actividades. Los cornejos todavía florecían a lo largo de aquel arroyo, así como por toda la preciosa ciudad de Abbeville, con sus bonitas flores blancas.

Su madre continuó explicándole cada uno de los cuadros que adornaban los pasillos de su hogar y que, de pronto, Landon encontró interesantes.

Aquel había sido un día extraño, un buen día.

El chico se acostó obsesionado con la imagen de Cascabel entre las flores del invernadero, y con todas las historias de aquellos cuadros en su cabeza. Y decidió que nunca jamás volvería a apuntar con el tirachinas a ninguno de ellos.

2

«Es más que una casa; es todo un mundo que nació para ser hermoso».

Lo que el viento se llevó (película)

—¿Te lo has pasado bien, Malia?

—Sí, mamá. Esa casa es muy bonita, ¿verdad?

—Bueno, yo solo he visto el invernadero. —Le sonrió cómplice por el retrovisor.

Malia desvió la vista por la ventanilla del coche. El cielo era una paleta de tonos anaranjados que se tostaban conforme el sol se ocultaba por el horizonte. A su mente acudieron los momentos más divertidos de aquella tarde; como los saltos acrobáticos con los que se había lanzado a la piscina o las risas de aquellas niñas mientras intentaban aprender a hacer sus pulseras de hilos. También pensó en Landon, aunque aquel chico la tenía confundida. Había pasado casi toda la tarde callado, pero mirándola casi sin pestañear y, al despedirse, no había querido darle un abrazo, tal y como le había empujado su madre a hacer. De todos modos, había sido un gran día. Lomasi estaba feliz con aquel trabajo, pues decía que, si salía bien, le proporcionaría otros. De hecho, estaba tan contenta que hicieron el resto del viaje cantando las canciones de la radio y riendo.

—Cariño, abre la mano. —Su madre le puso un billete de diez dólares y le cerró los dedos sobre él—. Ten este dinero, es tuyo. Te lo has ganado y quiero que busques un lugar que solo tú conozcas para guardarlo.

Malia abrió la boca con gran sorpresa y alegría. Habían aparcado la furgoneta en el lateral de la pequeña casa de dos dormitorios. Dentro había luz, y ambas miraron hacia aquella ventana iluminada para luego mirarse la una a la otra; se entendieron sin emitir una sola palabra. Ella se guardó el billete en el bolsillo delantero de su peto y se bajó para entrar a la carrera en la vivienda.

Muzik estaba viendo un programa de subasta de almacenes, sentado en su sillón, con la guitarra entre las manos.

—Te estaba esperando, pequeña.

—¿Podemos ahora? Solo una, *porfi*.

Malia se sentó en la mesita baja de madera frente a él y le dedicó una sonrisa; con aquello sabía que su padre era incapaz de negarle nada. Él entonó los primeros compases de «What a wonderful world» como si fuera el mismísimo Louis Armstrong, y ella se enganchó en la cuarta estrofa para hacer una segunda voz.

—Voy a hacer la cena —dijo Lomasi, pero él la ignoró y siguió cantando con su hija.

Sabía que su marido estaba enfadado con ella, pero eso se solucionaba no mirando aquella cara reprobatoria y demasiado orgullosa como para reconocer que necesitaban el dinero que ella ganaba con su negocio de flores. El carácter de Muzik se había agriado desde que había perdido su trabajo. Tan solo llevaba a casa lo que ganaba los fines de semana tocando *jazz* y *country*, a petición del público, en el bar del casino Wind Creek, pero no quería que su esposa trabajara fuera de la reserva. Ninguna mujer de su familia lo había hecho. Él insistía en que había que traer el trabajo a la reserva, no sacarlo de ella. Y ella intentaba convencerle de que lo único importante era que el dinero entrara de la forma que fuera en su casa. Discutían y, aunque intentaban no hacerlo delante de Malia, ella sabía que las cosas no iban bien.

Cuando terminó de cantar, se instaló el silencio en la casa, y eso podía ser incluso peor que los gritos.

—Mamá, ¿puedo ir a cenar a casa de Mamá Tawana?

Malia encontró a su madre estática frente al fregadero, con la mirada triste y perdida.

—Claro, cariño.

A su padre también le gustaba que fuera a casa de su abuela, sabía que allí aprendía cosas buenas y, lo que más le importaba a él, las tradiciones de su gente.

Malia cogió de su cuarto una caja de latón de galletas saladas, la vació de pulseras y salió corriendo de su casa, siguiendo la estela de la luna, hacia la casa de color amarillo. A medio camino, paró en el sauce llorón, se hizo paso a través de sus ramas colgantes y localizó el hueco que, hasta aquel día, le había servido para guardar sus falsos tesoros. Metió la pequeña caja en la que había guardado los diez dólares y, antes de seguir su camino, se abrazó al tronco y le dio las gracias a aquel árbol por su complicidad.

La casa de su abuela podía olerse antes de llegar a verla. Estaba rodeada por una gran plantación de flores en la que cultivaba miel. La anciana decía que las abejas eran mejores guardianas que cualquier perro y, además, producían el mejor oro líquido del planeta.

Mamá Tawana estaba sentada en el porche, meciéndose en su columpio mientras desgranaba vainas de guisantes. A sus pies, tenía sentada toda una manada de gatos. Su abuela no era una persona sonriente, ni tan siquiera era excesivamente cariñosa, y nunca hacía preguntas. Pero Mamá Tawana le daba amor y también la escuchaba, le ponía siempre un plato de comida y aprovechaba cada ocasión para enseñarle algo nuevo; era alguien a quien Malia admiraba profundamente. Su abuela cuidaba de la extensa granja de flores que suministraba no solo al negocio de su madre; sino a otras tiendas de Alabama, vendía la miel de sus colmenas y curaba el alma de las personas. Lo hacía todo sola, desde hacía décadas y, según ella, no porque fuera viuda, sino porque tuvo un marido cuyo oficio era vaciar botellas, aunque eso Malia no lo entendía muy bien.

—Hoy he estado en una casa preciosa.

La niña se sentó junto a su abuela tras darle un beso en la mejilla y comenzó a desgranar también.

La abuela afirmó con la cabeza, pero no habló. Malia se moría por contarle todo, por eso no necesitó que le preguntara nada para continuar.

—Mamá ha convertido aquel invernadero en un auténtico bosque de hadas. El techo y las paredes son de cristal, así que, de noche, las flores podrán ver las estrellas. Y la lluvia; cuando llueva, podrán disfrutar del repiqueteo sin temer ahogarse. El jardín de fuera, oh... ¡es como una alfombra mullida de césped! Y huele a limón. Me dieron limonada y pude bañarme en su piscina con las niñas y con Cometa.

La abuela torció la mirada y emitió un bufido.

—La señora de la casa es guapísima, como una de esas que salen en las revistas. Las tres niñas iguales son muy chillonas, pero me dejaron jugar con ellas y yo les enseñé a trenzar los hilos. Le hice una pulsera a cada una.

—Eso está bien. Si recibes, hay que dar. Aunque casi siempre hay que dar primero para recibir después.

Malia se encogió de hombros y suspiró profundamente. Deslizó los dedos por su trenza hasta llegar al pequeño colgante que tintineó un poco.

—El chico que se llama Cometa me llamó Cascabel. —Malia rio, y la abuela paró sus manos para deleitarse con aquel sonido alegre.

—Donde menos esperas, puedes encontrar quien mira con el tercer ojo. —Mamá Tawana le puso el dedo índice en el entrecejo y luego tiró de su trenza.

La abuela dijo que era hora de cenar y cortó la conversación al marcharse a la cocina. La dejó a ella con la labor de terminar con aquella fuente de vainas y de evitar que los gatos saltaran sobre ella.

Malia pensó en Landon e intentó decidir si tenía o no un tercer ojo en medio de la frente, pero el recuerdo recurrente de su mirada esquiva se lo ponía difícil.

—Yo: cometa. Tú: cascabel —dijo en voz alta, imitándole, para luego reírse.

Dejó a un lado la fuente y fue corriendo al interior de la casa, al cajón donde su abuela guardaba la caja de costura. La niña eligió el color con detenimiento y deshizo el nudo de una de sus pulseras, la de los recuerdos bonitos. Estaba hecha con hilos de diferentes colores repartidos en franjas paralelas que pertenecían a momentos especiales.

Anudó aquel trozo de hilo grueso de lana amarilla y lo trenzó para crear una franja más con la forma de una preciosa espiga; una del mismo color que el pelo de aquel chico.

3

«Sé siempre un poco más amable de lo necesario».

J. M. Barrie

El entrenamiento de aquel día fue muy divertido. Había conseguido dar unos pases increíbles, dignos del que ya todos en el pueblo llamaban Cometa Frazier. Tenía ya diez años, estaba en la categoría Pee Wee y le apasionaba jugar por fin con equipo de protección en los partidos. El padre de Dave lo había recogido del campo. Durante todo el trayecto le había cubierto de alabanzas por su potente brazo, y acababa de dejarle en el comienzo del sendero delimitado por cornejos en flor que atravesaba la plantación hasta su casa. Las columnas frontales que se alzaban hasta los tres pisos de altura de aquel edificio octogonal destacaban, imponentes, en la antigua edificación. No había nada igual en Abbeville, ni en todo el condado de Henry.

Landon estaba deseando contarle a su padre sus progresos deportivos durante la cena; no había nada que hiciera que sus ojos brillaran con más fuerza. Sabía que se enorgullecía de él, que le hacía recordar sus días de gloria como *quarterback* en el equipo de su instituto, donde aún había fotos suyas colgadas de las paredes, y que era algo que unía a la familia entera, porque el fútbol era casi sagrado en su casa.

Tenía la mente dentro de las jugadas de aquella tarde, pero, conforme se aproximaba a la entrada, comenzó a distinguir la silueta de una furgoneta, y la sonrisa se le escapó de los labios y apartó de su mente cualquier otro pensamiento. Esperaba su llegada cada mes con nerviosismo, aunque habría quemado todos sus cromos de la AFL antes que reconocérselo a alguien. Corrió hacia allí y comprobó que el vehículo aún estaba lleno de flores. Dothy le abrió la puerta principal y él lanzó el macuto hacia los pies de la escalera, lo que le costó una mirada asesina por parte de la asistenta.

—¿Dónde está mamá?

—Aún está en su reunión del comité de *Girls Scout*.

—¿Y las chicas?

—Las trillizas están viendo la televisión en el salón y Lisa está en el invernadero. Ha venido tu amiga y otro chico.

¿Otro chico? Landon levantó una ceja, salió corriendo hacia el invernadero y, antes de entrar, escuchó risas en el interior. Allí estaban los tres ayudando a Lomasi a rellenar con abono fresco las nuevas macetas trasplantadas. Landon saludó al entrar, pero su hermana no le hizo caso. El chico nuevo lo miró inexpresivo, y Malia le desplegó su sonrisa sin pudor. La niña se limpió las manos en un paño y avanzó hacia él a saltitos, haciendo danzar sus dos largas trenzas. Llevaba un vestido de cometas que le llegaba a los tobillos y, aquella vez, sus pies no iban descalzos del todo; unos extraños adornos hechos con pequeñas bolas y tiras de cuero decoraban sus empeines, enganchados a sus dedos centrales y atados a sus tobillos.

—Ven con nosotros, Landon. Vienes a ayudarnos, ¿verdad? Hay trabajo para todos.

Él no pudo contestar, Malia le había agarrado de la mano y estaba tirando de él hacia la mesa central donde trabajaban. La boca del estómago se le había estrangulado, y el pulso se le aceleró de forma incomprensible. Le dio vergüenza sentir aquel contacto inocente, y miró a su hermana, convencido de que ella se burlaría de él, pero Lisa estaba demasiado entretenida con aquel chico nuevo.

—Hola, Landon, me alegra volver a verte. ¿Conoces a Ben? —le preguntó Lomasi.

Él negó con la cabeza y se sintió raro al ver que el chico lo miraba varias veces de arriba abajo como si lo analizara, para luego alargarle la mano con rigidez, como hacían los mayores.

Landon se la palmeó, lo que pareció desconcertar al chico, que tardó un segundo más en retirar la suya.

—Ben va a mi instituto; un curso por encima del mío —dijo Lisa—. Y es superlisto.

—Genial —contestó su hermano, incrédulo. En realidad, le importaba un cuerno aquel chico raro. Le daba rabia sentir aquel cosquilleo nervioso en la boca del estómago siempre que veía a Malia.

—¿Nos ayudas? —La niña le puso delante una pequeña maceta vacía y una bolsa con abono.

—No pienso tocar la caca de caballo —contestó él dando un paso atrás.

Todos rieron al oír a Landon. Todos menos Ben, que había alzado las manos y estaba mirando el abono de su maceta con resquemor.

—¡Esto no es caca de caballo, Landon! Es sustrato hecho con turba, arcilla, fibra de coco, compost... —aclaró Lomasi.

Lisa soltó una sonora risa:

—Ben, tenías que haberte visto la cara. ¡Has pensado que podía ser caca de caballo!

—Bueno, la probabilidad de que el abono fuera orgánico de origen animal era de un...

—¡Coge la caca de caballo, Ben! —Lisa hizo una bola con el abono, la lanzó, y la estrelló en su pecho.

Ben elevó una ceja y sin mover los labios, llenó su mano de tierra e imitó a Lisa sin acertar, porque ella se había refugiado detrás de su hermano.

—Colega... la acabas de fastidiar bien. —Landon se sacudió los restos de abono de su camiseta y metió las manos ya sin remilgos en la bolsa para llenarlas de abono y usarlo como proyectil.

—¡Parad, chicos! Vais a ponerlo todo perdido. —Lomasi también reía, por lo que todos ignoraron su advertencia y continuaron con una batalla alrededor de la mesa.

Lisa hizo de escudo frente a Ben; estaba dispuesta a recibir los lanzamientos para facilitar que su amigo acertara con su calculada puntería en la bonita cara de su hermano pequeño. Mientras, Malia reía e intentaba que aquellos lanzamientos no terminaran estrellados contra alguna flor.

—Pero ¡¿qué es todo este alboroto?! —Reese Frazier irrumpió allí sonriente hasta que posó la mirada sobre Ben y su tono se tornó gélido—. ¿Qué está ocurriendo aquí?

El juego se cortó de forma drástica y se instaló el silencio en el invernadero, como si de pronto no hubiese oxígeno allí dentro. La mujer avanzó hacia ellos con las manos apoyadas en su estrecha cintura. Su melena rubia y cardada enmarcaba una cara preciosa con un gesto terriblemente contrariado. Había abono repartido por todo el suelo y sobre la mesa de trabajo plegable de Lomasi.

—Disculpe, señora, los niños se han puesto a jugar; pero no se preocupe, yo lo dejaré todo como si por aquí no hubiera pasado nadie —se disculpó Lomasi, y agarró la mano de Ben para hacerle soltar aquella última bola de tierra.

—Vamos, mamá, eres una aguafiestas. Lo estábamos pasando genial. Nosotros ayudaremos a barrer y a recogerlo todo.

Lisa intentaba hacer que su madre destensara la mandíbula, pero ella parecía no escucharla. Tenía la mirada fija sobre el niño nuevo.

—¿Qué haces aquí, chico? —le preguntó con frialdad.

—Ayudo a Lomasi con las plantas —contestó con calma.

Landon miró a Malia con la boca torcida e hizo una mueca para hacerla reír. Su madre era una maniática del orden, pero aquella reacción era más un ataque de locura. Malia no rio. Ella podía sentir el malestar que de pronto flotaba en el ambiente, y aquello le hacía sentir miedo.

—Lomasi, esto me parece del todo inadmisible. Yo contrato tus servicios y sabes que estoy muy satisfecha con el trabajo que haces aquí dentro, pero no veo oportuno que sigas trayendo a tu hija al trabajo, y mucho menos que metas en mi casa a desconocidos. Lo siento mucho, pero creo que será mejor que nuestra relación termine aquí y ahora.

—Pero, señora...

La madre de Landon salió hecha una furia y no escuchó las excusas de Lomasi, que estaba absolutamente desconcertada. Lisa salió corriendo detrás de su madre; intentaba sin éxito detenerla. Landon permaneció con la boca abierta y mirando a aquel chico que apretaba los puños en silencio y cuya sola presencia había desatado la furia de su madre de forma incomprensible. Pero, cuando Malia fue hacia Ben y le abrazó, también sintió rabia contra él.

—La ayudaré a recoger, señora —dijo Landon.

—No, chico. Te lo agradezco mucho, es muy agradable por tu parte, pero creo que será mejor que lo hagamos nosotros y que tú te vayas dentro de casa.

Landon inspiró con fuerza. Sentía mucha rabia, pena y tristeza.

—Lo siento.

—No te preocupes, tú no has hecho nada malo, cielo. Anda, ve dentro.

Miró a Malia y dio un paso hacia su amiga, pero ella se apretó contra Ben. Salió del invernadero con la cabeza gacha y los hombros caídos. No entendía a los mayores. No entendía por qué un juego podía terminar tan mal. No entendía nada en general. Pero no estaba dispuesto a quedarse sin entender, así que aceleró el paso por el camino lateral de la casa con intención de entrar y buscar a su madre.

—¡Landon! Espera.

Se giró sintiendo que el corazón se le paraba. Malia corría tras él, con las trenzas medio deshechas y el vestido enredado entre sus piernas. Al alcanzarle, se le abrazó y hundió la cara en su pecho.

—No volveré a verte, Landon.

El chico no sabía qué hacer con las manos. Aquella niña se le había pegado al cuerpo como una ventosa, lo que le hacía temblar de forma inexplicable. Le dio unas palmaditas en la espalda y la intentó tranquilizar.

—Voy a arreglarlo, no te preocupes, Cascabel.

Malia, al escuchar aquel apodo especial que solo él usaba en el mundo entero, separó la cara y le miró con los ojos humedecidos.

—Adiós, Landon.

—Adiós, Malia.

La niña *creek* regresó al invernadero con una despedida en los labios que había sonado a definitiva.

Landon se fue directo a la puerta del garaje, estaba decidido a esperar a que su padre llegara y explicarle lo sucedido para que lo solucionara. Al poco rato de escuchar como la furgoneta se marchaba, Lisa apareció allí y se sentó en el suelo junto a él. Landon sabía que su hermana sería incluso más convincente; había pocas cosas que ella le pidiera a su padre y que él le negara. Esperaron juntos con nerviosismo, Lisa no paraba de hablar para desahogarse por la injusta decisión de su madre. Parecía que aquel chico le caía especialmente bien, tanto como Malia. A ambos les importaba un cuerno el invernadero, pero dejar de ver a sus amigos era algo inaceptable.

Escucharon rugir el motor del Mustang y se levantaron del suelo de un salto. Al ver la cara de urgencia de sus hijos, Robert Frazier frenó delante de la puerta y se bajó para atenderlos.

—¡Tienes que hablar con mamá, no puedes permitir que despida a Lomasi!

—¿De qué estás hablando, Lisa?

—¡Ha despedido a Lomasi! Le ha molestado ver que hoy había traído a ese chico además de a Malia. ¡Se ha vuelto loca! Ha sido algo descortés y cortante, no parecía ella. ¡No puedes permitirlo, papá! Tienes que hablar con ella —explicó la chica con el ceño fruncido.

—¿Un chico? ¿Qué chico?

—Es un compañero de mi instituto, Ben Helms. Ha estado con ellas en la reserva durante las vacaciones de primavera porque su madre tenía problemas, y ahora ayuda a Lomasi con las flores. Mamá lo ha visto y se ha puesto como loca.

Su padre descolgó los hombros e inspiró. Tragó saliva y miró al cielo como si allí encontrara lo que necesitaba para afrontar aquella situación.

—Tranquilos, yo lo solucionaré.

—Convencerás a mamá, ¿verdad?

—Ha debido de ser un malentendido. Vuestra madre es muy buena y aprecia mucho a Lomasi —contestó sin mirar, pensativo, como si su mente se hubiera trasladado a años luz de aquel lugar.

El señor Frazier volvió a subirse al coche y, en lugar de meterlo en el garaje, giró el volante y volvió a marcharse.

Aquella noche hubo gritos en casa, pero Landon no entendió la conversación entre sus padres:

—¡Ella no es tu problema!

—Si no la ayudo yo, nadie lo hará, Reese.

—Estás destrozando esta familia.

—No seas dramática. Solo estoy ayudando a una amiga que me necesita, y tú haces un problema de eso.

—Ella es un problema; siempre lo ha sido.

Un portazo terminó con todo. Landon no se atrevió a salir de la cama para mirar quién había abandonado la casa, si su madre o su padre. Sin embrago, cuando a la mañana siguiente volvió a ver a sus padres sentados en la larga mesa del comedor desayunando, a su madre con su sonrisa habitual, y a su padre proponiéndole practicar unos cuantos lanzamientos, pensó que todo había sido solo una pesadilla.

4

«Ama a alguien, solo a una persona, y luego repártelo
entre dos, y después tantas veces como puedas.
Verás la diferencia».

Oprah Winfrey

Malia sabía que aquello era malo, pero por más que miraba a su madre, esta no le mostraba preocupación. Por el contrario, en cuanto se montaron en la furgoneta y tomaron el camino de salida de la antigua plantación, les anunció animada que aprovecharían la tarde para tomar un helado en Ruby's.

Habían conocido a Ben hacía un mes, el día que llevaron flores para adornar la iglesia del padre Oliver. El chico las había ayudado a cargar los maceteros más pesados, e incluso les había arreglado la radio de la furgoneta. Aquel muchacho sabía más cosas que una enciclopedia, al menos eso decía la madre de Malia. A la pequeña le hacían gracia sus contestaciones, siempre tajantes, y descubrió que, cuando ella le hablaba de algunas cosas, como de los espíritus del bosque, del poder del sol o del lenguaje del agua, sus cejas se movían con desconcierto y las palabras le atolondraban la cabeza. Por algún motivo que la niña desconocía, su madre y el padre Oliver habían hecho que se quedara en casa de Mamá Tawana por un tiempo. En la reserva decían que era un muchacho raro, pero la abuela y ella sabían que era maravillosamente especial. Por eso, la forma en que la madre de Landon le había mirado le dolía. Más aún, porque aquel día él regresaba con el padre Oliver y lo iba a extrañar mucho.

—¿Estás bien, Ben? —le preguntó Lomasi al ver que el chico se llenaba la boca con enormes cucharadas de helado y no decía una palabra.

—Estoy muy bien. Este es el segundo mejor regalo de cumpleaños que he tenido jamás. El primer puesto aún lo tiene aprender a hacer piruletas.

—¿Hoy es tu cumpleaños? —preguntó Lomasi sobresaltada.

—Sí, hoy cumplo catorce años, señora.

—¿Y por qué no nos lo habías dicho?

—No sabía que tenía que hacerlo. Lo siento, señora. —Ben se encogió de hombros.

—Te habría preparado algo especial. —Lomasi miró la copa de helado de chocolate, que para él era algo grandioso, y se le encogió el corazón. Para que no se lo notara, carraspeó—. ¡Y deja ya de llamarme señora, cielo! Llámame Lomasi.

—Sí, señora. Lomasi.

Malia rompió a reír, su madre la acompañó y revolvió el pelo de aquel chico que sonreía más con los ojos que con los labios.

—¿Y ahora qué haremos, mamá? La señora Frazier era tu mejor cliente.

—Todo se arreglará. El universo volverá a traer armonía a nuestras vidas.

Malia no tenía motivos para dudar de lo que su madre decía. Así funcionaban las cosas en su familia. La esperanza se sostenía en la profunda fe en que todo ocurría por algún motivo, que el universo tenía sus formas misteriosas de crear caminos hacia el lugar correcto. Cada cosa ocurría a su debido tiempo y solo había que aceptarlo con paciencia.

—Te echaremos de menos, Ben. Seguro que tu madre sale de ese lugar con mucha fuerza y amor para estar contigo, pero tienes que saber que cuentas con nosotras siempre que nos necesites.

Ben apretó los labios y asintió:

—¿Puedo ir al baño antes de marcharnos?

Lomasi le dejó levantarse de aquel sillón de piel burdeos y sacó de su monedero los últimos billetes recibidos de los Frazier.

—Disculpe, ¿es usted la dueña de la furgoneta de flores?

Malia giró la cabeza para ver quién hablaba, y se encontró con un hombre imponente, que se alzaba dos metros sobre el suelo, muy apuesto y con un bonito pelo del color del trigo. Igual que el de Landon.

—Soy Robert Frazier y vengo a disculparme en nombre de mi esposa. Justo iba camino de la parroquia para preguntarle al padre Oliver la manera de contactar con usted, cuando he visto la furgoneta aparcada fuera. Reese ha perdido un poco los nervios esta tarde y lamenta lo ocurrido. No nos gustaría perderla, su trabajo en el invernadero es maravilloso.

Lomasi, sorprendida, inspiró antes de contestarle, como si aquello fuera un espejismo.

—No se preocupe. Todos tenemos días malos. Le agradezco su confianza en mí. Dígale a su esposa que regresaré mañana para terminar con el trabajo, y que lo haré sola.

—Muchas gracias. De veras, lamento lo sucedido.

—Está bien, no se preocupe.

Malia vio que el padre de Landon estaba a punto de marcharse cuando vio a Ben acercarse a su mesa. El hombre torció la boca en una sonrisa ladeada y esperó.

—Hola, chico. —Hizo una pausa para soltar el aire que había contenido antes de volver a hablar—. Feliz cumpleaños.

Ben alzó las cejas y luego arrugó la frente:

—¿Cómo sabe usted que hoy es mi cumpleaños, doctor?

—Porque yo te vi nacer. —Sonrió con amargura—. Bueno, me marcho ya.

Los tres se quedaron mirándole con los sentimientos confusos mientras el señor Frazier abrió la puerta de la cafetería y desapareció detrás de ella.

—Lomasi, el doctor Frazier no podía ser médico cuando nací; aún debía estar en la universidad. ¿Cómo pudo verme nacer?

—No lo sé, cielo.

Ben desvió la mirada al vacío. Su mente se había desplazado a otro lugar; quizá a uno donde calculaba las posibilidades que justificaran aquello. Lomasi le observó con ternura y se preguntó por la historia turbulenta de su madre.

—El doctor es muy guapo —dijo Malia.

—¿Te lo parece, cariño?

Malia sonrió y, en la comisura de esa sonrisa, escondió su secreto.

5

—Vamos, Landon, me debes un favor.

—¿Qué favor te debo, Lisa?

El chico lanzaba una pelota de tenis contra la pared de su cuarto y la recogía despreocupado, recostado sobre los almohadones de su cama.

—¿Ya te has olvidado de que le dije a mamá que había sido yo quien había roto el jarrón de la tía Louise May? —Lisa se sentó a sus pies y atrapó la pelota para conseguir captar la atención de su hermano pequeño.

—No, pero parece que tú sí has olvidado que por eso tuve que darte mi paga durante tres semanas.

—Le diré a tus compañeros de equipo que aún te haces pis encima por las noches —le dijo con una ceja elevada de forma amenazadora.

—¡No serás capaz! Eso es mentira, ¡no me hago pis encima desde los siete! —Landon la empujó con el pie, intentando que se fuera de su cama.

—Yo lo sé, pero ellos no, y me creerán. Pensarán que, con doce años, aún te haces pis.

El chico le lanzó un cojín a la cabeza, pero su hermana era rápida, casi tanto como él, y lo esquivó.

—Vamos, enano... ¡Si es *Hellboy*! Sé que ya la has visto, pero te voy a invitar. Te compraré palomitas, un perrito... lo que quieras. Mamá no me levantará el castigo si tú no se lo pides y, aunque me lo levantara, jamás me dejaría ir al cine con Teddy Colwin.

Lisa, con quince años, era una chica muy romántica y soñadora, por lo que a su hermano sus temas de conversación le parecían tan aburridos como los programas de finanzas en la televisión. Pero también era divertida, eso tenía que reconocerlo. No temía los castigos de sus padres y siempre le repetía a Landon que era mejor pedir perdón que pedir permiso. Era cierto, su madre no le habría levantado jamás el castigo. De hecho, los únicos momentos de crispación de la encantadora Reese los desataba su hija Lisa: esta se escapaba de casa, hacía comentarios demasiado sinceros a las personas mayores que avergonzaban a su madre y, si tenía la oportunidad, discutía con pasión y defendia siempre las posturas contrarias a los temas de los que hablaban sus padres. Si ellos se quejaban de los daños que hacían las centrales nucleares al medio ambiente en la región, ella defendía con pasión los avances del hombre en calidad de vida gracias a la energía nuclear. Si sus padres proponían ir de excursión al zoo de Birmingham, ella se negaba a ir, en defensa de los animales enjaulados... Lisa siempre tenía que llevar la contraria en todo, como si los debates dieran energía al motor de su vida. Por ello, su padre le decía que sería una magnífica abogada de mayor... Pero, obviamente, ella le respondía jurando por lo más sagrado que, de mayor, sería marchante de arte.

—Quizá tenga razón mamá. Teddy es un tío bastante rarito. Se pasea por el pueblo con ese halcón sobre el brazo y con el arco de flechas en la espalda. Y esas gafitas redondas que lleva... es un *friki*, Lisa.

—Teddy es un incomprendido de lo más interesante. Vamos, hermanito, dile a mamá que quieres ir al cine conmigo. A ti no te niega nada, eres el niño de sus ojos. ¡Eres el niño de mis ojos!

Lisa se tiró encima de él y comenzó a besuquearle la cara.

Landon intentó zafarse de ella, pero no lo consiguió hasta que le prometió acompañarla al cine para que ella pudiera verse con aquel noviete nuevo.

Lisa cumplió con su palabra. Le compró a su hermano el bol de palomitas más grande y dos chocolatinas. En realidad, Landon no tenía tanto apetito, pero le divirtió comprobar todo lo que podía sacar de aquel trato. Aunque ella le había dicho que podía sentarse con ellos, él se sentó en la fila de detrás; no estaba dispuesto a que alguien le viera con Teddy. ¿Por qué su hermana tenía aquella ridícula obsesión por los más raros de Abbeville?

Antes de Teddy había suspirado por el chico del club de juegos de rol y la había visto liarse con Jimmy el monologuista a una manzana de casa. Aunque, en realidad, Landon sabía que su hermana suspiraba desde hacía años por Ben, la calculadora humana. Sin embargo, ese chico era el único de todo Alabama que no parecía caer embrujado por la irresistible y arrolladora personalidad de Lisa. Después de una fuerte discusión entre sus padres, cuyo motivo Landon desconocía, estos habían pedido a Ben que fuera a su casa para ayudar a Lisa con las matemáticas, ya que necesitaba subir las notas si quería entrar en la universidad (algo que, en realidad, no entraba en los planes de la muchacha). Landon había visto aquella mirada empalagosa con la que ella miraba a Ben, mientras mordisqueaba la punta de su lápiz, y como Ben le devolvía la mirada sin inmutarse, con emoción en su voz solo cuando le salían números por la boca.

En aquel instante, sin embargo, Lisa no parecía tener muy presente a Ben. A Landon se le quitaron las ganas de comer palomitas o chocolate cuando vio que, delante de él, su hermana comenzó a enrollarse de forma descarada con esa versión cutre de Robin Hood. De hecho, le entraron arcadas y, aunque se cambió de asiento tres veces, parecía que, dentro de aquella sala del Archie, cualquier asiento le ofrecía una panorámica demasiado clara de aquel espectáculo bochornoso y vomitivo. Ya había visto la película, por lo que terminó por escabullirse del cine para salir a dar un paseo antes de que se hiciera de noche.

El centro de Abbeville estaba animado, como ocurría todos los sábados. Le gustaba pasear e ir saludando a la gente mientras el sol comenzaba a ocultarse con lentitud por el horizonte, quemando con su fuego las copas de los árboles que bordeaban el pueblo.

Estaba a punto de girar sobre sus talones para regresar al cine cuando algo atrajo su atención en la acera de enfrente. Fue una sombra reflejada en la pared de la parroquia del padre Oliver, una silueta difusa que danzaba bajo una lluvia desconcertante, ya que el cielo no podía estar más despejado. Habría ignorado aquello si de pronto a su oído no hubiesen llegado unas frases extrañas entonadas por una voz que le hizo sonreír.

—No es posible... —se dijo antes de cruzar la calle, con la firme intención de dar caza a esa sombra.

Ella fue más rápida, se perdió dentro del edificio y dejó un rastro perfumado tras de sí. Landon siguió el sendero floral conteniendo la respiración para no ser descubierto. Alcanzó la puerta y se asomó para ver como Malia danzaba como si su pareja de baile fuera el aire. A cada paso, dejaba caer tras de sí un puñado de pétalos e inundaba el interior del templo con una fragancia melosa. Aquella niña había crecido, pero no mucho. En realidad, simplemente había perdido cierta redondez en su cintura, lo que la hacía parecer más estilizada. Era de estatura pequeña, su cara seguía siendo redondita y el pelo flotaba y le envolvía su cuerpo en cada giro para descubrirla tras cada salto. Landon dio un paso adelante varias veces para volver a echarlo atrás; no quería romper su danza. Finalmente, la dejó continuar hasta atravesar por completo el pasillo central y llegar al altar. Allí Malia se agachó para ir cogiendo uno a uno los restos que le habían quedado dentro de su cesta para colocarlos en el suelo tras hacerlos bailar entre sus dedos. Landon se acercó con mucho cuidado de no ser descubierto y se asomó sobre su hombro para ver que ella estaba dibujando una margarita con los restos de flores sobre la losa de mármol blanco.

—¿Por qué estás llenando el pasillo de pétalos y ahora intentas reconstruir una flor aquí arriba?

Cuando Malia giró la cabeza, descubrió una ceja rubia arqueada y, en cuanto lo reconoció, se levantó de un salto y se tiró a su cuello para abrazarlo con alegría. Landon no esperaba semejante reacción; se quedó petrificado mientras sentía el calor que desprendía aquel cuerpecito colgado de él y escuchó una risa musical que estallaba junto a su oído.

—Hola, Cascabel —dijo una vez liberado.

Malia le miró fijamente a los ojos, sin filtros, deslumbrándole con la felicidad que le había producido encontrarle años después, y llena de regocijo al escuchar aquel apodo únicamente suyo.

—¿No vas a hablarme? ¡Deja de reírte!

En lugar de contestarle, Malia se tranquilizó, respiró profundamente y agarró un puñado de pétalos de la cesta.

—¡Hola, Cometa Frazier! —Malia le saludó finalmente mientras creaba una lluvia de color a su espalda y, como percibió que él no entendía lo que estaba haciendo, se lo aclaró—: Ahora tienes una estela detrás de ti.

Landon miró hacia atrás, como si sintiera que aquella niña había creado una capa que se extendía hasta la entrada del templo y le otorgaba algún tipo de esplendor.

Landon negó con ternura antes de contestarle:

—Sigues igual de loca, aunque supongo que no has hecho todo esto por mí, ya que ni siquiera me esperabas.

—A veces, el universo te da más de lo que esperas; eso dice Mamá Tawana. —Malia encogió los hombros de forma fugaz y se agachó para terminar de colocar los pocos pétalos que le quedaban y acabar de crear el diseño del suelo—. Mañana hay una boda y nos han encargado los adornos florales de la iglesia. Está quedando bonita, ¿verdad?

Landon miró alrededor y contempló los ramos hechos con capullos de rosas en tonos crema que estaban repartidos por el altar, los pequeños ramilletes de aquella planta silvestre cuyo nombre desconocía y que simulaban nubes de algodón en las esquinas de los bancos, y las formas, que en un principio le habían parecido fortuitas, que la lluvia de pétalos había dibujado por el suelo.

—Sí, supongo... ¿Quién es Mamá Tawana?

—Es la sanadora de Poarch Creek, te ayuda a conectar con tu chamán interior mediante el poder del amor y la naturaleza —recitó, como si fuera un eslogan aprendido.

Landon soltó una carcajada y elevó una ceja como si lo que acababa de decir fuera una enorme estupidez.

—¿Sanar con el amor? ¿También usa flores? —se burló.

—Por supuesto —aseveró Malia, y alzó la barbilla hacia él con orgullo—. Y cristales. Y baños rituales, dependiendo de las fases lunares. Ah, y también es mi abuela.

El chico sintió que había metido la pata, aunque ella no parecía ofendida. De hecho, le arrastró de una punta a otra de la iglesia para explicarle la magia contenida dentro de cada flor que había allí. Puso empeño en intentar hacerle mirar el mundo a través de su prisma de colores y aromas silvestres. Landon no entendía una palabra, no le interesaba nada de lo que estaba contándole, pero le hacían gracia las locuras de aquella niña y le divertía escucharla.

Con las manos metidas en los bolsillos de sus pantalones cortos, volvió a mirar a su alrededor.

—¿Quieres que te ayude?

Aquella pregunta inocente hizo que la muchacha esbozara una sonrisa radiante.

—¿En serio te quedas un rato? ¡Claro! ¡Tengo tanto que contarte! Mira, si quieres, puedes meter todos esos tallos cortados en una bolsa de basura. Yo voy a seguir llenando de pétalos el recorrido de la novia. ¿No te parece que las bodas son lo más maravilloso del mundo? Todos se ponen guapos, están alegres, bailan, comen, ríen... Se unen alrededor de dos personas que se van a querer durante el resto de sus días. ¡Es precioso!

Landon se metió dos dedos en la boca, como si quisiera provocarse el vómito:

—Las bodas son lo más aburrido del mundo. Tienes que ponerte ropa que te pica o te aprieta, hay besos babosos por todos lados, sobre todo de parte de las señoras mayores que se empeñan en pegarte pellizcos en los mofletes; y los padres beben tanto que hacen ridiculeces, como bailar la conga.

—¿No te gusta la ropa bonita ni los besos? ¿No te gusta bailar? —preguntó Malia con los hombros caídos.

—No me gusta la conga, pero me encanta bailar.

Landon giró sobre sí mismo y dio unos pasos atrás al estilo de Michael Jackson, lo que hizo que Malia riera y olvidara sus diferencias con rapidez.

Unos aplausos acompañados de unos entusiastas «bravo» captaron la atención de ambos. Landon vio a la madre de Malia salir de la sacristía acompañada del padre Oliver. El sacerdote cargaba con dos enormes floreros que depositó en el altar mientras Lomasi se acercaba al chico para saludarle.

—¡Qué visita más inesperada, Landon! —le dijo y esbozó su dulce sonrisa.

—Y que lo digas... —añadió el padre Oliver.

Landon torció la boca y metió las manos en los bolsillos del pantalón.

—Pasaba por aquí y pensé que era un buen momento para poner mis manos al servicio de Dios —contestó resuelto.

—¿De Dios? —El sacerdote elevó una ceja.

Lomasi felicitó a su hija por su trabajo con los pétalos. La pequeña tenía un gusto único y excepcional a la hora de armonizar ambientes, por lo que su madre le dejaba hacer y deshacer a su antojo.

—Cada uno está justo donde quería estar —contestó risueña, señalando a los pétalos.

—¿Usted cree que ella puede hablar de verdad con las plantas, padre? —le preguntó Landon aproximándose a él.

—Hijo, yo hablo con Él y tampoco me contesta con palabras.

El padre Oliver bajó el dedo que apuntaba al cielo y luego lo posó sobre su frente—: Quizá, si vinieras más a misa, lo entenderías mejor.

Landon torció el gesto y escuchó la risita de Malia detrás de él. Estaba a punto de responder con una de sus frases ocurrentes cuando escuchó su nombre como si proviniera de un trueno malhumorado.

—¿En qué demonios estabas pensando, idiota? Perdón, padre —se excusó un instante después al sacerdote antes de volver a cargar la mirada furiosa sobre su hermano—. ¿Sabes el susto que me has dado, enano?

Lisa, acompañada por Ben, entró en el templo dando zancadas hacia Landon con la voz crispada y, a la vez, cargada de alivio.

—Te he buscado por medio pueblo, ¿te ha dado si quiera por mirar el reloj para ver la hora que era?

Landon no contestó, miró su reloj de muñeca y tragó saliva. Le parecía increíble que hubiera estado allí metido escuchando las locuras de la pequeña *creek* hasta perder la noción del tiempo.

—Ups, se me ha vuelto a olvidar darle cuerda —contestó resuelto y le dio unos golpecitos al cristal de su reloj digital.

Sin miramientos, Lisa le dio un palmetazo en el cogote y lo dirigió con un dedo índice amenazador hacia Ben.

—¡Eres insufrible, Landon Frazier! Cierra el pico y no lo abras hasta dentro de un mes. —Respiró hondo antes de mirar a su amigo para lanzarle una orden directa—. Ben, agarra de la oreja a mi hermano y mételo en el coche.

A Landon apenas le dio tiempo a despedirse de Malia en condiciones, tan solo le guiñó un ojo para tranquilizar su mirada preocupada. Salió sonriendo y con un andar chulesco mientras el padre Oliver le lanzaba una invitación para que acudiera a misa al día siguiente.

—¿Y qué haces tú con ella? ¿Dónde está Teddy? —le preguntó a Ben.

—Me he encontrado a tu hermana cuando te buscaba por la calle, sola. —El muchacho se encogió de hombros.

—¿Y cómo sabías tú que yo estaría en la iglesia?

Ben señaló con la barbilla la furgoneta de Lomasi antes de contestarle:

—Era bastante probable.

Landon no pudo preguntarle qué quería decir con eso, porque Lisa lo hizo meterse dentro de un coche destartalado que al parecer era del chicocalculadora.

—¿Es seguro montarnos con él, Lisa? ¿Desde cuándo tienes el carné, Ben?

—Desde hace cincuenta y dos días.

—¡He dicho que te calles, Landon! —Lisa se subió al asiento de copiloto y cerró la puerta con fuerza.

Landon pensó que, si con ese portazo el coche no se había desmontado, no lo haría con los baches del camino de vuelta. Se repanchingó en el asiento trasero y concluyó que, en realidad, ir con Ben era más que seguro, ya que estaba convencido de que era de los que respetaban hasta las señales de tráfico escolares los fines de semana.

—¿Por qué demonios te has ido del cine sin avisar? ¡Me he vuelto loca buscándote por todo el maldito pueblo! ¿Te imaginas lo que hubiera pasado si llego a presentarme en casa sin ti? ¿Acaso no me odian papá y mamá lo suficiente ya sin tu ayuda?

—Papá y mamá no te odian, Lisa. No seas exagerada. ¡Estoy bien! Pero si me hubiese quedado un minuto más en el cine viendo como te dabas el lote con Teddy, ahora estaría ingresado en urgencias.

—¡Solo tenías que mirar a la pantalla! Es lo que hace todo el mundo cuando va al cine.

—Pues no es lo que hacías tú...

Lisa se calló de pronto y comenzó a gimotear, lo que hizo que Landon alzara los brazos al cielo, porque aquella reacción era el colmo del dramatismo. Ben le lanzó una mirada llena de desconcierto por el retrovisor, estaba claro que él tampoco entendía qué le pasaba a Lisa como para ponerse a llorar de aquella manera.

—Jolines, Lisa. Tampoco es para que te pongas así. Venga, no llores. Estoy bien. —Landon se echó hacia delante para ponerle la mano en el hombro.

—¡No lloro por ti, idiota!

—Ah, bueno... —Dejó caer la espalda en el respaldo y miró por la ventanilla durante un par de segundos—. Entonces, ¿por quién lloras?

Lisa no le contestó, solo giró un poco la cabeza y miró a Ben, que había permanecido en silencio, como si su única función fuera la de conducir.

—Estamos llegando, Lisa —le informó el muchacho, lo que hizo que ella se enjugara las lágrimas con el reverso de la mano e inspirara profundamente para llenar sus pulmones de un aire que contuvo hasta que el coche se detuvo en la entrada de la mansión sureña en la que vivían.

—Muchas gracias, Ben —resopló Lisa—. Siempre estás cuando te necesito.

—Soy tu amigo —dijo él a modo de respuesta, como si fuera algo inherente.

Landon vio como su hermana posaba la mano en la mejilla de aquel chico, lo cual hizo que Ben elevara una ceja, y con ello, el labio inferior de

Lisa volvió a temblar. De pronto, la puerta principal se abrió y Reese Frazier dio dos pasos al frente con los brazos cruzados bajo su pecho. Sin lugar a dudas, su gesto cambió cuando vio quién los había llevado hasta allí. Su cuerpo se tensó, apretó la mandíbula e inspiró con fuerza hasta que se le expandieran los agujeros de la nariz.

—¿Qué significa esto, Lisa?

La señora Frazier bajó un escalón; estaba tan erguida que Landon se imaginó una radiografía de su madre con un palo de escoba por dentro.

Lisa bajó del coche lentamente, cerró la puerta de copiloto con cuidado y, antes de enfrentarse a ella, se enjugó las lágrimas y clavó la mirada en Ben durante un intenso segundo. Landon también se bajó del coche, pero no movió un pie; no quería ser el primero en subir las escaleras para enfrentarse a la versión enfurecida de su madre.

—¡Lisa Frazier, entra ahora mismo en casa!

A Landon no le pasó desapercibido que no le habían gritado a él, sino solo a su hermana, por lo que decidió andar cautelosamente hacia la entrada con la intención de desaparecer, ajeno a la mirada de nadie.

—¡No puedo confiar en ti! Me dijiste que llevabas al cine a tu hermano; tú y él, solos... y apareces a estas horas, en la camioneta de ese chico. —Reese Frazier agarró del brazo a su hija y la aproximó a ella de un tirón para susurrarle al oído—. Ya te he dicho millones de veces que no quiero que te relaciones con él fuera de las horas de estudio.

Lisa se soltó y retiró con violencia el brazo y explotó en lágrimas de nuevo.

—Eso es todo lo que te importa, ¿no? Que Ben Helms nos haya traído a casa. No quieres saber por qué llegamos tarde, por qué nos ha tenido que traer, y mucho menos por qué llego a casa llorando. ¡Te importo un bledo!

—No vuelvas a dramatizar, Lisa. No te servirá de nada; estás castigada.

—Castígame... pero eso tampoco hará que papá deje de estar enamorado de ella.

Un sonoro bofetón quebró el silencio. Landon miró atónito a su madre, luego a Lisa y luego a Ben, que hizo amago de bajarse de la camioneta. Pero el chico obedeció a los labios de Lisa, que le pidieron que se marchara.

—¡Sube a tu cuarto, Lisa Frazier!

—Pero, mamá, si la culpa la he tenido...

—¡Tú también estás castigado, Landon Frazier!

Reese estiró el cuello, tragó saliva e intentó retener las emociones dentro de los puños, que se proyectaron contra el suelo en cada uno de los pasos que la condujeron hacia el invernadero.

Lisa se sujetaba la cara; Landon supuso que debía arderle el lugar del impacto y, con el corazón encogido, sintiéndose terriblemente culpable, salió corriendo hacia la cocina. Buscó un paño y volcó sobre él unos cuantos cubitos de hielo. Si a él le funcionaba cuando terminaba los entrenamientos en la pretemporada, a ella también la aliviaría. No entendía bien lo que había sucedido en aquellos minutos. Nunca comprendería por qué motivos su madre y su hermana favorita se llevaban como el perro y el gato, por qué su madre no podía ver a Ben ni en pintura o por qué Lisa había dicho aquello de su padre. ¿Quién era «ella»?

Landon llamó con sutileza a la puerta de su hermana y esta no contestó. Decidió entrar sin permiso y la encontró a los pies de la cama, abrazada a un cojín. Landon le pidió perdón y le ofreció el paño helado.

—Gracias, enano. No te preocupes, estoy bien. Mañana será otro día.

—¿Me puedo quedar aquí contigo?

—Mejor vete a tu cuarto. ¿Vale?

Landon no era de dar besos, tampoco le gustaba que se los dieran, y menos los besos de Lisa, que eran de los que dejaban baba en la cara. Pero pensó que un abrazo le iría bien y, cuando se acercó a ella para brindárselo, terminó por estamparle un beso fugaz en el lado indemne de su cara.

—No tienes que llorar por nadie... Y mucho menos por lo que te haya hecho el idiota del halcón o por Ben. Me tienes a mí.

Lisa le dedicó una sonrisa dolorida y, antes de tumbarse de lado en su cama, le abrazó.

—Ey, te quiero.

Landon se marchó a su habitación y renunció a la cena, pues los gritos de una fuerte pelea abajo entre sus padres ascendían hasta la primera planta. El nombre de Ben se mezclaba con otro que no conocía: Mónica.

Bien entrada la noche, cuando todos se habían calmado y la casa estaba sumida en silencio, vio a su padre salir al jardín con una copa en la mano para sentarse en los escalones del porche trasero. Él tampoco podía conciliar el sueño, rememoraba una y otra vez la bofetada a Lisa. Decidió bajar para intentar averiguar por qué sus padres discutían a veces.

—¿Estás bien, papá?

Landon se sentó junto a él en el escalón y le puso una mano en el hombro. Su padre le sonrió y apoyó su mano sobre la de él.

—¿Qué haces aquí, campeón?

—Ya sabes, las chicas roncan demasiado fuerte, no hay quien duerma.

Se sostuvieron la mirada mientras agrandaban la sonrisa. Robert le dio un pequeño trago a su copa y estiró los labios tras tragar el licor a la vez que hizo pasar el aire entre sus dientes.

—¿Té con limón? —preguntó irónico el chico.

—*Bourbon*, y del bueno, hijo.

—¿Puedo probarlo? —Landon alargó la mano hacia la copa de su padre para probar suerte.

—Si se lo cuentas a tu madre, lo negaré. Y, además, puede que te deshereda.

—Trato hecho.

El intenso licor le quemó al bajarle por la garganta, pero no se quejó; quería demostrarle a su padre que ya no era un niño y que podía soportar aquellas cosas.

—Es normal que no te guste al principio.

Los grillos cantaban con fuerza. Se echaba de menos una suave brisa que refrescara el ambiente, pero estaban en Alabama y se acercaba el verano.

—¿Por qué a mamá no le cae bien Ben? ¿Quién es Mónica? ¿Y qué tiene que ver Ben con ella? Siempre os peleáis por lo mismo y parece una discusión en bucle, una de la que no se puede salir.

Su padre lo miró sorprendido, pero instantes después afirmó en silencio, como si reconociera en su hijo el paso del tiempo.

—Son cosas difíciles de explicar, Landon.

—Inténtalo, soy más listo de lo que aparento. —El muchacho elevó una ceja y su padre soltó el aire mientras negaba con la cabeza.

—Antes de salir con tu madre, tuve otra novia en el instituto. Mónica, la madre de Ben.

—¡No fastidies!

—Pero fue hace muchísimo tiempo, hijo. Y ya entonces era alguien con una fascinante capacidad de meterse en problemas.

—¿Y mamá cree que sigues enamorado de ella? ¿Por eso discutís tanto?

—Algo así. Tu madre es una mujer maravillosa: generosa, con un corazón lleno de amor por vosotros, por la gente de este pueblo, por mí... Tanto, que a veces eso le duele. Creer que puedes perder a la persona que quieres te hace pensar y decir tonterías.

—Pero no es así, ¿no? Tú no sigues enamorado de Mónica, ¿verdad? Tú quieres a mamá.

—Landon, los primeros amores son muescas en el corazón. Nunca se olvidan, porque son los más intensos, los que te hacen sentir que los latidos sirven para algo más que para bombear la sangre al resto del cuerpo. Pero el corazón es un órgano muy parecido al estómago.

—Vamos papá, no me vayas a dar una lección de anatomía ahora o subiré a acostarme...

—Escúchame, hijo. El estómago es un órgano que crece, si comes mucho se agranda y siempre pide más, pero si dejas de comer vuelve a hacerse pequeño. Pues el corazón se comporta igual con el amor. Yo amé a Mónica, pero luego llegó tu madre y mi corazón creció, y luego Lisa, que hizo que pasara de ser así... —Enfrentó las palmas de sus manos y las separó de forma considerable—... A así. Y luego tus tres hermanas y, finalmente, tú. Mi corazón es enorme, con una muesca, pero enorme gracias a tu madre y a vosotros.

Landon afirmó en silencio. Terminó por pedirle un segundo trago a su padre, pero este se negó. Robert Frazier sonrió y le revolvió el pelo rubio y brillante.

6

*«Quizá las estrellas se lleven la tristeza, quizá las flores
llenen tu corazón de belleza. Quizá la esperanza seque tus
lágrimas y, sobre todo, quizá el silencio te haga fuerte».*

Jefe Dan George

Landon encontró muchos culpables. Culpó con gritos a los guardas fores-
tales por no controlar aquella horrible plaga de conejos. Culpó al instruc-
tor de la autoescuela por no enseñar a su hermana a maniobrar frente a
esas situaciones. Culpó a su hermana por ser estúpida, por girar el volante con tal de no atropellar al maldito bicho, por volver a escaparse de
casa... Por morir a los dieciséis y hacer que su vida a los trece se convirtiera en una auténtica pesadilla.

Su madre, en cambio, enmudeció. Cuando la policía llamó a casa
para dar la noticia del accidente, negó la verdad, pero al llegar al hospital
no pudo seguir haciéndolo. Mientras su padre se quebraba y convertía
las cuencas de sus ojos en dos pozos oscuros, ella reaccionó agarrando el
teléfono con ímpetu para comenzar a organizar el funeral, como si fuera
un evento de importancia nacional. Una iglesia atestada de adornos florales, un coro que conmovió hasta a los que lo escucharon desde fuera de
la parroquia, porque no había sitio dentro, un ataúd con remates de oro,
una esquela en el periódico local de media página...

Sus tres hermanas se unieron aún más, aunque siempre habían sido
como un club privado al que Landon no tenía acceso. Tampoco le intere-
só unirse a él en aquel momento, ya que solo lloraban dentro de su cuarto y, cuando salían, se arremolinaban a los pies de su madre y le ofrecían

su ayuda. Él no quería ayudar tampoco, por lo que optó por hacer como su padre y mantenerse apartado en silencio, dejando que las mujeres de la casa tomaran el control de la situación; aunque ese control tan solo fuera una forma de no enfrentarse a la realidad, una manera de sobrevivir al dolor. Una que él no entendía.

Su padre, que siempre había consentido mucho a su madre y había alabado su buen gusto y sus decisiones acertadas sobre organización de la casa y la armonía familiar, en esta ocasión tampoco le llevó la contraria.

Él había sido el *quarterback* estrella del equipo del instituto; ella, la capitana de las animadoras. Él era descendiente de los primeros colonos de Abbeville; ella, la hija de unos simples agricultores que de pronto habían heredado una gran fortuna por parte de un tío abuelo de Independence, Kansas. Se habían casado al poco de terminar el instituto y enseguida había llegado Lisa. Esa era la historia que conocía Landon, y para él era el cliché de una familia perfecta, una de película. Sin embargo, aquel accidente lo había desdibujado todo, aunque su madre y sus hermanas se empeñaran en disimularlo.

Landon decidió sentarse justo donde la inmensa escalera de su casa formaba una curva ascendente sobre su cabeza. Desde allí podía ver entrar a todo el mundo sin que reparasen en él. Todos iban directos hacia el salón, donde sus padres recibían frases de condolencia y abrazos infinitos. Todos cruzaban tres o cuatro palabras y luego se giraban para coger un emparedado, como si librarse de aquel dolor les hubiera abierto el apetito.

No la vio entrar, porque el enorme centro de flores que cargaba tenía más envergadura que su propio cuerpo, pero supo que era ella por sus pies. Aunque no iban descalzos en aquella ocasión, calzaban unas deportivas sin calcetines, lo que hacía que se pudiera ver que lucía pulseras de diferentes formas en sus tobillos. Había pasado un año desde la vez que se vieron en la parroquia del padre Oliver, y en verdad no le apetecía verla. De todos modos, tendría que haber contado con ello, pues sabía que Malia y Lomasi se habían encargado de la decoración floral de la misa fúnebre y que su madre había pedido que unas pocas flores decoraran también el salón de su casa, aunque la mayor parte de las mismas, por su expreso deseo, irían a las habitaciones de enfermos en el hospital de Dothan, donde trabajaba su padre. Aquel gesto elevaba a Reese Frazier al nivel de mujer casi bendita. Landon no entendía aquella necesidad de seguir aparentando, el porqué de simular fortaleza cuando estaban todos destrozados, el motivo por el que necesitaban aquellas flores para embellecer un hogar roto de dolor...

Landon salió de su escondite, atravesó el recibidor, ignorando las miradas condescendientes y las llamadas de vecinos, y salió corriendo sin parar hasta hallarse lo bastante lejos de la casa como para no escuchar el murmullo de toda aquella gente. Se tumbó sobre la hierba húmeda y aguantó el frío. Las gotas de lluvia eran tan livianas que no las notaba, tan solo sentía un enorme alivio dentro de su cabeza; la presión punzante en el pecho era otra cosa más complicada de solucionar. Respiró hondo y se incorporó, podía sentir que le observaban, y al otro lado de la valla que delimitaba la plantación, descubrió a Ben Helms; que estaba parado como un poste mirando hacia la casa. Cuando vio que había sido descubierto, saludó con la mano e hizo el amago de marcharse.

—¿No piensas entrar para dar el pésame? Hay mucha comida gratis ahí dentro, y estoy seguro de que mi madre no piensa comer nada. Seguramente la terminará enviado a algún orfanato filipino o algo de eso.

Landon sabía que aquel comentario era afilado, pero le proporcionó un sentimiento de alivio y de culpabilidad al mismo tiempo. El joven infló el pecho y aguantó la respiración. Vio como el amigo de su hermana retrocedía y saltaba la valla para acercarse hasta donde él estaba sentado. Si Lisa aquel día no se hubiera empeñado en ir a verle a pesar de la oposición de su madre...

—Mi más sentido pésame, Landon. —Ben había estirado su mano con rigidez hacia él.

No le había visto en la iglesia ni en el cementerio, pero ahí estaba, solo y con aquella cara de póquer permanente con la que era imposible adivinar lo que pasaba por su cabeza o sentía su corazón.

—Siéntate, Ben. ¿Puedo hacerte una pregunta? —El chico obedeció, se sacudió el agua del pelo negro con la mano y arrugó la frente antes de prestarle atención a Landon—. Tú lo sabes siempre todo.

—Eso ni es cierto, ni es una pregunta —le cortó.

—¿Tú sabías lo que mi hermana sentía por ti? ¿Erais novios en secreto o algo?

Ben alzó las cejas y arrugó la frente como si no entendiera nada.

—¡Lisa es mi amiga! Quiero decir, era... No, *es* mi amiga. Esté o no esté ya viva, es mi amiga. Nosotros no estábamos... ¡éramos amigos!

—Está claro que no eres tan listo; más bien pareces estúpido ahora mismo. —Landon apretó la boca, enfadado.

No entendía por qué su hermana había insistido en estar con aquel tipo, por qué había bebido los vientos por él y se había encabezonado en retar a su madre y saltarse los límites, a pesar de, aparentemente, no ser correspondida de igual forma. Tanto... que se había dejado la vida en ello.

—¿Tú crees en Dios, Ben? ¿Crees que Lisa está con él? Porque yo ahora mismo siento que, si Dios existe, no lo quiero en mi vida, porque el mío no se habría llevado a mi hermana.

Creía que con eso le haría daño. El chico vivía más tiempo dentro de aquella iglesia con el padre Oliver que junto a su madre. Y quería hacerle daño, aunque en verdad no fuera culpable de lo que había sucedido, pero si ella no hubiera ido a verle...

—La razón me impide creer en algo tan abstracto e intangible como el concepto de «Dios». Si existiera, y simplemente es que no somos capaces aún de demostrarlo, tendría muchas preguntas para él, como por qué ha tenido que morir Lisa. —Respiró hondo y tragó saliva—. Jesús, en cambio, me parece alguien con carisma al que me hubiera gustado conocer; alguien que me gustaría tener como amigo, sobre todo ahora mismo.

Landon apretó los labios y asintió en silencio. Le miró de reojo y pensó en lo solo que debía sentirse aquel chico para querer a Jesús como amigo. Se sintió mal, porque había dolor en esas palabras. Él también sufría. Se dio cuenta de que probablemente Lisa había sido su única amiga, que él también debía sentir rabia, frustración y tristeza, y que debía ser horrible no poder expresarlo. Quizá en verdad ambos se necesitaban. Si su hermana lo había considerado alguien especial, debía de tener un buen motivo, por lo que Landon se atusó el pelo y elevó una ceja con determinación.

—Pues tendrás que conformarte conmigo. —Cerró el puño y lo mantuvo en el aire esperando a que él le correspondiera el gesto.

Ben chocó el puño contra el del hermano de Lisa, su nuevo amigo. Aquello era una promesa, una que ambos necesitaban en aquel momento. Landon vio que Ben se levantó, escondió las manos bajo sus antebrazos y se encogió de hombros. Debía tener frío con aquella cazadora vaquera. Era consciente de que aquel chico tenía problemas, muchos, y no solo de dinero. Ni siquiera se atrevía a entrar en la casa para dar el pésame y, aunque comenzaba a sospechar los motivos por los que su madre había censurado la amistad especial que habían establecido él y Lisa, no sabía nada con certeza, porque aún lo consideraban pequeño y callaban en su presencia.

—Me temo que tengo que irme ya. Mi madre está en casa con un tipo nuevo y debería estar allí. Solo quería decirte que lo siento mucho, Landon. —Ben miró por encima de su hombro y, tras un segundo, volvió a hablar como si estuviera procesando un pensamiento en voz alta—. ¿Sabes? La energía no desaparece, se transforma, y nosotros estamos hechos de energía, por lo que no creo que Lisa nos haya dejado del todo.

Se miraron a los ojos sin pestañear y luego Ben saludó a Malia, que acababa de aparecer tras un árbol.

El chico de los números giró sobre sus talones para alejarse. Landon también se volvió para mirar hacia atrás y achinó los ojos para cerciorarse de que la chica estaba ahí, con las manos entrelazadas y la mirada puesta en él con una ternura que le quebró por dentro. Sin saber por qué, aquellos ojos hicieron que de pronto se rompiera su coraza, y comenzó a respirar con agitación y a sentir que los ojos le ardían. Malia, sin cruzar palabra, lo abrazó desde atrás, y Landon se dejó hacer. De hecho, rompió a llorar, como si en sus brazos sintiera que podía hacerlo, que nadie le vería ni lo sabría jamás. Su madre le había enseñado a ocultar las emociones negativas, y su padre le había inculcado la creencia de que los hombres debían ser los fuertes; pero aquella niña, con su mirada, con aquel gesto, le ofreció el momento que necesitaba.

—Lo siento, Landon. Lo siento tanto...

Al escucharla hablar, el joven se sosegó. Fue calmándose hasta conseguir parar el llanto. Se enjugó la cara con el reverso de su elegante chaqueta azul marino y sintió una vergüenza fugaz por haberse desahogado con ella. Pero Malia buscó su mano y entrelazó los dedos con los de él.

—Ahí dentro hay demasiada gente, has hecho bien en salir aquí fuera. Aquí hay paz.

—No entiendo por qué necesitábamos todas esas flores que habéis traído. —De pronto, regresó a él el sentimiento de furia e injusticia, y retiró su mano de la de ella.

—Tu madre pidió que las trajéramos.

—¿Y para qué quiere ella las flores? ¿Qué le importa a la gente que haya flores en casa o no? ¿Por qué simplemente no dan el pésame y se van todos de una vez?

Malia inspiró profundamente y soltó el aire con lentitud antes de contestarle, aun sabiendo que quizá él realmente no quería una respuesta a aquellas preguntas.

—Quizá las flores consuelen a tu madre de alguna manera. Si la hacen sentir mejor, ¿es malo? Quizá las flores retrasen su forma de decir adiós a Lisa, quizá esa gente también necesite estar ahí dentro para despedirse de ella del todo.

Landon la miró y torció la boca, como si no la comprendiera; y le fastidió reconocer que ella parecía inteligente cuando hablaba y él tonto por no entenderla.

—Está bien que tú estés aquí fuera, Landon. Yo también lo prefiero.

—Yo no estoy aquí fuera para decirle adiós a mi hermana, solo quería estar tranquilo. —El joven se sorbió los mocos y estiró el cuello a la defensiva.

Malia se levantó y guardó silencio durante unos segundos, de pie frente a él. Se miró la muñeca y deshizo el nudo de una de sus pulseras, la que había trenzado para ahogar su pena al enterarse del fallecimiento de aquella chica que siempre había sido agradable con ella de pequeña. Se agachó para agarrarle la mano al muchacho con suavidad. Él la miró extrañado, pero se dejó atrapar de nuevo por ella, como si aquella niña ejerciera un control extraño sobre él, y vio que le ponía aquella pulsera en su muñeca y tiraba de unos hilos que colgaban para ajustarla.

—Ben tiene razón, Landon. Lisa simplemente se ha transformado; en algo bonito, estoy segura.

Él se encogió de hombros como respuesta y miró hacia otro lado mientras ella se alejaba. Entonces, se sintió solo, mucho más solo que antes.

7

«El amor y el odio son dos caras de una misma moneda.
Y necesitas una moneda».

Criadas y Señoras (película)

A los pocos meses de la muerte de Lisa, sucedió algo que volvió a conmocionar a todo el pueblo. Algo que, por otra parte, no sorprendió a nadie; algo que todos esperaban que ocurriera algún día.

Ajena a todo lo que había sucedido en Abbeville, Malia se había tumbado aquella tarde entre la colada tendida en el patio trasero de Mamá Tawana. El sol brillaba en el cielo sin hacer daño pues, de vez en cuando, se escondía detrás de nubes acolchadas. Estas se movían con rapidez, impulsadas por el viento; el mismo que hacía ondear las sábanas, que desprendían el olor al jabón floral casero que se había usado para lavarlas. Los gatos se arremolinaban a su alrededor, algunos buscando sus carantoñas, otros intentando sin éxito enganchar las telas con sus zarpas cuando estas descendían antes que una nueva ráfaga de aire las embestiera.

Malia escuchó unos pasos a la carrera que se aproximaban; después, un resuello asfixiado, y finalmente una sombra a través de las sábanas hizo que el corazón le diera un vuelco.

—Malia... Malia...

—¿Landon?

La chica se puso en pie de un salto y apartó la tela tras la que se encontraba él. Estaba empapado en sudor, con la cara congestionada y la respiración tan agitada que su pecho subía y bajaba de forma vertiginosa.

—Tenía que verte —soltó con una expresión de agonía en aquellos ojos color zafiro.

—Pero ¿cómo has llegado hasta aquí? ¿Quién te ha traído? Hay tres horas en coche desde Abbeville...

—Agua. Por favor, agua —pidió con las manos en las caderas, a punto de desfallecer.

Malia abrió los ojos y se dirigió corriendo al interior de la casa. Mamá Tawana la miró con una ceja elevada, y aquello fue suficiente para que Malia entendiera que debía darle una explicación.

—Es mi amigo Landon, necesita beber algo. Viene corriendo, y parece que lo ha hecho desde Abbeville.

Sin mediar palabra, la anciana abrió el frigorífico y sacó una jarra con la que llenó un vaso lentamente, tanto que hizo que Malia se agarrara a la falda de su vestido y moviera los dedos de los pies con nerviosismo. En cuanto le dio el vaso, salió corriendo con él para dárselo a Landon.

El chico se había sentado en las escaleras del porche y tenía la cabeza entre las manos. Prácticamente le arrancó el vaso de las manos y se bebió el contenido sin respirar.

—Mónica ha muerto.

Malia arrugó la frente, como si no entendiera lo que le acababa de decir el chico.

—¡La madre de Ben! ¡Ha muerto! —exclamó el chico levantando las palmas de las manos.

—Sí, ya sé quién es, pero eso no es posible. Hace un par de días que dio a luz a su hijo. Un niño que...

—Sí, algo de eso he oído también, que el bebé no nació bien. Pero lo que te digo es cierto, Mónica ha muerto. Lo he oído esta mañana; mis padres discutían por ello. Y por esa discusión que yo no debería haber escuchado he descubierto algo, Malia. He descubierto que Ben es mi hermano. ¡Mi hermano! ¿Te lo puedes creer?

La chica se sentó a su lado y le quitó el vaso vacío de las manos para ponerlo a su lado.

—¿Qué has oído que te ha hecho pensar eso?

Landon se agarró la camiseta por el borde y la dobló hacia arriba para secarse el sudor de la frente con ella. Al hacerlo, quedaron al aire unos abdominales brillantes y marcados que provocaron cosquillas en el interior de la chica.

—Pues yo estaba en la cocina, comiéndome un plátano, me han dicho que tome eso o zumo de pepinillos para evitar calambres... y, bueno, entonces escuché las voces airadas de mis padres en la entrada de casa. Mi madre le reprochaba a mi padre que siempre quisiera ser el rescatador. Yo no entendía nada, pero me acerqué para escuchar. Me escondí en el pasillo y desde allí lo oí todo. Escuché como mi padre decía que estaba roto de dolor y que se sentía en la obligación de cuidar a ese niño, ya que le había fallado a Mónica con Ben. Mi madre le contestó que aquel niño sí que no era obligación suya, que bastante carga había tenido nuestra familia con atender secretamente a Ben tantas veces durante todos estos años.

—¿Y por eso crees que Ben Helms puede ser hijo de tu padre y Mónica?

—¡Está clarísimo! Mi padre me confesó hace poco que él y Mónica habían sido novios en el instituto, justo antes de que saliera con mi madre. Por eso ella la aborrece, por eso odiaba que Ben se juntara con Lisa, por eso a ella no le gusta que yo... —Landon miró hacia otro lado y contuvo la respiración.

—Entonces Mónica ha muerto... Eso es algo horrible. ¡Pobre bebé, pobre Ben!

—¿Qué debo hacer, Malia? Si Ben es mi hermano, debería hacer algo, ¿no crees?

—Creo que antes deberías asegurarte, preguntárselo a tus padres. Aclarar las cosas. Porque, si Ben era hijo de tu padre, ¿por qué motivo no se hizo cargo de él, por qué terminó con Mónica y se casó con tu madre?

—¡Dios, quizá mi padre sea una persona horrible! Landon volvió a agarrarse la cabeza con las manos. La remota idea de que su padre se hubiera portado de una forma tan ruin le asfixiaba. Le tenía en un pedestal y en aquel instante estaba tambaleándose sobre él. Y aquello le asustaba mucho.

—Intenta hablar con tu madre entonces, que ella te lo explique todo.

—¡Estás loca! Imposible. Mi madre ha echado a mi padre de casa porque él le ha dicho que se marchaba al hospital para ver al niño. Le ha dicho que si se iba que no se atreviera a volver. Mi madre es alguien horrible también, Malia. ¿Cómo puede actuar así?

—No la juzgues sin conocer su parte de la historia.

Landon la miró y arrugó la frente, ofendido. No era lo que esperaba oír, y se cuestionó si realmente Malia tenía casi dos años menos que él o veinte más, porque aquello había sonado a una frase de adultos demasiado profunda, y él solo necesitaba que ella se pusiera de su lado.

—¿Pero es que la vas a defender? Precisamente tú, cuando ella no quiere que tú y yo... —Landon volvió a callar, y se tragó unas palabras que sabía que podían herirla. Respiró hondo, enfadado, y con frustración en los ojos le lanzó la pregunta—: ¿De parte de quién estás?

Malia recibió aquella mirada con frío en el pecho, y se encogió y se hundió en aquellos ojos azules atormentados. Entonces, se atrevió a buscar su mano, a enlazar sus dedos con los de él.

—De la tuya, siempre.

Aunque estuviera equivocado, aunque tuviera nublada la razón, aunque fuera culpable o estuviera del lado de los malos... Ella siempre estaría de su parte. Simplemente porque eso era lo que hacían los amigos de verdad; estar ahí para dar la mano, ayudar, hacer entrar en razón, escuchar, calmar su espíritu. Y, de hecho, parecía que con el contacto Landon se había relajado. El joven había comenzado a respirar con pausa y y había guardado silencio con la mirada puesta en sus manos enlazadas.

—¿Cómo has llegado hasta aquí? —«Hasta mí», se guardó ella dentro.

—He venido con mi amigo Dave y su padre. Necesitaban ir a por mercancía para el supermercado hasta Mobile y les he pedido que me dejaran aquí. Volverán a por mí en unas horas. Cuando regrese a casa, estaré metido en un buen lío, eso seguro.

—¿Y por qué has venido? No quiero que tengas problemas con tus padres.

Landon soltó su mano para echarse el flequillo rubio hacia atrás. Torció la boca antes de contestar, como si responderle fuera algo demasiado duro de hacer, algo de valientes.

—Bueno, supongo que ha sido un impulso.

—¿Un impulso?

—¡Necesitaba contártelo! —exclamó, como si fuera algo obvio. Como si en Abbeville no tuviera a nadie más con quien poder confesarse, como si ella fuera la única con quien pudiera hacerlo. Como si ella fuera de verdad especial para él. De hecho, así era. Aquello era algo que no podía hablar con nadie más que con ella. No podía ir a contárselo a Dave, ya no solo porque su cociente emocional estaba a la altura de una lagartija, sino porque su bocaza era enorme y en menos de un pestañeo todo el maldito pueblo estaría cotilleando sobre ello. Sus hermanas seguramente se habrían puesto a llorar incluso antes de terminar de hablarles, y Lisa... ella ya no podía contestarle.

Escuchar aquello hizo sonreír con regocijo a Malia; su corazón se agrandó al sentirse importante para él. La chica chocó su hombro con el suyo para hacer que volviera a relajarse y le hizo un ofrecimiento.

—¿Quieres ver la reserva? Ya que estás aquí...

Landon miró a su alrededor, y les dio a sus ojos la oportunidad de reparar en lo que le rodeaba por primera vez.

—Estaría bien. La verdad es que tu abuela es bastante famosa; todos a los que he preguntado sabían quién era y dónde vivía. Si no llegas a estar aquí, no sé qué habría hecho, la verdad.

En aquel momento, la mosquitera de la casa se abrió chirriando detrás de ellos, lo que hizo que Malia se levantara con rapidez, pues sabía que, como si Landon la acabase de invocar al nombrarla, Mamá Tawana había salido al porche.

—Landon, esta es mi abuela.

El chico se volvió y alzó las cejas sin ocultar la impresión que le produjo la vieja *creek*, cuyo pelo blanco y lacio caía a ambos lados de su cara y le llegaba a la cintura. Landon se levantó y subió los cuatro escalones para acercarse a ella con la mano alzada para saludarla.

—Soy Landon Frazier, me alegro de conocerla. Seguro que usted también ha oído hablar de mí —soltó risueño.

Mamá Tawana no movió ni un músculo de la cara, y lo miró con profundidad y el gesto impasible.

—O quizá no... —volvió a hablar Landon, que retiró la mano para meterla en el bolsillo de su pantalón corto.

—Abuela, vamos a ir hacia el rio. ¡Adiós!

Malia volvió a agarrar a Landon de la mano, tiró de él y salió a la carrera, atravesando las sábanas, alejándose de los gatos y de la mirada inquisidora de la anciana y buscando la vía de escape para el corazón torturado de su amigo.

—¿Adónde vamos? —preguntó el chico, que, como si ella tuviese el poder de hacerlo caer en su embrujo, estaba dispuesto a dejarse llevar hasta donde ella quisiera.

—A mi lugar favorito.

Corrieron durante diez minutos hasta alcanzar el árbol hueco en el que Malia escondía la caja con sus ahorros. No le contó a Landon lo que había dentro, era suficientemente lista como para haber aprendido de su madre que hay secretos que deben permanecer siempre ocultos; pero se lo mostró, y aquello hizo reír a Landon.

—¿Quieres que le estreche una rama o qué? ¿Este es tu lugar favorito?

—Es mi árbol favorito. Puedes abrazarlo, yo lo hago todos los días y ni te imaginas la energía que me transmite.

Landon la miró con una ceja arqueada y, al darse cuenta de que no había testigos, le dio un rápido abrazo que no le hizo sentir nada en absoluto. Sin embargo, ella no le dio tiempo a protestar. Volvió a agarrarle de la mano y se lo llevó corriendo hasta el embarcadero del rio, donde le presentó a otros chicos de la reserva. Estaban saltando sobre un enorme hinchable, dando botes imposibles hacia el agua, chillando como lobos alocados. En realidad, a Landon le pareció que eran muy similares a sus amigos de Abbeville.

—¿Esto es lo que hacéis por aquí; bañaros en el rio o navegar en canoa? Bueno, aparte de abrazaros a los árboles, por supuesto.

—¡No te rías de mí! —Malia le propinó un suave codazo en el costado mientras agitaba los dedos de los pies dentro del agua—. Esta zona está siempre llena de campistas que vienen a la reserva; es divertido. Yo paso mucho tiempo con Mamá Tawana y aprendo de ella. Recogemos bayas de Mayhaw para hacer jalea y miel de sus colmenas, la ayudo con el campo de flores... Es una mujer muy sabia y yo quiero ser igual que ella.

—¿También te enseñó a hacer estas cosas? —le preguntó Landon toqueteando la vieja pulsera alrededor de su muñeca.

—No, esto me lo enseñó a hacer mi madre. Ella fue Princesa Mayor de la tribu de joven; tuvo que aprender a tejer para hacerse su cinturón tribal, a hacer cestas, a hacer sus mocasines...

—¿Tu madre es una princesa? —preguntó Landon impresionado.

—¡No! —Malia se tapó la boca mientras reía. Le resultaba divertido explicarle todo al chico y que aquello provocara que los ojos se le abrieran de forma desmesurada—. Es como un título que sirve para perpetuar nuestras costumbres. Si te nombran Princesa, tienes que dedicarte durante ese año a representar los valores de la tribu.

—¿Y tú quieres ser también Princesa?

—Yo... ¡quiero ser abeja!

Malia pilló por sorpresa a Landon y, tras responder, se tiró al agua con las rodillas agarradas para formar un ovillo. En cuanto sacó la cabeza a la superficie, le instó a meterse y él la imitó, a sabiendas de que no le daría tiempo a secarse antes de que el padre de Dave le recogiera para regresar a casa.

Durante un rato, la vio nadar e intercambiar frases con el grupo de chicos medio desnudos. Los observó mientras daban saltos imposibles hacia el agua, libres, sin adultos merodeando alrededor de ellos y con ganas de impresionar al chico de piel pálida que miraba reticente aquella agua marrón. Ellos agarraron puñados de barro rojo con el que comenzaron a embadurnarse unos a otros. Landon los miró de reojo y pensó que allí todos estaban algo locos y que eran bastante salvajes, pero que se lo pasaban realmente bien.

De pronto, todos siguieron a Malia y formaron una fila tras ella.

—Landon, este es Yaholo, mi primo. —Un chico bajito como ella le chocó la mano con fuerza—. Es deportista, como tú.

—¿Juegas a fútbol?

—No, a *stickball*. Puedes venir a jugar con nosotros cuando te apetezca.

—El *lacrosse* se me da de pena, pero me gustaría, gracias.

—Ella es Dela, mi prima. —Una chica algo mayor le saludó con la cabeza—. Y él es Talof, mi primo.

—¿Todos sois primos aquí? —preguntó Landon con una ceja arqueada.

—Todos no, pero casi todos. Yo soy Callum, soy de la tribu.

Este último emergió del agua. Le hizo sombra al colocarse frente a él y le goteó encima con su larga melena oscura. Su mirada era de pocos amigos, pero le tendió la mano. El gesto fue, más que de cortesía, una amenaza con la que le hizo sentir que estaba fuera de lugar.

—Malia, ¿a tu amigo le gustaría pasar la prueba ahora?

—Déjale, Callum. Vienen a recogerle en seguida.

—¿Qué prueba?

Landon se irguió, aunque ni por esas alcanzó a poner sus ojos al mismo nivel que los de aquel *creek*.

—Es solo una tontería suya; creen que por cazar una serpiente en el agua son dignos de llevar una pluma.

—¿Hay serpientes en estas aguas?

La pregunta de Landon hizo que los chicos estallaran en risas.

—Es tarde, Landon. Mira la hora. —Malia alzó los ojos al sol, como si solo con ello supiera con exactitud el estrecho margen que Landon tenía para llegar a la salida del pueblo.

La chica le puso la mano en la espalada y lo apremió para ponerse en marcha. Él se despidió apresuradamente y le dedicó una mueca a Callum al más puro estilo vaquero, que mantuvo el gesto impasible.

Emprendieron el camino hacia la salida de la reserva donde Landon tenía previsto que le recogieran.

—Tus primos parecen majos.

—Lo son. —Sonrió Malia.

—Callum no parece majo.

—No lo parece, pero sí lo es.

Él le mostró su escepticismo con un ruidito gutural que hizo reír a Malia.

—Me ha gustado mucho la reserva. Ojalá estuviera más cerca de casa.

—Ojalá, porque así podrías venir a verme. —Ella casi lo había susurrado, pero Landon la escuchó.

—O podría venir a jugar a *stickball*.

—Te machacarían.

—Bueno, y tu abuela me curaría después.

Malia se imaginó aquella posibilidad y se le escapó un bufido. Estaba convencida de que, en cuanto llegara a casa, Mamá Tawana la miraría de forma diferente tan solo por haber tenido en el jardín a ese chico. Sin embargo, miró a Landon y lo vio tan convencido de sí mismo, de lo bien que podía caerle a todo el mundo, que volvió a reír y se agarró de su brazo para enfrentarse al último tramo de la caminata.

—Respecto a lo que te ha traído aquí... Todo saldrá bien, Landon. No creo que en realidad importe mucho si Ben es hermano tuyo de verdad o no. Lo único que creo es que, lo sea o no, él quizá necesite tener un amigo ahora. Uno que le ayude a soportar la pérdida de su madre y todo lo de su hermano.

Landon se paró para mirarla bien. Tenía el pelo mojado, el vestido le goteaba sobre sus pies descalzos y le sonreía marcando unos mofletes redondos y rojizos que abultaban más que la diminuta nariz chata que tenía.

—Malia, ¿sabes una cosa?

—¿Qué?

—Yo creo que tú ya eres muy sabia.

El silencio dio paso a una ráfaga de aire que se coló entre ambos e hizo resistencia en los labios de los dos. Tan solo se miraron y aguantaron la respiración. Pero el padre de Dave llegó puntual y con mucha prisa, por lo que la despedida fue breve, apresurada y tensa. No sabían qué más decirse, tan solo levantaron las manos para decirse adiós, y dentro del pecho se les quedó el peso de saber que el resto del verano se les iba a hacer tremendamente largo.

Landon se subió a la furgoneta y, justo cuando arrancó, pegó sus labios al cristal de la ventanilla con un beso que no tocó la piel de Malia, pero que le hizo esbozar la sonrisa más radiante que jamás le había visto.

Para su sorpresa, al llegar a casa, comprobó que nadie le había echado en falta a pesar de haber estado tantas horas fuera. Su madre se lo cruzó por las escaleras y, al enfrentarse a su mirada, Landon aguantó la respiración y apretó la mandíbula a la espera del rapapolvo. Este no llegó, pero sí que le habló con tono enervado:

—¿Dónde está tu equipaje, Landon? Nos vamos en cinco minutos y, si no estás abajo con tus cosas, pasarás el resto del verano con esa ropa y esos mismos calzoncillos.

—¿Irnos adónde?

—¡No estoy para bromas, Landon Frazier!

Su madre terminó de bajar las escaleras y Landon se giró para comprobar que cargaba con dos enormes bolsos de mano. Al bajar el último escalón, se irguió y recolocó la sonrisa en su cara, lo cual era desconcertante, porque aquella misma mañana no había habido nada por lo que sonreír en aquella casa.

—¡Eh, Viola! ¿Dónde diantres nos vamos?

—Al lago Martin.

—¿Con los abuelos?

—Sí, lo que queda de verano.

—Pero ¿qué puñetas...? ¿Y papá? ¿Viene papá?

—Pues claro.

—Pero, pero... ¿Y qué pasa con Ben?

—¿De qué Ben hablas, enano?

La voz de su madre ascendió hasta la primera planta para recordarles que les quedaban tres minutos.

—Déjalo. Voy a preparar la maleta.

—No te va a dar tiempo...

Viola alargó la última vocal con retintín y su hermano, bastante aturdido, caminó hasta la puerta de su dormitorio. Sin pensar bien en lo que hacía, fue abriendo cajones para agarrar la ropa a puñados para meterla en su macuto de deporte.

No entendía nada. Por la mañana, parecía que su familia estaba sumida en una crisis que amenazaba con romperla en dos y, en aquel momento, volvían a parecer la familia perfecta que todos adoraban en el pueblo. Le resultaba algo tan hipócrita, tan desconcertante, tan frío... ¿Qué pasaría con Ben? ¿A nadie le importaba? ¿Ni siquiera a su padre? Todas esas preguntas le acompañaron hasta la entrada de la casa. El coche estaba cargado de maletas, su madre estaba ya sentada en su asiento, con el cinturón abrochado y las gafas de sol puestas para una tarde en la que la luz del astro ya no cegaba, y su padre le saludó sonriente. Aquello fue el colmo para él.

—Papá, ¿qué hay de Ben? ¿Vas a dejarle?

Robert Frazier se giró tras meter su macuto deportivo en el maletero y arrugó la frente.

—¿Te refieres a Ben Helms?

—Sí, esta mañana escuché vuestra discusión. Oí que su madre había muerto y que él se tenía que hacer cargo de su hermano pequeño, y que tú... que él... ¿Vas a dejarle solo?

Su padre inspiró y se sentó en el filo del maletero.

—Ben estará bien, es un muchacho fuerte y mucho más inteligente que yo. Estará bien. A quien no pienso dejar es a vosotros. Vosotros sois mi familia y os quiero con cada latido de mi corazón.

—Pero entonces... ¿él no es hijo tuyo? —preguntó ahogándose con la última palabra.

Su padre alzó las cejas, aguantó la respiración y finalmente soltó el aire retenido con pesadez, con aquella mirada desoladora que lo acompañaba desde que Lisa los había dejado.

—No, Landon, no lo es. Me habría gustado que lo fuera, porque quise mucho a su madre, y por eso siempre estaré pendiente de él. Pero no soy quién para inmiscuirme en su vida. Sin embargo, creo que le vendría bien tener un amigo cerca. A la vuelta del verano, estaría bien que lo intentaras. Algo me dice que os llevaríais muy bien. Si te apetece, claro.

Landon torció el gesto y miró al suelo, sopesando la situación. Recordó que en el funeral de Lisa le había prometido que sería su amigo, pero no había vuelto a verle. Algo hizo que desviara los ojos hacia la ventana del viejo cuarto de su hermana.

—Está bien, papá. Lo intentaré, pero ahora vayámonos ya o mamá sufrirá un colapso.

Su padre le dio una palmada en el muslo y terminaron la reunión secreta en el maletero. Landon ocupó su lugar dentro del coche y se marchó de Abbeville con la mente menos confusa de lo que sentía en el corazón. Solo podía pensar en que iba en dirección contraria de donde realmente quería estar.

A su regreso del lago Martin, Landon buscó a Ben. Apareció un día en casa de los Kimmel y se ofreció a ayudarle a pintar la valla, y Ben aceptó; quizá porque era el hermano pequeño de Lisa, quizá porque necesitaba su ayuda. A pesar de llevarse cuatro años, su amistad fluyó de una forma fácil y sencilla. Landon supo que el chico sobrevivía a base del dinero que ganaba haciendo pequeños arreglos por el pueblo, y que la clínica de su hermano era un agujero negro para su economía, por lo que Landon movió cielo y tierra para conseguirle algunos encargos entre los padres de sus amigos. Landon se presentaba con las ofertas de trabajo camufladas de favores personales y, siempre que podía, se quedaba para ayudarle.

Landon se volcó en aquella nueva relación, desesperado por no pensar en Lisa. Y fue bueno, divertido y sorprendente, pero también un reto. Ben era un chico complicado, no estaba acostumbrado a mantener conversaciones, al menos no de las normales; quizá porque no había encontrado con quién hablar nunca. La complicada vida de su madre le había llevado de una casa a otra, de una gente a otra; sin permanecer con alguien el tiempo necesario como para establecer una relación normal. Las circunstancias habían hecho que faltara mucho al colegio y que, por ello, no hubiera hecho amigos; además, por su particular inteligencia, terminaban metiéndole en clases superiores en las que no terminaba de encajar o, antes de hacerlo, volvía a faltar. Y aun así, se había graduado un año antes. Las universidades de todo el país se lo habían rifado, pero él había rechazado cada oferta, había cerrado la puerta a un futuro brillante para quedarse en Abbeville y cuidar de su hermano pequeño.

Landon habló con él de Lisa; hablaron mucho de ella. Sobre como la chica se había acercado a él interesada en ver las cosas a través de sus ojos. Y Ben le contó que había sido la única amiga de verdad que había tenido en su vida.

—Lisa sentía algo especial por ti —le dijo Landon un día mientras lijaba la madera de una vieja embarcación que Ben le había comprado por unos pocos dólares a West Carly, el farmacéutico.

—Y yo por ella. Éramos amigos —contestó inflando el pecho, dotándole mayor importancia a la palabra, pero con dolor. Un dolor que Landon también sentía.

Este lo miró con una ceja elevada y se dio cuenta de que Ben no había sido capaz de ver lo enamorada que su hermana había estado de él, y tampoco quiso explicárselo porque eso ya no cambiaría nada. Para el chico era importante el recuerdo de aquella amistad, y pensar que había hecho sufrir de alguna forma a Lisa al no corresponder su amor quizá lo entristecería; y bastantes sufrimientos tenía ya su amigo como para sumarle uno más, pensó Landon.

—¿Y qué vas a hacer con este bote cuando terminemos de arreglarlo?

—Conseguir la cena —contestó el muchacho con determinación, mirando el rio como si fuera un hipermercado abierto veinticuatro horas.

—¿Pero sabes pescar?

—No debe de ser difícil; solo hay que calcular el sitio adecuado.

—Pero no tienes caña. ¿Vas a fabricarte una?

Ben se encogió de hombros con resignación:

—Tampoco debe de ser muy difícil.

Nada era demasiado difícil para él, pero Landon tenía una caña que no usaba nunca, la que le había regalado años atrás su padre. Nunca habían ido a pescar, a él solo le gustaba practicar pases los fines de semana y hablar constantemente de medicina con él, como si pudiera entenderle solo porque dijera que de mayor se dedicaría a su misma profesión.

Cuando Landon le regaló la caña, Ben la aceptó de buen grado y sin grandes gestos de agradecimiento. El muchacho estaba acostumbrado a vivir de la caridad de la gente, a obtener las cosas según proveía la vida. Sin cuestionar el motivo por el que se la entregaba, la revisó y, tras meditar en el sedal y la carnaza más apropiada, convino en lo oportuno que era el regalo que le hacía.

—Si algún día necesito un favor, solo espero que lo tengas en cuenta y me ayudes —le advirtió Landon al ver a su amigo ensimismado con el regalo.

—Somos amigos.

Eso fue lo que contestó Ben, tan solo eso, porque no existían los favores que devolver entre amigos. Ben tenía esa cualidad; con pocas palabras, era capaz de decir mucho y Landon de entenderle. Y durante aquel tiempo en el que pasaron de ser casi desconocidos a mejores amigos, Landon dejó a un lado el recuerdo de Malia.

8

«Escucha el viento, él susurra.
Escucha el silencio, él habla.
Escucha tu corazón, él sabe».

Proverbio nativo americano

No había nada mejor en el mundo para Malia que ir a recoger miel con Mamá Tawana. Aquel sábado se apresuró en desayunar; sabía que las abejas salían de la colmena para ir a por alimento bien temprano los días soleados.

—¿Me dejarás rociar con humo las colmenas?

—No.

—¿Me dejarás sacar los panales?

—No.

—¿Entonces qué voy a hacer, abuela? Ya soy mayor, quiero aprender.

—Aprenderás a hablar con las abejas. Las abejas necesitan sosiego, y tú pareces un saltamontes ahora mismo. Podrían picarte hasta convertirte en un colador.

Malia torció la boca, pero asintió. Ya la había acompañado varias veces y tan solo había recibido un par de picotazos que había aguantado con estoicismo. La joven se fue al armario del zaguán y agarró el sombrero de paja que tenía un velo pegado en sus amplias alas, y se lo ató al cuello para que no se le moviera. Mamá Tawana le había cosido un mono de manga larga por el que difícilmente podría penetrar abeja alguna y, aun así, la obligaba a mantenerse a cierta distancia. Lo suficientemente cerca para que pudiera ver, oír y aprender, pero fuera de peligro. Malia era impaciente pero obediente, ella quería situarse junto a su abuela, mirar dentro de la colmena, ver como las abejas asustadas con el humo se embarraban de miel y se apelotonaban al fondo. Quería sentir el peso del panal cargado de líquido dorado; olerlo. Ansiaba hablar con las abejas, y se preguntaba si lo lograría algún día porque parecía imposible llegar a ser como su abuela; alguien que, sin traje de protección alguno, realizaba todo el proceso bajo un cántico susurrado que parecía adormecer aún más a las obreras de aquellas fábricas de miel hechas con corcho.

Malia quería ser como su abuela, sí; y todos en la reserva decían que lo era, pero ella aún no era capaz de ver ni siquiera un ápice de semejanza. Ella hablaba mucho, mientras que su abuela medía las palabras y solía arrojarlas en forma de frases sentenciosas dignas de meditar. Su abuela cuidaba el cultivo de las flores y las usaba para sus rituales, y a ella le gustaba recolectarlas para llevarlas dentro de casa y hacer dibujos enredando tallos y desprendiendo pétalos para crear composiciones en las paredes... La admiraba profundamente, pero sentía que todavía le quedaba un largo camino para parecérsele. Sin embargo, le gustaba pensar que haría todo lo posible por conseguirlo.

Con la caída del sol, Malia atravesó el campo salvaje con un bote de miel en una bolsa y el espíritu rebosante de alegría. Hizo una breve parada en el sauce para abrazarse a su tronco y respirar tres veces plenamente.

—Gracias, tierra; gracias, viento.

Voló. Quizá sus pies acariciaban la hierba, pero en realidad sentía que el viento la transportaba, inflaba su vestido y alborotaba su pelo como si se encontrara dentro de un remolino. Llegó a la puerta de su casa algo mareada, quizá había corrido demasiado, quizá había olvidado respirar en algún momento o lo había hecho demasiado profundamente durante mucho tiempo; quizá dejar de ser brisa para volver a ser una niña producía ese efecto secundario.

De pronto, los colores se oscurecieron, el aire se volvió frío y su corazón se paró al escuchar los gritos. Cuando abrió la puerta se encontró con una escena que la hizo sentir en peligro. Su padre estaba gritando, aunque no era capaz de entender todo lo que decía, porque su lengua parecía hinchada, sus palabras pastosas y su tono de voz fluctuaba como si estuviera perdiendo la respiración durante décimas de segundo.

—¡Vete de una vez! Si tan cansada estás, vete. Que si soy un vago, que si bebo mucho... ¡Otro maldito indio borracho! Así es como tú también me ves, como todos esos de ahí... Pues no necesito que tú también me lo digas. —Tropezó con una silla y la tiró antes de cargar de furia sus palabras—. Y no pienso dejar de beber, porque es lo único bueno que tengo, lo único que me apetece hacer de verdad. Vete de casa; hace tiempo que estás deseando dejarme. Vete. ¡Y no vuelvas!

A Malia se le cayó el tarro de cristal a los pies, y el líquido pastoso comenzó a desparramarse con la misma lentitud con la que ella procesaba lo que estaba escuchando. Sus padres se volvieron hacia ella tras el impacto y permanecieron un par de segundos en silencio.

—Malia, vuelve a casa de Mamá Tawana y quédate allí a dormir —le dijo su madre con el tono de voz ahogado.

Su padre no replicó; la miró con los ojos vidriosos, se tambaleó y se restregó la mano por la frente sudorosa. Ella tampoco habló, tan solo intentó respirar. Se giró y salió a la oscuridad de la noche, mareada y con un miedo que la hizo tiritar. Siguió escuchando gritos mientras se alejaba y, agarrada a sus codos, aligeró el paso, porque quería dejar de oírlos.

No regresó a casa de su abuela; no quería contarle lo que había presenciado y tampoco podía mentirle. Por ello, al llegar a su árbol, se acurrucó bajo las ramas e intentó que el corazón dejara de asfixiarle. Era difícil, las preguntas se le amontonaban en la mente y ninguna respuesta parecía buena. ¿Se iría de casa su madre esa vez de verdad? ¿Se la llevaría con ella? ¿Adónde irían? ¿Volvería a ver a su padre? ¿Y a Mamá Tawana? Malia rompió a llorar, apoyó la mejilla en el tronco de aquel viejo árbol y esperó que él tuviera el poder de solucionarlo todo.

9

«Hay algo hermoso en las magnolias.
Requieren atención y no puedes evitar amar
esos grandes pétalos cremosos y su olor fragante».

Joanna Gaines

A Malia le gustaba estar allí arriba. Había cubierto de cojines un palé de madera lijada sobre el que podía tumbarse, aunque prefería mirar las estrellas desde la hamaca que había trenzado con sus propias manos y que había atado a las dos columnas que se alzaban sobre aquella pequeña azotea. Ben le había enseñado a unir estrellas con la punta del dedo hasta formar constelaciones; sin embargo, era incapaz de retener en la memoria todos los nombres que, de forma impulsiva y veloz, enumeraba siempre el chico. Para ella tenían nombres diferentes. Nombres de flores, que era lo que mejor conocía.

Allí arriba podía respirar, entre maceteros rotos, reinventados en asientos si eran grandes, o en porta velas rellenos con la cera de las colmenas de Mamá Tawana si eran de los pequeños. Había dejado desnuda una de las paredes de los muros bajos, la más alta, para usarla como lienzo en blanco para sus montajes con ramas, tallos, flores y pétalos. El resto de los muros los había forrado con pañuelos de dibujos étnicos que le recordaban a la tienda de *souvenirs* que había en el museo Kerretv Cuko de la reserva y que, de alguna forma, la hacían sentirse como si estuviera allí. Y es que, volver a vivir en un hogar de verdad, en aquel pequeño edificio de ladrillo con ventanas pequeñas, la asfixiaba.

Habían pasado los últimos dos años viajando de una ciudad a otra con su furgoneta, vendiendo flores en los mercados artesanales, decorando salones de ceremonias y llevando encargos a domicilio. Cada arreglo floral, cada *bouquet*, lo preparaban con esmero, cuidando los detalles, y aquello les había dado bastante reconocimiento. Recolectaban flores frescas de las granjas florales cercanas a diario, y las llevaban hasta el siguiente punto marcado en un mapa estudiado con antelación por Lomasi. Había quien se acercaba a la llamativa furgoneta y pedía que le hicieran algún centro con el que adornar la mesa del comedor en la que pensaban organizar una cena, y otros buscaban ramos para declarar amor romántico. Otras veces, disfrutaban preparando macetas que tenían como misión felicitar a alguien por un nuevo trabajo y que terminaban en una mesa de despacho; o sus clientes salían con un globo rosa o celeste flotando hacia la habitación de un hospital. Habían tenido días buenos, otros regulares y bastantes realmente malos. No siempre ganaban lo suficiente como para pagar gasolina y comida, no siempre podían dormir en una cama, y casi nunca permanecían en un sitio más de tres o cuatro días. Lomasi había notificado al sistema de enseñanza público que Malia continuaría con la enseñanza en casa y tan solo una vez al año debía enviar un aval de un especialista para dar cuenta de su rendimiento. Por ello, cada tanto regresaban a la reserva y se quedaban en casa de Mamá Tawana. Esta les llenaba la tripa y, además, les dejaba las flores de temporada a un precio casi regalado.

Malia extrañaba a su padre. Durante el primer año, desde que su madre había abandonado su casa de la reserva para llevarla consigo de un lugar a otro, tan solo lo había visto tres veces. Al principio no pudo verle porque él estaba enfadado con ellas y, luego, porque se sometió a un proceso de curación con el que consiguió controlar su problema con la bebida. En el último año sí se habían visto más a menudo, aunque, sin saber bien qué decirse después de tanto tiempo, la mayor parte de las veces habían terminado cantando; comunicándose a través de la música.

Para Malia aquello era suficiente. Mientras su padre estuviera bien, ella también lo estaría. La muchacha dejó de sentir que su relación era rara para verla como especial, que sonaba mejor; positivo, único. Era más fácil centrarse en las cosas bonitas y menos doloroso que recrearse en las malas.

Durante aquel tiempo de vida nómada había aprendido a disfrutar de la improvisación, de sentir el mundo sin fronteras ni horarios, sin normas ni reglas sociales preestablecidas. Le había gustado sentirse viento y dormir bajo un cielo abierto o al abrigo de los árboles; tal y como habían hecho sus antepasados antes de establecerse a orillas del rio.

—Malia, ¿por qué no bajas a ayudarme y luego duermes hoy en tu cama?

La voz de su madre llegó hasta la azotea desde las escaleras, y ella resopló. No tanto por tener que ayudarla, sino de pensar en dormir encerrada. Su madre no terminaba de comprenderla y se le escapaba a menudo una frase que, en el fondo, la hacía sonreír: «Te pareces tanto a él...». Y sabía bien quién era él. Lomasi amaba la vida en la ciudad, estaba entusiasmada con su pequeño local en la calle principal de Abbeville, le encantaban las nuevas tecnologías, y adoraba la moda y los estilismos que intentaba imitar con la ropa de mercadillo que compraba. Tenía muy buen gusto, y eso se reflejaba en su trabajo. Pero su hija era como su padre: salvaje, ligada espiritualmente a la naturaleza, a los antepasados...

Su madre había alquilado aquel edificio de dos plantas a muy buen precio. En la planta baja había montado la floristería, y ellas vivían encima de ella. Los dueños eran un matrimonio mayor que había regentado una tienda de comestibles allí durante más de cincuenta años. Sus hijos habían estudiado carreras universitarias y no tenían intención de hacerse cargo del negocio, por eso pactaron con Lomasi un alquiler accesible con opción a compra que les permitía a ambas partes realizar sus sueños. El matrimonio quería recorrer el país en caravana, y Lomasi poner al fin una tienda de flores sin ruedas.

—¿Qué quieres que haga, mamá? —preguntó Malia asomando la cabeza por la trastienda.

Aún no habían abierto. Todo estaba a medio colocar, a medio construir, a medio diseñar... pero había llegado un gran encargo y su madre no había querido ni podido rechazarlo; había muchas facturas que pagar.

—Ayúdame a retirar el follaje de estas peonías.

—¿Por qué? Esta parte verde es muy bonita, es una pena pelar la flor, quitar su naturaleza, hacerla...

—Hacemos que su belleza no se oculte tras unas hojas —le contestó Lomasi, y le retiró el pelo de la cara para enganchárselo tras las orejas—. El verde es muy bonito, Malia, pero acapara toda la energía de la flor. Al quitar el follaje, desviamos toda la energía para que la flor se abra de forma esplendorosa.

Su madre agarró uno de los cubos de aluminio que guardaba dentro de una de las cajas de cartón que se arrinconaban al fondo de la sala y lo llenó de agua tibia.

—Cuanta más agua pongamos, antes se abrirán las flores, y necesitamos que estén listas para mañana. —Lomasi cortó los tallos en ángulo y los fue metiendo con rapidez dentro—. Creo que las peonías deben ser las protagonistas en esta fiesta, porque las considero como la realeza de las flores; y, desde luego, esta familia es la realeza de Abbeville —dijo, y meneó la cabeza de forma rimbombante, estirando el cuello hacia arriba, lo que hizo reír a su hija.

—¿Pero de quién hablas, mamá? ¿Para quién es la fiesta?

—Para las hijas de los Frazier, las trillizas. Cumplen dieciséis y van a presentarlas en «sociedad». Como si no las conociera ya todo el mundo... —Añadió lo último como si hablara consigo misma.

Malia sintió que el estómago se le encogió. Recordó la última vez que había estado en aquella antigua mansión sureña; la imagen del hijo menor abrazado a ella, sus miradas cargadas de desconsuelo, el ambiente frío y triste que había respirado allí... Se le hizo raro pensar que iban a volver a aquel lugar y a adornarlo, en esa ocasión, para una fiesta. Y se le hizo mucho más raro aún pensar que volvería a ver a Landon.

Sabía que tarde o temprano pasaría, Abbeville no era un pueblo muy grande; sabía que volvería a ver en cualquier momento al chico con el que tantas veces había jugado de pequeña y sobre el que se había preguntado en mil ocaciones cómo se encontraría, si se acordaría aún de ella como ella lo hacía de él. Pero sus vidas y los sitios que frecuentaban estaban como en planetas distintos y, por pequeño que fuera Abbeville, las diferencias podían ser muy grandes.

La plantación Frazier estaba a las afueras, más allá de la Standard Oil. Cargaron la furgoneta temprano, aprovechando el fresco de la mañana para no hacer sufrir a las flores durante el trayecto, y conforme cruzaban el terreno salpicado de árboles por el camino, la emoción iba creciendo dentro de Malia. Estaba deseando volver a escuchar como la llamaban «Cascabel», estaba decidida en fijarse aquella vez en las lámparas de cuentas de cristal del salón que debían decorar, porque Mamá Tawana le estaba enseñando a diferenciar el poder y la energía de aquellos minerales, y se preguntó si volverían a ofrecerle darse un baño en su impresionante piscina.

Al llegar, se toparon con varias furgonetas de obreros aparcadas en la entrada. *Catering* de alimentos, montadores de carpas, instaladores de equipos de música... Aquello emocionó aún más a Malia. Aquel día vería muchas cosas bonitas, y eso la hacía sonreír sin darse cuenta.

—Primero, descargamos las macetas y luego las flores con los cubos. ¡Ah! ¡Y los centros de mesa! Tengo que volver a la tienda para traer los jarrones de cristal y las guirnaldas de hojas. Ve montando el mural en la pared. Recuerdas los nombres de las trillizas, ¿verdad?

—Sí, mamá. Viola, Becca y Dorothy. Vete tranquila, anoche hice un boceto y está todo bajo control.

—Perfecto, cariño. —Lomasi respiró hondo, como si quisiera cargarse de energía, y luego expulsó el aire hasta vaciarse los pulmones. Estaba nerviosa y sus ojos danzaban de un lado a otro hasta que sintió la mano de Malia en su brazo.

—Todo saldrá genial, mamá. Va a quedar precioso.

—Tú sí que te has puesto preciosa —le dijo con una ceja elevada tras darle un beso en la frente.

Los rasgos de Malia a sus casi catorce años seguían siendo infantiles, y su mirada curiosa, junto con su semblante siempre entusiasta, lo remarcaba aún más. Tenía los brazos finitos, pero unas caderas redondeadas que hacían que no se sintiera cómoda llevando pantalones. Por eso, casi siempre llevaba vestidos largos y sueltos, y aquel día había elegido uno blanco de tirantes, que resaltaba sobre su piel ocre tostada. El pelo le hacía cosquillas sobre la cintura, y se lo había cepillado con esmero antes de rehacerse la fina trenza de la que colgaba siempre su cascabel. Aunque había decidido ponerse los zapatos blancos de las ceremonias, finalmente se descalzó antes de bajar de la furgoneta, porque el vestido era lo suficientemente largo para que no se le vieran los pies.

Una vez descargados los cubos con las flores cortadas y las macetas, Lomasi dejó a Malia en el salón. La casa estaba sumida en un ruido bullicioso donde destacaba la voz de la señora Frazier dando indicaciones por doquier.

La muchacha miraba por encima de su hombro hacia la puerta del salón, pero las voces pasaban de largo y, aunque estaba deseosa de ver a los cuatro hijos del matrimonio, se puso manos a la obra, porque sabía lo importante que era aquel trabajo para su madre.

—Oh, vaya... —resopló al darse cuenta de que habían olvidado traer la escalera de la furgoneta.

Malia torció la boca y miró al techo a la vez que expulsaba el aire por la nariz con frustración. Por las ventanas veía pasar a gente cargando mesas y sillas para desplegarlas en el jardín. Pensó que alguien podía tener una escalera de sobra o que, con suerte, encontraría a alguien del servicio, a aquella mujer que se llamaba Dothy, para pedirle una.

De pronto, Malia reparó en los cuadros que colgaban de las paredes, aquellas láminas antiguas con imágenes que la dejaron embelesada. No esperaba encontrarse allí dentro todo aquello: el rio, la fábrica de soda, la casa de Rosa Parks, la plantación Frazier con sus trabajadores en fila; alguno demasiado serio, alguno sonriente, todos esos *creeks*... ¡Hasta había una imagen de Andrew Jackson! Aquello parecía un museo de la historia del condado de Henry.

—¿Reconoces a alguien?

Malia dio un paso atrás y se llevó la mano al corazón al verse sorprendida allí. Se giró y descubrió al hijo de los Frazier con los brazos cruzados sobre el pecho, un hombro apoyado en la pared y un pie sobre el otro. Malia no pudo evitar sonreír al verle, de hecho, una vez sobrepuesta del susto, se tapó la boca para aguantar el grito de alegría que le provocó el hecho de verle, y negó con la cabeza como respuesta.

—¿Estás segura? Porque, mira, ahí pone que este tipo fue muy famoso entre los vuestros. Podría incluso ser un antepasado tuyo... Aunque no, bien pensado, no lo creo. Ese tipo es demasiado feo.

—Por aquí hubo muchísimos *creeks,* es muy poco probable que ese tipo y yo fuésemos parientes. Aunque no me habría importado ser descendiente de ellas —dijo señalando a un grupo de nativas a las puertas de una escuela de madera—. Parecen listas y valientes.

—Quizá lo seas.

—Quizá.

Ambos se aguantaron la mirada durante un par de segundos antes de volver a reír.

—¿Qué haces por aquí, Cascabel? Porque no creo que hayas pagado entrada para ver nuestra exposición.

Malia volvió a reír, regocijada al volver a escuchar aquel apodo que había hecho tan suyo y que sentía que era tan especial para ella.

—He venido con mi madre para decorar la fiesta de tus hermanas. Yo haré un mural con sus nombres en el salón, pero he olvidado bajar la escalera de la furgoneta, y mi madre se la ha llevado. Ha ido a por el resto de las flores.

Landon sonrió al escuchar aquello; la chica era menuda y aquello le proporcionaba una oportunidad para echarle una mano.

—Veré lo que puedo hacer, vuelvo en seguida.

Landon le guiñó un ojo y se fue con un andar saltarín. Ella regresó al salón y comenzó a preparar las flores, los alambres y los sistemas de sujeción.

—Lo siento, no he logrado conseguir ninguna, pero quizá pueda ayudarte yo hasta que vuelva tu madre con la furgoneta.

—¿Seguro que quieres ayudarme? ¿No tienes nada más divertido que hacer un sábado por la mañana?

—Esto también puede resultar divertido, aunque tendrás que guiarme. ¿Para qué rayos necesitas esto?

—¡Es una pistola de silicona! —contestó ella desarmándolo entre más risas.

Malia le mostró el diseño en su libreta, y él la escuchó con atención mientras le explicaba por dónde quería empezar. Al sostener la página para que no se moviera, quedó al descubierto en su muñeca la pulsera que Malia le había regalado dos años atrás, algo deshilachada y descolorida. Ver que aún la llevaba puesta le pellizcó el corazón.

Midieron juntos la pared para marcar y delimitar los tres espacios. Comenzaron colocando las flores y ramas inferiores. Según avanzaban y la altura ascendía, Malia comenzó a darle las flores y las instrucciones sobre cómo colocarlas.

—¿Haces esto muy a menudo?

—No, no hay tanta gente que se lo pueda permitir. Las flores son caras, pero siempre surgen ocasiones especiales. —Lo miró de refilón y se mordió el labio inferior, porque había contestado sin pensarlo y se arrepintió de inmediato. Su madre siempre le decía que jamás se hablaba de dinero con extraños.

—¿Me estás llamando ricachón despilfarrador? —soltó el chico con guasa al darse cuenta de su apuro.

—No, yo... Bueno, desde luego a ti no. Pero tus padres sí que parecen ser bastante ricos. —Recordó lo que su madre le había dicho de las peonías y la realeza—. Aunque tener dinero y querer gastar parte de él en flores para adornar una casa no me parece ningún crimen.

—No, no lo es. Tengo que decir, de hecho, que me gusta. Es algo muy chulo.

Landon alargó la mano para pedirle otra flor, y ella se la entregó con una mirada cómplice.

—Antes de abrir la tienda íbamos con la furgoneta por los mercadillos de las ciudades, algunas veces nos contrataban para adornar alguna ceremonia o alguna fiesta, pero solo con centros de mesa y algunos jarrones. Los murales es algo que yo hago para divertirme con las flores que no se han vendido y van a marchitarse, pero al parecer tu madre vio un mural que hice en el escaparate de la tienda anunciando «próxima apertura», le gustó y pidió que hiciera esto para la fiesta.

—Pues es una pasada. Seguro que consigue impresionar a todos los invitados y aún más a mis hermanas, que ahora están en el salón de belleza para someterse a algún tipo de mutación.

Malia negó con la cabeza un poco sin poder parar de sonreír de oreja a oreja.

—¿Entonces ahora tenéis una floristería?

—Sí, en Kirkland.

—¿Aquí en Abbeville? ¿Vives ahora aquí? —preguntó Landon muy sorprendido.

—Desde hace unas semanas.

—Entonces, supongo que ya no tendrán que pasar años antes de volver a verte, Cascabel.

Landon apoyó las manos en su cintura y afirmando en silencio ladeó la sonrisa.

—Supongo que no.

Cuando terminaron con el nombre de Viola y se prepararon para comenzar con el siguiente, llegó Lomasi y se sorprendió al ver al chico ayudando a su hija.

—Olvidé bajar la escalera, mamá.

—Pues ve a por ella ahora, Malia. No hay que molestar a los clientes... ni a sus hijos —dijo Lomasi con una ceja elevada hacia ellos.

—No se preocupe, me he ofrecido yo.

—Está bien, pues entonces ayúdala a traer la escalera para que pueda continuar. Se nos echa el tiempo encima.

La mujer dio unas palmaditas para apremiarlos y ellos obedecieron.

—¿Tú también tendrás una fiesta así cuando cumplas dieciséis?

—¡Demonios, no! Espero que no, vaya. Preferiría que me clavasen chinchetas en el culo antes que montar algo así.

—Pero esto será algo bonito, lo están poniendo todo precioso. ¡Es una fiesta! ¿No te gustan las fiestas?

—No las fiestas en las que te pasas todo el rato sonriendo a padres que te dicen qué deberías hacer para ser mejor en el campo de juego, ni haciéndote fotos con todo el mundo, ni en las que te obligan a llevar chaqueta y corbata con este maldito calor.

Malia se rio con sus caras cómicas, pero no quiso compadecerle; porque seguía considerando que tener una fiesta así debía ser algo genial.

—Mi madre quiere compensar con esta fiesta todo lo que no hizo por Lisa. En su día, a ella no llegó a hacerle nada de esto, y ahora quiere tirar la casa por la ventana. No creo que en realidad compense nada, aunque... si lo necesita, si piensa que le servirá de algo...

—Pero tus hermanas sí que deben de estar entusiasmadas.

—Mis hermanas son tres tontas que creen que, por tener por fin dieciséis, sufrirán un encantamiento mágico que hará que todos los chicos, de pronto, quieran besarlas. Solo hablan de eso: besos por aquí, besos por allá... Pero nadie quiere besarlas.

—¡Eso no puedes saberlo! —volvió a reír Malia.

—Sí, sí que lo sé. Sé muy bien cuando un chico quiere besar a una chica.

Habían llegado a la furgoneta, y Malia abrió la puerta trasera en cuanto escuchó eso para poder ocultarle su cara a Landon durante unos segundos. Besos. Era algo en lo que ella no había pensado aún, en el beso de un chico. Pero algo en el tono de Landon había hecho que la piel de sus labios burbujeara con cosquillas.

—¿Y cómo lo sabes? ¿Cómo se nota?

La joven aguantó la respiración. Por algún motivo las pulsaciones se le habían disparado y no quería mirarle directamente a los ojos. Justo en ese momento, una voz los interrumpió.

—¡Landon Frazier! ¿Dónde diantres te has metido? ¡Landon!

La voz de Reese, demasiado cerca e irritada, salía de dentro de la casa y se colaba por las ventanas abiertas. Entonces, ambos se miraron y, antes de que Malia pudiese decir algo, el chico le dio un rápido, repentino y apretado beso en la boca. Landon se retiró con rapidez y se giró para ver si su madre había salido por la puerta principal. Al comprobar que aún no la había alcanzado, volvió a clavar la mirada en Malia, que se había quedado petrificada y sin respiración.

—¡Landon Frazier! Los fotógrafos han llegado y te estamos esperando. ¿Qué haces aún sin estar arreglado?

Reese había dado con él. Se dirigió a ellos con paso firme sobre sus finísimos tacones, haciendo rebotar sobre su pecho un collar de perlas rosadas. Landon estiró los labios a modo de disculpa antes de atender a su madre, pero Malia siguió sin reacción alguna.

—Ayudaba a Malia y a Lomasi.

—¡Oh! Hola, encanto. Me alegro de verte, estás muy mayorcita ya. Landon, debes subir ahora mismo a vestirte; hacer esperar a los fotógrafos es desconsiderado. Seguro que les apetece terminar aquí e irse pronto a casa. Supongo que igual que tú. ¿Verdad, Malia?

La chica afirmó con la cabeza y se limitó a meterse en la furgoneta para descargar la escalera y, para cuando se bajó, Reese y su hijo estaban regresando al interior de la casa. Landon se volvió para echarle un último vistazo y le regaló una sonrisa llena de satisfacción.

Landon nunca antes había besado a ninguna chica. Muchas habían intentado hacerlo, pero él lo había tenido claro. El día que diera su primer beso, sería a la chica adecuada, y esa era Malia, sin lugar a duda.

—¿Qué hacías con la chica? Te he dicho mil veces que no quiero que te juntes con ese tipo de personas.

—¿Qué tipo de personas, mamá? ¿Con los *creeks*?

—¡No, Landon! No me refiero a los *creeks*. ¡¿Qué voy a tener yo en su contra?! Me refiero a la gente problemática.

—¿Problemática? ¡Pero si es la hija de Lomasi, que lleva años arreglándote el invernadero! Recuerdo que una vez te enfadaste con ella, pero creía que aquello ya estaba resuelto...

—No me discutas más, Landon. ¡Sabes perfectamente lo que quiero decir!

Pero, en realidad, Landon no entendía en absoluto a su madre. De hecho, cuando vio la mirada afilada que le lanzó su padre, que la pilló desprevenida y le hizo tragar saliva y elevar el mentón, supo que ni ella misma sabía a qué se refería con lo de «gente problemática».

De todos modos, le daba igual lo que dijera su madre. Malia era de todo menos problemática. Quizá rara. Loca. Diferente. Había muchos adjetivos con los que se la podía calificar, pero no «problemática». Y a él le gustaba. Recordaba lo divertido que era estar con ella, que le hacía descubrir cosas que a él le pasaban inadvertidas, cosas sin importancia que se volvían asombrosas bajo su mirada. Y aquel beso... No tenía otros con los que compararlo; quizá tendría que dar unos cuantos más para saberlo, pero en aquel instante sentía que había sido insuperable.

Para cuando terminó con el fotógrafo, las floristas ya se habían ido, y eso le fastidió enormemente, porque estaba orgulloso de cómo le había salido el nudo de la corbata, y se sentía guapo con aquella chaqueta azul marino. Ya que era un incordio llevarla puesta con aquel calor, esperaba que al menos le hubiera servido para impresionar a Malia. Sin embargo, tan solo le valió para que todas las señoras mayores insistieran en lo alto que estaba, y para que las amigas de sus hermanas mayores le guiñaran el ojo cada dos por tres.

Fue una gran fiesta; vio a sus hermanas felices siendo el centro de atención y a su madre orgullosa como un pavo real con ellas bajo sus alas. Su padre, sin embargo, no perdía la mirada triste, la que se le había quedado en los ojos tras la muerte de Lisa y que solo parecía revivir cuando iba a verlo jugar los partidos de fútbol.

Cuando la noche cayó y la mayoría de invitados ya se habían marchado, Landon se acercó a él aprovechando que acababa de despedir a los Spencer, haciendo verdaderos esfuerzos por sonreír.

—Hoy he besado a una chica —le confesó de repente.

Su padre elevó las cejas sorprendido.

—¿Y qué tal?

—Ha molado.

Su padre sonrió cansado y le revolvió el pelo rubio y brillante.

—Me alegro, hijo. Tú solo intenta que esa chica no te haga una muesca en el corazón.

10

«La vida comienza de nuevo cuando todo se pone
crujiente en otoño».

F. Scott Fitzgerald

Aquellos quince primeros días de julio fueron absolutamente geniales para Malia, pues Landon se instaló en su vida como una segunda sombra. Aparecía a primera hora de la mañana con una cesta para atrapar ranas, que dejaba en la primera esquina que encontraba de la tienda, e insistía en ayudarlas con la tarea del día: lijar la vieja madera del mostrador, pintar las paredes, colgar repisas... Algunos días, Lomasi los instaba a salir para nadar en el rio, a pasear con las bicicletas por las desoladas calles del pueblo o, simplemente, a subirse a la azotea para charlar.

Landon no volvió a besarla, ninguno hizo mención alguna de aquel momento, pero estaba claro que aquello los había unido de una forma especial.

A mediados de julio, la floristería ya estaba funcionando a pleno rendimiento; tanto, que su madre tuvo que buscar una empleada para poder terminar con la temporada de bodas. En agosto, Landon volvió a irse con su familia al lago Martin, y Malia a su vez tuvo que irse a la reserva junto a su padre, al que había echado mucho de menos; como también había añorado las noches cantando en su viejo porche bajo el manto de estrellas, las largas historias sobre sus antepasados que le contaba a los pies de su cama cuando era más pequeña y los paseos juntos para descubrir los sonidos del viento. Aunque, al mismo tiempo, lamentaba haberse alejado tanto de Abbeville... y de Landon.

Lo primero que había hecho Landon al regresar, había sido ir hasta la floristería de Lomasi. Cuando esta le anunció que Malia finalmente viviría con su padre en la reserva durante todo el curso, el mundo se le cayó a los pies. Sabía que aquello era bueno para su amiga, porque quería decir que su padre estaba bien, al menos lo suficiente como para poder hacerse cargo de ella, y había visto con sus propios ojos lo feliz que ella era allí y lo atrapada que se había sentido en su pequeña habitación sobre la floristería. Sin embargo, que ella se quedara en la reserva significaba que él la perdía... Se sintió desolado y abandonado. Salió de la floristería cabizbajo y, tras meditar unos minutos, se subió a su bicicleta y pedaleó hasta la casa de los Kimmel con la firme intención de llenar aquel vacío con su no-hermano, Ben Helms.

La pulsera de Malia se rompió, se le perdió en algún momento, quizá mientras nadaba en el lago, en el campo de entrenamiento, en algún asiento de la sala del Archie, o se la tragó la lavadora liada en algún calcetín. Pensó muchas veces en ir a visitarla a la reserva, pero siempre se arrepentía inmediatamente después. Debía asumir que ella se había marchado y que sus caminos habían vuelto a separarse.

El verano siguiente lo mandaron a estudiar español a Europa. Fue algo repentino, algo que no le habían consultado y que llegó tras una nueva discusión entre sus padres. Aunque al principio había querido rebelarse, no tuvo opción, y finalmente cedió para disfrutar de una experiencia única, como su madre se la había vendido. Allí se preguntó un par de veces si Malia habría vuelto a Abbeville en vacaciones, pero había mucho que ver y descubrir donde estaba, así que tuvo que admitir que la silueta de Malia cada vez era más borrosa en su mente.

Sin embargo, al regresar a mediados de agosto, su recuerdo había llamado de nuevo a la puerta el primer día que vio la camioneta de Lomasi en la entrada de su casa para hacer arreglos en el invernadero. El corazón le dio un vuelco, pero Malia no estaba allí; continuaba en la reserva, y recordó la conversación que había mantenido con su padre tiempo atrás. En alguna parte de aquel músculo seguía sintiendo una punzada al pensar en la muchacha, y no quería que se convirtiera en una muesca. Por ello, cada vez que el viento le susurraba su nombre en el oído, él la apartaba del pensamiento con el fútbol, buscando conversaciones imposibles junto a Ben o dejando que las chicas del instituto se acercaran a él para tentarle con sus sonrisas. Estar en el penúltimo año de instituto, ser jugador y, además, un Frazier, lo convertían en alguien irresistible para las chicas de Abbeville.

—¿Cómo te va de *junior*[1]?

—Igual de bien que de *sophomore*[2]. En realidad, suena mejor. Algo me dice que será un buen año. —Landon se había acercado, aún sudoroso, hasta la grada para saludar a Ben, que solía ir a verlo una vez por semana a los entrenamientos—. Vamos a tomarnos unas hamburguesas a Ruby's, ¿vienes con nosotros?

Ben negó con la cabeza se levantó y se sacudió el polvo de las zapatillas contra el borde del asiento.

—Tengo algunos encargos que terminar. Nos vemos.

—¿Estamos nosotras invitadas también? —Dos animadoras se colaron en su conversación para probar suerte.

Landon les ofreció encantado sus brazos para que se engancharan a él, una a cada lado, y con fingida resignación miró a su amigo.

—Está bien, pero la semana que viene sí que te quedas. Dave da una fiesta en su casa el jueves. Barbacoa gratis, tío.

Landon le apuntó con el dedo y su amigo se despidió de él con un toque en la visera de su gorra.

Landon ya sabía la respuesta antes de formular la pregunta, y es que Ben administraba su dinero al milímetro, y en sus cálculos nunca entraba salir a comer fuera. Tenía que acarrear con los gastos de Creek Home, la clínica donde habían ingresado a su hermano al poco de nacer por mediación de Robert Frazier.

---

1. Nombre coloquial para referirse a los alumnos que cursan undécimo grado.

2. Nombre coloquial para referirse a los alumnos que cursan décimo grado.

Desde hacía unos meses, sin embargo, Ben había conseguido un trabajo estable en la Standard Oil y vivía a las afueras, en una vieja caravana heredada, por lo que se veían menos. Sin embargo, el chico había encontrado la manera de ir a ver entrenar a su amigo y, al terminar, charlaban un rato y Ben aprovechaba para hacerle algunos comentarios sobre cálculos, velocidad y ángulos de lanzamiento que Landon apenas comprendía, pero que, de alguna forma, habían ido afianzando su amistad y habían propiciado que se quedara con él al menos una noche a la semana, cuando Ben no iba a visitar al pequeño Toby.

Y eso fue lo que hizo Landon el resto del curso; estudiar, jugar, charlar con Ben y probar muchas bocas sonrientes, aunque ninguna le hizo ni siquiera cosquillas en el corazón.

11

«No creo que los indios olviden al Gobierno.
El Gobierno se olvidó de los indios».

Jefe Calvin McGhee

El primer año había sido difícil. Malia echaba terriblemente de menos a su madre, pero guardó sus sentimientos muy adentro, en un lugar al que a veces ni ella era capaz de acceder. Su padre había hecho un esfuerzo enorme por salir del pozo oscuro en el que había estado a punto de ahogarse, y Malia sabía bien que lo había hecho por ella. Él se lo decía una y otra vez, porque quería transmitirle todo el amor que sentía por ella, para que no le quedase la más mínima duda de que su hija era lo más importante para él en el mundo, y que solo por ella seguía adelante. Sin embargo, aquellas confesiones ahogadas, casi desesperadas, hacían que Malia sintiera que se asfixiaba. Cuando escuchaba aquellas cosas, sentía como si un enorme árbol estuviera a punto de quebrarse sobre ella y su obligación fuera mantenerlo erguido con la fuerza de sus brazos, con la de todo su ser. Si ella le fallaba, si ella le confesaba lo infeliz que se sentía cuando echaba en falta a su madre, él volvería a hundirse y quizá entonces no podría volver a levantarse.

Hubo días buenos. Días en los que su padre le contaba el viaje del jefe Calvin McGhee a Washington D.C. para reunirse con John Kennedy en el que consiguió el reconocimiento federal de Poarch Creek; que aquella lucha fue dura y larga, hasta 1984... Eso era algo que a Malia le sonaba lejano, pero su padre insistía en dejarle claro que era demasiado reciente, por lo que debían seguir luchando por ser reconocidos, por mantener su libertad. Ella no entendía de política, no le gustaba vivir en el pasado, ni siquiera pensar demasiado en el futuro. Ella vivía en el instante, por las sensaciones que la rodeaban, por ver el atardecer anaranjado desde el porche, por sentarse en las ramas de su árbol y descubrir formas en las nubes... Sin embargo, escuchaba con atención las enseñanzas de su padre, porque sabía que era algo importante para él, que en realidad era importante para cualquier miembro de su tribu y, al menos, mientras escuchaba, no pensaba en cosas tristes.

Pero también hubo días malos, muy malos. Esos días terminaba en casa de Mamá Tawana, como si al estar lejos pudiera ignorar que su padre tenía un día oscuro, uno en el que la necesidad de tomar una copa estaba por encima del amor que sentía por ella. Esos días sentía miedo por él, por perderle. También se sentía culpable por no haber hecho algo que le diera la fuerza que le faltaba. Y sola, porque no podía refugiarse en los brazos de su madre y compartir con ella su tristeza.

Malia sabía que, con solo una llamada, podía tener a su madre con ella allí o incluso podría tener la opción de regresar a Abbeville, pero ¿qué sería de su padre entonces? No podía contárselo, no podía hablar con nadie de aquello. Su madre iba a visitarla siempre que podía y le contaba que la floristería iba viento en popa, que estaba feliz y se sentía libre. Eso decía, aunque a Malia no le habían pasado desapercibidas las miradas reprobatorias de muchos en la reserva, y había escuchado comentarios apagados a sus espaldas: «¡¿Cómo ha sido capaz de abandonar a su hija!?». «Si hubiera sido mejor esposa, su Mulik no se habría convertido en un borracho». «Debe de tener algún hombre fuera, ese es el motivo». Lomasi, sin embargo, siempre los ignoraba, se centraba en su hija y exprimía aquellos ratos juntas. Le contaba cosas divertidas y emocionantes, e incluso algunas veces dejaba que la acompañara a eventos para ayudarla. Todo el mundo decía lo buena que era la muchacha montando murales con las flores, y ella disfrutaba muchísimo compartiendo aquello con su madre.

El día a día sin ella era duro, pero su mayor miedo era marcharse y dejar a su padre atrás.

El año siguiente fue mejor. Su padre se encontraba más fuerte y centrado. Ella se había acostumbrado a no vivir con su madre y, además, estaba Callum, que un buen día comenzó a prestarle más atención. La esperaba a la salida del colegio y la acompañaba hasta casa, casi siempre en silencio, porque no era muy hablador, y aquello la confundía bastante. No entendía que quisiera dar aquellos largos paseos solo por respirar a su lado. Ella hablaba para llenar el silencio, y reconoció que era un gran oyente: nunca la cortaba, jamás la juzgó ni le dijo que estaba loca, y alguna vez Malia hasta llegó a verle sonreír con alguna de sus ocurrencias; a la joven le resultaba desconcertante.

A su padre le gustaba el muchacho, pues era muy activo dentro de la tribu y participaba en las ferias y ceremonias, ataviado con camisas llenas de tiras coloridas, cintas de calicó, abalorios de plumas y cáscaras de tortuga que hacían las veces de múltiples cascabeles atados a los pies para acompañar a los tambores con su sonido. Eso hacía que Mamá Tawana también sintiera predilección por él, y es que la acompañaba en sus bailes cada vez que oraba por la sanación de algún enfermo o cuando fallecía alguien en la comunidad. A Malia le gustaba la espiritualidad que respiraba cuando estaba a su lado, pero, por encima de todo aquello no había nada; tampoco lo había por debajo, tan solo un profundo aburrimiento que ella rellenaba hablando sin tregua.

Curiosamente, cuando estaba con Callum siempre se acordaba de Landon. Quizá porque con él siempre se reía, quizá porque nadie había vuelto a besarla. Tampoco ella había tenido el interés en besarse con nadie de la reserva, ni siquiera con Callum, y eso que reconocía que era sin lugar a duda el chico más guapo de todos los que había allí. En sus bailes lucía parte de su pecho descubierto, su mandíbula cuadraba le otorgaba un aire rudo y temerario, y su espalda era capaz de tapar el sol. Aunque no tuviera motivos por los que comparar a ambos, lo hacía. Sin embargo, el chico de Abbeville formaba parte de un recuerdo, y había aceptado que posiblemente ella ni siquiera formara parte de alguno de los suyos. Landon no había vuelto a la reserva a visitarla, y cuando en verano ella había ido hasta la ciudad para estar con su madre, no le había visto y había llegado a escuchar que se había ido a estudiar fuera del país. Definitiva-mente, sus mundos se habían separado, y Malia se preguntó por qué motivo su mente se empeñaba en extrañarle.

PARTE 2

ORQUÍDEA: flor de la pureza del amor

12

«Muestra clase, ten orgullo y desarrolla el carácter.
Si lo haces, el ganar viene solo».

Paul Bryant

—Eres tan bueno como la última jugada que haces en cada partido, no lo olvides, Frazier. Nada está garantizado y, desde luego, tampoco lo está tu puesto en el equipo, por muy bueno que hayas sido hasta ahora. Un despiste, un accidente... y estás fuera. ¡Me importa un rábano si eres *senior*[3] y este es tu cuarto año con el casco rojo! Hay que ganarse el puesto cada puñetero día.

Aquella tarde de finales de agosto, el entrenador Glover bramaba como un león a sus jugadores mientras ellos ni pestañeaban, arrodillados a su alrededor. Había sido un buen entrenamiento, los chicos se habían esforzado en el campo y estaba de buen ánimo, pero habían terminado exhaustos. Algunos habían llegado a vomitar mareados por el esfuerzo, pero así solía ser la pretemporada. Venían flojos del verano y el entrenador solo pensaba en los pocos días que quedaban para el primer partido.

Con Landon siempre era especialmente duro, quizá porque era el mariscal del campo, porque era hijo de quien era y siempre se esperaba más, o quizá porque era capaz de ver más potencial en él que el que Landon creía tener.

---

3. Nombre coloquial para referirse a los alumnos de último curso.

Hacía muchísimo calor, el agua de las duchas no salía fría porque las tuberías estaban ardiendo, y la única forma de calmar aquellos músculos entumecidos era metiéndose en bañeras de cubitos de hielos a las que solo los jugadores más veteranos llegaban a tiempo antes de que se derritiesen por completo.

—¿Venís a casa para ver algún partido? —preguntó Landon a sus compañeros a la salida del vestuario.

—Tío, tus hermanas ya se fueron a estudiar al extranjero, ¿de qué manera vas a incentivarnos ahora para ir? —preguntó Quinn Phoenix, el mejor defensa del equipo.

—¡Para mí el mayor incentivo es precisamente que por fin ellas ya no están! —Los chicos le abuchearon mientras él se irguió, feliz de saberse por fin prácticamente el dueño de la casa—. Pero habrá *brownies* caseros bajos en azúcar y batidos proteicos, cortesía de Reese Frazier. Mi madre no se ha ido a ningún lado, tiene que cuidar del equipo de su ciudad, de lo contrario podrían destronarla como hija predilecta de Abbeville.

—Si no fuera tu madre, me casaría con ella.

—Lukas... —Landon señaló amenazante con el dedo al novato—. Madres no, nunca. Ni en broma.

Reese era una mujer muy activa que se desvivía por todos y que mostraba un amor por su marido digno de una película azucarada. Hacía un tiempo que Landon había dejado de preocuparse por ella. Parecía que estaba bien, que tenía superada la muerte de su hermana, o al menos lo fingía de una forma magistral. No paraba mucho por casa, siempre de comité en comité, de reunión en reunión, de club social en club social. Nunca le prestaba mucha atención, quizá porque no le gustaba el fútbol, y nunca iba a verle jugar o a entrenar. Sin embargo, cuando los chicos iban a casa, se comportaba como la anfitriona ejemplar. Al fin y al cabo, los chicos eran una parte importante de la comunidad. Landon pensaba que él estaba incluido en el lote que recibía aquellas atenciones por pura casualidad, pero no le importaba demasiado, pues había comprobado lo asfixiante que podía llegar a ser convertirse en el objeto de atención de su madre; de hecho, sus hermanas se habían ido a puntas dispares del país, y probablemente solo regresarían por Navidad. Lo último que quería Landon era convertirse en el nuevo objetivo sobre el que su madre proyectara su foco controlador. Para él, era más que suficiente recibir un trozo de *brownie* junto a los chicos; las cosas funcionaban bien así.

—Dile a tu padre que se una a nosotros para ver el partido—dijo Josh.

—Claro, seguro que lo hace. No sé por qué, pero le gusta estar con vosotros... Quizá sea porque la boca se os cae al suelo ante su presencia y le engordáis el ego, o porque le pedís una y otra vez como fanáticos enfebrecidos que os cuente cómo ganaron el Estatal aquel año, y se siente más joven al recordarlo, o quizá porque si viene con nosotros se libra de acompañar a mi madre a algún comité de la comunidad.

—Landon, tú serás nuestro Cometa, pero tu padre siempre será el mejor de todos los tiempos, incluso mejor que tú. Puede tener el ego tan gordo como le dé la real gana.

—¡Por supuesto que lo es, Josh! Él lo sabe y yo lo sé. Todos los sabemos.

No le importaba que su padre se uniera a sus reuniones, de hecho, le gustaba, se sentía orgulloso de él, pero disfrutaba metiéndose con los chicos, que parecían animadoras entusiastas ante su presencia.

¿Por qué otro motivo jugaba él al fútbol si no por su padre? Por el brillo que renacía en sus ojos al verle en el campo de juego, por las charlas que compartían sobre otros equipos, por los recuerdos de un pasado que afloraban en su mente y le devolvían a la mejor época de su vida... Porque Landon sabía perfectamente que su padre jamás volvería a ser feliz del todo. No sin aquellos días de gloria, no sin Lisa... Aunque él intentara llenar el vacío, nunca duraba mucho la ilusión de haberlo conseguido. Cuando las luces se apagaban, regresaba la oscuridad de su alma.

A Landon le gustaba jugar. El deporte le hacía sentir vivo; necesitaba la dosis de endorfinas que le proporcionaba poner su cuerpo al límite. También disfrutaba con la hermandad que había entre sus compañeros, siempre dispuestos a echar una mano, a montar una fiesta, a inventar una excusa para salvarle el trasero... Pero aquello no era ni el sueño de su vida ni algo que necesitara; no como para Josh, por ejemplo, que dependía de la beca de deportes para conseguir plaza en una universidad. A él simplemente se le daba bien, demasiado bien para lo poco que se esforzaba, y le gustaba ser el centro de atención. Todo el mundo conocía a Landon en Abbeville por ser un Frazier, porque su familia tenía más dinero que el resto del pueblo junto, por ser el hijo de quien era... Pero ser reconocido por tus propios méritos era más gratificante. Sabía gestionar esa «fama», disfrutaba con ella y hacía que los días allí fueran menos aburridos. Al fin y al cabo, no había mucho más que hacer en aquel pueblo de Alabama.

—¿Irás mañana a la fiesta?

Landon no esperaba que Cynthia estuviera allí fuera esperando a que saliera de los vestuarios. Aquella relación persecutoria comenzaba a asfixiarle. Había estado bien tener a una chica bonita para terminar el curso, una que se ponía su jersey del equipo para pasear por los pasillos del instituto y que se lo quitaba con facilidad solo para él en la parte de atrás de su *jeep*, pero Landon había pasado página en aquella relación amorosa.

Aquel verano había vuelto a Europa durante un mes. Su madre se había empeñado en que aquellas salidas abrían su mente y, recordando la experiencia anterior, él no se había negado. El resto de las vacaciones escolares las había pasado en Duke haciendo un curso pregrado en medicina para poder añadirlo a su solicitud para la universidad. Estaba casi seguro de que no tendría problemas para entrar donde quisiera, porque había sacado muy buena nota en el SAT[4] y, aunque no le interesaba, también algunos ojeadores le tenían echado el ojo. El caso era que otras chicas con acentos exóticos le habían entretenido de mil formas diferentes durante el verano, y lo último que esperaba era que, a su regreso, Cynthia estuviera esperándolo como si siguieran siendo novios o algo por el estilo. ¿Acaso estar dos meses sin hablar no era suficiente motivo para dejar de serlo?

---

4. *Scholastic Aptitude Test.* Es un examen de acceso aceptado por las universidades de los EE. UU. para evaluar la capacidad analítica y de resolución de problemas de los postulantes. Los resultados de este examen se analizan juntamente con el expediente académico y otros aspectos de la solicitud a la hora de evaluar la misma.

—Claro, iremos todos —contestó él mientras lanzaba el macuto a la parte trasera de su jeep.

La chica lo agarró del brazo para retenerlo y obligarle a mirarla.

—En realidad, me preguntaba si iríamos juntos. Sé que hemos estado separados durante el verano, pero volvemos a estar aquí, en el mismo punto. ¿No es así?

Ella le puso las dos manos sobre el pecho y se aproximó un poco más a él.

Landon se las agarró para quitárselas de encima con delicadeza. Le dedicó una sonrisa amable y suspiró antes de contestarle.

—Yo creo que deberíamos dejar que las cosas fluyan. Que estuviéramos juntos el año pasado no quiere decir que tengamos que estarlo este.

—Pero estábamos bien juntos, era divertido —replicó la chica con desconcierto en sus ojos azules.

—Sí, lo era. Y puede que más adelante surja la ocasión de volver a divertirnos.

Aquello fue suficiente como para plantar la semilla de la esperanza en la muchacha y, nada más ver su expresión, Landon se arrepintió de haberlo dicho.

—Entonces, quizá te vea en la fiesta. Si vas, claro.

—Sabes que iré, Cynthia, pero seamos amigos por ahora, ¿de acuerdo? Tengo la cabeza metida ahí dentro ahora mismo —le dijo, señalando al campo de juego.

Ella se mordió el labio de forma sensual y afirmó con resignación.

—¡A por todas, Generals! —exclamó levantando los brazos, para mostrarle que llevaba puesta una camiseta con el dibujo de aquel viejo general de barba blanca que era la insignia del equipo. Y así se despidió, andando hacia atrás en busca de su coche, sin dejar de mirarle.

Estaba claro que no iba a darse por vencida. Era la clase de chica que disfrutaba al andar colgada de su brazo, exhibiéndole como un trofeo. Además, estaba siempre dispuesta a satisfacer sus deseos, tanto que, a pesar de ser *sexy* y bonita, a Landon había terminado por resultarle aburrida y predecible.

Los chicos se habían quedado unos pasos atrás para dejarlos hablar, pero estaban suficientemente cerca como para poder escucharlos. En cuanto se alejó la chica, se burlaron de él y lo llamaron tonto por alejarla de su lado.

—¿Tan difícil de entender es que este año no quiera líos?

Landon se subió de un salto al *jeep* y se dejó resbalar por el respaldo del asiento hasta ponerse al volante.

—De entender, no; de creer, sí. Tu fuerza de voluntad va a durar menos de veinticuatro horas, te apuesto lo que quieras —le dijo Dave.

—Yo pongo diez pavos. —Josh sacó el billete de su cartera y lo puso en la mano de Dave.

—Y yo otros diez. —Se unió Quinn.

—Pues yo confío en Landon. Si él dice que no, es que no.

—Novato, vas a perder, aún no conoces al verdadero Landon. Es blando como un malvavisco, y su punto débil no está en el talón precisamente —le aclaró Dave a Lukas.

—Sigo aquí, chicos. Lo sabéis, ¿no? —recalcó Landon resoplando.

—Treinta a diez. Mañana sabremos quién gana.

—Cerrad el pico y subid al coche de una maldita vez.

Él tenía las cosas claras. Había pasado un verano fabuloso, la pretemporada estaba resultado muy positiva y le esperaba un año escolar bastante menos duro: lo peor sería hacer la redacción personal para la solicitud de la universidad y decidir adónde ir exactamente... Quería centrarse en el deporte y en los estudios y disfrutar de la parte divertida de aquel último año en el instituto.

A su padre, pensar que iba a seguir sus pasos para convertirse en médico también le hacía sonreír. En realidad, a Landon no le había resultado difícil decidir qué hacer con su futuro. Le gustaba su vida actual y pensaba que, haciendo lo mismo que su padre, conseguiría mantenerla.

13

«The taste of love is sweet, when hearts like ours meet».[5]

«Ring of Fire», Johnny Cash

La idea de empezar de cero la asustaba y la emocionaba a partes iguales. Dejar la reserva, a su padre y a Mamá Tawana era tan doloroso como alegre era la idea de vivir de nuevo junto a su madre. En realidad, habían decidido por ella. El instituto de Abbeville era mejor que el de la reserva, ofrecía más oportunidades y, aunque a Malia no se le pasaba por la cabeza la idea de ir a la universidad, sus padres estuvieron de acuerdo en que dejara Atmore.

Su padre llevaba más de dos años sobrio y por fin había encontrado su lugar. Ahora formaba parte del Consejo Tribal, tenía un puesto bien reconocido en la comunidad, y aquello le había hecho abrir la mente: ya entendía que el mundo no se terminaba en los límites de la reserva, y su discurso actual era que debía de hacerse lo que fuera para tener a los mejores, a los más preparados, dentro; aunque eso significase mandarlos fuera durante una temporada.

La despedida no había sido fácil. Aunque todo el mundo le hubiera dicho que estaban cerca, que podrían verse a menudo, que irían a verla o que seguramente ella iría con frecuencia a la reserva, Malia sabía bien que todo aquello se esfumaría con el paso del tiempo. Sus amigos seguirían adelante, la rutina allí dentro no sufriría su ausencia, pero ella debería enfrentarse a un mundo nuevo más allá de su comunidad.

---

5. El sabor del amor es dulce cuando corazones como los nuestros se encuentran.

Estaba tan nerviosa que no tenía apetito; algo que no solía sucederle jamás. Por eso, cuando entró en la cocina y descubrió que su madre se había esmerado aquella mañana y había preparado un potente desayuno con huevos revueltos, beicon y tortitas, sintió nauseas. A pesar de ello, se obligó a comer un poco de todo para no desilusionarla.

—Estás muy guapa, Malia. Seguro que conoces a muchos chicos y chicas de algunas de las celebraciones en las que hemos trabajado. Cuando llegues no te constará trabajo entablar amistad con alguien. Estoy segura, no debes estar nerviosa. Es un instituto muy bueno... Si quieres te puedo acompañar, conozco a la orientadora y podría ayudarte.

—Mamá, me estás poniendo nerviosa tú. Me las arreglaré bien sola. Seguro que tengo mucho que contarte cuando vuelva.

Malia le dio un beso y se apresuró en salir de casa, aunque iba con tiempo de sobra. El instituto quedaba a unos minutos de la floristería, por lo que podía ir hasta allí caminando. El edificio estaba en el corazón de la ciudad, lo que la hacía sentir que todo en el pueblo giraba en torno a lo que sucedía allí dentro. Era algo intimidante, y más cuando llevaba semanas escuchando de boca de su padre que aquello era el comienzo de su futuro. Y «futuro» era una palabra inmensa, de bordes difusos, en la que Malia no solía pensar.

La mayoría de la gente vivía en casas alejadas del centro del pueblo, y una gran variedad de furgonetas con ruedas imponentes dominaba ya gran parte del aparcamiento. A su alrededor se arremolinaban chicos que se saludaban como si el verano los hubiese separado y tuvieran muchas cosas que contarse. El autobús llegó al mismo tiempo que ella, y un buen grupo de alumnos somnolientos se bajaron de él formando grupos. Malia se sintió como si fuera la única novata allí; de hecho, probablemente todos los que comenzaban undécimo como ella ya se conocían de los años anteriores y, salvo escasas excepciones, todo el mundo se agrupaba para cruzar el umbral de la puerta principal.

Ella había memorizado el número de su taquilla, el horario y el recorrido que debía hacer de una clase a otra. La joven avanzó por el pasillo agarrada a la banda de su mochila con ambas manos mientras el corazón le martilleaba de emoción. Malia miraba a las caras esperando recibir una sonrisa de vuelta en alguien, en algún momento, pero llegó hasta su taquilla sin conseguir ninguna. Al dejar dentro los libros que no necesitaba para la primera hora, soltó también una bocanada de aire; necesitaba deshacerse de todo el estrés que aquello estaba causándole.

—Te he observado desde el *hall*. Pareces un cervatillo salvaje a punto de ser cazado, y he sentido la necesidad de rescatarte.

Malia se giró para ver quien le hablaba. Era una chica de rizos pelirrojos, aros en las orejas y demasiado maquillaje en los ojos. La muchacha abrió la taquilla que había justo al lado de la suya, comenzó a vaciar su mochila dentro y terminó por colgar en la puerta un espejo redondo en el que se miró para retocarse los labios.

—Soy Kendall, y sospecho que tú debes de ser la hija de Lomasi —le dijo mirándola de arriba abajo, reparando en su vestido *vintage,* en el pequeño cascabel que colgaba del final de su trenza, en su piel tostada y sus muñecas llenas de pulseras eclécticas.

—¿Conoces a mi madre?

—Bueno, le regalé unas flores a mi abuela por su ochenta cumpleaños hace un mes. Me dijo que su hija se incorporaba al instituto este año, en undécimo, como yo... Ya sabes, me dio conversación. Y bueno, no hay muchos de la reserva por aquí; de hecho eres la única —le dijo, y le dejó claro que su aspecto la delataba—. No conoces a nadie por aquí, ¿verdad?

—No, eres la primera persona con la que hablo. Pero creo que tú eres un gran comienzo —le sonrió contenta. Podía percibir tonos azules a su alrededor, y eso era buena señal.

—Ey, eso ha sonado muy bonito. ¡Gracias! —Kendall cerró la taquilla y sujetó los libros sobre su pecho con las manos—. Dime a qué hora tienes clase de Historia.

—Ahora tengo clase de Historia.

—¡Lo sabía! Seremos inseparables.

Kendall se enganchó de su brazo y tan solo dieron un paso adelante cuando escucharon un estruendo metálico al comienzo del pasillo.

Ambas miraron al chico que acababa de tropezarse con una de las papeleras en el *hall* de entrada y que las miraba con las cejas alzadas, inmóvil. Malia sintió como la sangre se le subía de golpe a las mejillas, el corazón se le disparaba y la sonrisa se le formaba sola. Quiso dar un paso hacia él, pero entones recordó que tenía su brazo unido al de aquella chica, que tenía toda la pinta de convertirse en su primer amiga allí.

—¿Hay algún motivo por el que Landon Frazier se haya quedado congelado ahí en medio y os estéis mirando así?

Malia no contestó a Kendall y, justo cuando parecía que el chico iba a levantar la mano para saludarla, un grupo de muchachos saltó sobre él y lo rodeó por completo. Todos eran chicos fornidos y escandalosos del instituto, por lo que supuso que debían ser los jugadores del equipo de fútbol. Eran altos, musculosos, gritaban como si les perteneciera el suelo que pisaban, y arrastraron a Landon dentro de aquella bola humana que rodó por el pasillo y pasó por el lado de la joven *creek* sin detenerse.

Podía recordar a la perfección el cosquilleo que recorría su cuerpo cuando de pronto él aparecía en el invernadero, o las caras divertidas que ponía al torcer los ojos y que ella veía por el retrovisor cuando se despedían y la furgoneta arrancaba. Parecía más alto, un poco menos rubio, más fuerte y con la misma confianza en sí mismo que siempre había lucido en sus ojos. Era extraordinario.

Entonces sonó el timbre, y Malia miró a su nueva compañera con urgencia. No quería llegar tarde a su primera clase por nada del mundo, estaba allí con el propósito de enorgullecer a sus padres y a la tribu. Las dos emprendieron el camino hacia el aula, pero no sin recibir una ráfaga de preguntas por parte de Kendall, a las que Malia contestó de forma escueta con monosílabos.

—¿Conoces a Landon?

—Sí.

—¿Desde hace mucho?

—Sí.

—¿Te has liado con él?

—¡No! —exclamó abriendo los ojos, aunque el recuerdo de aquel beso inocente acudió a su mente como una ráfaga.

—¿Me lo presentarás?

—Yo...

—Genial.

Entraron en clase y eligieron dos sillas cercanas que estaban desocupadas. Todo el mundo hablaba entre sí, y el ambiente era mayoritariamente alegre, al menos hasta que entró la profesora de Historia y todos recordaron que, en realidad, estaban allí para asistir a clase.

La siguiente hora, Matemáticas, también la compartió con Kendall, pero en la tercera se separaron. Malia pudo respirar y descansar. Aquella chica era arrolladora, algo chillona, e insistía en seguir hablando aun cuando el profesor hablaba. Ella no quería que le llamasen la atención el primer día, quería causar buena impresión, pero, a su vez, quería caerle bien a esa chica; le hacía ilusión volver a casa con una nueva amiga. Había resultado difícil compaginar las dos cosas, por lo que algunas veces le contestaba susurrando y otras simplemente moviendo la cabeza con sutileza mientras miraba fijamente al profesor. Pero, en realidad, aquel no había sido su principal problema; le había resultado casi imposible concentrarse en lo que escuchaba por parte de cualquiera porque, de todas las posibilidades sobre cómo sería su primer día, en ninguna de ellas había aparecido Landon. No porque le hubiera olvidado, sino porque, de alguna forma, al desaparecer de su vida, al creer que se había ido al extranjero... la posibilidad de que volviera a cruzarse en su camino le había parecido totalmente remota. Pero no, no habían hecho falta más de cinco minutos dentro de aquel edificio para que sus caminos volvieran a encontrarse, y la sensación que había recorrido su cuerpo al sostener su mirada durante aquellas décimas de segundo la había llevado al pasado. A un lugar dulce, lleno de risas y de emociones a flor de piel.

A la hora del almuerzo, se mezcló con una oleada de alumnos que bajaban las escaleras hasta el comedor, y simplemente fue detrás de ellos, se puso en la cola y esperó su turno para que le pusieran la comida en su bandeja. Malia miró por encima de su hombro para buscar a Kendall y, aunque no estaba segura de si estaba preparada para volver a verle, también buscó con disimulo a Landon.

Por fortuna, Kendall la rescató de entre la fila de mesas para llevarla hasta una que ya estaba medio ocupada por un grupo que parecía conocerse.

—Os presento a Malia; viene de la reserva de Atmore —anunció la pelirroja, como si llevara todo un descubrimiento al grupo.

—¿Eres la hija de Lomasi? ¡Me dijo que vendrías y estaba deseando conocerte! Yo soy Ruth, y tu madre le compra los abonos a mi padre.

Una chica menuda, con gafas y aparato dental, vestida con una sudadera del campamento espacial de Hunstville, movió su bandeja para dejarle espacio en la mesa.

Malia se sintió afortunada, estaba teniendo un primer día fabuloso, y había recibido sonrisas y bienvenidas. También la emocionó darse cuenta de que su madre había debido de presumir bastante de que su hija entraría en el instituto de Abbeville y, después de pasar dos años separadas, aquello significaba muchísimo para ella. Había pasado rachas en las que los días malos le habían hecho dudar de su amor; eran pensamientos momentáneos, fugaces, pero tan dolorosos que dejaban herida su alma. Por ello, aquellos comentarios la reconfortaban, y no tardó ni medio segundo en sentirse cómoda en aquella mesa.

—Yo soy Brett, el del bombo en la banda de música. Yo llevo el ritmo, nena. —Un afroamericano que la podía triplicar en contorno y altura le sonrió antes de darle un enorme bocado a su *sloppy joe*[6], dejando escurrir al plato un pegote del relleno de carne.

—Nona Summit. Elige una carta.

Aquella chica negra, con el pelo lleno de trenzas, desplegó frente a sus narices una baraja de cartas.

Malia eligió la primera de todas y la chica la puso boca arriba en la mesa.

---

6. Sándwich de carne picada de vacuno condimentada con varias salsas.

—La estrella... hummm. —Aquello fue todo lo que dijo como respuesta.

—Nona cree que es medio vidente, porque su bisabuela era de Charleston. Ella y Brett son *seniors* —aclaró Kendall—, y él es Tobias, mi primo. Nacimos el mismo día, ¿te lo puedes creer?

Malia se rio, porque el chico era bien diferente a ella. No había abierto la boca, estaba encogido sobre la bandeja con un aspecto taciturno, vestía todo de negro y la saludó con un leve amago en una ceja.

—¿Os conocíais todos de antes?

—Yo a él le he conocido en clase de Matemáticas —dijo Ruth señalando a Brett—, pero ellos cuatro sí que se conocían.

—Vivimos en el mismo barrio —aclaró el músico señalando al resto antes de darle otro bocado al sándwich.

—Y bien, ¿cuándo me lo vas a presentar? Nuestro año podría ser sustancialmente mejor si fuéramos amigos del *quarterback* de los Generals. —Kendall puso morritos y se giró hacia una mesa algo alejada del resto, como si fuera una zona VIP reservada solo para los jugadores.

—No sabría cómo hacerlo, en realidad...

—¿Cómo que no sabrías cómo hacerlo? Eres una chica, lo harás como hacemos las cosas las chicas —dijo como si aquello fuera una licencia insuperable.

Malia miró hacia aquella esquina y se topó de nuevo con los ojos de Landon. Estaba mirándola; mientras el resto del grupo hablaba entre sí, él volvía a estar absorto, con los ojos sobre ella. Entonces, esbozó una media sonrisa, solo para ella y levantó la mano de la mesa, apenas un palmo, a forma de saludo.

Malia sintió un pellizco en la boca del estómago al darse cuenta de que la recordaba, de que casi parecía que se alegrase de verla; pero era contradictorio que hubiera pasado por su lado y no se hubiera acercado a saludarla, después de más de dos años sin verse... Ella le devolvió el saludo con una sonrisa que no pudo evitar que fuera triste, y dejó de mirarle antes de que aquello comenzara a dolerle.

—En realidad, no nos conocemos, Kendall, ahora ya no.

14

*«Hacemos lo imposible cuando nos decimos
a nosotros mismos que podemos».*

Chip Gaines

Landon se había levantado a las cinco y media para salir a correr y hacer su rutina de ejercicios en la sala-gimnasio que su padre le había montado. Dave y Josh aparecían por allí a las seis y entrenaban juntos una hora antes de marcharse al instituto. Landon reconocía que esa era una de las ventajas de vivir en una mansión y de que sus padres fueran unos apasionados del fútbol, y casi unos mecenas para el equipo. Y tenía claro que sus amigos, por mucho que usaran las palabras *niño rico* para meterse con él, siempre lo querían tener bien cerca.

La primera semana de instituto era intensa, en el aire se respiraba la emoción de comenzar con la temporada de fútbol, y asistir a las clases era cansado, pero también motivador. Todo el mundo les abría el paso, les chocaba el puño y se contagiaban del espíritu del equipo.

Landon aparcó su flamante *jeep* negro, regalo de su decimosexto cumpleaños, junto a la furgoneta con el logo de Dixies; los padres de Dave habían abierto un supermercado con este nombre, y él utilizaba el vehículo para hacer repartos a domicilio por las tardes.

—Adoro el primer día de instituto —exclamó este, recolocándose su sombrero de vaquero en la cabeza al llegar al instituto.

—Es una semana importante, chicos. Hay que centrarse para entrar a lo grande en el partido del viernes —bostezó Josh.

—Pues yo preferiría volver a la cama y dormir hasta las cuatro.

—Quinn se les unió en el aparcamiento.

—¿Te crees que yo no tengo sueño, que me gusta ver amanecer? —protestó Josh, el único que realmente se jugaba algo aquel año. Era al que irían a ver jugar los ojeadores de las universidades y el que esperaba poder fichar por alguna importante si la suerte le acompañaba. Aunque no se podría decir que Abbeville fuera precisamente cuna de grandes atletas. De hecho, el padre de Landon y su equipo fueron los únicos que habían conseguido llegar al campeonato estatal y ganarlo; eran leyenda... Algo casi tan improbable de repetir como ver a Huggin' Molly[7] por las calles del pueblo.

—Os tenéis que relajar, todo esto deja de ser divertido cuando os ponéis tan plastas. «Diversión», esa es la palabra clave —resolvió Landon avanzando hacia la entrada del instituto.

—Eso es fácil decirlo cuando eres la estrella sin siquiera necesitar serlo —le escupió Josh.

—Quizá lo soy precisamente porque intento disfrutar con todo esto.

¡¿Qué sabría Josh de él?! Si no fuera por los ratos en los entrenamientos para despejar la cabeza y la adrenalina de los partidos, su vida sería una sucesión de días vacíos sin motivación alguna. Su madre había vivido hasta entonces entregada a sus hermanas, y solo se acordaba de él para regañarle o prohibirle hacer cosas, o para mandarle lejos de casa a estudiar. Sus hermanas habían sido tres niñas insoportablemente mimadas que jamás habían contado con él para nada, y su padre... Él parecía vivir solo para verle jugar.

Landon cruzó el umbral con la capucha de la sudadera puesta, aún tenía el pelo mojado y la cara congestionada del ejercicio. En cuanto puso un pie en el *hall*, los que estaban allí corrieron hacia él para intentar chocarle los cinco, darle una palmada en el hombro o dedicarle un grito de ánimo. Todos en manada, como si la mañana no fuera lo suficientemen-

---

7. Leyenda del fantasma de Abbeville que sale por las noches para abrazar y gritar en el oído a sus víctimas.

te larga para hacerlo de forma gradual entre clases o en la hora del almuerzo. Landon alzó la vista para ver a lo que se enfrentaba hasta terminar de atravesar el pasillo; alumnos enfebrecidos con la idea de comenzar con la temporada de partidos, y entonces la vio. A mitad del recorrido, frente a una taquilla en la que estaba dejando unos libros. Landon se quitó la capucha con una mano rápidamente, como si con ella puesta no pudiera ver bien y sus ojos estuvieran traicionándole. Pero no había duda, era Malia, hablando con una pelirroja que siempre andaba observando a los chicos del equipo. Se preguntó qué hacía en su instituto, en Abbeville, en el mismo lugar que él. Se deshizo de la gente y avanzó hacia ella con mil preguntas en la cabeza y chocó con una papelera de forma estrepitosa y la hizo rodar un par de metros.

¡Era Malia! Sin lugar a duda. Y ella le había reconocido también; acababa de llevar una sonrisa hasta sus labios, y aquello despertó en él todos los viejos sentimientos. Malia había sido su *crush* desde niño, su amor idealizado, uno en toda regla, alguien a quien nunca había olvidado y alguien a quien había esperado volver a cruzarse algún día por las calles de Abbeville, y que simplemente había desaparecido, como si el mundo los separara por algún motivo. Pero ahí estaba, ese mismo mundo volvía a juntarlos y, justo cuando se disponía a saludarla, sintió un peso enorme sobre su espalda. De pronto, se encontró rodeado y asaltado por sus compañeros de equipo. Parecían bestias salvajes vociferando para atraer la atención del resto de alumnos. Como si necesitaran aquello para atraer más miradas. Eso fue lo que pensó molesto cuando pasó por el lado de la chica sin poder asomar ni siquiera la cabeza para saludarla.

Las tres horas de clase se le hicieron interminables. Su cabeza se había sumido en una cadena de preguntas en torno a Malia, y se sorprendió de ser incapaz de parar sus pensamientos. Recordó el día en que, a su regreso del Lago Martin, había ido a la floristería esperando que Malia hubiese vuelto ya de pasar el resto del verano con su padre en la reserva, y Lomasi le había dicho que finalmente ella iba a quedarse allí viviendo. Recordaba la tristeza que había visto en los ojos de la mujer, y también el enfado que había brotado del centro de su ser al escuchar aquello. Ni lo había entendido ni había podido estar de acuerdo. La reserva estaba demasiado lejos y, si Malia no iba a vivir con su madre, cosa que no lograba comprender, no habría forma de volver a verla. Había terminado conformándose al pensar que, algún día, quizá el padre de Dave quisiera llevarle con él en sus viajes a Mobile para ir a por mercancía y dejarle un rato en la reserva. Pero aquello nunca pasó, y durante los dos últimos años se había sorprendido a menudo pasando por la puerta de la floristería esperando encontrarla a ella dentro.

—¿Es que no has desayunado hoy, Frazier? Parece que fueras a hacer un *touchdown* al llegar al comedor.

Landon andaba rápido, ansioso. Había llegado a dudar de lo que había visto, por lo que quería buscarla, acercarse a ella, oír su voz y ver que todo era real.

—Busco a alguien —le dijo a Josh.

—Cynthia está en aquella mesa —le indicó su compañero, señalándole con la barbilla hacia la izquierda del comedor.

—Ya sé dónde está Cynthia, siempre se sienta en la misma mesa.

—Menos cuando te la trajiste a la nuestra, por eso me extraña que esté ahí sentada hoy.

—Ya sabes que nos hemos dado un tiempo y que por eso está ahí sentada. Así que deja de mirarla, ya debe sentirse suficientemente mal.

Landon, desde aquel lugar privilegiado, miró de un lado a otro por todo el comedor, había demasiados novatos que no sabían dónde sentarse en medio de los pasillos, entre las mesas. Finalmente, divisó su perfil a cuatro mesas de distancia y relajó los hombros. No había la menor duda, era Malia, con su largo pelo negro lacio y suelto, a excepción de aquella pequeña trenza en la que se apostaba que al final tendría enganchado un cascabel. No iba como las demás chicas, con algún top marcado sobre unos vaqueros ceñidos, como Cynthia o April; ella destacaba de entre todas con aquel vestido color mostaza, del que, gracias a los programas que sus tres hermanas insistían en poner en la televisión, sabía que era de corte *vintage*, o retro, o *hippie*. Algo de eso...

—¿Entonces a quién buscas?

Landon no le contestó; acababa de captar la atención de Malia y esa vez sí que le devolvió la sonrisa. Aquello consiguió prender fuego en el interior de su cuerpo.

—No fastidies, ¿saludas a alguien en la mesa de los *frikis?* ¿A alguien que se sienta con Brett el del bombo?

—¿De quién habláis? —Dave le siguió la mirada a Landon y descubrió a Malia.

—Novata inocente a las siete —dijo Josh.

—¿Donde los raros? —preguntó guasón Dave.

—Para una nueva que está buena y tiene que ser del club de los locos —comentó Quinn.

Landon se rio porque, aunque le habían molestado los comentarios de sus compañeros, sabía que era verdad. Malia siempre había estado un poco loca, maravillosamente loca. Landon levantó la mano para saludarla mientras se debatía entre levantarse o no para ir a saludarla, pero ella no parecía muy entusiasmada de verle; de hecho, acto seguido, le retiró la mirada para atender a sus compañeros de mesa, que, probablemente sin ella saberlo, eran los apartados del instituto. Estaba sentada junto a Tobias, el *gamer* al que había invitado en séptimo a jugar a su casa, pero que, según le había dicho él mismo, prefería jugar *on line* con desconocidos. ¿Qué demonios hacía ella sentada con todos esos? ¿Por qué no se había acercado a él?

—¡Vamos, Generals!

Landon escuchó aquella exclamación entusiasta de apoyo que salía de dos chicos y respondió chocándoles el puño.

—Estamos deseando verte jugar el viernes, Landon. —Le sonrieron dos chicas desde la mesa de al lado.

Todo el mundo se acercaba a él para saludarle, o lo reclamaba desde lejos, menos ella. Malia se había girado y ahora le daba la espalda como si entre ellos dos no hubiese un pasado; como si su relación de amistad no hubiese significado nada o, al menos, no como para desear hablar con él después de tanto tiempo.

Se comió el bocadillo molesto, contrariado y agobiado por los alumnos que le daban la bienvenida.

—¿De qué conoces a esa chica? ¿Es nativa, no? —le preguntó Quinn.

—¿Quién dice que la conozca?

Landon intuyó rápido cuál era el interés de su compañero.

—Va conmigo a Biología Humana. —Lukas se unió a la conversación—. Es simpática, es hija de la que tiene la tienda de flores.

—Es bonita, pero tiene una mirada...

—¿Qué le pasa a su mirada? —Landon se enfrentó a Quinn.

—Demasiada inocencia en esos ojos. Esa chica necesita a alguien que le enseñe muchas cosas, un «hermano mayor»... Y yo estoy dispuesto a... —Landon le agarró del brazo y de un tirón evitó que se levantara del todo del asiento—. ¿Qué demonios te pasa, Frazier? ¿Acaso, te ha molado la pequeña *creek?*

—¡No! Ella es como mi hermana pequeña —dijo este creyéndose la mentira.

—Tú no tienes hermanas pequeñas. Tú eres el pequeñín de la casa —le contestó el defensa, y le revolvió el pelo con la mano.

Landon le dio un empujón y le fulminó con la mirada, pero nadie lo tomó en serio, porque él no solía enfadarse. No era algo que le pegara, y aquella actitud le resultó muy graciosa a sus compañeros, tanto como para ser objeto de burla.

—Si no estuviera con los raros, iría para presentarme a ella. Me importa un cuerno lo que digas, Frazier.

—¿Eso ha sonado tan desagradable en tu cabeza antes de decirlo como en mis oídos?

—Ni es tu hermana de verdad ni tu chica, así que deja de mirarla y cómete tus patatas fritas, Landon. —Josh cortó el tema con su forma de hablar sosegada.

—Entonces, ¿puedo intentarlo con Cynthia? —le preguntó de pronto Lukas.

—¿Pero en serio habéis cortado? —preguntó Josh.

Dave se lo confirmó y todos miraron a Landon sorprendidos.

—No es que fuéramos una pareja seria ni nada de eso tampoco. ¡Hemos estado dos meses sin vernos! Pero, Lukas, por mucho que lo intentes, Cynthia te queda grande.

—¿Eso ha sido una sonrisa, Frazier? —le preguntó Quinn para relajar las cosas con él.

—No, ha sido un espasmo —le contestó serio durante un segundo, y luego se metió una patata frita en la boca.

15

«Cielo, solo porque hable despacio no quiere decir
que sea estúpida».

Sweet Home Alabama (película)

Llevaba toda su vida escuchando como la llamaban rara, pero ella siempre había tenido la capacidad de ignorar la connotación negativa al considerar que aquello simplemente significaba ser especial.

«Especial», porque podía ver, sentir u oler cosas que los demás no podían, y eso hacía que su vida fuera mucho más rica. Rara, loca, chiflada, *friki*... nunca le había molestado. Siempre respondía a aquello con una sonrisa que escondía mucha sabiduría. Sin embargo, aquel día se sintió el centro de atención por estar sentada junto a un grupo de gente que a ella le parecían normales, pero que estaban siendo objeto de las burlas de muchos, en especial de la mesa de los atletas. Los miraban y se reían, y, aunque no llegaba a oír los comentarios, podía sentirlos, y percibió el malestar en Tobias, el pasotismo de Brett, la indulgencia de Ruth, el hastío en Nona y la frustración en Kendall.

En cuanto terminó la hora del almuerzo, Malia salió apresurada de allí; se sentía culpable de todo aquello, porque sabía que todas aquellas miradas burlonas y los comentarios que arrancaban carcajadas habían nacido de las miradas que Landon le había dirigido. Kendall y todos los chicos que le había presentado ella no se merecían algo así, y menos el primer día de clase. Se sintió furiosa contra el que un día fue amigo suyo por no impedirlo. Si no tenía intención de saludarla, no tenía por qué haberla mirado en la distancia de una forma tan descarada. ¿Con qué finalidad? ¿Provocar aquellas burlas? No lo creía, o al menos deseaba con todo su corazón que él no hubiese cambiado tanto en aquellos dos años; pero, aun así, algo en su interior se había roto, y solo deseaba terminar las clases y regresar a casa para estar a salvo y dejar tranquilos a sus nuevos amigos.

Se dirigió a las taquillas para coger los libros que necesitaba para las últimas clases, y escuchó su nombre detrás de ella. Sabía perfectamente quién la llamaba, porque había sonado igual de dulce de como lo recordaba, igual de enérgico, igual de electrizante; sin embargo, cuando se dio la vuelta se encontró con una escena que la hizo arrepentirse de haber girado los talones. Una animadora acababa de saltar a los brazos de Landon en mitad de pasillo para estamparle un beso demasiado entusiasta en los labios.

—Creía que Landon estaba saliendo con Cynthia —comentó Kendall a su lado.

—He escuchado en el baño que él la ha dejado —aclaró Nona al pasar por su lado.

A Malia se le encogió el estómago. No sabía quién era Cynthia ni quién era aquella chica delgada que se había enroscado en su cintura con las piernas, haciendo balancear su cola alta atada con lazos grises y burdeos, los colores del equipo; pero se volvió hacia su taquilla, porque no necesitaba ver ni un segundo más de aquella escena.

—Vamos a llegar tarde.

Echó a andar sin mirar atrás, agarrada a sus libretas, deseando confundirse entre el resto de los alumnos para salir del alcance de los ojos de Landon y así llegar cuanto antes a su silla. A pesar de todo, Kendall siguió interesada en el tema amoroso de Landon y el de sus compañeros de fútbol, por lo que continuó parloteando sobre ellos en las siguientes clases que compartieron.

A Malia le quedaron claras dos cosas el primer día de clase: la primera; que su nueva amiga Kendall estaba totalmente obsesionada con los chicos del equipo de fútbol; y su mayor ambición en la vida era salir con alguno de ellos. Y segundo; ni sabía quién era ahora Landon Frazier, ni estaba segura de querer descubrirlo.

Cuando las clases terminaron, Malia salió casi disparada hacia su taquilla, pero, al llegar y para su sorpresa, él ya estaba esperándola allí. Con un hombro apoyado en la pared, con los brazos cruzados bajo el pecho, que hacían que sus pectorales se marcaran bajo la camiseta gris del equipo, y con una pierna cruzada sobre la otra. La joven aguantó la respiración hasta llegar a él. Estaba tal y como lo recordaba: irresistiblemente guapo, con aquel pelo del color del trigo, con aquellos ojos azules en los que casi podía leer su pensamiento, y aquella sonrisa confiada que se fue ensanchando a cada paso que ella daba hacia él. Por ello, el enfado que había sentido se esfumó; la fe que tenía en el recuerdo de quien había sido su amigo era más fuerte, y su deseo era más enérgico, aunque sus piernas se hubieran convertido en espaguetis blandos al avanzar hacia aquel chico.

—Vaya, vaya... Así que ahora vas a mi instituto.

Malia se acercó hasta ponerse bajo su interminable altura y, fingiendo desinterés, camuflando los nervios y la emoción que taladraban su corazón, le dejó de lado y se puso a abrir el candado de su taquilla.

—No sabía que este instituto te pertenecía, Landon Frazier.

—Ya sabes lo que quiero decir. ¿Has dejado la reserva? ¿Vives ahora con tu madre?

Landon dio un paso más para aproximarse a ella.

Malia se armó de valor para mirarle a los ojos y no pudo evitar sonreír, porque con él siempre había sido fácil hacerlo, divertido y emocionante. Landon era capaz de disipar su molestia con solo unas palabras y hacer que brotara en ella la flor de las segundas oportunidades.

—Sí, ahora vivo aquí, estudio aquí, trabajo aquí...

—¿Por qué demonios no me has dicho nada? ¡Me alegro un montón de verte!

El chico la estrechó entre sus brazos, y le demostró ante todos lo feliz que estaba de tenerla allí.

Aquello no se lo esperaba, y con los brazos atrapados bajo los de él no pudo moverse para siquiera corresponderle con el abrazo. Landon siempre había sido así de impulsivo y, aunque le había sorprendido aquel gesto después de lo sucedido al mediodía, tampoco le resultó extraño en él. Aquello sí le recordaba al Landon que ella conocía.

—Bueno, llevamos más de dos años sin vernos.

—Diantres, lo sé... —Landon la soltó, chasqueó la lengua, lamentándolo, y dio un paso atrás para mirarla de arriba abajo—. Y estás... pero estás... igual.

Aquello no concordaba con la mirada de fascinación y alabanza que había puesto el chico. Ella no estaba igual; su cuerpo también había cambiado, y aquello había sonado tan falso como insinuante. Estaba claro que él la miraba con nuevos ojos.

—¿Quieres que te acerque a casa? Tengo un rato antes del entrenamiento, así nos pondremos al día.

—No, no es necesario. Vivo a cinco minutos de aquí.

—Lo recuerdo perfectamente, recuerdo aquella azotea como si hubiera subido ayer mismo.

Landon se ahorró comentarle la de veces que había estacionado delante de la floristería, esperando encontrarse con ella, cuántos días había mirado hacia arriba esperando ver su pelo flotando en el aire entre las enredaderas de flores.

Malia vio acercarse detrás de él a una chica rubia con cara de pocos amigos; algo le dijo que se trataba de la chica de la que le había hablado Kendall, Cynthia, y decidió abreviar la despedida para aquel inesperado reencuentro.

—Otro día, Landon, podremos vernos a diario a partir de ahora. Gracias por el ofrecimiento.

—Pero... te puedo llevar, en serio.

La chica los alcanzó y, sin mediar palabra, estampó una sonora bofetada en la mejilla de Landon antes de decir:

—¿Con April, en serio? Vete al infierno, Frazier.

Malia alzó los ojos y se apresuró para dar media vuelta, pretendía pasar por el lado de aquella chica sin enfrentarse a su mirada, y lo consiguió, porque esta tenía demasiada furia que proyectar en el muchacho.

—¡Hasta mañana, Malia!

Landon ignoró a Cynthia para despedirse de ella, lo que le pareció el colmo a su ex, que emitió un gruñido de rabia antes de salir corriendo entre gimoteos.

Malia no quiso meterse en aquel drama, levantó la mano de espaldas por si él aún estaba mirándola y puso la otra sobre su corazón. Aquello había dolido. Escuchar «Malia», en lugar de «Cascabel». Sintió como si el recuerdo de aquella amistad especial la hubiera golpeado de forma mortal. No era capaz de descifrar aquella nueva mirada que posaba sobre ella: ansiosa, de desconcierto y a la vez de reclamo, como si ella fuera una chica nueva a la que engatusar y unir a su grupo de seguidoras. Como si ella no hubiese sido especial, como si ella no tuviese un nombre especial para él. Aquel encuentro solo había servido para sentir que había perdido definitivamente al amigo más importante que había tenido jamás. Aquello había sido mucho más letal que el paso del tiempo, o quizá una consecuencia de él.

Pero también había sido impactante escuchar aquellas cosas sobre él, sobre su novia o su ex, y sentir rabia. Había querido defenderlo como lo haría una mejor amiga y, al mismo tiempo, también había sentido quemazón en el pecho; quizá celos, llegó a pensar. Verle después con otra chica diferente fundiéndose en su boca, que le abofetearan sin miramientos y él pareciera no sentirse afectado por ello... Todo aquello había colapsado su mente y alborotado sus emociones. Cuando por fin se sintió libre fuera de las paredes del instituto, echó a correr con la frustración de hallarse en medio del pueblo. Extrañó la reserva, la amplitud de sus campos, su árbol y mejor amigo, los gatos de Mamá Tawana... El lugar donde su corazón no sufría por aquel tipo de tonterías.

16

«Hay mucha sangre, sudor y tripas entre los sueños
y el éxito».

Paul «Bear» Bryant

El entrenamiento estaba siendo un desastre. Demasiadas emociones controlaban todo su ser y no podía concentrarse en el juego. Se sentía confuso, sorprendido, idiota y sobrepasado. Y eso era algo que no solía pasarle a él, jamás. Él era el alma del equipo, el punto de encuentro entre todos, el que conciliaba, el que llamaba al orden y a la concentración. Él no era el que perdía un balón por tener la cabeza ocupada pensando en una chica, pero así estaba sucediéndole aquella tarde.

Sabía que la había fastidiado, una detrás de otra. Tendría que haberse zafado del grupo para saludarla a primera hora, tendría que haberse acercado a ella en el comedor, a pesar de ser el centro de las burlas de todos, a pesar de que Malia hubiese elegido precisamente aquella mesa para sentarse; algo que, en realidad, a él le importaba un cuerno y que, de hecho, le había hecho sonreír, porque era exactamente donde ella encajaba y donde sabía que Lisa se habría sentado. Pero algunos de los del equipo no eran así; ellos se sentían superiores a casi todo el mundo, cuanto más, a aquellos a los que consideraban marginados. Se había equivocado al llamar la atención sobre ellos al quedarse mirando a Malia, pero cómo no mirarla... Estaba tan igual y a la vez tan diferente. Tan bonita como la recordaba, y más, mucho más.

Quinn, que era el mayor idiota de todos, ya había enfilado a Malia. No para meterse con ella, pero si para hacer rabiar a Landon insinuando querer hacer cosas obscenas con la chica. Aquello se había convertido en una serie de bromas pesadas sobre los superpoderes mentales de Nona, las gafitas de culo de vaso de Ruth, la pinta de Dolly Parton de Kendall, el trasero del tamaño de Michigan de Brett o la pinta siniestra de Tobias. Él odiaba esas cosas, había intentado callarle la boca, pero sabía que insistir era como avivar la llama de un fuego devastador. Lo mejor era dejarle, no hacerle caso y que así su mente simple cambiara de entretenimiento. Pero había visto la mirada de Malia y había sufrido. Había querido acercarse a ella antes de entrar en las siguientes clases para explicarle todo, pero April había saltado sobre él:

—Hola, *quarterback,* soy toda tuya este año. Tu animadora personal, para darte todo el apoyo que necesites. Dentro y fuera del campo.

Estaba claro que sabía que había dejado a Cynthia, pero habían pasado muy pocos días. No había necesidad de ser cruel con ella, por lo que se deshizo de April lo más rápido que pudo; pero no lo suficiente como para que Malia no lo viera, no como para que un grupo de amigas de Cynthia no comenzara a cuchichear, preparando el siguiente cotilleo con el que alimentar las tertulias en los baños.

—April, preciosa. Te lo agradezco, pero no creo que sea necesario que nos morreemos en público.

—Como quieras. La próxima vez, será en privado.

—April... —le había contestado en tono recriminatorio. Pero la chica se había marchado riendo, sabiendo que tenía muchas cosas a su favor para convertirse en la nueva chica del más deseado de todo Abbeville.

Malia lo había rechazado. Eso nunca le había pasado. Le había ofrecido llevarla en su coche hasta casa y, sin pestañear, lo había dejado pasar. Ya sabía que no merecía la pena coger el *jeep* para una distancia tan corta, pero aquello tan solo era una excusa para poder hablar a solas, para reencontrarse después de tantos años. Aún estaba conmocionado, hacía tiempo que se había resignado a no volver a verla, y ahora volvía a tenerla delante, pero ella no parecía estar igual de emocionada que él ante aquel giro del destino.

—¡He dicho veintidós fuego rojo! ¿A dónde narices estás lanzando, Frazier? ¿Te has golpeado la cabeza o qué demonios te pasa?

El entrenador estaba desesperado y bramó contra él hasta terminar por echarlo del terreno de juego y mandarlo a darse una ducha que le aclarara el cerebro. Algo así a unos días del gran primer viernes de partido era como para perder los nervios, por lo que Landon solo pudo pedir disculpas, agachar la cabeza y salir del campo obedeciendo.

Cuando salió del vestuario, se encontró con una lista interminable de mensajes lacrimógenos de Cynthia en el teléfono en los que le pedía una segunda oportunidad y le declaraba su amor. Algo que ni de lejos estaba en sus planes y que le hacía sentir culpable. En ningún momento habían hablado de nada serio; habían comenzado a salir a mitad del curso anterior y durante el verano no le había enviado ni un solo mensaje. Para él estaba claro que aquello había sido un rollo pasajero, pero era obvio que para la chica había sido algo bien diferente.

Todo aquello era demasiado para un primer día de instituto. Landon necesitaba sacarlo todo fuera, y sabía adónde ir y con quién hacerlo. Paró un momento en su casa para entrar en la cocina, se aseguró de que su madre no estuviera por allí cerca y le pidió a Dothy que le preparara algo que llevarse de cena.

—¿Uno o dos recipientes de jambalaya? —preguntó la asistenta, aunque sabía la respuesta de antemano.

—Dos, Dothy, por favor. —Se acercó a darle un beso en la mejilla—. Y ya sabes, no tienes ni idea de dónde estoy.

—Nunca pregunto, Landon. Si no sabes, no mientes. Otra cosa es lo que yo pueda sospechar, pero ellos nunca preguntan por mis sospechas.

—¿Sabes que te quiero?

—Sé que eres un zalamero. Anda, toma esto y apúrate en irte. Tu madre está a punto de llegar de su reunión con el Comité de Conservación Histórica.

—¿Y mi padre?

—Hoy le toca guardia en el hospital.

—Es cierto. Volveré en un rato.

—¡Tráeme de vuelta esos recipientes!

Landon salió volando de la cocina entre risas. Dothy era capaz de dar la vida por él; lo había criado, regañado y soportado más que nadie en el mundo. Pero, cuando se trataba de sus recipientes de plástico, no había excusas; debían regresar siempre de nuevo a la cocina.

Solo necesitaba veinte minutos para tomar la salida de Calhoun Road y meterse en el sendero que terminaba en la explanada donde vivía Ben. Sabía que lo encontraría nadando en el rio. Era un chico metódico, de costumbres y pequeñas manías que para él ya eran parte de su normalidad.

Landon se descalzó, tomó una de las sillas plegables y la llevó hasta la orilla para plantarla allí. Se sentó cómodamente y abrió la bolsa que traía con la comida para empezar a cenar.

—¿Qué traes hoy? —le preguntó Ben sin saludar mientras daba grandes zancadas para salir del agua.

—Jambalaya de Dothy.

Ben asintió con la cabeza y, sin otra reacción, se metió dentro de su caravana para ponerse ropa seca. Luego regresó al lado de su amigo con la otra silla y, de igual manera, se sentó en ella. Aceptó el recipiente lleno de arroz picante con marisco y salchichas, y comenzó a devorarlo con avidez.

—¿Cómo ha ido el primer día? —le preguntó con la boca llena.

—¿Sabías que Malia ha regresado a Abbeville?

No necesitaba andarse por las ramas con él. Había ido hasta allí para hablar de aquello, para desahogarse e intentar comprender la situación.

—Pues claro, los ayudé con el papeleo. Le han dado la misma beca que me dieron a mí gracias al padre Oliver.

Landon le miró sorprendido y molesto. Esa era la clase de cosas que le exasperaban de él. ¿Por qué podía meterse en la mismísima red interna del Pentágono desde los ordenadores de la biblioteca y no ser capaz de transmitir una información tan obviamente necesaria para él como la noticia de que Malia volvía a Abbeville?

—¿Y desde cuándo narices los sabes?

—Desde hace dos meses —contestó tranquilo, recostándose un poco en el asiento.

—¿Y se puede saber por qué demonios no me lo has dicho? ¿No has pensado que me gustaría saber que Malia, la chica por la que me escapé de casa un día para ir a verla, regresaba al pueblo y que iba a estudiar en mi maldito instituto este año?

—Estás saliendo con Cynthia —contestó como si fuera la respuesta correcta.

—¡Pues resulta que ya no estoy saliendo con Cynthia!

—¿Desde cuándo?

—No he hablado con ella en todo el verano. Se puso pesada a final de curso, siempre estaba colgada de mí, hacía planes de futuro, como si por liarnos unos meses aquello fuera a terminar en el altar... —resopló angustiado.

Ben no respondió a aquello; siguió masticando con una ceja elevada, como si aún esperara la contestación a la pregunta que le había hecho.

—Hace algunos días, después del entrenamiento —contestó finalmente Landon.

—Mmm. —Aquel sonido fue suficientemente aclaratorio.

«Mierda», pensó Landon. Inspiró con profundidad y llenó su boca con aquel guiso picante.

—La próxima vez que tengas algún tipo de información sobre Malia, sea cual sea, esté con quien esté yo liado o no, me encuentre aquí o en medio del Triángulo de las Bermudas... házmelo saber, Ben. ¿De acuerdo?

—Vale.

—¿Y bien?

—Y bien, ¿qué?

—Que si sabes algo más. ¿Por qué ha venido?

—¿Y por qué no se lo preguntas a ella?

Aquella vez a Ben se le escapó una sonrisa divertida. Había cosas que sí captaba, y le parecía divertido jugar con aquellas situaciones.

—Demonios, Ben, eres un amigo horrible.

—Has estado dos meses sin ver a Cynthia y eso ha hecho que cortes con ella. Sin embargo, llevas, qué... ¿dos años sin ver a Malia? Y de pronto quieres saberlo todo sobre la chica. Creo que tienes más interés del que por lógica cabría esperar, y eso me dice que debes ser tú quien se acerque y le haga todas esas preguntas. Estoy seguro de que ella se sentirá feliz.

—¿Qué sabrás tú de chicas?

—Probabilidades, todo es cuestión de probabilidades.

Landon dejó a un lado el recipiente vacío y se echó hacia delante para apoyarse sobre las rodillas. Maldita sea, al final Ben siempre tenía razón en todo. Tendría que hacerle caso, pero debía hacerlo de forma que Malia no sufriera las consecuencias de haberse sentado aquel primer día en la mejor mesa; porque sí, era la mejor. Necesitaba que Malia pasara desapercibida para Quinn, al menos durante un tiempo, pero aquello iba a resultarle casi imposible, porque aquella chica no pasaba desapercibida. Malia era una luz brillante que deslumbraba a todos a su paso, con sus vestidos, con su larga y oscura melena que flotaba siempre en el aire, con su risa... Cómo extrañaba escuchar aquella risa... Si quería que Quinn y el resto de los idiotas dejaran en paz a aquel grupo de chicos, él también tendría que dejarles de lado. Al menos, dentro del instituto.

17

«*Algunas veces abro mi boca, y la verdad
simplemente sale*».

Hart of Dixie (serie)

Malia se propuso enfrentarse a aquel nuevo día con otra actitud. Quizá ella había estado demasiado susceptible. Los nervios de empezar en un instituto nuevo, de conocer a gente nueva y de volver a ver a un viejo amigo habían sido demasiadas emociones que procesar. Pero aquel día todo sería diferente. Estaba dispuesta a conocer a sus nuevos amigos, a abrirse a ellos e incluso a dejarse llevar por la locura parloteante de Kendall. Si no se había confundido, en alguna de sus conversaciones le había comentado que le gustaba cantar. Quizá tenían más en común de lo que a primeras le había parecido. Y con Landon, pues dejaría que las cosas fluyeran. Habían sido amigos, ahora podían volver a serlo y, si su relación se reducía a saludos fugaces consecuencia de un pasado que habían dejado atrás, se conformaría con ello. Ella estaba allí para intentar sacar lo mejor de sí misma, para exprimir aquella oportunidad, conseguir buenas notas con las que sus padres se sintieran orgullosos y, quizá, descubrir cosas nuevas que pudieran enriquecer su vida.

Comenzó por deleitarse en el camino de ida al instituto, siguiendo con la mirada el vuelo de una bandada de pájaros madrugadores, sintiendo la tenue brisa que advertía que aquel sería un caluroso día; con las calles con sus jardines en los que imaginaba mil y una posibilidades si pudiera arreglarlos... Y llegó al instituto sonriente. Ya había mucho alboroto fuera y dentro del *hall*. Lo atravesó mirando aquellas caras que esperaba intentar recordar poco a poco y llegó a su taquilla sin problemas. Kendall la alcanzó en seguida y comenzó con su primer monólogo acelerado:

—¡Ya he hablado con la coordinadora! Te harán la prueba después de las clases, aunque no creo que haya ningún problema. Ya verás qué divertido es. Incluso hacemos viajes fuera algunas veces, además de un par de actuaciones al año. —La joven *creek* se había perdido en las primeras palabras y su cara lo reflejó—. ¡El coro, Malia! Te lo dije ayer. Me comentaste que te gustaba cantar; yo te dije que soy cantante... Bueno, al menos aquí, y quedamos en que te ibas a apuntar al coro conmigo.

Mientras Kendall parloteaba moviendo los ojos y mascando chicle como si no pudiera hacer una cosa sin la otra, Landon se les cruzó por delante y pasó de largo. Iba custodiado por tres de sus compañeros de equipo que sí se volvieron hacia ellas y, mientras uno le lanzaba un beso, otro se reía. Landon no las vio, iba concentrado en atravesar el pasillo hasta el final, como si allí le esperara algo importante.

—¿Entonces? —volvió a preguntar la pelirroja.

—Sí, iré luego contigo a apuntarme al coro.

Sentía el corazón hecho añicos, aquello era una prueba más que suficiente de que Landon no tenía ninguna intención de continuar con su amistad. El ofrecimiento del día anterior quizá había sido una simple muestra de cortesía, o quizá se hubiese molestado por haber rechazado el paseo en coche. Ninguna opción justificaba que le hubiese negado un saludo. Un simple gesto con la cabeza hubiese bastado, una elevación de cejas, un ondeo con los dedos de su mano... Nada; había pasado a su lado como si ella no existiera para él.

Hubo más de lo mismo cuando llegó la hora del comedor; Landon evitaba mirar hacia el lugar en el que se encontraba ella. Reía y charlaba con los que tenía alrededor, como si su vida continuara igual. Malia pensó que había sido pretencioso por su parte pensar que quizá cambiaría algo su presencia, que recuperaría su sombra favorita, como si fuera Peter Pan.

A la salida no le vio, e igualmente Kendall se ofreció a llevarla a su casa para presentarle a sus padres, quienes de seguro la invitarían a tomar té y galletas.

—Bueno, y ¿me vas a contar qué historia hay entre tú y Frazier?

—No hay mucho que contar. Mi madre montó el invernadero de su casa y lo ha estado manteniendo desde entonces. Allí lo conocí cuando era pequeña, y volvimos a encontrarnos en alguna que otra ocasión. Pero nada más, es solo un recuerdo de la infancia.

—Pues qué fastidio, esperaba tener una vía de acceso a ellos gracias a ti. ¿No te parece guapo?

—¿Landon? —preguntó Malia azorada.

—No, mujer, me refiero a Dave. Landon es un guapo universal, le gustaría hasta a mi abuela.

—Ah, claro, Dave. —Malia recordó aquel nombre en alguna de sus conversaciones interminables—. ¿No es ese el que te llama Dolly Parton?

—Sí —respondió entre risitas—. Bueno, no puedo culparle. Pronto se dará cuenta de cuánto le gusto.

Malia tuvo que reírse con ella. Aquella chica tenía las ideas muy claras y la estima bien alta. Sus padres regentaban una pequeña cafetería donde también servían platos sencillos de comida. Fueron amables con ella y, como le había prometido su amiga, tomaron té y galletas mientras hablaban de otras cosas que no estaban relacionadas con los chicos del equipo de fútbol, lo que agradeció Malia, porque solo pensar de refilón en Landon hacía que se le encogiera el corazón. Nona llegó un poco después y se les unió un rato fuera en el porche, con su inseparable baraja de cartas.

—Elige una —le dijo con los ojos achinados, como si aquel fuera el instante preciso y necesario para que lo hiciera.

Malia obedeció y escogió una del montón abierto en abanico entre aquellas manos tostadas.

—El loco... Mmm... —señaló la chica poniéndola sobre la mesita, junto a la jarra de té helado donde flotaban rodajas de limón.

—Nona, no puedes pedirnos siempre que saquemos una carta y luego no decirnos qué significa —protestó Kendall.

—Déjala, a mí no me molesta. Si a ella le vale de algo...

—Mmm —volvió a emitir Nona como toda contestación.

Por la noche, ayudó a su madre a preparar la cena mientras le contaba que se había apuntado al coro y que había conocido a los padres de Kendall, e intentaron averiguar por internet el significado de las cartas del tarot que usaba Nona. Su madre estaba feliz de tenerla allí con ella; había soportado más de dos años de soledad y de separación, y cenar juntas con tranquilidad charlando de las banalidades del día le parecía lo mejor del mundo.

—Voy a subir un rato a la azotea, aún tengo mucho que recolocar y arreglar ahí arriba.

—Pero ¿dormirás en tu cuarto? —le preguntó Lomasi.

—Hoy sí, aún no está suficientemente arreglado.

La contestación de Malia le arrancó una sonrisa forzada. Malia vio como su madre asentía con pesadez. Notaba su decepción al ver que su parte salvaje no se había moldeado con el paso del tiempo. Su espíritu libre no mutaría y debía asumirlo, pero a su madre le provocaba un sufrimiento inevitable. Saber que aquella inadaptación a una vida civilizada, una que se desarrolla normalmente entre cuatro paredes y un techo, le provocaría problemas no era fácil de asumir; ser diferente era extraordinario, se lo había oído decir un millar de veces a Mamá Tawana, pero también había oído un centenar de veces más a su madre decir que aquello solía llevar de la mano mucho dolor.

Malia subió las escaleras rápida como un conejillo saltarín. Le gustaba asomarse un rato por el muro y ver salir a la gente de la sesión nocturna del Archie. Por sus caras adivinaba si la película merecía la pena o no. Un grupo de chicos salió hablando demasiado alto; entre risas jocosas y aspavientos con el cuerpo comentaban escenas de *X-Men*. Landon y algunos de los chicos de su equipo de fútbol se dispersaron en grupos más pequeños para repartirse en varios coches. Malia los miró con pesar y no pudo evitar soltar un suspiro. Justo cuando iba a darse la vuelta para intentar colgar su tira de luces en la pared, los ojos de Landon ascendieron por la fachada de la floristería hasta arriba; hasta encontrarse con los suyos. Fue una décima de segundo en la que adivinó un atisbo de sonrisa en sus ojos, de alegría... Fue tan fugaz como un pestañeo. Seguidamente se subió a su *jeep* y aceleró para marcharse de allí como si el asfalto ardiera bajo sus ruedas.

Malia terminó de colgar las luces; no iba a dejar de hacer lo que pretendía solo porque un chico pareciera sufrir fugaces ataques bipolares. Pero, por más que intentaba comprender aquella actitud, no encontraba una explicación. ¿Qué implicaba un saludo? Ella había vuelto y ni siquiera se había acercado a él, no es que reclamara su atención o hubiese pretendido retomar su amistad en el punto en el que había quedado suspendida años atrás. De todos modos, si aquel era el Landon nuevo, no tenía ningún interés en hacerle un hueco en su vida actual. Es más, si el nuevo iba a dañar el recuerdo del antiguo, prefería alejarse de él.

Se desplomó sobre los mullidos cojines que cubrían el viejo palé de madera y perdió la mirada en los pequeños puntos de luz del firmamento. Desde allí se veían muchísimas menos estrellas que desde su casa en la reserva; ella conocía un cielo mucho más bullicioso y eso le hizo sentir aún más la soledad y la pérdida. Malia respiró hondo y recordó a su abuela. ¿Qué le habría dicho ella en aquel momento para darle la vuelta a aquellos sentimientos? «Las que ahora ves son las que más brillan, las que tienes más cerca, pero que no veas el resto no quiere decir que no sigan ahí, solapadas por la potente luz de estas». Quizá el Landon que recordaba seguia ahí también, oculto bajo la potente luz que irradiaba el famoso, perseguido y admirado *quarterback* del instituto. Puede que solo necesitase verle desde el lugar donde la esperanza no se apaga ni se deja solapar. Algo en su interior se rebelaba ante la idea de dejarle ir, de ignorar su actitud, aunque eso supusiese exponer su corazón al fuego.

18

«No debemos tener miedo a equivocarnos.
Hasta los planetas chocan y del caos nacen estrellas».

Charles Chaplin

Tan solo faltaba un día para el primer partido de la temporada, y Landon había sufrido la peor semana de entrenamientos de toda su vida. Aquel debía ser su gran año, uno en el que hacer algo digno de recordar por todo el mundo en Abbeville antes de marcharse a estudiar fuera. Sin embargo, el regreso de Malia a su vida lo había puesto todo patas arriba.

Había tenido que aguantar las bromas pesadas de sus compañeros de fútbol, de algunos que consideraba verdaderos amigos, sobre la *creek* y su nuevo grupo. Antes de que la chica llegara, ya se metían con ellos y, aunque él no participara en aquellas bromas, tampoco había intentado nunca hacerlos callar. Él coincidía en clases con Nona y con Brett, era agradable con ellos, incluso le hacía gracia participar en el misterioso juego de cartas de la chica y chocaba el puño con quien animaba al equipo con su tambor. No es que fueran amigos, pero sí que se relacionaban como compañeros. Aunque él no fuera responsable de la actitud de los chicos, se sentía culpable por omisión. Además, le molestaba pensar que la imagen del equipo se viera afectada por la actitud idiota de tres jugadores. Sin embargo, sabía que todo era más intenso aquella primera semana de clase, con la emoción del comienzo de la temporada. Los jugadores estaban pletóricos, con el ánimo subido, y algunos más de lo debido. Recibir tanta alabanza, sentirse el centro de atención de prácticamente todo el pueblo... Todo aquello les hacía perder el contacto con la realidad, y algunos se sentían dioses, muy por encima del resto y con poder para reírse de quien les diera la gana. Landon confiaba en que aquello pasaría después del partido; comenzarían a hablar más de los resultados y menos de la mesa *friki* del comedor. Tan solo tenía que aguantar y desviar su atención sobre ellos; la única forma que tenía de poner a salvo a Malia era ignorándola.

Sin embargo, aquello era más fácil de pensar que de hacer. Cada vez que pasaba por su lado, debía hacer un esfuerzo enorme para no acercarse a ella. Quería saber si ya había sido víctima de Miss Grant, que hacía levantar a los alumnos para leer en voz alta versos de Shakespeare. Sentía no haberle indicado que nunca eligiera las bolas de patata del menú, porque estaban duras como el cemento, y moría por preguntarle a qué actividad había elegido apuntarse. Tenía la necesidad de recuperar aquella vieja amistad con la que había compartido los momentos más intensos de su vida, buenos y malos, y volver a sentir la libertad a la que solo ella había sabido llevarle. Además, ver el desconcierto, incluso la tristeza, en sus ojos, le destrozaba por dentro. Y por todo ello, los entrenamientos habían sido algo desastrosos. Tanto que el entrenador quiso hablar con él aquel jueves.

—No sé qué demonios te pasa, Frazier, pero no es momento para tener la cabeza en la luna, la tienes que tener aquí, en el terreno de juego. Me importa un bledo si es problema de alguna chica, de algún enfrentamiento con algún compañero o si en casa no te dan suficientes mimitos. Aquí formas parte de un equipo, te debes a él, tienes una responsabilidad. Josh, por ejemplo; depende de hacer buenos partidos para conseguir una beca, no tiene el mundo abierto como tú. Se lo debes a él y al resto, a mí y a ti mismo. Y si no veo un cambio, pondré a Kevin en tu puesto.

—¡Pero si es un novato, entrenador!

—¡Me importa un cuerno, Frazier! O me das el cien por cien, o busco quien me lo dé.

—Mañana le daré el doscientos por cien.

—Eso es lo que quería oír. Tienes un apellido que honrar.

Landon afirmó con la cabeza, pero solo por no llevarle la contraria. Su apellido le importaba un cuerno; quien le importaba era su padre, y a él también le importaba un cuerno su apellido. Sus abuelos no se lo hicieron pasar muy bien durante su relación con Mónica y, más tarde, aceptaron a su madre con una falsa sonrisa tan solo porque le salía el dinero por las orejas; Reese no provenía de una familia con unas raíces tan profundas como las de los Frazier ni del mismo nivel social. Landon aún recordaba la forma altiva en que su abuela paterna miraba a su madre cuando pasaban temporadas en la casa del lago Martin, pero ella siempre había actuado como si no lo notase. Siempre elegante, amable, sonriente de cara a la galería. Con sus abuelos ya difuntos, a los únicos a los que les parecía importante ese apellido era quienes no lo llevaban en el pueblo.

Aquella noche, pasó con su *jeep* por delante de la floristería ya cerrada y apagó el motor. Durante un buen rato se quedó dentro mirando hacia la azotea, por si ella se asomaba. Tan solo para verla. Necesitaba hacerlo, sonreírle brevemente para hacerle saber de alguna forma que él seguía siendo el mismo, a pesar de parecer un completo imbécil el resto de los minutos del día, y se marcharía a casa. Las luces se encendieron, pero Malia no apareció.

Landon estaba muy inquieto; la conversación con el entrenador le había molestado. La sola idea de ser sustituido por Kevin era ridícula, pero sabía que el entrenador no era de hablar por hablar. Si lo había dicho, era porque ya lo había tomado en serio. No podía dejar que algo así ocurriera. Solo le quedaba un año allí, un año de partidos con los que animar a su padre.

Saltó decidido al asfalto y, tras tomar impulso, se aferró a la cañería que estaba pegada a la fachada del edificio color turquesa y rosa. Trepó sin mucha dificultad, y apoyó los pies en los enganches del tubo a los ladrillos, y en un minuto alcanzó el borde de la azotea para dejarse caer allí.

Al levantar la mirada del suelo, se encontró con Malia, sobre unos cojines multicolores, a punto de lanzarle algo con todas sus fuerzas.

—¿Vas a lanzarme esa regadera metálica o es que vas a regar las plantas a estas horas?

Malia se puso una mano en el corazón mientras dejaba caer al suelo el agua como si lloviese sobre sus pies.

—Por todos los... ¡Me has dado un susto de muerte! Pensé que se estaba intentando colar un ladrón. —Malia respiró hondo, para recuperarse del susto y de la sorpresa de ver a Landon Frazier en su azotea.

—Lo siento, quería hablar contigo.

Landon se encogió de hombros para disculparse, y le dedicó una de sus encantadoras sonrisas.

—¿A las diez de la noche? ¿Después de estar días sin siquiera saludarme en el instituto?

Landon se giró un poco para arrancar una margarita de uno de los maceteros colgantes, puso una rodilla en el suelo y se la ofreció:

—Vengo a pedirte disculpas.

Malia no quería reírse, el chico no merecía que se riera de sus payasadas, pero era muy difícil no caer bajo el embrujo de aquel par de ojos color zafiro, de aquel mechón rubio que se desplazaba por su frente con aquel soplido tan travieso, de aquella sonrisa pícara con la que siempre se salía con la suya. Ella no era tan fuerte como para superar aquello.

—Debería lanzártela —le dijo por fin, aputándole con la regadera a la nariz.

—Vamos, Cascabel. Déjame al menos que te dé una explicación.

Malia se giró al escuchar su viejo apodo, no quería que le descubriera la sonrisa que aquello le había arrancado. No se merecía un regalo así, aún no.

—Bien, soy toda oídos. Puedes contarme el motivo por el que te has comportado como un verdadero idiota conmigo desde el primer día de instituto.

—Bueno, si no recuerdo mal, el primer día me ofrecí a llevarte a casa.

—¿Así es como piensas empezar con tu disculpa?

—No, tan solo señalaba el único hecho a mi favor, porque sí, soy un verdadero idiota. Pero te aseguro que solo he intentado hacer lo correcto.

—¿Ignorarme era lo correcto? ¿Ser un amigo pésimo era lo correcto?

—Veo que no me lo vas a poner fácil...

Landon hinchó de aire sus carrillos.

—Lo fácil está sobrevalorado.

Malia se dejó caer de nuevo como una pluma sobre los cojines. El cascabel de su pelo tintineó; y aquello hizo que Landon recordara la primera vez que escuchó aquel sonido.

—Eres la nueva, eso ya es algo que hace que todo se complique, y tus elecciones lo han dificultado aún mucho más.

—¿Entonces resulta que la culpa es mía?

—No es lo que quiero decir, aunque en parte sí... No es que seas culpable de nada, es que eres simplemente un motivo saltarín y de colores para hacer que los chicos de mi equipo se comporten como neandertales.

Malia arrugó la frente; estaba claro que no conseguía seguirle, y tampoco le extrañó a Landon, porque sabía que ella era el tipo de persona que no podía presuponer algo que no era capaz de hacer o de sentir.

—Mira, tú eres especial, siempre lo has sido. —Aquellas palabras rebotaron en las paredes del corazón de la chica, y crearon un enorme eco en su interior—. Y los especiales atraéis la atención de los que no tienen nada de especial y se sienten amenazados por vosotros. Como le ocurre a Quinn, que es la persona menos especial del planeta; un mono del zoo es infinitamente más inteligente que él.

—Por lo que he oído es un buen defensa.

—Lo es, y eso lo convierte en mi compañero, en uno con el que si me peleo no funcionarán las cosas en el equipo, y eso es más grande que yo. Formo parte de algo, de algo que es importante para muchas personas. El equipo es trabajo para unos, es futuro para otros y, sobre todo, es ilusión para muchos.

Al terminar de decir aquello, Landon pensó en su padre, y los hombros se le desplomaron. Estaba intentando explicarse con todos sus esfuerzos, pero aquello no era fácil de decir y sabía que tampoco debía ser fácil escucharlo.

—Eso puedo entenderlo. Lo que no entiendo es que me hayas evitado.

—Para Quinn eres fruta fresca con la que alimentarse. Eres la nueva y además eres... diferente, y te has unido al grupo de los diferentes, de los especiales. Ya has visto lo desagradable que se pone; sus comentarios son estúpidos, pero nunca va más allá. No entiende que haya gente a la que no le guste el fútbol o que tenga interés por otro tipo de cosas. No es capaz de entender a gente como vosotros, por eso os toma como diana.

Landon respiró hondo y la miró con una fuerza que hizo que Malia no pestañeara mientras terminaba de decir lo que quería:

—Te juro que he estado a punto de reventarle la boca una docena de veces esta semana, de hecho, en el campo de fútbol se ha llevado unos buenos placajes; sin embargo, si le digo directamente que te deje en paz, que os deje en paz... eso hará que su diana brille aún más, y la cosa se pondrá peor. Quinn no es de los que puedes hacer callar; es de los que debes dejar pasar e ignorar, y al final termina por perder el interés.

—¿Por eso no me has hablado? ¿Por intentar que Quinn pierda el interés en mí?

—Exacto.

—¡Pero a mí me importa tres cuernos lo que Quinn diga o haga! Él no me ha hecho daño esta semana, has sido tú. No me afecta escuchar de boca de Quinn que soy rara, eso ya me lo han llamado millones de veces desde pequeña. No me duele lo que proviene de gente que no me importa. Pero tú... tu indiferencia sí que me ha decepcionado.

Escuchar aquello le cortó la respiración a Landon, porque Malia acababa de decirle que él le importaba, y que no era capaz de ver en su comportamiento todo lo que ella le importaba a él.

—Yo... yo... solo quería protegerte, Malia.

—Pues te has equivocado al pensar que necesitaba un protector. Yo solo quería a mi amigo.

Landon se pasó la mano por el pelo y se miró los pies. En su mente todo aquello lo había supuesto fácil. Él subía, ella se sorprendía, lo perdonaba, lo comprendía y todo volvía a estar bien entre ellos. Pero no, Malia no era de la clase de chicas que reaccionaban según lo presupuesto.

—Mierda... la he fastidiado bien. ¿No es verdad?

—Mmm... —La chica terminó de deshojar la margarita y sostuvo el último pétalo entre sus dedos. Respiró hondo y sopló sobre él para lanzárselo a Landon—. Pero siempre doy segundas oportunidades.

Landon se dejó caer sobre los cojines a su lado y resopló. Se puso las manos sobre el pecho aliviado y la miró de cerca con la cara hacia ella. Más cerca de lo que debería, pero allí estaban aquellos dos pequeños ojos marrones, con el brillo de un faro en la oscuridad, con la fuerza de un toro de rodeo, con la bondad de la mismísima Madre Teresa de Calcuta.

—¿Amigos? —preguntó esperanzado.

No podía perderla. Había regresado a su lado, era lo más especial que había tenido en su vida y sentía que seguía siéndolo. No era nada inteligente dejarla escapar; Malia era algo que atesorar, que respetar. Por eso, cuando ella afirmó con calma, entendió que siempre le dijeran que era un tipo con la fortuna pegada en el trasero.

—¿Cómo piensas bajar ahora hasta tu *jeep?* —le preguntó divertida ella.

—¿Por las escaleras de tu casa?

—¿Y qué explicación le darás por el camino a mi madre?

—¿Acaso quieres que me parta la crisma volviendo a bajar por donde he subido? Eso no sería muy buena publicidad para la floristería.

—No, no lo sería. Pero como para subir no has usado las escaleras de incendios que hay por la parte de atrás, me preguntaba si tenías un plan igual de atrevido para bajar. No sé, algo como una cuerda, una sábana por la que descolgarte...

Ella estaba riéndose de él, y a Landon le gustó.

—Podría hacerlo; sabes que soy capaz.

—Lo sé.

Ambos rieron, cómplices y relajados. Se miraron y sintieron que aquello podía funcionar, porque siempre funcionaba todo cuando estaban juntos.

—¿Por qué estás siempre aquí arriba? Lo has dejado bastante chulo, pero hace calor.

Malia apretó los labios y dudó un segundo antes de confesarse:

—Aún me asfixio dentro. La casa es tan estrecha, las ventanas tan pequeñas... Apenas entra la luz de día, y de noche es imposible ver el cielo a no ser que saque la cabeza por la ventana por completo. Por eso subo aquí arriba, y al menos siento que hay más oxígeno. Y si cierro los ojos y escucho la brisa, puedo imaginar que estoy en otro sitio.

—¿En la reserva?

—O en la playa. He ido tan pocas veces en mi vida...

Landon cerró los ojos e intentó escuchar la brisa, pero solo fue capaz de percibir el tubo de escape de una vieja moto y el zumbido de un mosquito junto a su oreja.

—Bueno, dame tu número de móvil para grabarlo —dijo Landon mientras sacaba el suyo del bolsillo.

—Yo no tengo teléfono móvil.

—¿Y cómo quieres que me comunique contigo? ¿Con señales de humo?

Malia rio y le dio un golpe en el brazo:

—Puedes llamar a la floristería.

—Claro, y que me lo coja tu madre... —La chica volvió a reír y él sacudió la cabeza—. Así que hay una escalera de incendios ahí atrás...

—Sí, la hay.

La noche terminó con un firme apretón de manos en el que acordaron seguir siendo amigos por encima de todo, y de todos.

19

«El descubrimiento más hermoso que hacen
los verdaderos amigos es que pueden crecer
por separado sin crecer apartados».

Elisabeth Foley

Amigos. No era precisamente lo que ella quería; aquella palabra para definir su relación se quedaba corta, pero de momento bastaría. Ya era más de lo que esperaba de él. Aunque no habían hablado de cómo llevar adelante aquella relación. ¿Se suponía que debía dejar que él la ignorase en el instituto hasta que Quinn se olvidara de su presencia? ¿Debía dejar que se metieran con ella, con sus nuevos amigos? ¿Tan solo serían amigos en la clandestinidad? Casi podía oír a Mamá Tawana hablándole con seriedad al respecto: «No está bien. Uno es el mismo tanto con luz como sin ella».

Por eso, al día siguiente, viernes de partido, viernes de *pep rally*[8] en el instituto, viernes temático *hippie,* ella iba a cambiar las cosas.

Fue divertido pasear por los pasillos del instituto con aquella explosión de colores. Todo el mundo estaba animado, ansioso por que las horas pasaran y diera comienzo lo más entretenido que sucedía en todo el año. Los partidos de fútbol alimentaban Abbeville como la paja al ganado, los enfebrecían y, especialmente en el instituto, conseguían que todo girase en torno a ellos. En la reserva también había equipos

---

8. Asamblea de estudiantes cuyo propósito es avivar el espíritu estudiantil animando a los miembros del equipo deportivo del instituto.

deportivos que competían, y el de *lacrosse* era muy bueno, pero los jugadores no despertaban ni de lejos la misma pasión al resto de la gente que aquellos adolescentes. En la reserva todos eran tribu, todos sumaban, todos remaban juntos; en Abbeville, los jugadores simplemente parecían dioses a los que adorar, o maldecir si no conseguían buenos resultados.

Las animadoras estaban esperando en las taquillas a sus jugadores para agasajarlos con dulces caseros; de hecho, Malia vio como la chica que se había enroscado en la boca de Landon le ofrecía una bandeja de pequeños pasteles de limón.

Cuando llegó al comedor a la hora del almuerzo, vio que Brett se había cardado el pelo y lucía unas gafitas redondas de color morado, aquel era su atuendo *hippie* sobre el uniforme de la banda que pensaba lucir orgulloso durante toda la jornada, al igual que las animadoras se paseaban de una punta a otra con sus cortas falditas y sus colas altas llenas de lazos de color granate y blanco. Malia se aproximó a Brett para felicitarle por su divertida elección y ofrecerle una de las margaritas con las que había adornado su pelo trenzado a ambos lados de su cara. Ella no había necesitado variar mucho su vestuario para ir en sintonía con el tema que habían elegido aquel día para avivar aquel espíritu estudiantil de equipo. Sus vestidos y sus abalorios rezumaban estilo *vintage* y su propia naturaleza ya la hacía parecer una ninfa salida directamente de Woodstock; pero, aun así, había decidido sumar aquellas flores a su cabello, porque pensaba que no había una flor más *hippie* que la margarita.

—Espero que disfrutes mucho hoy en el campo mientras tocas. Sois la primera línea de ataque —le dijo guiñándole un ojo.

—Eso es, nena. Tú sí que sabes —le contestó el chico estirando sus carrillos rellenos. Se colocó la margarita sobre una oreja y se movió para hacerle sitio en la mesa.

—Oh, no. Hoy voy a comer en otro lugar, espero que no os importe.

Malia miró al resto de los que estaban sentados.

—¿Cómo que vas a comer en otro lugar? ¿A dónde vas?

Kendall apareció detrás, con unos vaqueros prietos y un top de ganchillo rojo del que salían muchos flecos que le tapaban el vientre de una forma dudosa.

—Hoy voy a comer con Landon —anunció Malia con firmeza.

—¡Es una locura! ¡No puedes ir a sentarte ahí sin que te inviten!

—Bueno, no paran de decir que estoy loca, quizá les guste que les dé la razón.

Malia se giró y los dejó boquiabiertos, y avanzó decidida a la mesa donde los jugadores hablaban entre ellos simulando estar ajenos al alboroto que todo el instituto estaba formando en su honor. Landon le sonrió al verla y, justo cuando iba a desviar la mirada para continuar con la conversación, regresó a ella y alzó las cejas. Aquello hizo que Malia se riera por dentro; sabía que verla avanzar hacia ellos estaba desconcertándolo. Vio como se revolvió nervioso en el asiento, como miro por encima de su hombro para ver si la acompañaba alguien, y miró a sus compañeros para comprobar si se estaban dando cuenta de que Malia iba directamente hacia allí. Estaba segura de que él no esperaba algo así cuando unieron sus manos y prometieron mantener su amistad.

Un segundo antes de poner su bandeja junto a la de Landon; Malia captó la mirada de todos, y logró que el silencio reinara el tiempo suficiente como para hacer que las primeras palabras salidas de su boca sonaran aún más fuertes.

—Hola, Landon.

Aquello no fue un saludo, sino un desafío. Malia se mantuvo erguida, miró al resto de chicos y les sonrió a modo de saludo.

—Soy Malia —les anunció.

—¿Y quién te ha invitado a esta mesa, Malia? —preguntó Quinn deseoso de acción.

—¡Yo la he invitado! —Landon alzó la voz y se movió en el banco para dejarle sitio a su lado. Tras mirar un segundo hacia el resto del alumnado, que había girado su cabeza hacia él, esbozó su sonrisa divertida, como si aquello prometiera algo digno de ser recordado. Landon alzó una ceja y declaró sin titubear—: Es mi amiga.

—Tu amiga, ¿ahora las llamas así? —preguntó el defensa.

—Me llama así desde los seis años —le aclaró Malia.

—Yo también quiero ser tu amigo —le lanzó él de forma insinuante.

—Y yo puedo hacer que te tragues la lengua —dijo Landon, intentando parecer calmado.

Malia notó que las venas del cuello del chico se habían hinchado y que había cerrado los puños sobre la mesa.

—Claro, encantada de conocerte, Quinn.

—Pues ya somos amigos. Aunque para ti también podría convertirme en la noche de tus sueños.

Landon hizo amago de levantarse hacia su compañero de mal humor, cuando Josh se incorporó y se apoyó sobre su hombro para hacerle sentarse de nuevo y alargó la mano hasta la chica.

—Hola, Malia, soy Josh Carter. Creo que has venido a brindarnos tu apoyo. ¿No es así? Me encanta tu... atuendo.

—Así es, me han dicho que tú eres la gran estrella del equipo.

Aquello provocó una serie de risas y protestas al unísono en la mesa. Los chicos miraban a Landon para reírse de él, a Josh con recochineo, a Quinn con satisfacción y a ella como si hubiera dicho lo menos políticamente correcto del mundo.

—¿Quién narices te ha dicho eso? ¡Yo soy la estrella del equipo! —dijo al final Landon, fingiendo estar ofendido con ella.

Malia se encogió de hombros y sorbió por la pajita de su zumo antes de contestar: —No sé, ¿todos?

Más risas y abucheos que lograron atraer más miradas de fuera, que desviaron las intenciones de Quinn e hicieron que su presencia allí mereciese la pena.

—Muchas gracias, Malia. No sabes cuánto te lo agradezco, porque todos andan confundidos creyendo que la estrella de este equipo es tu amigo. —Josh le guiñó un ojo sin intención de flirteo, tan solo con complicidad.

—Encantado de conocerte, Malia. Yo soy el mejor amigo de Landon, lo que nos convierte a ti y a mí en amigos desde este momento —le dijo Dave.

—¡Yo soy Luke! Vamos juntos a Inglés.

—No eres Luke, eres Novato... —le recriminó Quinn, como si alguien que perteneciera al equipo no tuviera la necesidad de presentarse porque todo el mundo debía saber quién era.

—¿Vendrás al *pep rally*? —Landon quiso hacerse con su conversación, apartarla de ellos.

—No creo que tenga otra opción. —Sonrió.

Malia se giró hacia la mesa donde sus amigos los miraban en la distancia con los ojos abiertos como discos antes de darles la espalda con rapidez para disimular. Aquella mesa era una entusiasta del espíritu deportivo, a pesar de ser el centro de las burlas de muchos del equipo, como de Quinn y Dave. Brett arrancando vítores con el ritmo de sus palillos sobre cualquier superficie, Nona con su indumentaria *hippie* que le hacía parecer aún más una vidente de feria, Kendall con aquel deseo férreo de llegar a ser novia de alguno de ellos, incluso Ruth, que se había dibujado en la cara los colores del equipo. Tan solo Tobias se mantenía al margen, enfundado en su color negro; pero, aun así, había manifestado su intención de asistir a las asambleas y los partidos con sus amigos.

—Y tampoco me la perdería por nada del mundo. Hay que apoyar a los amigos. —Malia esbozó su sonrisa triunfal.

—Me parece bien. En realidad, me parece más que bien.

Sostuvieron la mirada un segundo. Él la miraba como si lo que había hecho ella, sentarse allí sin titubear, enfrentarse a Quinn con elegancia, meterse en el bolsillo a todos sin esfuerzo... fuese increíble, como si ella fuese maravillosa.

—Esto será muy divertido, Cynthia viene directa aquí —señaló Dave y le dió un codazo a Landon.

Malia desvió la mirada hacia el lugar que el chico señalaba con el mentón. Aquella animadora estaba andando con pasos furiosos hacia allí, y hacia balancear de derecha a izquierda la melena recogida en una cola alta.

—No ha pasado ni un mes, Landon, y ya sientas a alguien a tu lado. ¿Tan poco significó para ti lo nuestro? ¿Y quién demonios eres tú?

La última pregunta se la lanzó a Malia, que, atónita frente al estado de locura en el que parecía estar sumida aquella chica, optó por dejar que Landon solucionara sus problemas sentimentales callando.

—Cynthia, estás poniéndote en ridículo delante de todos. No tengo por qué darte explicaciones sobre a quién dejo o no sentarse a mi lado. Lo nuestro ha terminado, asúmelo.

—Pero me dijiste que podríamos volver, con el tiempo, que ahora necesitabas tener la cabeza centrada en los partidos, y te creí... Pero no eres más que un embustero disfrazado del tío perfecto. Los tienes a todos engañados, pero a mí ya no me engañas. Nunca más volverás a engañarme.

—Yo no te engañé; tú escuchaste solo lo que querías escuchar...

Pero la muchacha se marchó antes de que Landon terminara la frase, y recibió risas desde su mesa que empeoraron la situación; aunque él solo miró a Malia y descubrió una mirada llena de dudas, de desconcierto, de preguntas en las que se cuestionaba si todo aquello que había oído sería verdad. Y, en efecto, Malia se preguntaba si Landon era aquel chico embustero que traicionaba y jugaba con los sentimientos de las chicas, porque, aunque ella no podía creerlo, habían pasado muchos años y temía descubrir que lo que había sucedido entre ellos la noche anterior solo formaba parte de alguno de sus juegos.

Los chicos se marcharon antes de que terminara la hora del comedor; debían prepararse para la gran actuación en el gimnasio delante del resto de alumnos, pero Landon acompañó a Malia antes hasta la mesa de sus amigos.

—Siento lo que ha pasado con Cynthia.

—Yo también —le contestó ella, porque sentía que si ella no hubiera ido a sentarse en su mesa aquello no habría sucedido. Se había presentado allí sin invitación y, sin imaginarlo había desencadenado aquella incómoda situación.

—¡A por todas, Generals! —Kendall se levantó para hacerse ver detrás de Malia, y con una sonrisa exageradamente entusiasta los cortó para presentarse al *quarterback*.

—Encantado, Kendall. Gracias por el apoyo, chicos —respondió él mirando a todos los de la mesa—. Debo irme.

Malia le despidió sin palabras, tan solo movió la mano y se sentó en silencio, sintiendo una pesada losa de culpabilidad. La había fastidiado bien; tan solo había pensado en ella, en demostrarle que no necesitaba de su protección, que podía ser quien era con cualquiera y sobrevivir, que para ella no existía esa barrera infranqueable que los demás veían cuando miraban a los jugadores, porque para ella todos eran igual de mucho o de poco... No había pensado en él, en su elección a la hora de medir los tiempos para hacer las cosas, en las consecuencias de sus actos en la vida de su amigo; en como aquellos años él había vivido sin ella, con otras, y en como podía haberse convertido en un extraño.

Landon se había marchado del comedor con la mirada ausente, visiblemente trastornado por lo sucedido. Aquello podría afectarle para el partido de aquella noche; algo tan importante para todos allí... No había más que mirar a su alrededor; estaban ansiosos por demostrarle su lealtad y pasión vestidos de aquella forma. Todo aquello era demasiado intenso para Malia, y sintió que le pesaba demasiado, que algo tan absurdo se había vuelto demasiado importante, y quiso marcharse de allí. De hecho, se planteó hacerlo, no asistir a la asamblea por si empeoraba las cosas con su presencia; pero finalmente se dejó arrastrar por Kendall hasta el gimnasio.

20

«Creo que todo el mundo debería tener la actitud
de trabajar para ser un campeón. Cada elección,
cada decisión, cada cosa que hagamos cada día,
queriendo ser campeones».

Nick Saban

Aquella mirada lo había matado. Era más que evidente que había dudas en los ojos de Malia. Cynthia había sacado todo su potencial dramático para hacerle quedar como el mayor de los patanes, y quizá tuviese algo de culpa en realidad. Quizá debería haber cortado con ella antes de marcharse a Europa, desde luego metió bien la pata cuando dejó la ventana entreabierta para ella al darle esperanzas de futuro, pero él no era un patán. Él no trataba mal a las chicas, él era un tipo formal, educado, divertido... que había tenido un par de relaciones cortas, que había decidido terminar antes de convertirlas en demasiado formales, y que había limitado los rollos pasajeros a chicas de fuera de Abbeville para evitar enfrentamientos como el que había vivido en el comedor.

Sentía rabia, porque hacía años que Malia había desaparecido de su vida y la chica debía tenía un recuerdo de él. Con suerte sería, la mitad de bueno de como era el suyo de ella, pero con aquella forma de mirarle estaba claro que estaria planteándose muchas cosas. Era una mirada que cuestionaba quién era él años después, y la verdad es que él seguía siendo el mismo chico que había llorado en sus brazos, que había corrido hasta perder el aliento para encontrarla en la reserva, el que hizo un agujero en la pared de su cuarto lleno de rabia cuando supo que viviría finalmente allí y no con su madre. Su corazón era el mismo, y sus latidos seguían disparándose en cuanto la veía.

Un golpe en el casco antes de salir al terreno de juego lo sacó de su cadena de pensamientos.

—¿Pero qué narices haces, Josh?

—Déjalos aquí, déjalos ya —le advirtió el *running back*.

—¿Qué quieres que deje?

Landon le devolvió el golpe enfadado. Aquel día se suponía que iba a ser brillante, y estaba cansado de sentirse el centro de las culpas de todo.

—Tus malos rollos, todo lo que te está comiendo la cabeza desde el almuerzo. Déjalos aquí en el vestuario y sal a darlo todo. Te necesito, tío. Sin ti, no llegaré. Sin ti, no funcionamos. Y cuando termine el partido y les hayamos pateado el culo a los Rebels de South Choctaw, entonces, soluciona lo que tengas que solucionar. Este fin de semana, soluciónalo y, después, centra la cabeza en el campo. Eso es lo único que verdaderamente importa.

Landon asintió, aunque no estaba conforme. Para él el juego no era lo más importante ni de lejos, pero entendía el papel que jugaba y no podía permitir que sus problemas personales afectaran a tantos, que afectaran a la posible beca universitaria de Josh. Landon resopló y echó a correr dispuesto a atravesar la pancarta de papel como si fuera el mismísimo General Lee.

Su padre estaba junto al entrenador, tal y como solía hacer. Era el único padre al que le permitían semejante consideración, pero ser la única estrella del pueblo le daba suficiente carta blanca. Su cara era de satisfacción; estaba serio, concentrado pero lleno de emoción. Era sin duda la mejor época del año para él. A Malia no la buscó entre el público, ni siquiera sabía si habría ido a verle jugar, aunque lo deseaba. Sin embargo, la apartó de su mente, igual que alejó de su pensamiento todo lo demás y concentró hasta la última célula de su cuerpo en el partido.

—Hoy habéis sido despiadados, habéis ignorado sus insultos y estoy orgulloso de vosotros por ello. Landon, has hecho un marcador de videojuegos, buen trabajo. Siete *touchdown*, Josh, felicidades, esas carreras han sido históricas. Ha sido una verdadera competición de atletismo. Estoy orgulloso, chicos. Hay que seguir trabajando así.

El entrenador Hollmer habló eufórico, hasta para felicitarlos gritaba, era su única forma de comunicarse, y cualquiera que escuchara sus bufidos fuera no sería capaz de distinguir el tono, pero aquella victoria lo aclaraba un poco.

Robert Frazier siempre felicitaba a su hijo desde el lateral del campo al finalizar el partido. Seguidamente, se marchaba a casa, y esperaba con ilusión los desayunos de los sábados en los que juntos comentaban cada jugada en la cocina.

En cuanto Landon salió del vestuario, se fue directo hacia Ben. Su amigo tampoco faltaba jamás a un partido y, mientras todo el mundo alababa sus buenas jugadas, él solía hacerle comentarios agudos sobre los pequeños fallos que podía corregir para mejorar. El muchacho esperaba allí paciente, con las piernas algo entreabiertas y las manos metidas en los bolsillos delanteros de los pantalones vaqueros, como si fuera su misión hacerle el análisis del partido justo antes de marcharse. Nunca se iba a las fiestas de después en el terreno del padre de Dave; siempre tenía pendiente algo de trabajo que terminar.

—Quinn os ha perjudicado hoy en el juego; no corría a por el balón.

—Cierto, está ahí porque la suerte al final juega de su lado, porque desde luego el trasero le pesa demasiado y es incapaz de ir tras el balón. Debería unirse a la banda o ser el aguador. —Landon se rio y le dio la razón.

—Por lo demás, ha sido un partido increíble. Josh y tú habéis estado insuperables.

—¿Has visto a Malia por aquí?

La verdad es que aquella noche era lo único que quería saber. Necesitaba hablar con ella, pero la chica no estaba ahí fuera como el resto de las alumnas que esperaban la oportunidad de charlar un rato con él.

—No.

—¿No la has visto o no la has visto por aquí? —especificó con relativa paciencia.

—No la he vuelto a ver desde que engrasé el motor de la furgoneta de Lomasi el miércoles.

—Entonces no ha venido a ver el partido —dijo para mostrar su descontento. Había hecho un partido digno de una primera división universitaria y ella no le había visto.

—Me voy —anunció Ben, porque evidentemente aquello ya no tenía nada que ver con él.

Landon le vio caminar hacia su camioneta, y un par de alumnos se acercaron para felicitarle por el partido, pero él tenía la cabeza en otro lugar y, si quería recuperar el control de su vida, sabía que tenía que ir precisamente hasta allí.

—¿Dónde vas Frazier? ¿Acaso no vienes a la fiesta?

—Sí... ahora, en un rato os veo.

—¿Pero adónde vas?

Landon no contestó, saltó a su *jeep* y arrancó con la urgencia de quien necesita agua en un desierto. No entendía que Malia no hubiese ido a verle jugar. Pensó que quizá era una forma de decirle que no quería estar en medio de sus malos rollos sentimentales, quizá le había surgido algún imprevisto, puede que no disfrutara viendo los partidos de fútbol... Intentó convencerse de que existía una explicación diferente a que se sentía decepcionada y no quería saber nada de él. Sin embargo, al girar la calle, se encontró con una vieja furgoneta aparcada frente a la floristería y, al ponerse justo detrás de ella, se topó con una escena con la que no había contado. La puerta del conductor estaba abierta y un chico alto, con una melena larga y suelta, cuyos rasgos le recordaban a alguien, se apoyaba en la parte superior con un brazo mientras que su otra mano estaba posada sobre el brazo de Malia, a la que miraba desde arriba. Landon sintió un pinchazo en las entrañas y bajó del coche intentando mantener una sonrisa mientras se preguntaba si aquel chico era alguien especial para ella. Alguien más especial que él.

—Buenas tardes, Malia.

La chica se giró al oírle y alzó las cejas con evidente desconcierto.

—¡Landon! ¿Ha terminado ya el partido?

—En efecto, de hecho, creí que estarías en el campo.

—Estaba conmigo. —El chico avanzó un paso hacia él y se puso a su altura para chocarle la mano—. Soy Callum.

Callum. Lo recordó al instante, el único chico de la reserva que conoció que no era primo de Malia. El único que no le cayó demasiado simpático.

—Sí, te recuerdo. Me alegra verte por aquí, tan lejos de la reserva... —Aunque lo intentaba, no conseguía camuflar del todo el tono afilado de su voz, y le fastidió ver la sonrisa triunfal que escondía aquella cara tostada—. Deberíais haber venido los dos al partido; ha sido una victoria aplastante. Podéis venir conmigo ahora a la fiesta si os apetece.

—Yo me tengo que ir ya, me he quedado más tiempo del que tenía planeado, pero es imposible resistirse al pollo frito de tu madre, Malia. Volveré —prometió, y miró de reojo a Landon con satisfacción.

En ese instante, Landon aguantó la respiración. Sabía que, si le veía besarla delante de él, querría pegarle y, para no hacerlo, puede que tuviera que enfrentar su puño contra una farola. Pero el chico se despidió tan solo con un apretón en el brazo de Malia y se marchó en la furgoneta bajo la atenta mirada de ambos.

—¿Y bien? —le preguntó entonces Malia.

—Eso digo yo, ¿y bien? ¿Por qué no has venido al partido?

—No creí que me echaras en falta entre tu legión de admiradoras, y debía ayudar por aquí. Callum nos ha traído mercancía de Mamá Tawana.

Al escuchar aquello, Landon sonrió con placer, lo cual hizo reír a Malia.

—¿Por qué sonríes?

—¿Es tu noviete? —le preguntó con sorna.

—¿Qué dices? ¿Callum? ¡No!

Malia le dio un pequeño empujón, porque él no paraba de sonreír de oreja a oreja y la ponía nerviosa.

—Pensaba que no habías venido al partido porque no querías verme. Quería volver a disculparme por lo de esta mañana con Cynthia —le dijo bajando el tono y acercándose un poco a ella.

—Tú no eres responsable de los actos de los demás. Quizá los provoques... pero cada cual es dueño de sí mismo.

Ahí estaba ella, con sus explicaciones maduras, sensatas y apacibles. Dándole lecciones de vida, como si la sabiduría corriera por sus venas junto a sus glóbulos rojos. Landon se fijó en su ropa: un peto vaquero de trabajo bajo el que solo llevaba una camiseta de finos tirantes. No tenía nada que ver con el atuendo de las chicas que lo esperaban en la fiesta, pero ninguna de ellas podría resultar tan natural y bonita como ella. Sin maquillaje, sin ondas hechas con tenacillas, sin camisetas insinuantes. Ella no necesitaba nada, cualquier intento de mejorar lo que tenía enfrente habría anulado lo auténtica que era.

—Pues me siento responsable de provocar la situación y lo siento.

—Yo también me siento responsable, no debí sentarme en vuestra mesa sin invitación.

—¡Tú no has tenido culpa de nada!

—No estaba invitada.

—Bueno, nuestra mesa tampoco es un palacio ni nada por el estilo; nadie necesita pedir audiencia para sentarse. Cualquiera puede, el problema es que nadie es tan valiente como tú para hacerlo.

—Pues la he liado bien haciéndolo.

—Aplícate tus palabras, Cascabel. No eres responsable de los actos de los demás.

Aquello hizo sonreír a Malia, y él, por un segundo, olvidó que había una fiesta a la que debía asistir, porque estaba justo donde le apetecía estar.

—¿Y has venido justo después del partido solo para volver a disculparte? Podías haber esperado al lunes en el instituto.

—No podía. —Al contestarle lo hizo con tanta urgencia, con tal ahogo y necesidad que la chica aguantó la respiración—. También quería verte... y explicarte que yo no soy así. Han pasado años desde la última vez que nos vimos y puede que, al escuchar a Cynthia, hayas pensado que ahora soy un chico de los que no interesa tener cerca. Pero yo no soy así, yo sigo siendo el mismo que recuerdas. Aunque, claro, no sé exactamente cómo me recuerdas...

—¿Te preocupa lo que piense de ti? ¿Yo?

—Pues claro. Eres mi amiga.

Quizá hubiera debido decir que era su única amiga, porque el resto de las chicas no lo eran. Tenía muchos amigos, chicos, pero no había sido capaz de mantener ese tipo de relación con nadie del sexo opuesto. Ella sabía cosas importantes de su vida; las había compartido con ella y, aunque el tiempo y la distancia los hubiese separado, sentía que los mantenían unidos unos lazos indestructibles.

—Pues no deberías barajar la idea de que yo pueda verte como alguien que no me interesa tener cerca. Yo sé quién eres, conozco tu esencia, y esa no cambia... por muy idiota que parezcas por fuera.

Malia le hizo reír. Quiso terminar con aquella broma para rebajar la intensidad del momento, porque creía que aquel par de oídos no necesitaba más alabanzas de las que diariamente recibía y porque, si seguía demostrándole que lo que ambos tenían era imperturbable, quizá diera por hechas muchas cosas. Cosas que hay que regar a diario como las plantas: la amistad, el amor.

—Vente a la fiesta conmigo —le pidió de pronto.

—¿Estás loco? No quiero ser víctima de otra de tus seguidoras. Te debes a ellas, Cometa Frazier.

—Pero yo quiero que vengas.

—Otro viernes; quedan muchos por delante.

—Es inútil que insista, ¿verdad?

Una luz los iluminó fugazmente cuando las cortinas de una de las ventanas del edificio se movieron. Malia se giró, pero su madre ya se había apartado, aunque era una señal para ella.

—Tengo que volver adentro; queda trabajo por hacer. Mucho que colocar.

—De acuerdo. Entonces, ¿todo bien entre nosotros?

—Todo bien.

21

«We should love, not fall in love.
Because everything that falls, gets broken[9]».

Taylor Swift

En cuanto Malia entró en casa, se topó con el ceño fruncido de su madre, que estaba sentada en la mesa de la cocina. Tenía una manzana entre las manos que continuó pelando con lentitud.

—¿Qué hacía Landon otra vez aquí?

—¿Otra vez?

—Si no me fallaron los ojos, también estuvo en nuestra azotea hace unos días.

Le ofreció un trozo de fruta para que se sentara a su lado.

Malia entendió que aquello conllevaba una conversación y aceptó el ofrecimiento con cierto resquemor.

—Solo ha venido para invitarme a ir a la fiesta que hacen tras el partido, pero le he dicho que no podía.

—Me parece bien.

—¿Te parece bien?

—Sí, no creo que te convenga ir por ahí con Landon Frazier.

—¿Por qué dices eso, mamá? Landon y yo somos amigos desde pequeños. Ha sido muy amable conmigo al invitarme.

---

9. Deberíamos amar, no caer enamorados. Porque todo lo que cae, se rompe.

—Eso era cosa de niños, hija. Ahora sois mayores. Él tiene diecisiete y tú dieciséis recién cumplidos; él tiene otro tipo de vida.

—¿Otro tipo de vida? Vamos al mismo instituto, mamá.

—Pero él es un Frazier, supongo que no habrás olvidado quién es su padre, y menos aún quién es su madre. Su vida es muy diferente a la nuestra.

—¿Tan diferente como para no poder ser amigos?

—Si hablamos de ser solo amigos... supongo que no.

—¿Y de qué otra cosa estamos hablando, mamá?

Lomasi suspiró, se limpió las manos en su servilleta y acarició el pelo de su hija.

—¿Y por qué entonces no has querido ir a la fiesta esta noche?

Malia sabía que no podía contarle los verdaderos motivos por los que se había negado a ir, porque entonces sí que no vería con buenos ojos que mantuviera ningún tipo de amistad con el chico; uno problemático que hacía que pudiera tener líos con algunas chicas del instituto. Por lo que, a pesar de sentirse mal por no poder abrir su corazón a su madre, simplemente le contestó que estaba cansada.

Subió al cuarto mordiéndose el labio, queriendo reprimir todas las emociones que bullían en su interior. Primero las que le había provocado Callum, que le había expresado con demasiada intensidad cuánto la extrañaba en la reserva; luego las impactantes, por la aparición inesperada de Landon y su invitación; y por último las incómodas de mano de su madre, con aquella advertencia que pretendía alejarla de él. No sabía cómo manejar bien ninguna de ellas. Asomó la cabeza en su cuarto y, al sentir que allí dentro no había suficiente oxígeno, optó por subir otra noche más a la azotea.

Aquel sábado tenían que adornar una boda en Dothan. Fueron hasta allí en su furgoneta, que formó parte de toda la decoración, y al regresar fue a casa de Kendall para ensayar las primeras estrofas de sus deberes del coro.

—¿Me estás diciendo en serio que Landon Frazier trepó hasta tu habitación para hablar contigo?

La pelirroja se dejó caer teatralmente en su cama mientras se sujetaba el corazón.

Apenas habían ensayado unos minutos cuando su amiga la asaltó con preguntas para que le aclarara todo el asunto entre ella y el chico. Lo del viernes había sido demasiado fuerte para su entendimiento y necesitaba comprender aquella historia «para poder seguir viviendo», aquella había sido su aseveración.

—Hasta la azotea.

—Bueno, lo mismo da. Duermes casi todos los días ahí, según me cuentas.

—No tiene la menor importancia, Kendall. Somos amigos.

—En la misma semana, habéis sido amigos, luego no lo erais y al final te invitó a ir con él a la fiesta de después del partido. ¡Claro que tiene muchísima importancia! Porque ha roto con Cynthia y está pasando bastante de April; lo escuché en el baño y eso es bastante significativo.

—¿Qué quieres decir Kendall?

—Que puede que Landon esté interesado en ti.

—Eso es absurdo. Somos amigos, ya te lo he dicho.

—Ay, pequeño cervatillo... Creo que te queda mucho por descubrir de este nuevo mundo llamado Abbeville.

—Estás loca de remate, Kendall. Anda, vamos a cantar un poco o nos echarán del coro.

—Si no lo ha hecho la valoración «anónima» de Cynthia en la audición frente a la directora, no creo que lo haga nada en el mundo.

Malia miró al techo y comenzó a cantar para que ella le hiciera la segunda voz y dejara de decir tonterías que le provocaban absurdas cosquillas en la boca del estómago.

22

«El único modo de ser feliz es amando. Sin amor a todo,
a todos, a cada rayo de luz, la vida pasa como un destello».

El árbol de la vida (película)

Transcurrió un mes de forma más relajada, con saludos sin censura por los pasillos y breves conversaciones en los intercambios de clase. Ella animaba al equipo, pero tan solo había ido un viernes a verle jugar y luego se había marchado a su casa. Malia no había vuelto a sentarse en su mesa y, aunque él había estado a punto de subir dos veces por sorpresa a la azotea tras los entrenamientos, se había aguantado las ganas porque no quería agobiarla. Parecía haber encajado en aquel grupo ecléctico y la veía feliz. Su risa volaba por el aire hasta sus oídos en el comedor, y aquello convertía los monótonos días de clases en algo especial.

A finales de septiembre, Landon comenzó a ser más que consciente de que sus sentimientos eran algo más que los de una simple amistad, aunque su mente quisiera frenarlos. Quería estar cerca de ella, quería verla a todas horas, moría por conseguir cruzar unas palabras con ella por el pasillo y salía apresurado de las clases para alcanzarla en su taquilla y robarle una risa con alguna frase idiota. Aquello no era lo que sentía un amigo, aquello era mucho más. Cuando hablaban, se fijaba en sus labios carnosos, en su piel tostada que brillaba incitándole a resbalarse por ella, en su pelo sedoso y oscuro que resaltaba como un oso pardo en la nieve...

Aquel viernes los alumnos iban vestidos como si fueran zombis. Landon pensó que aquello había sido una idea terrible, porque los pasillos daban cierta grima con todas esas caras pintadas de gris pálido, con

158

falsos churretes de sangre y ropas raídas. No se sorprendió cuando vio que aquel día Malia no había seguido la imposición estudiantil. No era alguien dispuesta a hacer algo por obligación, y mucho menos algo que destruyera la belleza de las cosas. Pero el resto de los alumnos parecían estar disfrutando del espectáculo. Por suerte para las animadoras, con llevar puesto su uniforme todo el día ya ensalzaban el espíritu del equipo, lo que jugaba a favor sobre el resto de pobres chicas que intentaban llamar su atención y la de sus compañeros que simulaban ser muertos vivientes.

La vio en su taquilla liberando su mochila de los libros que no iba a necesitar durante la primera hora y no pudo resistirse a acercase.

—Eres la zombi más bonita del instituto —le dijo casi susurrando en su oreja.

—Oh, Landon. —Malia aguantó la respiración sorprendida—. Qué elección más desagradable han hecho, será horrible andar hoy por aquí. Yo de verdad que os animo con todo mi entusiasmo, pero no pienso fingir que se me está cayendo la carne a tiras por vosotros.

Landon rio y apoyó uno de sus brazos en la taquilla sobre la cabeza de ella.

—A mí me vale con que vengas al partido a verme jugar. Ben viene a verme siempre, te está dejando a la altura del betún como amiga. Apoyar y animar son cosas que se hacen por los amigos —le dijo para convencerla.

—Iré esta noche, Landon, aunque no creo que me veas entre la multitud. —Rio.

—Por supuesto que te veré. —El chico notó que la dejó sin aire al decir aquello, porque se lo había asegurado como si la vida le fuera en ello, como si fuera importante, como si no hubiera la menor duda—. Y después podrías venir a la fiesta conmigo.

Malia vio por encima del hombro como la animadora que le agasajaba siempre con dulces avanzaba hacia ellos con una ceja elevada y la mirada afilada sobre ella.

—No creo que pueda; mi madre no me dejará.

—¿Por qué no va a dejarte?

—Porque, Landon, sois mayores que yo, bebéis alcohol... y, bueno, todo eso que se oye que hacéis en vuestras fiestas.

—¿Qué demonios te crees que hago yo en las fiestas?

Malia no pudo contestarle, porque April llegó y le puso a Landon en las narices una cesta de magdalenas de chocolate.

—Recién hechas, con nueces y cacahuetes por dentro para nuestro *quarterback*. —Con su mano libre, acarició su brazo hasta tomarle la mano y llevársela al centro de su pecho—. ¿Piensas maltratar de nuevo hoy a mi corazón?

—Vamos, April, no seas mala.

El chico escabulló su mano de aquel lugar incómodo para aceptar la cesta de magdalenas.

—Adiós, Landon. —Malia se despidió con una mirada muy aclaratoria en la que sin palabras quedó claro lo que pensaba que ocurría en las fiestas tras el partido.

El muchacho dejó caer los hombros derrotado, miró a April y soltó el aire con resignación. Aquella animadora estaba haciendo verdaderos esfuerzos por conquistarle, y él los estaba haciendo por comportarse como un caballero y no caer en la tentación, porque tenía claro que no era ella con quien quería pasar sus ratos libres.

—¿Quién es tu amiguita? Es una novata, ¿no? —le preguntó la morena, suspicaz.

—Nadie por la que debas preocuparte, April. Tú... sigue dando saltos y esas cosas.

—Los doy por ti, ya lo sabes —terminó con un guiño.

—Lo sé, lo sé... Gracias.

Landon se despidió de ella y fue hasta su taquilla para dejar allí los dulces y proferir dentro un bufido con toda su frustración.

A la hora del almuerzo estuvo callado. Miraba desde la distancia a Malia, que, ajena a su malhumor, reía con sus amigos. Sus compañeros no salían de aquella conversación en bucle sobre sí mismos y sus jugadas estrella. Todo el que se acercaba a ellos lo hacía para brindarles ánimos para el partido o para creerse entrenador y decirles cómo conseguir derrotar a los Warrior Sparta. Landon deseaba levantarse de allí para irse a aquella mesa y alejarse de todo aquel clamor deportivo que comenzaba a sobrepasarle. Landon miró a su alrededor pensado en lo equivocado que estaba todo el mundo al creer que el fútbol era el centro de su universo.

—Desde que esa chica ha llegado al instituto no eres el mismo. ¿Acaso te gusta esa *creek?*

Dave se aproximó a él, le dio un golpe en el ala de su gorro de *cowboy* para elevarlo por encima de sus cejas y así poder mirarle bien a los ojos, y esperó una respuesta mientras mordía un plátano. Eran amigos desde la escuela primaria; podía decir que le conocía bastante bien. Sus gestos, sus movimientos, sus respiraciones. A él no podía engañarle, pero tampoco podía admitir algo que no tenía claro y que no sabía adónde le llevaría.

—Qué tontería; es mi amiga.

—Sí, eso es lo que has dicho desde el primer día, pero ha pasado más de un mes, estás raro y no paras de mirar hacia la mesa de los *frikis.*

—Joder, tío. No los llames tú también *frikis.*

—Ey, a mí Brett me cae bien y esa pelirroja parece divertida. No es despectivo, pero tienes que admitir que son raritos.

«Especiales». Esa era la palabra adecuada, pero no quería continuar con la conversación y optó por cortar de la mejor forma que podía.

—¿Y a ti qué te ha traído hoy Megan? Porque yo tengo toda una cesta de magdalenas de chocolate de April.

—¡Vete a tomar viento! Eres un cabrón afortunado al que le crecen flores en el trasero. ¡Plátanos! Me ha traído unos puñeteros plátanos, ¿te lo puedes creer?

Rompieron a reír y, para cuando Landon volvió a mirar hacia la mesa, ella ya no estaba.

Antes de saltar al campo, Landon dio un vistazo rápido hacia el lugar donde Ben solía sentarse, y allí, a su lado, vio a Malia. Sonrió tras su casco y los saludó de forma rápida y discreta antes de tomar posición y prometerse a sí mismo hacer un partido digno de aquellos espectadores.

Aquel partido fue complicado, la defensa de los Warriors era implacable. Landon recibió algunos placajes que le hicieron creer que no volvería a levantarse del suelo, y el resultado final fue una ajustada victoria por dos puntos.

Se apuró todo lo que pudo para salir rápido del vestuario, pero su decepción fue máxima cuando fuera tan solo estaba Ben esperándole.

—¿Dónde está Malia?

—Se ha ido. El partido de hoy...

—¿Por qué se ha ido? —Landon le cortó contrariado, con las manos sobre los costados.

—Bueno, el partido ya ha terminado. Se ha marchado a su casa.

—¿Sola? ¿Por qué no te has ofrecido a llevarla?

—Lo he hecho, pero vive a tan solo dos calles de aquí. Dice que le gusta pasear.

—Que le gusta pasear... ¡Eso ya lo sé yo!

—Hoy no quieres que te comente el partido, ¿verdad?

Landon lo miró. En su cara había cierto desconcierto y algo de desilusión. Landon le pegó una patada al suelo para soltar la rabia y luego lo miró.

—Sí que quiero, Ben. Tus análisis siempre son los mejores. ¿Por qué no te vienes a la fiesta conmigo? Solo hoy; a los chicos les gustará.

Ben miró su reloj de muñeca, como si necesitara comprobar la hora que ya sabía que era, y aquel día aceptó la oferta.

Durante todo el sábado estuvo dándole vueltas a lo que le había dicho Malia sobre lo de que su madre no la dejaría ir a las fiestas tras los partidos. Ella ya tenía dieciséis años, no es que fuera una niña pequeña, y a él lo conocía desde prácticamente casi siempre, aunque igual eso no jugara precisamente a su favor...

—¡Eso es! —exclamó a solas en su habitación.

De pronto se le ocurrió que, si invitaba además de a Malia también a aquella chica pelirroja, la que parecía ir a muerte detrás de Dave, no podría negarse, porque eso desilusionaría a su amiga enormemente. Y Lomasi tampoco se negaría, o en eso confiaba.

23

«Los recuerdos de nuestras vidas, de nuestras obras
y de nuestros actos continuarán en otros».

Rosa Parks

Ruth había llegado a la mesa del comedor suspirando como si tuviese un ataque de asma, aunque en realidad lo que le ocurría es que aquel taller astronómico impartido por Ben Helms había producido en ella un efecto colateral inesperado, uno romántico.

—Quiero casarme con él... —exhaló sobre su plato de macarrones con queso y con la mirada perdida, contemplando el cielo a través de la ventana.

—Es más probable que te trague un agujero negro a que eso ocurra —dijo Nona poniendo boca arriba la carta del Ermitaño.

—Pues yo creo que tú y tus cartas tontas os equivocáis. Ruth tiene muchas posibilidades; comparten una misma pasión. —Kendall cambió la dirección de su mirada de la chica afroamericana a la pecosa con gafas, y enredó uno de sus rizos de color zanahoria en el dedo para juguetear con él—. Os casaréis y trabajaréis juntos en Huntsville.

Ruth le dedicó una sonrisa soñadora y miró a Malia para ver de parte de quién estaba, esperando que, como conocía al chico de la gasolinera, ella pudiera brindarle la información que necesitaba, pero Nona volvió a poner un arcano mayor con fuerza en el medio de la mesa y atrajo la mirada de todos.

—El Sol... Mmm... Estrella, amistad, libertad espiritual, matrimonio feliz. Curioso, como poco —señaló Nona; y alzó la mirada por encima de todos hacia el frente.

—Esa carta es más acertada, porque dice exactamente... —Kendall no pudo terminar la frase porque Nona negó con la cabeza y señaló a quien se acercaba a ellos.

Todos se giraron hacia el lugar que apuntaba su barbilla y, cuando Malia vio a Landon aproximarse, bandeja en mano, abrió la boca para decir unas palabras que su mente no fue capaz de hilar.

—Hola, chicos, ¿puedo sentarme con vosotros para comer?

Landon utilizó su mejor arma: aquella sonrisa de conquistador que precedía a su tono de voz educado y amigable, y cuyo potencial crecía exponencialmente si las chicas miraban aquellos brazos en tensión con los que sujetaba una bandeja llena de proteínas.

Durante un par de segundos nadie contestó, como si sintieran que lo que acababan de oir no fuera posible.

—¡Por supuesto! —exclamó Kendall empujando a Malia, que se había quedado muda y desconcertada, para hacerle sitio en el banco al chico.

Una cosa era que ella, la chica «rara», hiciera una más de sus rarezas presentándose en la mesa de los jugadores, y otra bien diferente que Landon hubiese cruzado el comedor porque quisiera sentarse con ellos. El motivo... no tenía lógica para Malia, pero le miró con los ojos bien abiertos esperando averiguarlo.

—¿Qué tal la banda, Brett? —preguntó Landon con confianza antes de darle un bocado enorme a su hamburguesa.

—Bien... afinada, coordinada y con el ritmo de siempre. —El chico contestó intentando contener el entusiasmo que le producía tener al *quarterback* sentado frente a él.

Aquello era como ver a dos especies acuáticas en una pecera; un divertido pez globo junto a un majestuoso delfín. Eso es lo que pasó exactamente por la cabeza de Malia al observarlos.

—Eso es genial. ¿Y qué dicen tus cartas sobre el partido del viernes, Nona?

La chica alzó una ceja y agarró la baraja con una mano para mezclarla como si fuera el crupier en una mesa de casino.

—La rueda de la fortuna. —Todos pusieron la vista sobre aquella carta en la que aparecía dibujada una rueda con seis radios por la que subía un conejo y bajaba un mono—. Todo está en manos del destino.

—¿Qué quiere decir eso? —Landon no le preguntó a Nona, se giró intrigado hacia Malia, que no había probado aún bocado.

—Yo creo que todos creamos nuestro propio destino. Si tú te propones ganar, ganarás.

—Bueno, podría partirme una pierna y que el partido se fuera al garete.

—Entonces pregúntale a Nona si te partirás una pierna.

Landon soltó una carcajada y Malia sintió los ojos de toda la mesa posados en ella; de hecho, sentía los ojos de todos en el comedor puestos en ella y, lejos de esconderse, echó la cabeza hacia atrás con energía para apartar el pelo de su cara. Ella confiaba en él, siempre lo había hecho. Sabía que Landon era un chico que siempre conseguía lo que se proponía, y no veía por qué ganar aquel partido iba a ser una excepción o que, al menos, él haría todo lo que estaba en su mano para conseguirlo.

—¿Y a qué se debe esta inesperada visita? Por cierto, soy Kendall y no me pierdo ninguno de vuestros partidos en casa. Ojalá pudiera ir también a los de fuera. —La pelirroja se inclinó un poco hacia él y le sonrió.

—Pues quería precisamente invitaros a la fiesta de después del partido de este viernes. A todos.

—Pero...

—¡Por supuesto! —exclamó Kendall cortando a Malia.

—Yo no voy a fiestas —contestó Nona, y miró a Tobias, que tan solo levantó la mirada hacia Landon para volver a bajar los ojos hacia su plato.

—Yo... tengo que estudiar —dijo Ruth.

—Yo iré con los de la banda —confirmó Brett con una sonrisa radiante.

—Genial, será divertido. —Landon se metió en la boca el trozo entero de hamburguesa que le quedaba y le guiñó el ojo a la *creek,* que, aunque frunció el ceño, no pudo evitar dejar escapar una sonrisa.

—Muchas gracias, Landon. Llevo media vida queriendo ir a una de esas fiestas en el campo —le agradeció Kendall.

—Aún eres *junior*, te quedan muchas fiestas a las que asistir. Estoy seguro.

—Si nos sigues invitando... —le contestó ella melosa.

—Apuesto a que lo hará más de uno. —Landon le guiñó un ojo de forma fugaz antes de volver a fijar la mirada sobre Malia—. Os puedo recoger a la salida del partido y os devolveré a casa, sanas y salvas, a la hora que me digáis.

Malia lo miró con la frente arrugada. Se sentía acorralada; aquello había sido una encerrona en toda regla, aunque debía reconocer que aquel intento desesperado de que ella fuera con él a una de aquellas fiestas era un halago difícil de ignorar.

—Solo Coca-Cola, te lo prometo —añadió el chico.

—Está bien, Landon, iremos contigo a la fiesta tras el partido —claudicó.

—¡¡Sí!! —Kendall abrazó a su amiga al oír aquello y comenzó a besuquearla mientras Landon se levantó de la mesa y pasó un pie por encima del banco para salir.

—Os dejo, voy a ir un rato a la biblioteca a repasar el libro de jugadas. Muchas gracias por la compañía, chicos.

Malia le dijo adiós con la mano y, sin más, comenzó a comerse su plato de pasta.

—Dios mío, te envidio tanto que podría morir envenenada si me mordiera a mí misma... ¡Landon Frazier! —suspiró Kendall, envuelta en dramatismo.

—Hay que reconocer que de todo ese grupo de cerebros huecos los *quarterbacks* son los Einstein —señaló Ruth.

—Entonces deberías dejar de suspirar por Ben Helms, que es algo tan inalcanzable como meter el culo de Brett en una talla mediana, y fijarte en el *quarterback* sustituto, Lukas; porque me temo que el motivo de que Landon, nuestro titular, esté siempre mirando hacia nuestra mesa es Malia. Está claramente interesado en esta chica —dijo Kendall señalándola con la uña larga de su dedo índice.

—¡Somos amigos! —exclamó desesperada Malia.

—Tu interés por mi culo es sospechoso, encanto —dijo bromeando Brett.

—¿Quién es Lukas? —preguntó Ruth.

—El que no para de mirar hacia la mesa de las animadoras —respondió Nona con un tono recriminatorio.

—Entonces está claro que no es muy listo por mucho que juegue de *quarterback* —comentó al ver que tonteaba en la distancia con la ex de Landon—. Menuda jugada cutre fijarse en Cynthia Olive...

—¿Qué te vas a poner para la fiesta? —le preguntó Kendall a Malia con la emoción burbujeando en sus ojos.

Malia se encogió de hombros:

—¿Uno de mis vestidos y una chaqueta para ponerme encima por si refresca?

—Debe ser maravilloso tener tanta seguridad en uno mismo —suspiró la chica—. Eres especial, ¡me alegro tanto de que estés aquí este año!

Malia recibió aquellas palabras como el abrazo más cálido que jamás le habían dado y, aunque no se sintió reflejada en aquella imagen de seguridad que la chica aseguraba que veía en ella, la agarró de la mano y se la apretó.

—Tú también eres especial, Kendall. —«Todos y cada uno de nosotros lo somos de alguna forma», pensó.

—Y lo vamos a pasar genial en la fiesta — dijo la chica, canturreando la última vocal antes de unir sus risas.

24

«It's the way you love me,
it's a feeling like this,
it's centrifugal motion,
it's perpetual bliss.
It's that pivotal moment,
it's unthinkable...
This kiss, this kiss».

«This kiss», Faith Hill[10]

—¿Cómo se presenta el partido de hoy, hijo?

Landon estaba sentado en las escaleras del porche trasero mientras se comía un sándwich de queso cuando apareció su padre.

—¿Contra los Wildcats de Edgewood? ¡Los vamos a machacar, señor!

—Eso es lo que quería escuchar.

Le dio una palmada en el hombro, se sirvió un vaso de té con limón de la jarra que Dothy había dejado allí para su hijo en una bandeja y se sentó con cansancio detrás de él, en uno de los mullidos sillones de mimbre.

—Has llegado pronto hoy.

—Bueno, me han fallado un par de pacientes y no voy a decir que lo lamento. Ellos lo harán, pero yo estoy agotado y me vendrá bien descansar un poco antes de ir al partido. —Mientras hablaba, los párpados se le vencían.

---

10. Es la forma en que me amas, / es un sentimiento como este / es un movimiento centrífugo, / es felicidad perpetua. / Es ese momento crucial, / es impensable... / Ese beso, ese beso.

Landon cerró los ojos un momento también. Se estaba bien ahí afuera, con la brisa colándose entre las ramas de los robles. Por algún motivo se acordó de Lisa, de cuando los trepaba con ella y su madre los regañaba, temerosa de que al caerse de uno se abrieran la crisma. Observó a su padre, que miraba también a los lejos y se preguntó, si a su vez, estaría él pensado en ella.

—Papá, ¿me prestas el Cadillac esta noche?

Los ojos de Robert Frazier cobraron vida, una sonrisa se escapó de ellos.

—Claro, hijo. ¿Una chica?

Landon se levantó con el plato vacío en sus manos y, con intención de no dar muchos más detalles, le contestó:

—En realidad, dos.

—No permitáis que os pasen, tenéis que bloquear. ¿Dónde narices está la línea defensiva? ¡Estáis dormidos! ¡Despertad de una puñetera vez! Y vosotros tenéis que ir a la zona de anotación, avanzad. No paráis de hablar de lo buenos que sois, pero os están ganando. Sois suficientemente buenos como para salir al campo y superarlos. ¡Superadlos!

Todos escuchaban al entrenador mientras intentaban recuperar el aliento. El primer tiempo había sido duro, y no lo esperaban. Para colmo, habían placado a Josh de una forma brutal; habían chocado con su casco y habian rebotado en el suelo contra él. Se había mareado, había terminado vomitando en la línea del área y todos temían que hubiera sufrido una contusión cerebral. Sin embargo, él se puso furioso al escuchar que no le dejaban volver al campo como medida preventiva.

—Ey, colega. Solo quieren cuidarte. No vas a arruinar el resto de la temporada por esto. Necesitas recuperarte; ya estarás bien para el próximo, Josh. Sal ahí y apóyanos desde la banda.

Landon juntó su frente con la de su compañero y, a pesar del enfado que seguía burbujeando en sus ojos, este accedió a salir junto al resto y disfrutó viendo la juagada de ataque con el que los Generals jugaron hasta obtener un 44 a 32.

El *quarterback* estaba eufórico y, aunque tenía adrenalina como una droga en las venas y también estaba preocupado por Josh, sobre todo se sentía nervioso porque sabía que fuera le esperaba una chica a la que por fin iba a llevar a la fiesta tras el partido. Daría la cara delante de todos; deseaba más que nada declarar a todo el mundo que estaba interesado en ella y, si tenía que cerrar alguna boca con algún puñetazo, lo haría, porque aún tenía la furia del partido en su cuerpo.

Al salir, la vio charlando animada junto a Kendall y el corazón le dio un vuelco. Estaba preciosa. En realidad, estaba igual que siempre. Llevaba uno de sus vestidos largos, el pelo suelto y una chaqueta vaquera en el brazo. Como cualquier otro día; igual de bonita, tan luminosa y única como siempre. No iba pintada como si fuera a presentarse a un concurso de belleza, que era exactamente como se había arreglado su amiga, y eso la hacía tan diferente al resto que era imposible que pasara desapercibida aunque quisiera. Para él siempre brillaba natural como las flores entre las que vivía.

Tenía intención de ir hacia ellas, pero vio a Ben acercarse a él y supo que nada en el universo le pararía, por lo que les pidió un segundo con la mano y fue al encuentro de su amigo.

—Oliver ha sido un buen *running back*. Es rápido, no es capaz de dar los saltos de gacela que hace Josh, pero hace buenos tiempos y recibe el balón de forma precisa. —Aquello sonó a consuelo para alguien preocupado, pero en el caso de Ben, solo quería decir algo obvio, una realidad, un hecho.

— Josh volverá a jugar —aseguró el *quarterback*.

—Eso solo lo pueden asegurar los médicos.

—Fe; hay que tener fe. —Landon miró la cara escéptica de su amigo y resopló—. A veces eres deprimente, tío. ¿Puedes fingir al menos que todo va a ir bien?

—Te enfadas cuando no escuchas lo que quieres oír y no, no puedo fingir. Fingir es mentir; es absurdo. Y sí, soy deprimente. Mira mi vida, mi plan para mañana es ir a Creek Home y diseñarle a Toby un espantapájaros para el concurso de Halloween.

Ben no solía bromear, pero aquello había sonado como si estuviera riéndose de sí mismo.

—Iré contigo mañana, ¿te parece?

Landon a veces olvidaba lo dura que era la vida de su amigo y, cuando la realidad le daba una bofetada en la cara, sentía que en sus manos estaba la oportunidad de hacérsela más fácil algunos días. Solía llevarle cómics, eso le gustaba al niño, y se los leía mientras escenificaba las batallas. Aquello le hacía reír, y era su única forma de comunicarse.

—Me parece bien. Te dejo, creo que esas dos chicas te están esperando. ¿En serio te llevas a Malia a la fiesta?

—Sí.

—Pero es Malia. —Ben lo dijo de forma protectora.

—Exacto tío, exacto. —Landon le dio una palmada en el brazo y lo dejó atrás. Esbozó su sonrisa y esquivó a dos animadoras para alcanzar a las chicas—. ¿Nos vamos, señoritas?

—Enhorabuena, Landon, ha sido un partido increíble —alabó Kendall.

—¿Cómo se encuentra Josh? —le preguntó con evidente preocupación Malia.

Landon se preguntó por qué demonios le preguntaba de pronto por Josh en lugar de felicitarle como lo hacía su amiga. La posibilidad de que Malia se hubiese fijado en Josh de manera especial le cruzó la mente, pero luego reparó en aquella mirada limpia y sincera, y le latió el corazón. Tan solo era una pregunta que revelaba su verdadera identidad. Ella siempre se preocupaba por los demás.

—Está bien, tranquila. Puede que se pierda el próximo partido si a lo largo de la semana vuelve a tener mareos y eso, pero yo creo que está bien.

—Se ha pasado la mitad del partido con los ojos cerrados —se rio Kendall señalando a su amiga con el pulgar ladeado.

—¿Temías que me hicieran daño, Cascabel?

—Temía que os lo hicierais cualquiera. Son terribles los golpes que os dais.

—Creo que es la única en toda Alabama que no disfruta viendo un partido de fútbol. De hecho, no entiendo por qué vienes si lo pasas tan mal —apuntó Kendall.

Landon ladeó la sonrisa y miró a la chica que quería conquistar.

—Lo hace porque yo se lo pedí.

—Bueno, eso puedo entenderlo. —Kendall soltó una risita tonta y mirando alrededor preguntó—: ¿Dónde está tu *jeep?*

—Hoy he venido en el Cadillac de mi padre; pensé que os gustaría. Le quitaré la capota.

Landon, guiñó un ojo y chasqueó la lengua.

Kendall emitió un grito de entusiasmo mientras Malia permanecía serena, mirándole a él e ignorando al coche.

Landon evitó que la pelirroja se sentara de copiloto guiando con una mano en la cintura a Malia directamente hacia el sitio adecuado. Dave apareció justo al arrancar y aseguró que, si su amigo no le daba una vuelta en aquella joya color celeste no volvería a dirigirle la palabra, por lo que se sentó detrás, junto a una sorprendida Kendall. Durante el breve trayecto que separaba el campo de fútbol del terreno de campo abierto donde celebraban las fiestas, Landon observó desconcertado como los dos de atrás no paraban de cantar, entusiasmados por ir en el coche de Landon, alabando sus cualidades como el sonido ronco del motor o su carrocería, que parecía acariciar el suelo, mientras la chica a la que quería impresionar tan solo sonreía porque, sentada en un descapotable, podía admirar el cielo estrellado. Los ignoraba a todos, ¡le ignoraba a él! Parecía deleitarse conforme aumentaba la velocidad, pero tan solo porque eso le hacía sentir el viento en su cara. ¿Acaso aquello le parecía más satisfactorio que intentar entablar una conversación con él? Estaba poniéndose nervioso y se dio cuenta de que era la primera vez en su vida que se sentía inseguro por culpa de una chica; y a esa chica la conocía desde que tenía ocho años. Nada tenía sentido.

Al llegar, Dave le dio una palmada en el hombro para infundirle ánimo, pero le dejó solo ante el peligro y se marchó en una carrerilla precipitada hacia el grupo de chicos del equipo que se servían vasos de cerveza de un enorme barril. Landon vió la cara de decepción fugaz de Kendall, pues, al segundo, la chica comenzó a mirar a todos lados, como si la realidad superara sus fantasías.

—Vamos, Malia. Busquemos algo de beber.

—No os preocupéis, ya os traigo yo un par de refrescos —les aseguró el chico.

—Gracias.

Malia parecía contenta, al menos eso conformó a Landon, que se fue hacia las neveras pensando cómo manejar aquella situación. Debía haber considerado que las cosas no iban a funcionar igual con Malia, porque ella era diferente a cualquier chica que hubiese conocido. Aquella vez no podría encandilar unos ojos con su coche, ni ganarse su admiración por sus jugadas, ni siquiera esperaba que un paseo alejados de los demás, por los árboles, pudiese hacerla sentirse especial como para necesitar su brazo al pasear a su lado.

Mientras llenaba dos vasos con soda, contestó agradecido las alabanzas de todos los que habían acudido a la fiesta y, cuando volvió a mirar hacia el lugar donde había dejado a las chicas, vio a alguien más haciéndoles compañía. Alguien que no le gustó y que le hizo regresar a zancadas.

—Venga, cantadme algo. ¿Para qué habéis venido si no a la fiesta?

—Desde luego, para cantarte a ti no, Quinn —contestó Kendall.

—Qué dura eres conmigo, zanahoria... ¿Tú también vas a ponerte borde, *cheyenne*?

—No es *cheyenne*, es *creek*, y creo que debes disculparte con las dos. —Landon llegó con la mandíbula tensa y la mirada fría.

—Joder, Landon, no les he dicho nada malo. Estaban solas y me he acercado para pedirles que nos canten, ¿acaso no son del coro? Relájate, tío.

—Relájate tú, ¿te crees que porque estemos solas necesitamos que venga a hacernos compañía alguien como tú? —Kendall retiró de un manotazo la mano que el defensa le había puesto en la cintura.

—Vaya con las raritas... Ahí te las quedas, Landon. No sé para qué demonios te las traes.

—¿Quieres lío, Quinn? Porque me lo estás pidiendo a gritos.

Entonces Malia retuvo de la mano a Landon, que había avanzado un pie hacia su compañero de equipo, y comenzó a cantar el comienzo del estribillo de «Party in the USA», de Miley Cyrus. Kendall la miró sorprendida; Landon, confundido, y Quinn soltó una carcajada. El *quarterback* quiso entonces pegarle con más ganas y Malia tiró de él con más fuerza aún. Sus ojos marrones lo atraparon y Landon leyó el mensaje que había en ellos: «ignórale». Ella siguió cantando y comenzó a mover sus hombros al ritmo de la canción, encaminó sus pies lejos del defensa y animó a Kendall para que le hiciera la segunda voz. Atrajeron la mirada de muchos que acudieron hacia donde escucharon cantar; al instante, se vieron rodeados y todos comenzaron a golpear las carrocerías de sus coches para seguir el ritmo de la canción. Al terminar, recibieron un aplauso general. Kendall hizo reverencias y Malia se limitó a sonreír a Landon. La pelirroja vio a un par de *seniors* del coro que de pronto parecían interesadas en su compañía, y se unió a aquel grupo sin mirar atrás. Malia la vio marcharse sin poder hacer nada para detenerla.

El *quarterback* estaba atónito. Lo que había hecho aquel ser menudo, calmado y lleno de sabiduría había sido magistral. Su furia se había esfumado como la bruma: de un soplido; con su dulce tono de voz y el contacto de su mano agarrando la suya.

—Eres increíble —le susurró el chico al oído.

Ella se encogió de hombros y negó con la cabeza para quitarse importancia, pero sus manos seguían agarradas y él se la acarició con el pulgar.

—Ve con tus amigos si quieres, yo puedo dar un paseo, seguro que encuentro a alguien con quien charlar. O, si me doy prisa, puedo ir detrás de Kendall —rio soltándose.

—Si te he traído a la fiesta es porque quiero estar aquí contigo.

Landon volvió a agarrarla por la mano.

La chica alzó las cejas y lo miró a los ojos como si intentara reconocerle. De pronto pareció entenderlo, y bajó la mirada hacia sus manos enlazadas y soltó un inaudible «oh».

—¡Landon! —lo llamaron desde una camioneta llena de jugadores en la que sonaba rap—. ¿Qué haces con esa? Ven aquí a beber con nosotros; tenemos que celebrarlo.

—¿Qué hace de la mano de esa *friki*? —oyeron decir a una de las amigas de Cynthia.

—Está con una de las raritas, ¿no? —dijo alguien más.

Landon sintió que le ardía la sangre. Lanzó el vaso de soda al suelo y tiró de Malia hacia sí:

—Estoy cansado de todo esto, quiero que lo sepan de una maldita vez.

—¿Qué sepan qué? —preguntó Malia.

Entonces Landon se lanzó sobre sus labios y los selló con un impulsivo beso que levantó de inmediato murmullos a su alrededor. Landon sintió que por fin era libre, que en aquel instante terminarían los nervios, las inseguridades. Aunque se generaran parloteos, al menos estarían basados en algo con fundamento. Lo que no se esperaba era que, tras aquel beso, su mejilla sentiría la quemadura de una bofetada en su cara.

—Pero ¿qué haces, Landon?

—Mierda, Malia. ¿Por qué me pegas? ¡Me gustas! ¡Te he besado porque me gustas!

—¿Y eso te da derecho a robar mi primer beso, a tomarlo sin permiso?

Había risas a su espalda: sonoras, desde la camioneta de los jugadores; chillonas, de las chicas, con Cynthia en su centro; estúpidas, de todas partes. Taladraban su cerebro, pero lo que atravesó su corazón fue aquella acusación por parte de Malia. No era lo que esperaba.

—Malia... yo no... ¿no te gusto? ¿No sientes nada por mí? —bajó la voz.

—Claro que siento algo por ti. Soy tu amiga.

—¿Y solo quieres ser mi amiga? —preguntó con dolor.

—¡No lo sé! Nunca había pensado en poder llegar a tener algo más.

—Malia, no te he robado tu primer beso ahora. Ya te besé hace años, ¿eso no te dice nada?

—Éramos unos niños...

—Pues ya no lo soy. —Landon inspiró profundamente y resistió el impulso de agarrarle la mano de nuevo—. Y me gustas, y quiero ser algo más que tu amigo. Quiero conocerte más y conocerme a mí mismo junto a ti.

Malia no contestó; él vio lo aturdida que estaba, que le costaba procesar todo aquello. La bofetada escocía, él estaba ahí frente a ella deseando con todas sus fuerzas no haberla fastidiado del todo, y aquel silencio se le hizo eterno.

—Espérame un momento, por favor.

Landon la vio encaminarse hacia la multitud. El corazón le iba a reventar dentro del pecho, sentía dolor y ansiedad. Nunca había vivido algo así, como si fuera un náufrago en una barca sin remos, a merced de la corriente. No había nada que él pudiera hacer para cambiar aquella situación; estaba en manos de aquella chica y no tenía ni la menor idea de lo que había dentro de la cabeza de Malia y, mucho menos, lo que sentía su corazón.

Lukas y Quinn aparecieron para reírse de él, pero los mandó al cuerno y desaparecieron rápido al reconocer lo peligroso que podía ser seguir por ese camino. También aguantó la mirada de Cynthia en la distancia, que parecía transmitirle satisfacción, como si aquella escena le hubiese sabido a venganza.

A los diez minutos, Malia regresó y le pidió que la llevara a casa. Al parecer, Kendall había encontrado con quien regresar. Landon seguía confuso y no sabía bien cómo actuar ni qué decir, porque de pronto Malia volvía a sonreír. La chica ignoró a todos; las miradas, los cuchicheos. Simplemente se puso a su lado y, sonriendo, fue hacia el Cadillac descapotable.

—¿Ya no estás enfadada conmigo? —preguntó con cautela el muchacho mirando de refilón a Malia, que estaba sentada a su lado en el coche de regreso a su casa.

—Sigo molesta. Entiendo lo que has dicho, has dicho que te gusto... Pero no entiendo que hayas tenido que besarme de esa forma y delante de todos, como si fuera una vaca a la que estuvieras marcando para que el resto supiera que a partir de ahora soy tuya. Porque no soy tuya, Landon Frazier.

El chico iba a replicar cuando se dio cuenta de que ella tenía razón. La había besado más para que lo vieran que por las ganas que tenía de hacerlo. Y no eran pocas las ganas que había acumulado a lo largo de aquellas semanas, o de aquellos años, pero ese beso no había sido el que estaba lleno de sentimientos. Había sido un beso de hierro, con luces, con advertencias, con desafío y, desde luego, sin autorización.

—Lo lamento mucho, Malia. He sido un idiota, he sido torpe, he sido un imbécil... pero a este bruto le gustas. Y verte sonreír me da esperanzas.

—Sonrío porque estoy intentando que el gesto calme mi interior.

—¿Pero tengo esperanzas, Malia? ¿Cabe la posibilidad de volver a empezar de cero?

—No, Landon. No se puede empezar de cero, ni quiero empezar de cero. Pero quiero continuar, ya te lo dije. Te quiero en mi vida, me gusta tenerte en mi vida y... que me sorprenda que yo te guste no quiere decir que no me agrade. Tan solo ha sido inesperado.

—Además de inoportuno e inadecuado.

—Además de todo eso, sí. —Sonrió con ternura, relajándose.

—Pero no sé de qué te sorprendes. Llevo toda la vida enviándote señales, como aquel beso en la entrada de mi casa. Solo que luego nos volvimos a separar y...

—Aquello me hizo sentir que era una amiga especial para ti.

—Malia, ese tipo de amigas especiales suelen terminar en esto. En «me gustas», porque me gusta estar contigo, hablar contigo, descubrir cosas contigo. Y además me parece que eres preciosa y por todo eso quiero besarte. —Landon hizo una pausa, echó el freno de mano frente a la floristería y respiró—. Mejor dicho, quiero que me dejes que te bese. Me encantaría que quisieras que te besara. ¿Dejarás que te bese, Malia?

La chica se mordió el labio inferior, y aquel gesto volvió loco a Landon, que tuvo que hacer verdaderos esfuerzos para esperar su respuesta.

—Un beso de verdad... —susurró ella.

—Un beso de película —aseguró él.

Aquello la hizo reír y él sonrió, y verle sonreír parecía que la ponía nerviosa, y Landon se sintió esperanzado y volvió a estar seguro de sí mismo.

—Tendrás que esperar.

—¿¡Esperar!? —preguntó desconcertado. Parecía que todo volvía a fluir entre ellos, y aquella contestación jamás se la habían dado—. A que encienda las luces de la azotea. Cuando las encienda, significará que quiero que me beses.

—¿Y las vas a encender esta noche cuando subas? —preguntó con picardía.

—No, Landon. Esta noche ya has tenido suficiente, y yo también.

Malia abrió la puerta del Cadillac y se bajó. El chico le lanzó un beso al aire y volvió a hacerla reír.

—Estos besos sí están permitidos, ¿no?

—Buenas noches, Landon.

Vio como Malia abría la puerta de la floristería, escuchó la pequeña campana que colgaba sobre la puerta al vibrar tras el contacto y, al cerrar, lo entendió: Malia era una flor, y debía esperar paciente a que se abriera a él. No era algo que pudiera forzar; debía regarla de forma continua, poco a poco, sin exceso. Él tan solo tenía que convertirse en su sol.

25

«Éramos como pan y mantequilla».

Forrest Gump (película)

Aquel sábado Malia había tenido que adornar la iglesia metodista y la baptista de María Magdalena para dos ceremonias. Había sido mucho trabajo, pero disfrutaba haciéndolo. Su madre le daba licencia para crear algunos de sus murales, lo que avivaba la llama llena de belleza deseosa de ser expuesta que le ardía dentro. Había sido un buen día y, con el sol cayendo por el horizonte con suavidad y una temperatura que ya no era tan insoportable, disfrutaba tumbándose en la hamaca que colgaba de las dos chimeneas que sobresalían en la azotea.

Malia escuchó sonar el timbre de su casa y se sobresaltó. Nada bueno podía ser a esas horas. Quizá el fallecimiento repentino de alguien del pueblo. Se bajó de la hamaca y descendió las escaleras cuando comenzó a escuchar risas que la descolocaron aún más.

—Que sí, que se lo aseguro. ¡Créame!

—Cómo eres, Landon... No seas adulador que conmigo no te hace falta.

¿Landon? ¿En su casa? ¿Con su madre? Malia bajó apresurada los últimos escalones y, al llegar al recibidor, se encontró con ambos charlando afablemente. Al notar su presencia, se giraron para ponerse de cara a ella.

—Mira quién ha venido a verte —dijo Lomasi arrugando la frente inquisidora sin que Landon la viera.

—Hola... —saludó ella expectante.

—Malia dice que el de ayer fue un partido complicado, pero que salisteis airosos. Te felicito.

—Gracias, señora. Lo importante es intentar las cosas siempre con todas las ganas.

—¿Quieres tomar algo? ¿Un té de peonías blancas con naranjas dulces? ¿Galletas de avena?

—Suena interesante, pero no, gracias. Tan solo venía a preguntarle a Malia si le apetecería ir mañana a la playa, y a usted a pedirle permiso para llevarla.

—¿A la playa? —preguntó emocionada la chica.

De pronto le dieron igual los motivos por los que Landon estaba allí o por qué quería llevarla a la playa. Moría por ver el mar, por meter los pies en aquella agua helada, hundirlos en la arena blanca y fina como el polvo...

—Oh, mamá. Déjame ir. Por favor.

—Pero los deberes...

—Los haré todos esta noche.

—Pero los dos solos...

—En realidad vamos un grupo de amigos —se apresuró él a decir.

—Pero la playa está lejísimos.

—Iremos a Laguna Beach, a dos horas de aquí.

—Pero antes del anochecer, debéis estar de regreso.

—A las siete como muy tarde. Prometido —aseguró Landon con la mano en el pecho.

Malia vio a su madre acorralada; sabía que le preocupaba que se adaptara a la vida en Abbeville, que pudiera tener amigos, que pudiera o no dejar de sentirse como un pájaro enjaulado... Un día de playa le vendría bien a su mente inquieta, a su espíritu salvaje, así que no le quedó otra opción que dar su consentimiento, aunque Malia era consciente de que lo hacía a disgusto.

La chica, entusiasmada, comenzó a dar vueltas alrededor de la mesa, depositó un beso en la mejilla de su madre y otro en la de Landon. Un gesto inofensivo que los sorprendió a ambos, tras el cual, aunque inicialmente había rechazado la oferta del té, Landon terminó sentándose a la pequeña mesa redonda que había en el centro de la cocina y se bebió dos tazas.

—¿Cómo están tus hermanas? Tu madre debe de echarlas terriblemente de menos —preguntó Lomasi, y le sirvió más galletas.

—Bueno, ya la conoce, siempre está liada con sus comités, reuniones, clubs de lectura... Mis hermanas supongo que están bien, fue raro que cada una eligiera una universidad diferente. Volverán por Acción de Gracias.

—Pues será una cena muy entretenida; seguro que tienen mucho que contar —dijo Malia.

—Ten, llévale estas bolsitas a Dothy de mi parte. Seguro que le gusta probar este té. Aunque asegure que no hay nada como el té común con limón, sé que disfruta con mis infusiones. —Rio la madre de la chica—. Ahora os dejo a solas, voy a terminar unas cosillas en la trastienda.

Los chicos permanecieron en silencio hasta que Lomasi desapareció escaleras abajo.

—¿A la playa, Landon? —preguntó feliz ella, con los ojos muy abiertos.

—Bueno, dijiste que era un lugar donde te gustaba imaginarte.

—Me escuchabas...

—Siempre lo hago. —Sonrió el chico, y dio un paso hacia ella, pero Malia le retiró la mirada, como si temiera que intentara volver a besarla, por lo que Landon se retiró el pelo de la frente y cambió el tono a uno más divertido—. Yo lo escucho todo. Incluso cuando no me estás hablando a mí, tengo ese defecto. Soy un cotilla, me gustan los chismes. De hecho, creo que en cuanto salga de aquí voy a ir a Ruby's, allí siempre hay buenas historias.

—Oh, pues no deberías entretenerte más aquí. Todo pueblo que se precie necesita un chismoso para funcionar.

—Sí, tienes razón. Creo que de ti no puedo sacar nada más jugoso por hoy.

Ambos rieron, y Landon se levantó de la mesa.

—¡A la playa! —volvió a exclamar la chica, y se acercó a la barandilla de las escaleras por donde estaba a punto de desparecer él.

—A la luna si me lo pidieras —contestó Landon en voz baja, y descendió los escalones de tres en tres.

Malia se pellizcó; tenía que hacerlo para comprobar que todo aquello era real. Landon Frazier estaba interesado en ella, y mucho.

Estaba haciendo esfuerzos por conquistarla, por ganarse su corazón. O quizá solo quisiera ganarse sus besos... Probablemente es lo que le diría su padre, pero ella conocía bien a ese chico. No, Landon no le haría daño.

Era muy difícil resistirse a su sonrisa, a sus comentarios divertidos, a sus miradas que ardían; aunque en realidad, no sabía bien la diferencia que habría entre lo que existía ya entre ellos y el siguiente nivel. Los besos; todo se reducía a saber si quería tener aquello: sus besos, sus abrazos, sus muestras de cariño en público, en privado. Claro que lo quería. ¿Quién no iba a querer que alguien como él la besara, la abrazara, la hiciera estremecer entre sus brazos? Pero también se preguntó si quien respondía a esa pregunta era su cuerpo o su corazón. Quería a Landon Frazier, le gustaba estar con él más que con ningún otro chico que hubiera conocido en su vida. Quería que la besara, quería sus caricias, quería descubrir todas esas cosas de su mano, pero ¿eso era amor? No tenía la contestación, no sabía la respuesta, y el problema era, quizá, que aún no comprendía lo que significaba esa palabra: «amor». Porque su madre amaba a su padre, pero lo abandonó. Porque su padre amaba a su madre, pero no fue fuerte para mantenerla a su lado. No sabía qué requisitos había que cumplir para sentir amor. Malia subió a la azotea y se sentó a oscuras en la hamaca. Había anochecido, las estrellas comenzaban a iluminar el cielo y algún perro ladró no muy lejos de allí. Quizá solo tenía que dar un paso tras otro, darle la mano a Landon, dejar que la guiara por aquel camino desconocido. Si lo que él sentía por ella era amor, si aquello merecía la pena, terminaría por reconocerlo, por descubrirlo.

Aquella noche le costó pegar ojo. Estaba tan ilusionada con la idea de ver el mar que terminó por meterse en la cama para al menos no abrir los ojos cada dos minutos esperando ver desaparecer las estrellas del cielo; aunque la visión recurrente de la sonrisa sugerente de Landon y el recuerdo del contacto de sus labios contra los suyos en la fiesta tras el partido tampoco la ayudaron a conciliar el sueño. Poco antes del amanecer, cayó rendida y, cuando sonó el despertador, tardó un buen rato en tomar conciencia de la realidad; hasta que el recuerdo de su excursión volvió a su mente y saltó de la cama hacia el armario para elegir un bañador y un vestido que ponerse encima.

Apareció puntual, tremendamente atractivo con aquel bañador rojo y un polo azul oscuro, y con una chica morena despampanante sentada en el asiento trasero. No era algo que esperara, por lo que tardó en reaccionar un par de segundos antes de cerrar la puerta de la floristería para avanzar hacia el *jeep*. La chica, que llevaba unas gafas oscuras enormes, se las levantó para guiñarle un ojo y sonreírle. Parecía simpática, aunque ella le habría devuelto la sonrisa en cualquier caso. Landon se bajó del coche y fue directo a abrirle la puerta del copiloto.

—Buenos días, Cascabel. ¿Lista para el viaje?

—Sí. Traigo zanahorias, galletas y un termo que ha preparado mi madre con té frío de crisantemos para el camino.

—¿Zanahorias? —se rio él.

—¿Qué tienen de malo las zanahorias?

—No tienen nada de malo. Son buenísimas para la piel. Dame esa bolsa, encanto —dijo la chica asomándose por encima de la puerta—. Soy Ally, y este me paga cincuenta pavos por acompañaros hoy a Laguna Beach. ¡Hoy es mi día de suerte! Y ahora además tengo zanahorias.

Malia miró sorprendida a Landon:

—¿Le pagas para que venga con nosotros?

—Tu madre no te dejaba ir sola conmigo y no pensaba pedirle a ninguno de los idiotas de mis compañeros que nos acompañaran. —Se encogió de hombros—. Ally era amiga de Lisa.

—Venga, Landon. No uses la memoria de tu hermana. La adoraba, pero pienso cobrarte la pasta igualmente. Estoy ahorrando para largarme de aquí, ¿sabes? —se dirigió a Malia y terminó la conversación colocándose las gafas de nuevo sobre la nariz.

—Por mí genial. Pero vayámonos cuanto antes; no veo el momento de meter los pies en la arena.

Malia se sentó con rapidez en el asiento y se despidió con la mano de su madre que miraba a través de la ventana del primer piso.

—¿Y adónde quieres marcharte, Ally? —le preguntó Malia tras abrocharse el cinturón.

—A Los Ángeles. Seré actriz, pero ahora voy a echarme una siesta de dos horas. Anoche estuve en casa de Bobby Curtis y tuvimos una noche que...

—Vale, Ally, nos imaginamos cómo fue tu noche. Túmbate ahí detrás y duérmete. —Landon la cortó, luego miró a Malia con temor de que se hubiese escandalizado por la actitud desenvuelta y sin filtros de la morena. Pero la chica sonreía y le susurró que parecía simpática.

Malia no se sentía nerviosa, pero sí extraña. De repente, pasar tiempo junto a su amigo era un trámite para llegar a algo más. Era desconcertante y la hacía fijarse en detalles que hasta entonces habían pasado desapercibidos o a los que no había prestado mucha atención, como la sonrisa relajada de Landon mientras conducía con aquellas gafas de pasta negra y cuadrada; sus labios, carnosos y dados a estirarse al acompañar sus comentarios irónicos; su pelo, color mantequilla, con una única onda ancha en mitad de la cabeza que mantenía su peinado controlado, a excepción del rebelde flequillo que le caía sobre la frente; sus brazos, tostados por el sol, trabajados y firmes mientras agarraba el volante con suavidad... Entonces la chica miró al frente y descubrió la carretera, una que cruzaba vastos campos de soja iluminados por el sol. El aire era cálido y agradable; Malia llenó sus pulmones con él y miró a los pájaros que sobrevolaban su cabeza con una profunda envidia.

—¿Ya no te intereso? —le preguntó de pronto el chico.

—¿Cómo?

—Estabas embobada mirándome y de pronto parece que esos pájaros te resultan más interesantes.

—Yo no te miraba embobada. Y, sí, esos pájaros son sin duda más interesantes. Ellos pueden volar —dijo como si fuera algo obvio.

—Siempre puedo sacarme la licencia para pilotar una avioneta. Si tú quieres volar, yo te llevaré al cielo, preciosa.

—Crees que no hay nada que se te resista, Landon Frazier, pero jamás tendrás alas.

—Mmm... Me lo vas a poner difícil, ¿verdad?

—No, Landon. De hecho, creo que estar contigo siempre ha sido fácil. Y eso me gusta.

El chico desvió la mirada de la carretera un segundo para llenarse de ella y luego afirmó en silencio con la cabeza.

—Las flores, los cojines de colores, las canciones tristes *country*, los pájaros, lo fácil que soy... —Rio con ella—. ¿Qué más te gusta, Malia? Dame pistas, porque, si tengo que conquistarte basándome en lo que recuerdo de ti, entonces me bastaría con llevarte a uno de los lagos de Abbeville para bañarnos en él, regalarte una bolsa de palomitas de chocolate y dejarte trenzarme el pelo con tus hilos de colores.

Malia estalló en risas y Ally gruñó detrás.

—Cumplir uno de mis anhelos llevándome a ver el mar es un buen comienzo —le confió.

—Y... ¡*touchdown* para Cometa Frazier! —vociferó cual locutor de radio.

—Si seguís así voy a terminar vomitando —protestó Ally—. Poned música o algo que os haga dejar de tontear.

Ellos se miraron y obedecieron sonrientes, aunque decidieron que cantar a dos voces entre ellos cada canción de la radio, con la desafinada entonación del chico, era mucho más divertido que guardar silencio para dejar que Ally se echase una siesta.

—Arderéis en el infierno.

El viaje se les hizo mucho más corto de lo que esperaban, incluso para la morena:

—Oh, ¡por fin el Pier Park! Dejadme bajar de una vez.

—¿Pero no vienes con nosotros a la playa, Ally?

—Nena, en cuanto cruce ese arco de ahí, me esperan decenas de tiendas. Pienso verlas absolutamente todas. Te espero a las cinco aquí, guapo.

Ally se bajó del *jeep*, se recolocó la camiseta hasta pegarla bien a su cuerpo y les lanzó un beso al aire antes de caminar decidida hacia la calle.

—Ya puedo oler el mar, de hecho, creo que he empezado a oler el salitre desde hace varias millas —comentó entonces una ilusionada Malia.

Landon la miró y esbozó la sonrisa:

—Entonces, no esperemos ni un segundo más para verlo.

—¡Y tocarlo!

—Claro que sí, preciosa. Vamos a bañarnos hasta que se nos arruguen las yemas de los dedos.

Aparcaron cerca de la entrada pública a la playa y Landon agarró una toalla que se colgó al cuello, la bolsa de Malia y un cesto de mimbre.

—Dothy lo ha llenado hasta arriba —aseguró, e hizo notar lo que pesaba.

—Oh, Dothy, la recuerdo perfectamente. Siempre fue muy cariñosa conmigo.

—¿Cariñosa? Eso no es lo que te contaría mi trasero. Me ha estado atizando con la escoba hasta hace bien poco.

—Seguramente lo merecías. —Malia arrugó la nariz.

—¿Por qué? ¡Siempre he sido un encanto! —protestó él al ver que no se ponía de su lado.

—¡Landon!

De pronto, lo vio. Su inmensidad, aquel azul casi transparente arrollado por espuma blanca que avanzaba hacia la orilla barriendo la superficie. El sonido que se volvió ensordecedor por unos segundos hasta invadirla por dentro. Millas de arena blanca a ambos lados, protegidos por matorrales que se mecían con aquella brisa fresca, salada, llena de vida. El corazón comenzó a bombearle con fuerza y, olvidando que estaba junto a él, salió corriendo en busca de aquella agua. Metió los pies en la orilla olvidando que aún llevaba puestas las sandalias de piel y profirió un grito de felicidad. Saltó chapoteando como una niña pequeña sobre un charco y se giró para mirar a su amigo, como si aquello fuera mucho mejor de como había imaginado.

—¡Pero quítate el vestido antes de meterte en el agua! —exclamó él con regocijo.

—¡No puedo esperar!

Malia avanzó, saltó sobre las pequeñas olas mar adentro y, cuando el agua alcanzó su trasero se dejó caer de espaldas. Sintió el cosquilleo del agua que atravesaba la tela de su ropa, enredaba su larga melena, llenaba sus oídos y convertía el sonido del mundo en un eco lejano. De pronto, sintió un tirón en uno de sus brazos que la hizo emerger.

—¡Por Dios bendito, Malia! Que aquí las olas tienen mucha fuerza, ten cuidado —dijo Landon y la atrajo hacia su pecho.

—Sé nadar, mejor que tú si no recuerdo mal —bromeó ella encantada, haciendo intentos por deshacerse de aquel abrazo.

—Pero no en el mar, ni con estas olas tan agresivas. Ve con calma, preciosa. Tenemos todo el día y no quiero que me provoques un infarto.

La dejó ir y ella rio antes de volver a sumergirse. Sacó la cabeza con impulso y escupió algo de agua.

—Ay, ¡cómo pica!

—Es lo que tiene la sal... —sonrió el chico, que andaba con pesadez contra la fuerza de la corriente.

—Landon, ¡pero si tú también te has metido vestido al agua!

El chico se giró y se sacó la camiseta empapada por la cabeza:

—Pues claro, la vida de la loca de mi chica corría peligro.

—¡Rescátame, Landon! ¡Oh, rescátame! —exclamó ella de forma cómica, ignorando la sensación placentera que le había producido escuchar que la hubiera llamado «su chica» e intentó que aquello no le hiciera perder la cabeza.

Malia volvió a meterse bajo el agua, y él continuó andando hacia la orilla, con una ceja elevada y contuvo la sonrisa mientras negaba con la cabeza. Ella continuó chapoteando mientras él desplegaba unas toallas. La chica observó en la distancia como extendía la camiseta mojada sobre la arena para que se secara, y decidió salir para hacer lo mismo con su vestido y sus zapatos. Landon se sentó sobre una toalla; parecía dispuesto a tumbarse para secarse al sol cuando la miró y los ojos se le abrieron, el gesto se le puso serio y, tras aguantar la mirada al frente, la retiró para recolocarse el flequillo con una mano. Llevaba el vestido absolutamente pegado al cuerpo y sabía que se le estaba transparentando el bikini, pero aquella mirada la había hecho sentir desnuda, y Malia se apresuró a llegar hasta él para cubrirse con su toalla.

Landon no habló cuando ella se sentó a su lado liada hasta el cuello tras dejar el vestido estirado junto a su camiseta, y Malia sintió la necesidad de romper el silencio:

—¿Qué nos ha preparado Dothy?

—¿Qué? Oh, sí. Veamos. —Landon agarró la cesta que puso rápidamente entre sus piernas y abrió la tapa para perder la mirada dentro—. Tartaletas de carne y queso, unas bolsas de patatas fritas, salsa cheddar, ¿apio?

—A mí me gusta el apio, qué bueno que lo recuerde. —Landon le pasó los bastones de apio y la crema mientras él daba un mordisco a una tartaleta.

—Unos *snacks* de chocolate, a ver qué más... un termo con té y galletas. ¡Una baraja de cartas y un mini balón de fútbol! ¿Para qué ha echado en la cesta todo eso?

—Para que juguemos, supongo. —Rio ella.

—Como si tuviésemos diez años...

—A mí me sigue gustando jugar a las cartas, y es evidente que a ti te sigue gustando jugar al fútbol, señor *quarterback* de los Generals.

—Sí, me gusta, pero no tanto como el mundo cree. De hecho, a veces hasta me aburre, me cansa y me presiona demasiado. No disfruto siempre con el fútbol. A menudo, siento que soy un impostor y un ladrón.

—¿Un ladrón?

—Sí, porque le estoy robando el sueño a otro chico que podría jugar en mi puesto. Alguien que sueñe con los partidos. Yo no vivo solo por la noche de los viernes, para mí todo esto es pasajero.

—¿Y por qué no dejas el equipo entonces?

—Porque no es mi sueño, pero generalmente me divierte, es una forma de pasar el rato, y...

—Y te gusta que te adulen —bromeó ella para hacerle sonreír.

—Bueno, un poco sí, para qué negarlo. —Le guiñó un ojo y, tras una profunda respiración, habló mirando al frente—: Si lo dejara, defraudaría a mucha gente. A mi padre entre ellos. Creen que soy especial, que soy «el elegido», «el sucesor». Pero que se me dé mejor que a otros no me hace nada especial. Yo no quiero llegar a la universidad y seguir jugando, ni ser luego profesional en la AFL, como Josh, por ejemplo. Nada de esto lo he elegido yo realmente, soy bueno sin esforzarme, es como un engaño. No sé si me explico... Es como nacer guapo, ¿qué mérito tiene eso? Me admiran y no lo entiendo, porque no es por nada en lo que me haya esforzado en realidad.

—¿Y cuál es tu sueño? Cuando se termine el fútbol del instituto, ¿qué llenará la vida de Landon Frazier? —le preguntó ella con los ojos muy atentos.

—Quiero estudiar medicina, pero tampoco creo que eso sea mi sueño. En realidad, creo que aún estoy intentando averiguar cuál es.

—Pues es importante encontrarlo, Landon. Cuanto antes sepas qué es lo que quieres, antes podrás ir directo a por ello. Aunque te confieso que yo tampoco sé qué es lo que quiero hacer.

Devoraron todo lo que había en el interior de la cesta, se relamieron con los pasteles y las galletas caseras y saborearon el té mientras compartían confidencias.

—En realidad mamá ya no necesita a Dothy para las tareas de la casa, menos ahora que las chicas se han ido. Tiene tanto nervio en el cuerpo que podría limpiar sola la casa entera en una sola mañana y tener preparada la cena con cuatro platos diferentes cada día. Creo que sigue con nosotros porque mamá es incapaz de despedirla. Dothy necesita el dinero y, en el fondo, es como de la familia; en realidad, creo que es la mejor amiga de mi madre. Muchas tardes, la he pillado sentada en la cocina charlando con ella.

—Pues me alegra que no la despida y que sea su amiga. Eso dice mucho a favor de tu madre.

—Eso hace imprevisible a una mujer totalmente en apariencia previsible, y eso es peligroso. Nunca he sido capaz de entenderla y creo que ella tampoco a mí. Con las trillizas era más fácil, pero Lisa y yo siempre le costamos trabajo.

—El nivel de afinidad no compite con el del amor. Estoy segura de que tu madre te quiere. ¡Todos te quieren en Abbeville! Te adoran y te admiran. Eres afortunado.

—Lo seré cuando tú me digas que te gusto. —La fulminó con aquella intensa mirada.

Malia sintió que se derretía con aquellos ojos celestes sobre ella. El corazón se le disparó y, tras concentrarse en sus labios, unos que de repente ansió besar, metió la mano dentro del cesto antes de contestarle.

—Ya me gustas. Pero... no puedes tener siempre el balón en tus manos. A veces, la jugada está en manos del contrario.

Con la última palabra salió corriendo con el pequeño balón de fútbol americano bajo el brazo. El chico tardó en reaccionar unos segundos que le dieron ventaja a ella. Malia reía y parecía que él quería capturar el rastro de su risa en el aire. Apenas le dio tiempo a correr unos metros cuando el chico la agarró por la cintura para levantarla en el aire y hacerla caer sobre él en la arena, justo en la orilla, donde una ola los bañó por completo.

—Sabes que soy quien lanza el balón, ¿verdad? El que dice la jugada que los demás siguen —la retó retirándole un mechón oscuro de la frente para contemplar su rostro redondo desde arriba. Cara a cara.

—Pero yo no soy un balón. Soy aire —le respondió ella soplándole directamente a los ojos.

Él tuvo que cerrarlos un instante y, sin moverse, manteniéndola atrapada debajo de él, le susurró:

—No vuelvas a hacer eso mientras no pueda atrapar tus labios con los míos o me volveré loco.

Malia movió una mano para acariciar la mandíbula de Landon. El agua seguía bañándolos con ritmo acompasado, y Malia sintió que aquello no podía ser más perfecto. Cada segundo junto a él merecía la pena, la hacía sentir bien, más que bien. Con él se sentía fuera de su cuerpo. Ansiaba unirse a él, compartirlo todo con él... Se rindió al hecho de que moría por besarle, por experimentar aquellos sentimientos que salían a través de sus ojos dentro de ella. Y aquel instante era único, mágico, especial, por lo que volvió a soplarle con delicadeza hacia su boca, y provocó que él abriera los ojos, arrugara la frente con gesto serio y terminara por besarla con fuerza. Un solo beso sostenido en el tiempo, labios contra labios. Una sensación que a ella le pareció perfecta. Insuperable. Un primer beso de verdad, aunque fuera el tercero entre ellos.

—Gracias —acertó a decir ella cuando él separó su boca.

—¿Gracias? —Rio sin respiración, ahogado y mirándola con ternura—. Dios mío, Malia. Estoy loco por ti desde que tengo ocho años, te aseguro que puedo besarte y darte más, mucho más. Y mejor. Déjame ser tu chico, dame una oportunidad.

—Pero tendrás que ir a mi ritmo. Tengo dieciséis años, pero nunca he estado con nadie, y tú, con diecisiete, vas años luz por delante de mí en muchas cosas —pidió con timidez.

—Mi corazón latirá como tú quieras de rápido, o de lento, preciosa.

Él estiró los labios en una sonrisa y ella le correspondió justo antes de que otra ola los cubriera. Entonces se levantaron entre risas y se metieron en el agua para quitarse la arena.

—Vayamos a secarnos. Podemos dar un paseo por el muelle antes de regresar, ¿te parece? —le preguntó Landon para darle espacio. El justo y necesario, pero tampoco demasiado.

Tras vestirse y recogerlo todo, él estiró la mano hacia ella. Malia aceptó el gesto; y dejó que su cálida, firme y enorme mano escondiera la suya por completo, y la llevó hasta el corazón del chico para comenzar a caminar hacia el muelle.

26

*«¿Has oído al lobo aullarle a la luna azul o has visto
a un lince sonreír? ¿Has cantado con la voz de las
montañas? Y colores en el viento descubrir»*

«Colores en el viento», *Pocahontas* (película)

Landon sentía que sus zapatillas llevaban alas. Caminaba hacia las escaleras como si flotara en el aire, lleno de una felicidad que le hacía sonreír de una forma casi estúpida. No podía quitarse de la cabeza la imagen de Malia en bikini, las curvas redondeadas de su pequeño cuerpo que había sentido debajo de él. Aquel beso, sus mullidos labios, dulces y receptivos. Su voz cantarina dándole las gracias por recibir algo con lo que él se había sentido casi bendecido por el cielo. Su mirada tímida rogándole tiempo, su pequeña y cálida mano que había acariciado para contener las ganas de volver a besarla. Verla conectarse con el océano había sido brutal, y había profundizado aún más en su corazón, si es que era posible.

Malia era su chica, ya era un hecho, y, al pensar en el día siguiente, Landon infló el pecho como un guerrero dispuesto a luchar contra todo aquel que pusiera en duda sus sentimientos o que pudiera hacer el más mínimo comentario que lastimara los sentimientos del ser más puro y maravilloso que conocía.

—¿No vas a cenar, hijo? —le preguntó su madre desde el *hall* de entrada.

—No tengo hambre. Estoy cansado y quiero acostarme pronto. Mañana me espera un entrenamiento duro.

—¿Y cuando piensas hablarme de tu cita con Malia? Me dijiste que ibas a pasar el día en la playa y di por hecho que irías con los chicos, pero fíjate por donde, esta tarde he estado en casa de Donna Carter, y al rato han llegado tus compañeros de equipo para preocuparse por la conmoción de Josh. —Su tono afilado paró los pies del chico en medio de las escaleras.

—Como bien dices, has dado por hecho que iba a ir con ellos. No te he mentido en ningún momento.

—Pero tampoco me dijiste la verdad al completo. ¿Qué haces tonteando con la hija de nuestra jardinera?

—Lomasi no es nuestra jardinera; es quien cuida de tu invernadero, que, por cierto, está precioso.

Landon hizo amago de terminar de subir las escaleras, pero su madre lo llamó de forma tajante.

—¡Landon! No cometas ninguna estupidez. ¿Te has parado a pensar en cómo sería tu vida junto a ella?

—Sí, mamá. Una llena de flores y cojines... y me encanta.

—Ni esa chica se merece que juegues con ella, ni tú necesitas fastidiar tu último año aquí. ¡Piensa en tu futuro!

Debería haberle contestado que no veía de qué manera estar con Malia podía fastidiar su último año en Abbeville, sino todo lo contrario, ni por qué estar con ella significaba no pensar en su futuro, porque todo su pasado estaba lleno de recuerdos de ella; los mejores. Sin embargo, calló, afirmó y le dijo que no se preocupara por tonterías. Al decirlo sintió inmediatamente un pinchazo en el corazón. Aquello no había sido una tontería, había sido la mejor tarde de su vida. Landon se sintió cobarde, pero sabía que, si continuaba aquella conversación, si le revelaba a su madre sus sentimientos, la noche terminaría con una fuerte discusión. No entendía a su madre: no le hacía ningún caso, jamás pasaban tiempo juntos, nunca iba a verle jugar, pero siempre aparecía para juzgar sus decisiones o para decirle qué estaba permitido y qué no. Respiró profundo al entrar en su habitación y cerrar la puerta. El tiempo pondría las cosas en su sitio y todos tendrían que aceptarlo, porque él tenía claro que su corazón latía por aquella chica y que no era algo pasajero. Era algo de siempre. Y para siempre.

De hecho, al día siguiente, tras el entrenamiento matutino, fue hasta la floristería y recogió a Malia para llevarla en su coche y ahorrarle los escasos metros que separaban su casa de la escuela. Ella había accedido con tal de que se callara. Landon se había obstinado en llevarla; quería que todos la vieran con él, hacer pública su relación para callar algunas bocas y hacer que hablaran muchas más. Entraron agarrados de la mano y atravesaron el pasillo así hasta llegar a la taquilla de la chica. Landon la acompañó hasta la puerta de su primera clase y la despidió con un beso en la mejilla. Aquella mañana aquello causó un revuelo en el instituto. Las miradas asesinas de Cynthia y sus amigas, la de decepción de April, las cotillas del resto... A la hora del almuerzo, Landon se sentó en la mesa de los amigos de Malia, y aumentó así los cuchicheos, como si el mundo se hubiese vuelto loco y él y ella fueran los reyes de aquella locura. Pero jamás se había sentido más feliz en la vida, más seguro de sí mismo, ni más libre.

—¿Puedo ir a verte después del entrenamiento? —le preguntó Landon a la salida.

—Claro —contestó ella, y le devolvió una casta caricia en los labios.

—Y... ¿encenderás las luces? Ya sabes, ¿estará abierta la fábrica de besos?

Quería más de ella, ansiaba apretarla contra su cuerpo, enredar los dedos en aquel pelo sedoso, comérsela hasta dejarla sin respiración; aunque se conformaría con lo que ella le diera, con lo que le dejara tomar.

—Bueno, si no hay otra cosa más interesante que hacer... —dijo ella con desdén.

—Eres malvada conmigo, Cascabel —respondió Landon apuntándola con un vaivén de su índice.

La chica rio y él tuvo que morderse el labio inferior para contenerse. Su risa era música, un instrumento demoledor que podía con él, que lo desarmaba por completo y lo estremecía por dentro. Landon aguantó la mirada sobre ella mientras la joven se alejaba, porque la visión de su largo pelo negro dejándose elevar por la brisa de otoño era hipnotizadora.

—Tío, sí que te ha dado fuerte con esta. Menuda cara de tonto se te pone con ella —le sorprendió Dave con un golpe en la espalda.

—Se llama Malia —le recordó con cansancio—. Y sí, estoy absolutamente loco por ella. ¿Algún problema con mi cara de tonto?

—Ninguno, es solo que por fin sale a la luz tu verdadera cara. Hasta ahora tenías puesta la careta de tipo guaperas, legal con las chicas, de hijo obediente y ejemplar... Pero no, aquí tenemos la cara del tonto rebelde al quien sus padres van a desheredar cuando se enteren de que está liado con una india *hippie* que habla con las flores y que no tiene apellido.

—Vete al infierno, Dave. Claro que tiene apellido y creo que es igual de importante que el tuyo por aquí.

Entre ellos había años de amistad; ninguna frase demasiado afilada podía enturbiar aquello. Se conocían demasiado bien y se querían demasiado, lo suficiente como para lanzarse a la cara balones directos.

—Pero tú y yo no nos enrollamos a la salida del instituto. ¿O era en su terraza?

—Dave, cierra el pico de una vez y mueve el culo. Vamos a llegar tarde al entrenamiento.

Landon cortó una conversación que no deseaba mantener, porque era un tema que alejaba de su mente en cuanto acudía a ella. Sabía todo aquello; su madre le había dejado claro su descontento al saber que había llevado a Malia a la playa, que se estaban viendo. Pero aquello no era toda la verdad, porque la realidad era que le había entregado su corazón a la chica hacía años, y por fin ella lo había recogido entre sus brazos y le había dado esperanzas. Y se sentía feliz, más feliz que nunca. No entendía por qué tenía que ser un problema que ella no fuera de su círculo social, como su madre diría, porque ella tampoco había sido del círculo social de su padre, aunque ahora pareciese que descendiera de la Casa Real de Alabama. Ni siquiera la primera novia de su padre lo había sido. ¿Por qué él tenía que hacer las cosas de la forma que sus padres querían si ellos habían sido los primeros en romper las reglas? Por eso, seguiría adelante con todo, porque no tenían razones de peso, ni una vida ejemplar con la que mostrarle cómo debían hacerse las cosas.

Cuando terminó el entrenamiento, Landon se subió al coche y fue directo a la casa de Malia. Se sorprendió al verla sentada en el banco de la acera más cercano a la puerta de la floristería ya cerrada.

—Hola, preciosa, ¿a qué se debe esa cara triste? —Nada más bajarse del coche había notado su postura cabizbaja.

—¿Damos un paseo, Landon?

Aquello no sonaba bien, pero buscó su mano para agarrársela y ella la aceptó, se levantó y se dejó acariciar. Eso lo tranquilizó un poco.

—Mi madre no quiere que entremos en casa... Es decir, claro que puedes entrar en casa, pero solo cuando esté ella. No podemos quedarnos solos ni subir a la azotea. Ni quiere que subas a la azotea de noche por las escaleras de atrás.

—¿Qué he hecho mal?

—¡Nada! No has hecho nada malo, es solo que...

—¿Ella tampoco quiere que salgamos juntos?

—¿Por qué dices que «ella tampoco»? ¿Tu madre no quiere que salgas conmigo?

—Bueno, no quiere que me porte mal contigo y eso. Cree que voy a jugar contigo, pero eso es porque no sabe que estoy loco por ti. —Landon le pellizcó el mentón y juntó su frente con la de ella.

—Mi madre habló con mi padre por teléfono; le contó que habíamos ido hasta Laguna Beach, que pasábamos mucho tiempo juntos últimamente y... bueno, él se enfadó mucho porque dice que estoy aquí para centrarme en los estudios y no para perder el tiempo.

—Para perder el tiempo conmigo... ¡Guau! —dijo dolido.

Era la primera vez que alguien lo veía como algo negativo para otra persona. Todo el mundo besaba el suelo por donde pisaba, se mataban por ser sus amigos y estar cerca de todo lo que significaba un Frazier. Aquello era nuevo y desconcertante.

—Tienes que entenderle. Dejarme venir ha sido duro para él; cree que tengo una misión para con la reserva, que debo formarme para regresar y dar lo mejor de mí allí. Ese es el único motivo por el que le pareció bien que viniera a estudiar aquí. Piensa que los chicos son una distracción. No es nada personal contra ti.

—Pues iré a hablar con él si hace falta para que me conozca y vea que soy una buena influencia. Joder, ¡saqué una puntuación por encima de treinta en el SAT! Me aceptarán en la universidad que quiera. Puedo incluso ayudarte con los estudios.

—No hace falta que hagas eso, a él le daría igual porque tú...

—¿Porque yo no soy *creek*? ¿Va de eso en realidad?

—Quizá, no sé... Él ama nuestra tribu; lucha por su supervivencia y solo quiere que nuestra historia, nuestro legado, no desaparezca. Está en el comité tribal. Centrarse en todo eso lo salvó de la bebida...

—No sabía que tu padre hubiese tenido problemas con el alcohol.

—Hay muchas cosas que aún no sabemos el uno del otro.

—Y muchas que quiero descubrir contigo. El pasado no condiciona nuestro futuro. Nuestras familias no pueden decidir por nosotros. Si quieres que llevemos lo nuestro en secreto, lo haré por ti. Me da igual cómo, pero yo quiero estar contigo, maldita sea.

Landon sentía rabia y, con un rápido impulso, atrapó a la chica por la cintura para girar la esquina, llevarla hasta el recoveco entre dos árboles y besarla con intensidad. Sintió como la chica se aferraba a su cuello y le devolvía el beso, como le fallaban las piernas y se colgaba ligeramente de él. La sostuvo, la elevó un poco hasta despegar sus pequeños pies del suelo y tan solo separó sus labios para incitarla a que abriera los suyos y descubriera unos besos mucho más profundos y apasionados.

—No quiero que lo nuestro sea un secreto. No quiero mentir a nadie —dijo ella, aún sin aire en los pulmones, cuando por fin volvió a tocar el suelo.

—Pues lucharemos contra todos, demostraremos que lo nuestro puede ser bueno. Haré lo que haga falta por ti, Cascabel.

Se sentaron a los pies de aquellos dos árboles y Landon la acogió protector entre sus piernas.

—Yo no quiero ir a la universidad, Landon. No me gusta estudiar, no se me da bien. No soy inteligente para los libros —le confesó ella de pronto.

—Eso es una tontería; eres la persona más inteligente que conozco. Me has dado mejores consejos que nadie en el mundo.

—Pero soy torpe con los estudios.

—Yo te ayudaré.

—¡Estudiar no me hace feliz, Landon! No seas como mi padre, no me obligues a hacer lo que no quiero.

Hubo silencio durante un par de minutos hasta que Landon procesó todo aquello.

—¿Y qué es lo que te hace feliz, Malia? ¿Qué es lo que quieres hacer cuando termines el instituto?

—Me gustan las flores, me gusta hacer murales con ellas. Me gusta estar con Mamá Tawana cuando hace sus rituales sanadores. Quiero aprender de ella, conocer el poder de los minerales, de las plantas, la influencia de la luna y el sol. Quiero viajar hacia el norte y más allá del sur.

Landon la escuchó, vio luz en sus ojos al hablar, pasión e ilusión; y, aunque se preguntó cómo demonios pretendía ganarse la vida con todo aquello, no había nada que pudiera decirle, porque cada palabra había hecho que sintiera aún más deseos de besarla. Su autenticidad era lo que le había enamorado; su autenticidad y aquellos labios carnosos, que volvió a atrapar durante unos minutos para enseñarle nuevas formas de besar.

No volvieron a hablar de aquello durante el día, porque el futuro parecía lejano, y lo único que tenían claro era que querían estar juntos y que iban a enfrentarse a quien hiciera falta para lograrlo.

Tras dejarla en su casa, Landon se dirigió a casa de Ben. Le apetecía cenar con él, contarle todo lo que había sucedido con Malia y comer pescado fresco sentado junto a él en la orilla del lago.

—¿Cómo ha ido hoy? —preguntó tras aparcar en la explanada y dirigirse hacia la pequeña embarcación que Ben estaba amarrando a un poste.

—Hay suficiente para los dos. Aunque, si hubiese sabido que venías, habría intentado pescar otro.

Landon le ayudó a limpiar el pescado y, mientras este se hacía sobre las brasas de la pequeña barbacoa, se sentaron en las dos sillas plegables que llevaron hasta el agua para meter los pies dentro, y el *quarterback* contó a su amigo su día en la playa y sus consecuencias.

—Me alegro por vosotros. Os irá bien juntos —aseguró el chico, inexpresivo.

—Pues creo que eres el único que apuesta por nuestra relación.

—Bueno, en realidad, para que funcione, los únicos que tenéis que apostar por ella sois vosotros.

—Eso es tan cierto como que todo lo que sube, baja —convino Landon.

—Bueno, eso no es totalmente aplicable, al menos, si lo que sube lo hace hasta el espacio.

Landon sonrió, negó con la cabeza y se repanchingó en la silla para observar como el cielo se tornaba violáceo. A esa hora ya comenzaba a refrescar, los sonidos en el bosque eran menos abundantes pero más profundos y la quietud convertía aquel rincón del mundo en un remanso de paz que distaba mucho de lo que Landon sentía dentro de su habitación, en la enorme mansión que reinaba en el centro de la antigua plantación familiar. Era absurdo envidiar a Ben, pero se habría cambiado por él en aquel instante. El chico era libre, tenía pocas cosas, pero eran suyas por completo. Nadie mandaba en él, podía ir y venir sin control, y tenía todo lo que necesitaba, un techo bajo el que dormir, un lago en el que pescar y el cielo para perderse en él.

—Hoy Toby me ha preguntado por ti. Ha señalado el último cómic que le compraste.

En aquel instante dejó de envidiar la vida de su amigo y se sintió como un imbécil.

—Mierda, hace mucho que no voy a verlo. Lo siento, colega. Esta semana te acompañaré a visitarle.

—Bien —contestó simplemente el muchacho, antes de perder la mirada en un cielo donde comenzaban a verse con claridad Marte y Venus.

—Por cierto, quiero que me enseñes a tocar la guitarra.

—Yo no sé tocar la guitarra.

Landon se giró hacia él sorprendido:

—Creía que tú sabías hacerlo todo.

—Eso es absurdo. No sé hacerlo todo, pero se puede aprender a hacer cualquier cosa.

—Pues aprende a tocar la guitarra y enséñame después. A Malia le gusta cantar. En realidad, lo hace genial, y me ha contado que solía cantar con su padre mientras él tocaba y que ahora echa mucho de menos hacerlo.

—Lo intentaría, pero ¿de dónde quieres que saque una guitarra?

—¿De la iglesia? —tanteó el chico rubio.

—Mmm... —Ben sopesó la opción y afirmó con la cabeza.

—Sabía que algún día me alegraría de tenerte como amigo —bromeó Landon.

27

*«Loving you was young, and wild, and free. Loving you
was cool, and hot, and sweet. Loving you was sunshine,
safe and sound. A steady place to let down my defenses.
But loving you had consequences[11]».*

«Consequences», Camila Cabello

A pesar de las advertencias de su madre, Malia seguía dejando que algunos días Landon trepase por las escaleras de incendios para verla después de los entrenamientos. Él aseguraba que tenía un increíble potencial como ninja y ella le bajaba los humos al dejar claro que pasar el rato besándose no era algo muy ruidoso precisamente.

Allí arriba eran libres, el mundo les pertenecía, y su límite lo marcaba el cielo otoñal. El mismo que alguna vez echó a Landon de allí antes de tiempo cuando una inoportuna lluvia descargaba sobre ellos. Solían cubrirse con una fina manta tejida a mano con hilos de muchos colores y, ahí debajo, protegidos del frío ligero de octubre, se besaban y cruzaban fronteras. Landon se esmeró en mantener el ritmo que Malia necesitaba y, en cuanto sus manos daban un paso más atrevido que el anterior, la miraba para pedir su conformidad.

Aquel día, Malia notó que Landon estaba inquieto, poco hablador; parecía como si la mente le secuestrase los pensamientos más allá de ella.

---

11. Amarte era joven, salvaje y libre. Amarte era genial, ardiente y dulce. Amarte era sol brillante, estar a salvo, el lugar donde quedarse para bajar mis defensas. Pero amarte tenía consecuencias.

—¿Qué te ocurre? ¿Por qué has venido a verme si en realidad no estás aquí conmigo? —le preguntó acurrucada entre sus brazos.

—Tengo que terminar de escribir la maldita redacción personal para la universidad —soltó angustiado.

La universidad no era un tema del que hablaran, de hecho, no habían vuelto a hablar sobre su futuro desde el día en que ella le dijo que no tenía intención de seguir con los estudios una vez terminado el instituto. Por ello, aquella confesión la removió.

—¿Y qué problema tienes? Siempre has querido estudiar medicina; cuéntalo con pasión.

—Ese es el problema. ¿De verdad es mi pasión? ¿O solo sigo los pasos de mi padre como con el fútbol? ¿Cómo escribo una carta con pasión si no soy capaz de encontrarla cuando pienso en ello?

—¿Te has planteado alguna vez otra cosa? ¿Hay algo más que te guste?

—No, me encanta la medicina. La ciencia, la investigación, incluso el trato con el paciente me gusta. Las prácticas que hice este verano fueron geniales. El poder de diagnosticar y salvar a alguien debe de ser brutal... Pero sigo sin saber si es algo que me han metido en la cabeza o si en realidad lo que siento nace de mí.

—Bueno, pues cuenta exactamente eso. Que es una vocación familiar y que ansías descubrir allí la parte de esa pasión que es solo tuya.

—Allí... lejos del influjo de mi familia —dijo con ganas.

—¿Muy lejos? ¿De qué universidad estamos hablando exactamente, Landon? —preguntó ella con cautela.

—Mis padres quieren que solicite Yale o la Johns Hopkins, pero yo quiero entrar en Duke. Está a solo tres horas en avión, podría venir a verte con frecuencia; incluso tú podrías venir alguna vez. Yo te pagaría el billete. Y cuando termines, si aún sigues con la idea de no ir a la universidad, podrías venirte conmigo. Hay pisos de alquiler para parejas en la universidad.

—¡Landon! Pero qué locura estás diciendo. ¿Qué iba a hacer yo allí? ¿Mirar cómo estudias? Y no deberías pensar en ir a Duke solamente por estar cerca de mí, debes ir a la que más te beneficie a ti.

—¿Solamente? No creo que querer estar cerca de ti sea un motivo absurdo o de poco peso.

—Pero...

—¿Pero qué, Malia? —Landon se incorporó y la dejó libre.

Malia vio que el chico se había molestado y la miraba con incomprensión; sin embargo, ella sentía una fuerte presión en el pecho. Todo aquello estaba asfixiándola. No quería ser la responsable de elecciones que marcaran su futuro, y tampoco quería que él la obligase a ir detrás de él.

—Quiero estar cerca de ti, Landon. Solo pensar en que esto pueda terminar cuando acabe el curso hace que me sienta continuamente como si tuviera la mitad del cuerpo asomado a un precipicio. Pero yo aún no tengo claro qué va a ser de mi vida y no quiero que condiciones la tuya por mí.

—Yo tampoco sé qué va a ser de mi vida, pero sí sé que quiero seguir contigo. Lo nuestro no es pasajero para mí, aunque parece que tú no lo tienes tan claro.

Él se giró furioso y no quiso escuchar una palabra más. Malia lo vio lanzarse hacia las escaleras, antes de dejarse descolgar por ellas y montarse en su *jeep* sin mirar hacia arriba.

Ella se tocó las mejillas y descubrió que estaban húmedas. Sentía que el pecho le ardía, que los pulmones se habían calcinado y le impedían respirar. Bajó las escaleras hacia la cocina y se lanzó a los brazos de su madre para hundir los sollozos en su pecho.

—Oh, mamá... Si esto que siento es amor, ¿por qué hace daño?

Su madre la había acogido como a un pollito y no parecía desconcertada. En realidad, suspiró profundo, como si hubiese estado esperando que algo así sucediera.

—Porque amar tiene consecuencias, cariño. Pero lo que importa es que lo bueno compense siempre lo malo. No hay amor sin dolor, hija mía. En cuanto entregas tu corazón a alguien, te comprometes a cuidar del corazón del otro y, una vez en tus manos, te preocuparás por él, por sus latidos, su ritmo, su salud, para que el amor que lleva dentro no se escape. Si duele, es amor. ¿Lloras por ti o lloras por él?

—Por él, porque se ha ido enfadado conmigo y sufría. Y también por mí, porque no ha comprendido mis palabras. —Se enjugó las lágrimas y se incorporó para ponerse frente a su madre.

—Bueno, las cosas siempre se ven más claras con la luz del día. ¿Verdad, cielo?

—Eso espero. Gracias, mamá.

Al día siguiente, Malia lo esperó frente a su taquilla con el corazón en un puño. Estaba deseando que se le hubiera pasado el enfado, porque de otra manera no podría soportarlo. Cuando le vio avanzar por el pasillo y sus ojos se encontraron, el chico aceleró el ritmo de sus pasos y con desesperación la agarró por la cara. Sus enormes manos atraparon sus mejillas y parte de su cuello, y Landon agachó la cabeza para poder unir su frente con la de ella.

—Perdóname, Cascabel. Ayer no debí irme de aquella forma. Me pediste que fuera a tu ritmo, y yo ayer pisé el acelerador.

—Yo también lo siento, Landon. No supe explicarme y siento que pensaras que yo no quiero estar contigo tanto como tú conmigo, porque yo... yo...

—¿Tú qué, Malia? —le preguntó, ahogado, como si ya supiese las palabras que ella iba a pronunciar.

—Yo te quiero, Landon.

Aquello hizo que el chico sonriera de oreja a oreja y se llevara sus labios con un beso impetuoso.

—¡Nada de arrumacos en el centro, Señor Frazier! Compórtese como un caballero —vociferó el profesor de Álgebra al pasar por su lado.

Landon obedeció, pero le agarró la mano a Malia para acompañarla hasta su clase.

—Al final pude terminar la redacción. Hice lo que me dijiste, le añadí un poco de rabia y creo que el resultado no ha sido malo. Por lo que, técnicamente, que me acepten o no será culpa tuya.

Estaba claro que estaba bromeando, pero también le echaba en cara que hubiese dicho que no quería ser el motivo de sus decisiones.

—Ahora me siento mucho más tranquila —ironizó—. Todo lo de anoche formaba parte de mi maquiavélico plan con el que controlaré toda tu vida.

—Que así sea, preciosa.

28

*«Estoy tan contenta de vivir en un mundo
donde hay octubres».*

Ana de las tejas verdes, L. M. Montgomery

El último viernes de octubre se celebraba en el instituto el *Homecoming*[12]. Las candidatas a reinas llevaban días repartiendo caramelos entre los alumnos para comprar de una forma dulce sus votos, y las paredes estaban empapeladas con fotos propagandísticas suyas. Una de ellas era Cynthia, cosa que no le extrañó a Landon. Era una chica guapa, simpática y entregada con todas las actividades del centro; pero había sido insufrible escuchar sus discursos a plena voz en cualquier esquina, en todo momento, a lo largo de aquella semana.

Malia estaba entusiasmada con la idea de asistir al baile con Landon, incluso se dejó contagiar con el espíritu deportivo del instituto, y aquel día se vistió con los colores patrióticos que se habían elegido como tema central del *pep rally*. Kendall tuvo que prestarle la ropa, porque el rojo chillón y el azulón no eran colores que vivieran en su armario, aunque también tuvo ayuda de Landon, que apareció aquel día con su jersey del equipo para regalárselo.

—Me haría mucha ilusión que lo llevaras puesto hoy durante el partido.

—¿Otra vez quieres marcarme, Landon Frazier? —El chico la miró entonces pensativo, como si sopesase la posibilidad de haber metido de

---

12. Fiesta de bienvenida de antiguos alumnos que se realiza en institutos y universidades y que se celebra con partidos de fútbol y un baile para todos los alumnos.

nuevo la pata con ella—. Lo llevaré encantada —añadió antes de que él sufriera un colapso mental—. Solo era una broma.

—Me encantará quitártelo después —le susurró de forma provocativa al oído antes de despedirse de ella en el pasillo.

Durante las últimas semanas, se habían ido turnando en sus mesas del comedor. Unas veces Malia se sentaba con los jugadores y, otras, él iba a la mesa de sus amigos. Lo raro se volvió normal con relativa rapidez, y Malia sospechaba que tenía que ver con Landon. Él tenía ese poder, el de cambiar las cosas.

—Eh, pelirroja. ¿Quieres venir al baile conmigo? —Dave apareció junto a Landon, ambos bandeja en mano, con la evidente intención de sentarse con ellas.

—¿Quieres que yo te acompañe al baile? Pensé que irías con una de esas animadoras, barra sirvientas, que tenéis; las que os llevan esas cajitas de galletas o tartas caseras los viernes —contestó mordaz la chica.

Dave y ella habían llevado una relación basada en batallas dialécticas en las que ninguno de los dos ganaba nunca. Malia sabía que Kendall se sentía atraída por el chico del sombrero de vaquero. Él era el único jugador que hablaba con ella, y había días en los que le daba conversación; el problema era que casi siempre terminaban discutiendo.

—Solo te lo pido porque Landon quiere que su chica no se sienta sola cuando él esté atendiendo a sus hordas de seguidores —contestó Dave con un fingido desinterés.

—Dave Sullivan, ¿sabes esas pelis en las que el protagonista es el chico guapo y deportista que parece un cretino, pero que luego, cuando avanza la trama, descubres que es un encanto, supercariñoso, divertido y romántico? —Kendall había esbozado una sonrisa coqueta según hablaba hasta terminar dejándola caer de golpe—. Pues tú no eres uno de esos; tú solo eres el deportista cretino.

Todos se echaron a reír en la mesa, el primero de ellos, Landon, que le había dado un pisotón al revelar la parte en la que él había intervenido en la petición a Kendall.

—¿Acabas de decir que soy guapo, tarta de zanahoria? —Dave puso su bandeja al lado de la de la chica y se hizo hueco en la mesa.

Malia sabía que Kendall estaba dando botes por dentro tras aquel gesto, aunque disimulaba mirándole de reojo con una ceja elevada. Eran insoportablemente divertidos. Ella los miraba con discreción mientras aguantaba la risa, pero Landon no la dejó continuar porque reclamó sus ojos para él.

—Hoy tú también sales al campo, ¿nerviosa por tener que cantar con el coro nuestro himno nacional?

—¡No! Estoy ilusionada; será divertido verlo todo desde otra perspectiva, ver el campo como lo ven tus ojos, desde dentro. Bajo la luz de los focos, rodeada por todo el público con sus gritos ensordecedores. Oler y pisar la hierba...

—Seguro que huele mejor antes de que empiece el partido —bromeó él—. Te recogeré en tu casa después del partido. No tendré problemas con tu madre, ¿no?

—No, ella ya sabe que iremos juntos al baile.

—¿Y le parece bien?

—No, no le parece bien, pero tampoco le parece mal. Y eso ya es un avance.

—Me vale. —Landon se despidió de ella con un beso rápido antes de marcharse junto a sus compañeros de equipo.

—Y tú, ¿no te vas? —le preguntó Kendall a Dave.

El chico miró hacia el hueco vacío de Landon y agarró su bandeja para levantarse:

—Te recojo en tu casa después del partido.

—¿Y entrarás a presentarte a mis padres? —le probó ella.

—Pues claro.

Aquella vez, Kendall no pudo ocultar su sonrisa. Sin embargo, aquello le hizo pensar a Malia en que Landon comenzaba a ser aceptado en su casa como su novio, pero no tenía ni idea de si él lo habría contado a sus padres o si tenía intención de presentársela como tal en algún momento. Lo miró a lo lejos; estaba compartiendo risas con los jugadores, tan ajeno a sus pensamientos que decidió aparcarlos en su mente. Aquel era un bonito día, lleno de gente alegre, inundado de colores, de música y actividades divertidas, no debía permitir que sus dudas e inseguridades lo enturbiaran. Lo dejaría para otro día.

Por la tarde, una cabalgata cruzó la calle principal con los jugadores de fútbol como protagonistas, así como los que lo habían sido décadas atrás. Kendall y Ruth se habían ido con Malia a su casa, y las tres la vieron pasar desde la puerta de la floristería: había el camión de bomberos, algunos coches de policía, varios tractores adornados y un camión abierto sobre el que bailaba el grupo de Landon. La gente los aplaudía y vitoreaba para infundirles ánimo y brindarles su apoyo para el partido de aquella noche. Aquel pueblo invertía su dinero en el fútbol, los jugadores lo sabían y debían representar el espíritu de la comunidad, devolverles el cariño recibido.

—No veo a Ben por ningún lado —suspiró apenada Ruth.

—Irá al partido. Siempre va a ver a Landon jugar, pero esto... no es algo que vaya con él —dijo Malia mientras buscaba con la mirada al padre de Landon en uno de los coches de veteranos.

—Mirad a ese idiota, acaba de lanzarme un beso al aire. —Rio como una tonta Kendall, señalando a Dave al acercarse el camión del equipo.

—Creía que te caía mal —se guaseó la chica de las gafitas redondas.

—Bueno, ahora solo me cae regular —contestó resuelta la otra.

Landon también le envió a su chica un beso y, justo cuando Malia lo sintió sobre sus labios tras volar por el aire, esta percibió unos ojos sobre ellos. Robert Frazier le sostuvo la mirada un par de segundos antes de esbozar una amable pero rápida sonrisa. Ella se la devolvió; sin embargo, algo en su interior le dijo que a aquel hombre no le gustaba lo que acababa de ocurrir entre ella y su hijo.

—Esto ya ha terminado, vayamos dentro a cenar. Mi madre ha preparado platos *creeks* para vosotras.

—¿Y eso en qué consiste? —preguntó curiosa Ruth.

—Sopa de nuez de nogal, pato salvaje asado y pan de harina de maíz.

—Suena bien. Hoy está resultando ser un día con muchas novedades. —Rio alegre Kendall.

—Sin duda. —«Y no todas buenas», añadió Malia para sí misma.

29

«Hoy, antes del alba, subí a las colinas, miré los cielos
apretados de iluminarias y le dije a mi espíritu:
cuando conozcamos todos estos mundos y el placer
y la sabiduría de todas las cosas que contienen,
¿estaremos tranquilos y satisfechos?
Mi espíritu dijo: No, ganaremos esas alturas
para seguir adelante».

Walt Whitman

Su madre le había preguntado por su acompañante para el baile, como si no lo supiera. Quizá esperaba que lo de Malia fuera un capricho pasajero; Cynthia le gustaba y probablemente deseaba que Landon regresara con ella.

—¿Vendrás a ver el partido, querida madre? —le preguntó él como respuesta.

Aquella era una forma tajante de cortar la conversación. Reese inspiró afilando su nariz, tragó saliva y alzó la barbilla.

—He estado organizando el almuerzo de los veteranos y la cabalgata, y acabo de salir del comité elector de la reina del baile. Estoy agotada, hijo. Tu padre te transmitirá todo el apoyo familiar que necesitas.

—Sí, contaba con él. Hasta mañana, pues. No esperes que me levante temprano.

Landon salió de su casa en dirección al campo de juego con los sentimientos encontrados. Le enfurecía que su madre no se implicara lo más mínimo en las cosas que a él le importaban, y que al mismo tiempo intentara gobernar su futuro. Pero en su vida sentimental no se había metido nunca hasta entonces y, en lugar de responderle, con la valentía y seguridad de un hombre, que iría con Malia al baile, había tomado un atajo. No tenía ganas de discutir, aquel no era el mejor momento. De todos modos, si era sincero consigo mismo, no creía que el momento adecuado se le fuera a presentar nunca.

Al llegar al estadio, fue directamente a buscar a su equipo al vestuario. No vio la ceremonia previa al partido, a la que las candidatas a reina llegaron vestidas con trajes de noche y cogidas del brazo de sus padres, ni tampoco la coronación de Cynthia. Él y sus compañeros estaban recibiendo las últimas indicaciones del entrenador antes de saltar al terreno de juego:

—No mostréis debilidad. Salid ahí y coméoslos desde que el balón se ponga en juego hasta el final; que sean sesenta minutos en el infierno para ellos. Pero antes saldréis ahí y les daréis la mano a los veteranos, porque ellos fueron vosotros y vosotros seréis uno de ellos el día de mañana. Mostradles el respeto que se merecen, no paséis rápido sin mirarlos a los ojos.

Salieron entre el humo de colores y con la banda del instituto animando aún más al público. Solo hubo un momento de calma cuando el coro cantó. Landon no dejó de mirar a su chica; destacaba allí donde estuviera, y se la veía feliz. Sintió que todo era perfecto, que era afortunado, que aquella noche sería especial.

Había mucho ruido en un estadio ansioso porque comenzara el partido con el saque inicial. Se suponía que sería un partido fácil; solían elegir un equipo más flojo para el *Homecoming,* pero la emoción en el ambiente era aún mayor por lo mismo. Se sabían seguros de la victoria y animaban con pasión a los Generals.

Landon localizó a su padre, cerca de la banda, y también a Malia, tan bonita enfundada en su jersey que le venía gigante. Al verlos a cada uno en sus respectivos asientos, cada uno ubicado en puntas distantes, sintió una punzada en el pecho; entendió lo mal que lo estaba haciendo y se prometió a sí mismo solucionarlo cuanto antes. Malia merecía formar parte de toda su vida, y aquello incluía a su familia.

El partido fue bonito, la defensa había trabajado duro y sus lanzamientos habían sido milimétricamente acertados. Su padre, desde lejos, le aplaudió y se tocó el corazón, dio media vuelta y se marchó a casa. Por su parte, el entrenador les dijo que habían jugado bien, con corazón, y que merecían disfrutar de la fiesta que los esperaba. Aquello no solían escucharlo a menudo.

Al primero que vio al salir del vestuario fue a su amigo, cargado de comentarios con los que analizar el partido.

—Ben, hoy tengo que llevar a mi chica a un baile. Te prometo que mañana iré a verte para comentar las jugadas. ¿Te parece?

—Claro, sin problema. Aunque puede que, cuando bailes esta noche con ella, deje de ser tu chica.

—Ben Helms, ¿has intentado hacer una broma? —le dijo Landon agarrándole un hombro.

—En parte sí, en parte no —respondió el muchacho antes de calarse hasta las cejas su gorra de Yale, una de las tantas que tenía de distintas universidades.

Landon se rio y palmeó la espalda de su amigo antes de girarse para reclamar a Malia desde lejos. Moría por hundir su boca en aquellos labios carnosos y dulces; y, como ella acudió a su llamada con una alegre carrera saltarina, él aprovechó para agarrarla por la cintura y hacer que de un salto se abrazara con las piernas a su cintura. Aquel gesto levantó exclamaciones a su alrededor, pero a ninguno de los dos le importó. Había urgencia en ese beso, y el hecho de tener que esperar otra hora más hasta haberse arreglado para ir a la fiesta hacía que aquel instante fuera aún más intenso.

—Enhorabuena, *quarterback*. Ha jugado usted increíblemente bien —dijo ella con orgullo.

—¿Pero acaso has abierto los ojos durante el partido? —La devolvió al suelo y la apretujó contra su costado de camino a la salida del recinto.

—Solo cuando sabía que tú estabas a salvo —se excusó ella, y provocó que él riera.

—No tardes en arreglarte; nos espera una gran noche —le prometió él.

La esperó aparcado en la puerta de la floristería, y la chica tardó menos de lo que esperaba. Pero, claro, ella no era como las demás, no necesitaba maquillarse durante horas. Malia apareció con un vestido azul atado al cuello que le quedaba por encima de las rodillas. No era la primera vez que le veía las piernas, pero, como solía llevar vestidos largos, aquella visión le excitó, y Landon resopló, consciente del autocontrol que debería ejercer aquella noche. Su madre apareció detrás de ella, sonriente hasta que puso sus ojos sobre él y adoptó el gesto de cualquier madre antes de dejar que su hija se metiera en el coche de un chico con pensamientos adolescentes demasiado acalorados.

—Os quiero de vuelta a las once.

—Oh, vamos, mamá. Seré la única que se vaya de la fiesta tan pronto. Voy con Landon, no me pasará nada.

—Precisamente porque vas con Landon voy a dejarte llegar a las once y media. Solo tienes dieciséis años, Malia.

—Ya tengo dieciséis... —recalcó ella.

—La traeré a las once y media. Prometido, señora.

—¿Palabra de caballero?

—Mamá... —dijo ella avergonzada ante aquel tono amenazador.

—Sí, señora.

Landon le abrió la puerta del coche a Malia y notó que sus mejillas se habían sonrosado un poco, que sus labios brillaban, quizá por efecto de algún *gloss,* y que llevaba en el pelo dos pequeñas trenzas anudadas sobre el resto de su melena suelta.

—Estás diferente pero... preciosa. No culpes a tu madre de querer protegerte de mí.

—Bueno, mi madre me ha dicho que si vas a montar a caballo necesitas unas botas de montar, por lo que, si iba a ir a un baile, necesitaba un vestido de baile. —El chico soltó una sonora carcajada—. Tú también estás guapo —añadió ella.

Landon se había puesto una camisa celeste y sus pantalones vaqueros nuevos, se había peinado con esmero frente al espejo durante más de diez minutos y había apurado el afeitado hasta dejarse el mentón con el tacto de un melocotón. Sus compañeros de equipo habían estado bromeando con él sobre si aquella noche iba a ser «la gran noche» y, aunque él sabía que no tenía muchas posibilidades, porque Malia no era como las otras chicas con las que había estado, se sentía nervioso.

La fiesta la hacían en el granero de los Kelly, que ya no era un almacén de grano y paja, sino un salón de fiestas donde celebraban bodas y ceremonias como las de graduación. La música se escuchaba a un kilómetro antes de llegar, lo que hizo que Landon y Malia se miraran con emoción.

El muchacho aparcó junto al resto de coches y, tras bajarse con su salto enérgico habitual, se dirigió hacia la puerta de Malia para abrírsela con caballerosidad.

—Te advierto que soy un gran bailarín y que será difícil apartarme de la pista de baile.

—Haré todo lo posible por seguirte el ritmo, aunque mucho me temo que esa gente de ahí dentro no nos dejará bailar ni una sola canción. Creo que su intención es mantenerte por los aires después del partido.

Él le dio un beso y agarró su mano para conducirla hacia su primer baile en Abbeville. Dentro sonaba una canción *country* y, en el centro de la pista, un grupo numeroso bailaba aquella coreografía coordinada a la que ella se lanzó soltando la mano del chico. Landon vio lo ansiosa que estaba por bailar, y se sorprendió de lo poco que lo necesitaba a él para pasárselo bien allí dentro. Intentó seguirla para unirse al baile, pero, tal y como había dicho Malia, lo pararon antes de siquiera dar tres pasos.

Estuvo saludando y recibiendo halagos durante más de media hora y, para cuando ya no pudo soportarlo más, buscó desesperado a Malia entre los alumnos. La localizó junto a Kendall y algunas chicas del coro. Las demás reían, mientras ella lo miraba todo con curiosidad y mantenía una sonrisa en los labios.

—Ey, dadme un respiro. Creo que me he ganado algo de beber y poder bailar con mi chica —les dijo a los que tenían intención de alcanzarle.

Se suponía que allí no había bebidas alcohólicas, pero muchos alumnos comenzaban a reflejar en sus movimientos el efecto de la bebida, posiblemente camuflada dentro de pequeñas petacas.

Landon agarró a Malia desde detrás y le susurró al oído que ya era momento de demostrarle quién era el rey de la pista. Hubo cuatro canciones animadas antes de la primera balada de la noche; entonces la zona de baile se despejó y solo quedaron las parejas. Cynthia pasó por su lado de mano de su acompañante y le propinó a Landon un pequeño empujón del todo intencionado, como si la atención de todo el mundo hacia la nueva reina del baile no fuera suficiente para ella. El chico le dio la enhorabuena como respuesta; sabía que era algo que la había hecho muy feliz, y que no quisiera ser su novio no quería decir que hubiese dejado de caerle bien; aunque sospechó, tras la mirada altiva de ella, que en su caso no había un resquicio de amistad hacia él.

—Está muy guapa —comentó Malia.

—Sí, lo está. —Ella bailaba entre sus brazos y, al escuchar aquello, contuvo el aliento—. Pero tú eres preciosa, por fuera y por dentro.

Landon reclamó sus labios para regalarles un beso sincero, aunque se separó porque no creía necesario hacerlo delante de todos, creando cuchicheos, miradas afiladas y comentarios a sus espaldas.

—¿Nos vamos? —Aquella petición lo sorprendió.

—¿No te lo estás pasando bien?

—Sí, pero nos queda solo una hora y prefiero pasarla a solas contigo.

Aquel comentario en boca de cualquier otra habría sonado diferente, Landon lo habría interpretado como una provocación descarada, pero en los ojos de Malia no había nada de aquello. En su mirada se veía amor, uno en el que toda aquella gente sobraba, uno que necesitaba besos más profundos y sin testigos.

Landon agarró su mano y salió de aquel granero sin mirar a nadie para evitar que le detuvieran. Sus pasos eran urgentes y su cabeza comenzó a pensar con rapidez. Necesitaba un lugar al que ir, y pronto dio con uno.

En cuanto alcanzó su coche no pudo resistirse más y, antes de abrirle la puerta, la empujó con suavidad, cubrió su cuerpo con el suyo y le apartó el pelo de la cara para buscar su boca. Sujetó su cuerpo rodeándole la cintura con un brazo, porque sintió que la chica se dejaba caer sobre él. Ella le dejó claro que tenía las mismas ganas que él de aquel beso cuando con sus brazos se agarró a su cuello. La apretó con fuerza contra él, y anuló el aire que pudiera colarse entre ellos. Con la otra mano acarició ese pelo que lo volvía loco, porque no había un tacto más suave. Cuando sus dedos tropezaron con aquel pequeño cascabel y lo hizo sonar, el beso se suspendió en el tiempo. Aquel beso era un «te quiero», mucho más que un «te deseo», era una declaración de corazón a corazón.

—¿Quieres que te enseñe un lugar especial? —le preguntó él algo ahogado.

Ella parecía incapaz de articular ni una palabra, por lo que asintió con la cabeza y una bonita sonrisa. Atravesaron la plantación de soja, cruzaron el centro del pueblo y continuaron hasta dejar atrás la Standard Oil.

—¿Me llevas a tu casa? —preguntó Malia desconcertada.

—Más o menos.

—¿Pero y tus padres?

—Chsss, tranquila. No nos verán. Mi padre tuvo ayer guardia de noche en el hospital, por lo que después del partido se habrá ido a la cama, y cuando duerme, ni una bomba atómica sería capaz de despertarle. Y mi madre, como todos los viernes, se habrá tomado algún tranquilizante con *whisky* y se habrá metido en la cama con tapones de oídos y antifaz.

—Pero...

—Confía en mí. Sé que te va a encantar lo que te voy a enseñar.

Las luces del exterior estaban encendidas, pero dentro de la casa todo parecía tranquilo y estaba a oscuras. Malia se agarró tensa de su mano, Landon miró a sus ojos asustadizos y la abrazó para tranquilizarla. La condujo por el lateral de la casa hasta llegar al camino de ladrillos rojos que conducía al invernadero. La chica se detuvo y le hizo frenar.

—Justo aquí te vi por primera vez —susurró.

Él sonrió y le indicó con el índice que siguiera caminando. Llegaron hasta la pequeña puerta del invernadero y el chico la abrió. Se metió dentro y pulsó el interruptor de la luz. Entonces, pequeñas luces amarillas dispuestas como enredaderas en los troncos de los pequeños árboles se iluminaron y provocaron una exclamación maravillada en la chica.

—Sabía que te gustaría ver el trabajo que ha hecho tu madre aquí a lo largo de los años. Es la joya más preciada de mi madre.

—¡Qué maravilla! Mira qué dalias, cómo lo llenan todo de color. Y este lilium tan sencillo pero especial... Las dedaleras son increíbles, y qué begonias más bonitas. Y, oh... qué bien huele por aquí. Claro, salvia morada, malvarrosas y por aquí... juliana. Los gladiolos y las azucenas son...

—Y la más bonita eres tú.

Landon la abrazó por detrás y susurró aquellas palabras con los labios rozando su oreja. Entonces, antes de que pudiera hacer un movimiento más, ella se le escurrió entre los brazos.

—¡Una luz! —exclamó Malia hecha un ovillo a sus pies.

—¿Qué luz? No hay ninguna luz.

—En la casa, he visto que se encendía una luz.

—No hay ninguna luz encendida, te lo juro.

—Apaga la luz aquí dentro. ¡Vamos! Nos descubrirán.

—Está bien —dijo él riendo—. Pero si me ven aquí dentro no habrá ningún problema. No soy un ladrón. Estoy en mi casa.

Landon apagó las luces y quedaron a merced de la tenue luz de la luna. Volvió sobre sus pasos, hasta donde Malia se había sentado con las piernas cruzadas bajo aquel vestido azul. Se agachó para ponerse frente a ella, buscó sus ojos en la oscuridad y alzó su barbilla para que ella pudiera verle a él también.

—Estamos a salvo. Solos. Tú y yo.

Al escuchar aquello la chica respiró profundamente, su pecho ascendió y retuvo todo aquel aire antes de soltarlo, como si quisiera soplar el flequillo rebelde del muchacho. Aquello fue demasiado para él, no pudo resistirlo ni un segundo más, por lo que atrapó sus labios ejerciendo presión para que se dejara recostar bajo él.

Landon se dio cuenta de que no había ningún otro lugar en el mundo donde prefiriera estar en aquel instante, y que no existía otra chica en el universo que tuviera el poder de hacerle sentir en el centro del paraíso terrenal. Ya se habían besado a solas antes, durante mucho tiempo y de formas diversas, pero aquella noche era especial. Aquel momento le pareció diferente, como si marcara un antes y un después en su relación. Cada beso era un poema de amor, cada caricia era un muro derribado, cada jadeo un pétalo arrancado de una flor. Sus dedos alcanzaron el lazo atado detrás del cuello de la chica, y Landon lo deshizo. Entonces quiso su aprobación para continuar, ella agarró sus dedos y se los apartó. Le pidió que se levantara y se puso frente a él para que la tela de su vestido resbalara por su piel hasta caer en su cintura, mostrándose a él. «La flor más bonita del invernadero», le había dicho incluso antes de haberla visto así. «Qué más podía decirle», se preguntó. Pero ella no quería más palabras y le indicó, sin dejar hueco a la duda, que lo que quería eran más caricias de él; con sus sentidos inundados por el aroma de las flores y protegidos por los pétalos y hojas que los rodeaban, Malia lo quería todo de él.

—¿Estás segura? —le preguntó Landon haciendo acopio de fuerzas para detener sus besos.

—Me lo preguntas como si fuera una mala idea. ¿Crees que hacemos mal?

Malia dejó de acariciarle y agrandó sus ojos al hacerle la pregunta.

—¡No! Muero de ganas, pero quiero que tú estés segura de este paso; necesito saber que te parece bien, que no te arrepentirás.

La tenía entre sus brazos, piel con piel, suave y resbaladiza, y lo único que deseaba era pegarse a ella y demostrarle con pasión cuánto amor sentía por ella. Quería que se sintiera la chica más amada del planeta, que aquel momento fuera inolvidable para ella, que su primera vez la hiciera siempre llenarse de amor al recordarlo. Y, aunque ella estaba nerviosa, aunque no sabía qué podía esperar de todo aquello, le contestó:

—Quiero que seas tú, quiero que sea aquí y quiero que sea ahora.

Aquello era más de lo que Landon habría podido soñar. Ella se estremecía entre sus brazos, se agarraba fuerte a él y respiraba demasiado cerca de su oído. Iba a volverse loco. Tenía que apartar su mente de aquellos jadeos, porque aquella ocasión merecía su tiempo.

—¿Qué te ocurre? ¿Por qué parece de pronto que no estás aquí? —le preguntó Malia temblando.

—Repaso jugadas... —aquello hizo que ella arrugara la frente, estaba claro que aún tenía muchas cosas que aprender, por lo que él se apresuró a rectificar—. Pero estoy aquí, justo donde quiero estar —le contestó, y la besó con tal ímpetu que, aunque lo intentó, no logró hacer que su mente volviera al fútbol.

30

«No vayas detrás de mí, tal vez no sepa liderar.
No vayas delante, tal vez yo no quiera seguirte.
Ven a mi lado para poder caminar juntos».

Proverbio ute

No volvieron a tener oportunidad de estar a solas después de aquella noche durante mucho tiempo. Tan solo llegaron media hora tarde, pero, a pesar de que Landon se disculpó una y otra vez, Lomasi le impuso a ella un castigo de tres meses. Además, sus notas dejaban bastante que desear, por lo que su padre comenzó a presionarla con los estudios.

Cada viernes de partido en casa, Malia fue a verle jugar, pero regresaba a la floristería en cuanto terminaba. En el último de la temporada, Landon se las ingenió para declararle su amor en la pantalla del marcador, lo que avivó de nuevo los cuchicheos en el instituto. Malia no se esperaba algo así y, aunque reconocía que había sido un gesto romántico, le incomodó la necesidad que tenía él de hacer su amor público, como si necesitase proclamarlo a los cuatro vientos para hacerlo real. La chica lamentó que, justo cuando empezaban a pasar desapercibidos a ojos del resto de alumnos, por aquello volvieran a estar en boca de todos.

Al terminar la temporada de fútbol, acabaron sus viernes por la noche, su excusa para verse fuera del instituto. Pero Landon no era un chico que se rindiera con facilidad, por lo que asumió que, si la única forma de pasar un rato juntos era estudiando, deberían ir juntos a la biblioteca al terminar las clases. Él podría ayudarla y, entre asignatura y asignatura, tendrían la posibilidad de perderse algunos minutos entre las estanterías, lejos de la mirada afilada de Milly, la bibliotecaria, para besarse. Y así lo hicieron al volver de las vacaciones de Navidad.

Malia había pasado las fiestas con su madre, después de haber estado con su padre y Mamá Tawana por Acción de Gracias, y las había vivido de un modo alegre y triste al mismo tiempo, pues continuaba sintiéndose incompleta si uno de sus padres faltaba. Sin embargo, eso no le ocurría cuando estaba con Landon. Con él no necesitaba a nadie más. El chico se había convertido en su cielo abierto, en su mar interminable, en el abrigo que una vez le había dado su árbol favorito. Pero todo aquello se perdía en cuanto se separaban, y Malia se ahogaba. Por ello, a pesar del frío y de su madre, seguía durmiendo en la azotea muy a menudo. Extrañaba la reserva y aquella casa le resultaba una pequeña y preciosa prisión donde se sentía como un pájaro enjaulado. Su vida se había convertido en un horario establecido y en obligaciones que le impedían perderse por el bosque; juntando un día con otro entre libros, trabajo en el almacén con las flores y citas con Landon en las que dedicaban más tiempo a estudiar que a cualquier otra cosa. Sentía que aquello no era vivir de verdad, que estaba dejando que la vida se le escapara por una pequeña grieta de su realidad. Pero no podía compartir nada de aquello con su chico, porque él habría ideado algo grandioso con lo que hacerla feliz por un momento, creyendo que eso podría curarla. Y ella no necesitaba curarse de nada, tan solo necesitaba sentirse libre.

Por eso, cuando se separaban y el pecho le pesaba y le dificultaba la respiración, intentaba recordar las mil formas en las que su cuerpo reaccionaba cuando él la tocaba, y la asfixia disminuía. Landon era el oxígeno que le permitía seguir respirando dentro de Abbeville.

Por San Valentín, Lomasi ya había perdonado al chico y había vuelto a permitir que se vieran. Quizá porque se había dado cuenta de que su hija no era la misma de siempre, que parecía una flor que se marchitaba poco a poco.

—Llevo años queriendo llevar esta furgoneta —dijo Landon alegre, mientras ayudaba a Malia a cargarla con los ramos de rosas rojas y algunos bonitos arreglos florales.

—¿Nuestra furgoneta? Tú que tienes en tu garaje toda una colección de clásicos y coches que valen más que todo este edificio, ¿sueñas con conducir este viejo trasto?

—Antes de fijarme en ti, me fijé en ella —contestó risueño, encogiéndose de hombros.

—Ah, ¿sí? —Malia puso las manos en las caderas y se enfrentó a él para reprenderle.

—Vale, chicos. Ya está todo. Aquí tenéis las direcciones y una bolsa con monedas para el cambio —los interrumpió Lomasi.

—¿Y no me va a dar una gorra con el logotipo de la tienda o un delantal? No sé... el *marketing* es importante —comentó él con guasa.

—Id ya antes de que me arrepienta.

A Malia le hacía mucha ilusión pasar la jornada junto a él. Tenían encargos en varios pueblos por el condado de Henry, incluso algunos por Eufaula, que habían llegado gracias a su nueva tienda *on line,* y varias sorpresas que dar en Abbeville. Fue divertido pasar un rato a solas por fin y salir de aquella calle principal. Volvieron a cantar y a desafinar respectivamente con las canciones de la radio, pararon para hacerse algunas fotos con el teléfono de Landon y para besarse cobijados por los árboles.

—Tenemos que irnos, cumplir con todos los repartos y regresar a tiempo de que mi madre no vuelva a castigarme otros cuantos meses más —le advirtió ella, haciendo acopio de fuerzas para separarse de su abrazo.

Repartir flores en San Valentín era probablemente lo mejor del año para Malia. Su madre había preparado unos ramos preciosos, no había nadie como ella para engalanar un puñado de flores y convertirlas en algo capaz de conmover corazones, y aquel día había muchos corazones deseosos de declarar su amor. Entregaron las flores, se llevaron una buena colección de reacciones inesperadas y de sorpresas alegres, y fueron testigos de besos sin censura.

A pesar del poco tiempo del que disponían entre unos encargos y otros, Malia insistió en dar un paseo por las preciosas casas históricas de Eufaula e ir hasta la orilla del rio para ver Georgia al otro lado. Se hicieron fotos y rociaron el día con besos. Muchos besos acumulados que encontraron en aquella excursión infinidad de momentos para cobrar vida.

—Todo esto ha estado genial, pero... —Landon había estado un rato callado en el camino de vuelta, porque Malia parecía disfrutar con aquel silencio cómplice mientras miraba los paisajes.

—Pero...

—¿Qué se le regala a la chica de las flores por San Valentín? —preguntó echando el freno de mano frente a la floristería. Malia rompió a reír ante la cara afligida de su chico—. ¿Te ríes de mí? Lo que tengo que soportar... Anda, saca de la guantera la lista de encargos y comprueba que no nos olvidamos de nadie.

—No nos olvidamos de nadie, no queda ningún ramo ahí detrás.

—¿Quieres comprobarlo, por favor? —insistió él.

Malia obedeció alzando los ojos al techo. Al abrir la guantera vio un pequeño paquete atado con un lazo de raso. Lo miró confusa y lo entendió todo cuando vio aquella sonrisa de suficiencia en la cara de su chico.

—¿Es para mí?

—Claro que sí, preciosa.

La chica tiró con cuidado del lazo para deshacerlo, y al abrir la caja se encontró con un colgante. Un pequeño, brillante y precioso cascabel de oro blanco.

—¡Landon! Pero esto te habrá costado una fortuna.

—Llevo varios años con una más que buena paga semanal. ¿Te gusta?

—Es... especial —sonrió ella balanceándolo delante de sus ojos.

—¿Te lo pongo?

Malia asintió y se retiró el pelo para que él se lo pudiera abrochar sin problema. El cascabel descansó en la base de su cuello, y ella sintió su peso encogiéndole el corazón. Era demasiado, lo sabía ella y lo sabía él, pero así era Landon. Su forma de expresar las cosas no tenía un límite razonable.

—Ahora me da vergüenza darte mi regalo —dijo ella.

—No esperaba ninguno en realidad. Este día ya ha sido un regalo.

La muchacha se metió la mano en el bolsillo y sacó una pulsera de hilos.

—Cada dibujo representa momentos que hemos compartido. Es como un diario de nosotros. —Landon agarró la pulsera y la observó, y no entendió los dibujos, lo que hizo reír a Malia—. Mira, estos triángulos son el tirachinas con el que me apuntaste la primera vez que nos vimos. Las cruces, de cuando nos vimos en la iglesia del padre Oliver. La banda azul, de cuando viniste y te bañaste en la reserva...

—Me encanta, te aseguro que es el regalo más especial que me han hecho jamás. Y esta última, sé de qué es —dijo señalando la banda con flores.

—Déjame que te la anude —Malia escondió la sonrisa tras el velo que se formó sobre su cara cuando deslizó su melena negra hacia delante.

—Feliz San Valentín, Cascabel.

—Feliz San Valentín, Cometa.

—Feliz San Valentín, chicos. ¿Pensáis bajaros de la furgoneta para que pueda meterla detrás? —interrumpió Lomasi desde la acera, cortando un beso inminente—. Tengo un último encargo para ti, Landon. Tu padre me ha llamado para que le enviara a tu madre este ramo de girasoles.

—Buena elección; los girasoles son las flores más inteligentes que existen —dijo Malia.

El chico elevó una ceja y chasqueó la lengua antes de sostener el ramo que Lomasi llevaba en las manos:

—Llamadme tradicional, pero donde estén unas rosas...

—Gracias por la ayuda, Landon.

—Cuente siempre conmigo para lo que necesite, señora. Adiós, Malia. Te veo mañana en el instituto —dijo antes de encaminarse a su *jeep*.

31

«*A pesar de ti, de mí y del mundo que se desquebraja,*
yo te amo»

Lo que el viento se llevó (película)

—Landon, ha llegado algo para ti.

Que fuese abril, junto con el tono autoritario que había usado su madre, no dejaba espacio a las dudas. Sabía perfectamente lo que había llegado aquel día a su casa. Landon entró en el salón donde Reese estaba sentada con un libro en el regazo, las gafas de leer en la punta de la nariz y el peinado listo para liderar a una horda de amas de casa.

El chico miró a la mesita donde había una bandeja con una tacita de té humeante junto a aquel sobre grande y blanco.

—¿Duke? ¿Por qué, Landon?

—Porque es una buena universidad, mamá.

—Podrías solicitar en las mejores del país, podrías irte a la otra punta del país si quisieras, ¡y eliges Duke! Y todo, ¿por qué? ¿Por la hija de Lomasi? Hijo, es una chica encantadora, pero no tiene futuro, no uno como el tuyo.

—¿Cómo sabes que es encantadora? No has mostrado el más mínimo interés en querer conocerla, más bien todo lo contrario.

—No tengo nada contra ella, Landon. Pero no te conviene, no es como nosotros.

—¿Blancos?

—Por Dios, hijo, no vayas por ahí. Me refiero a que sus posibilidades no son como las tuyas. ¿Es que ella quiere ir a estudiar allí también?

—No, ella no tiene intención de ir a la universidad.

—¿Ves lo que te digo? Tú mereces algo mejor que irte a unas horas de aquí solo por estar cerca de ella. ¿Acaso no es ese el motivo?

—Sí, lo es. Rotundamente, lo es. No quiero irme lejos, no quiero ni pensar en lo que será no poder verla todos los días, pero me queda el consuelo de poder venir siempre que tenga la posibilidad. —Landon intentó mantener la calma, hacerle ver lo profundos que eran sus sentimientos.

—Es absurdo, hijo. Para ella será fácil esperarte, no hay nada mejor que tú de aquí a mil kilómetros a la redonda. Pero tú, cuando estés fuera, verás un mundo nuevo, lleno de gente diferente, interesante como tú, con las mismas perspectivas de futuro. ¡Recuerda todas las experiencias nuevas que viviste en Europa! Terminarás rompiéndole el corazón y también sufrirás. Cuanto más tiempo prolongues esto, peor será la ruptura.

—¿Ahora te preocupas por mí y por mi corazón? No me has hecho caso en mi puñetera vida, mamá; siempre liada con tus comités, tus clubs y reuniones... Yo no he existido para ti, no has venido jamás a ver ni uno de mis partidos, y resulta que ahora sí te importo, solo porque tienes miedo de terminar emparentando con una nativa sin poder económico. Pues tú tampoco eras lo que la abuela quería para papá y, mírate, no te ha ido nada mal.

—¡Landon! Pídele disculpas a tu madre.

Cuando se giró vio a su padre en el umbral de la puerta.

—No pienso pedir unas disculpas que no siento.

—O te disculpas o te vas ahora mismo de esta casa. No tienes ningún derecho a hablarle así a tu madre.

—Está bien... Adiós.

Landon apretó los puños y salió de allí empujando ligeramente a su padre en el hombro al pasar. Sentía una furia interior indescriptible, tanto que habría podido romper la puerta principal de una patada si no hubiese estado ya abierta. Se subió a su coche y arrancó con demasiada velocidad, por lo que derrapó en el asfalto.

No había nada que deseara más en aquel momento que ir a ver a Malia, pero sabía que no podía hacerlo. Estaba demasiado furioso; aquello se le había ido de las manos y ahora estaba en la calle. Giró el volante y puso rumbo hacia el único lugar al que podía ir.

Ben estaba lijando su barca, algunas astillas caían en la hoguera que había encendido a su lado, y estas ardían mientras ascendían por el aire como si fuera un baile de luciérnagas.

—¿Puedo quedarme a dormir esta noche, Ben?

Hizo la pregunta alzando la voz para que lo escuchara en la distancia. El chico dejó de lijar, lo analizó con la mirada y asintió con la cabeza.

—¿Quieres hablar de lo que te ocurre?

—No —contestó a secas Landon, aún enfadado. Lo último que necesitaba era que la mente racional de su amigo diera la razón a sus padres, porque entonces no tendría adónde ir.

—Entonces, ayúdame. —Ben le lanzó una lija y continuó con su trabajo.

Landon desfogó la rabia en la barca; repetía una y otra vez la conversación en su mente haciendo que su furia creciera. El ejercicio le vino bien, las gotas de sudor comenzaron a rodarle por la frente y los músculos de la espalda terminaron por calentarse como en uno de los entrenamientos.

—Vamos a darnos un baño. Si sigues lijando así, vas a estropearme la barca —le dijo su amigo rompiendo el silencio.

Se quitaron las camisetas y las dejaron sobre la arena de la orilla. Ben era un gran nadador, pero a Landon no le costó seguirle el ritmo; aún le quedaba mucha cólera en su cuerpo que quemar. Media hora después, jadeando, en el centro del rio helado, dejaron que sus cuerpos flotaran y ambos perdieron la mirada en el cielo estrellado.

—A mí suele funcionarme.

—¿Qué?

—Esto. Nadar como si cada brazada me alejara de aquí. Flotando así, con las estrellas reflejadas en el mar, soy un astronauta flotando por el hiperespacio.

Landon lo miró, aquello habría sonado infantil en boca de cualquiera menos en la suya. Aquellas palabras arrastraban sufrimiento e impotencia. Habría sido un gran astronauta si la vida le hubiese querido aunque fuera solo un poco.

—Quizá algún día, Ben —le dijo con esperanza. De pronto, sus problemas no eran tan graves y se relajó.

—Estoy trabajando en algo. Quizá algún día, sí.

—Me he largado de casa. He discutido con mis padres y me he largado —le confesó entonces.

—Tengo una lasaña de la señora Bayle; le arreglé su trituradora hoy. Puedes dormir fuera en la hamaca. No pienso compartir mi cama contigo, no hay espacio suficiente.

—Suena genial —contestó Landon sonriendo, porque, aunque jamás le había visto tontear con una chica, sabía perfectamente lo que quería dejar claro con aquel mensaje.

Al final se lo contó todo mientras cenaban y, para su sorpresa, Ben no se puso de parte de sus padres. Tan solo lo escuchó y luego se ofreció a darle unas lecciones de guitarra.

Al día siguiente, en el instituto, Malia no tardó en darse cuenta de que algo iba mal.

—No te has afeitado y llevas la misma ropa de ayer. ¿Qué ocurre, Landon? —le preguntó en cuanto él se le acercó en el pasillo del instituto.

—Me han aceptado en Duke, recibí la carta ayer.

Ella tardó un par de segundos en reaccionar, como si necesitase procesar la información, y le felicitó con una sonrisa oscilante.

—Gracias, aunque no parece que te alegre —contestó él, tenso ante su reacción.

—Es que... ¿Duke? Creí que al final habrías solicitado en Johns Hopkins o en Yale.

—No, te dije que quería ir a Duke. Te dije que quería estar cerca de ti. —Se aproximó a ella y disminuyó el tono de su voz.

—¿Por mí?

—¡No! Maldita sea, Malia. Por mí, porque es lo que quiero yo. Aunque parece que tú tampoco lo entiendes.

Landon dio media vuelta y se alejó de ella. No esperaba aquella reacción en su chica. ¿Tan difícil era entender que quería estar lo más cerca de ella posible? Duke era una de las mejores universidades del país y parecía que le hubiesen aceptado en una de tercera categoría. No entendía a sus padres y, lo peor, no entendía por qué a Malia le parecía un problema que eligiera una universidad que les permitiría verse con frecuencia, cuando se suponía que ella también debería desearlo.

A la hora del almuerzo no quería verla, estaba demasiado furioso con todos y sabía que podía decir algo de lo que luego se arrepentiría. Se fue al campo y se sentó solo en las gradas para pensar e intentar calmar su mal humor.

A la salida del instituto, esperó a Malia en su coche, y la chica se acercó abrazada a sus libros y con la mirada triste.

—Lo siento —dijo.

—¿Qué es exactamente lo que sientes, Malia? ¿Qué me hayan aceptado en Duke? ¿Que quiera quedarme cerca de Alabama? ¿Cerca de ti? —Habló calmado, pero con dolor.

—Yo... Es que... ¿y si no lo nuestro no funciona? ¿Y si vas a Duke por estar cerca de mí y luego rompemos y estás en un lugar en el que en verdad no querías estar?

—¿Por qué narices íbamos a cortar?

—No lo sé. Muchas parejas no soportan la distancia. Allí conocerás a gente nueva. Tu vida será muy diferente a la de aquí.

—¿Por qué no crees en lo nuestro como creo yo? —Landon la agarró de la cintura y la atrajo hacia él. Juntó su frente con la suya y aspiró—. Si no creyera que lo nuestro es para siempre, no habría desafiado a mis padres. Pero te quiero, Malia, y por ti desafiaré al mundo entero si hace falta.

—¿Has discutido con tus padres por mi culpa? —La chica se separó y lo miró con los ojos espantados.

—Sí y no me importa. Sé lo que quiero. Te quiero a ti.

Malia comenzó a jadear y se separó de él.

—Pero yo... Yo no quiero que te enfades con tus padres por mi culpa. Ni que guíes tu futuro basándote en dónde voy o no voy a estar yo, porque yo no sé si creo en los «para siempre». Yo sé que te quiero, pero a veces, todo cambia y...

Landon la vio respirar ahogada, andar hacia atrás, asustada, con la mirada perdida. Para cuando quiso ir a por ella, Malia había salido corriendo. Sintió que se le rompía el corazón, porque el pecho le dolía. No entendía lo que estaba ocurriendo, todo se desmoronaba a su alrededor. Le dio una patada a la rueda de su *jeep* y varios puñetazos a la puerta.

—Ey, *quarterback*. No te desahogues con tu coche. Ven conmigo, sé cómo hacer que tus demonios desaparezcan durante un rato.

Se giró y vio a April con los botones superiores de su vestido corto abiertos, dejando ver parte de su sujetador y los labios apuntando hacia su boca.

—Ahora no, April. No es un buen momento.

—Bueno, ya sabes dónde vivo. —Le lanzó un beso al aire y se alejó de él.

32

«Si amas algo salvaje, ten el valor de dejarlo
tan salvaje como lo encontraste».

Tu alma es un río, Nikita Gill

Malia no regresó a su casa. Corrió hasta las afueras de Abbeville y siguió corriendo cruzando los campos en barbecho hasta alcanzar el bosque salvaje de nogales y de cornejos en flor. Avanzó hasta que se sintió envuelta por los troncos y las ramas caídas por el viento. Ahí se dejó caer y lloró. Le costaba respirar y se maldijo por tener aquella sensación, por ser tan diferente a los demás, por no querer lo mismo que todos los demás. Por no entenderse a sí misma, por no haber parado aquello a tiempo, por la expresión dolida y de incomprensión de Landon que había grabado en la retina y que atravesaba su alma y la desgarraba.

El problema no era confiar en el amor de Landon; había asumido ese riesgo, pero ella aún no sabía hacia dónde orientar su vida, y le aterraba sentir aquella enorme responsabilidad que él depositaba sobre sus hombros. No quería condicionar sus decisiones sin siquiera saber qué dirección iba a tomar ella. No quería quedarse en Abbeville y trabajar en la floristería para siempre, tampoco tenía claro que su futuro estuviera en la reserva bajo la estricta supervisión de su padre, y la idea de ir a Duke tras Landon... ¿Qué se suponía que podía hacer allí? Pensar en todo aquello, en el futuro, en la toma de decisiones... la asfixiaba. Solo quería quedarse allí, entre los árboles, fundirse con ellos, convertirse en una rama y vivir del sustrato del suelo y del agua caída del cielo, porque quizá Dios se había equivocado. Quizá ella debía haber sido parte de un bosque, porque el mundo real le resultaba demasiado grande, chillón y estresante.

Antes de que la noche cayera del todo y le fuera imposible encontrar el camino de vuelta, se armó de valor para volver a casa. Aún sin respuestas para Landon, porque no las tenía para ella misma.

—¡Malia! Tu madre estaba preocupada, ¿dónde estabas?

De pronto, un vehículo se paró a su lado a la entrada del pueblo, y reconoció a Callum al volante.

—Callum, ¿qué haces aquí?

—Buscarte por todos lados. Esta tarde vine a traer un cargamento de parte de tu abuela. Anda, sube. Te llevaré a casa.

Malia no opuso resistencia, le dolían los pies y deseaba con todas sus fuerzas caer dormida para que la luz de un nuevo día le hiciera ver y sentir las cosas con más claridad.

Se desahogó con su amigo; podía confiar en su silencio y, al oírse a sí misma en voz alta, al escuchar sus sentimientos, se dio cuenta del efecto que había podido causar en Landon. Él debía estar sufriendo incluso más que ella, porque él le entregaba su corazón, su futuro... y ella lo había rechazado. Había salido corriendo asustada y desde fuera aquello decía mucho, aunque no todo, porque todo era muy difícil de explicar.

Se acostó en su cuarto, no tuvo fuerzas para llegar a la azotea, y siguió llorando, porque la idea de continuar allí sin Landon en su vida era devastadora. El amor dolía tanto que pensó que no sería capaz de sobrevivir amando.

Entonces lo oyó, era su voz, por lo que se enjugó las lágrimas y se apresuró a bajar las escaleras.

—Aléjate de ella, ¿es que no ves que no eres lo que necesita?

—¿Y tú qué sabrás de lo que ella necesita y quiere?

—Lo sé porque la conozco mucho mejor que tú y porque me lo ha contado.

Malia los oyó hablar detrás de la puerta, a Callum y a Landon, y detuvo su mano que pretendía abrir el pomo.

—¿Te lo ha dicho? ¿Qué te ha dicho exactamente? —La voz de Landon se había desinflado.

—Se ahoga, aquí no puede respirar... Entre horarios, normas, costumbres y etiquetas sociales. Ella no es así. Ella es...

—Aire.

—Exacto. No puede ser libre si la obligas a seguir tus pasos.

—No creía estar obligándola a hacer nada.

—Si te sigue, dejará de ser ella. Morirá por dentro.

Malia no pudo soportar más lo que llegaba a sus oídos y se desmayó. En algún momento, había dejado de respirar.

Al día siguiente, se despertó con los primeros rayos del sol, su madre aún seguía dormida y no la había descubierto allí tirada en la entrada de la tienda. En cuanto su mente recolocó las ideas, el corazón se le disparó. Debía hablar con Landon sin demora, explicarle las cosas de su propia boca. Si los dos se amaban de verdad, y estaba segura de que así era, encontrarían juntos la solución. Le pondría el corazón en sus manos y confiaría en él; porque, si más adelante quería cambiar de universidad, podría hacerlo, y juntos lo superarían. Ella podía encontrar su camino sin perderle a él, aun estando separados, porque el amor podría con todo, porque así debía ser. Ahora era capaz de ver las cosas como Landon, porque la idea de perderle era aterradora.

Subió veloz para ducharse y vestirse. Se puso su colgante de oro blanco, el vestido que más le gustaba a él, y se hizo dos pequeñas trenzas que anudó en la nuca. Incluso cortó unos pequeños capullos para enredar en su pelo y que así oliera mejor.

Llegó temprano al instituto y se sorprendió al ver a Landon en el aparcamiento, sentado al volante de su coche. Se acercó a él y, aunque Malia sabía que la había visto, este no levantó la mirada hasta que ella se puso a su lado.

—¿Podemos hablar?

—Sí, pero quiero que me escuches primero —exigió él.

—Está bien —dijo ella sintiendo que en realidad nada estaba bien. Su gesto era frío y evitaba mirarla directamente a los ojos.

—Me equivoqué. Creí que lo nuestro podía funcionar, pero ahora veo claro que no será así. Yo quiero cosas diferentes de las que quieres tú.

—Pero, Landon...

—Déjame terminar, por favor. —Buscó sus ojos durante un escaso segundo antes de mirar al frente y continuar—. Estos meses han sido bonitos, pero no hay un futuro para nosotros. Lo siento, Malia, te diría que podemos seguir siendo amigos, pero tampoco creo que eso pueda funcionar entre nosotros ahora mismo. Ya no creo en un «nosotros».

—¿Has perdido la fe? ¿En un día? Porque yo ahora creo que solo necesito tiempo para...

—No quiero darte más tiempo. Jamás debí dártelo, porque en realidad te lo he quitado. Lo siento.—Landon se bajó del coche e hizo el intento de avanzar para dejarla atrás, pero Malia le agarró de la mano—. No puedo. Aléjate de mí, por favor. No quiero continuar con lo nuestro. Asúmelo.

El chico se deshizo de las pequeñas y temblorosas manos de Malia, se recolocó la mochila en sus hombros, entró en el instituto y la dejó más perdida de lo que jamás se había sentido. Aire... ella era aire libre, que no pertenecía a nada ni a nadie, y de pronto sintió que aquello era lo más triste que se podía ser.

33

«*Prométeme que siempre recordarás esto: eres más valiente de lo que crees, más fuerte de lo que aparentas y más listo de lo que piensas*».

Winnie-the-Pooh, A. A. Milne

Después de la reacción de Malia al saber que efectivamente había solicitado entrar en Duke, Landon se había pasado la tarde metido en el gimnasio para quemar toda su rabia. La ducha posterior lo había llevado a un estado de calma que le había hecho reflexionar y darse cuenta del error que había cometido al no hablar de sus planes con ella, de haber dejado a un lado aquel tema como si no importara. Malia le había pedido tiempo desde el principio, y él había continuado a su marcha, creyendo que ella terminaría por seguirle. Todo parecía que funcionaba a la perfección entre ellos, pero de pronto él había acelerado y, al hacerlo, la había dejado atrás. Había sido un idiota.

Así que había decidido ir a buscarla, convencido de que podría solucionarlo todo; la quería demasiado como para no hacer lo imposible por ella. Sin embargo, no había esperado encontrarse con la furgoneta de Callum y a ellos dos adentro, y aún menos que bajaran de ella y el chico la rodeara con su brazo por los hombros. Aquello le había pillado desprevenido, y había aguardado unos minutos dentro de su *jeep*, hasta que el chico salió de la floristería. Entonces, de un salto, había salido dispuesto a enfrentarse a él. Sin embargo, Callum no quería pelea, estaba calmado y le pidió que lo escuchara. Y, por lo más sagrado, que hubiese deseado no oír lo que el nativo le dijo de Malia.

Por su cabeza jamás se le había pasado la idea de que debía alejarse de ella porque la chica merecía algo mejor. Él era el mejor chico de Abbeville, el mejor futuro era el que él podía darle, sus sentimientos eran puros y sinceros, sus oportunidades... ¿Cómo no iba a ser lo mejor para ella? Pero Callum le había abierto los ojos, porque, si él seguía atándola a esa relación, su espíritu se transformaría. Malia dejaría de ser ella, su pureza, su indomable naturaleza, su libertad de espíritu... no podían someterse a su amor. Su amor la haría infeliz, poco a poco, su amor la estaba matando.

Landon sintió que lo mejor de su vida moría aquella noche, que todo había sido un sueño del que ya le tocaba despertar porque no lo merecía. Él sí que no la merecía. Pero dolía como mil muertes en una, por lo que se había montado en el coche y había decidido que lo mejor para todos era hacer lo que se esperaba de él...

—¿Aún sigue en pie tu oferta, April? —le había preguntado a la chica que estaba tomándose un refresco en su porche.

—Pasa, hoy estoy sola en casa.

Se suponía que por la mañana se sentiría mejor, porque había tomado la mejor decisión, pero enfrentarse a ella iba a ser duro. Imposible. Vio acercarse a Malia con aquella mirada intensa, con aquel vestido que se había puesto para él, porque ella sabía que era su favorito, y entonces hizo algo que hacía mucho que no había hecho, pedirle fuerzas al cielo para superar aquello. Ya no había vuelta atrás. Había pasado la noche con April; algo que, con la luz del día, veía como un error y de lo que se arrepentía, pero que a la vez le daba fuerza para no venirse abajo y hacer lo correcto. Debía darle a Malia la libertad que necesitaba para vivir, aunque su amor muriera por ello.

Darle la espalda fue lo más duro que había tenido que hacer en su vida y, aunque entró en el instituto, esperó dentro del baño a que todos los alumnos se metieran en sus clases antes de salir. Ella seguí allí, en el aparcamiento, como una estatua al lado de su coche. No le vio, y él se marchó andando al único lugar en el que le apetecía estar; junto a la tumba de Lisa.

Pasó allí el día entero hasta que se hizo de noche. Llevaba dos días sin ir a su casa y sus padres no parecían notar su ausencia. Landon pensó en lo rápido que podían cambiar las cosas, tal y como le había dicho Malia. Debería estar con ella, estudiando en la biblioteca o paseando agarrados de la mano, viendo una película en el Archie, compartiendo palomitas y besándola hasta el final de los créditos. Y, sin embargo, estaba solo en el Cementerio de Pioneros, bajo el imponente depósito de agua del pueblo. Debería poder regresar a su casa y, quizá ahora que todo había terminado entre ellos, debería ir, pedir perdón y recuperar al menos aquello. Pero seguía furioso con su madre; incluso más que antes, porque lo ocurrido le daba la razón.

—Chico, ¿quieres cenar? —Landon se sobresaltó al escuchar aquella voz tras él. Al girarse, vio al padre Oliver—. Llevas todo el día aquí. Debes estar hambriento. Puedo hacerte unos huevos revueltos con algo de beicon.

—Suena bien, padre.

Caminaron en silencio hasta la casa parroquial y allí el sacerdote le ofreció el baño para ducharse y algo de ropa limpia. Landon sabía que el interrogatorio comenzaría en algún momento, pero agradeció poder notar el agua en el cuerpo, y dejar de oler mal le hizo sentirse algo mejor.

—Con el estómago lleno, la vida se ve siempre de otra forma —dijo el sacerdote mientras le servía una ración abundante de huevos.

—Gracias, padre, pero no creo que esto solucione algo más que el hambre que tengo. De todos modos, agradezco mucho su ofrecimiento.

—No te he visto mucho por el cementerio en estos años y hoy has estado ahí todo el día... Para un párroco, eras una señal fluorescente pidiendo auxilio.

—Ha sido un día horrible. En realidad, han sido varios días horribles. He discutido con mis padres y acabo de romper con una chica.

—¿Has roto con Malia? —se sorprendió el padre Oliver.

—Sí, y duele como si me estuviera muriendo. —Landon se dio cuenta de que lo único que hacía era marear la comida en el plato y que se había abierto en confesión al cura sin nada de presión.

—Y entonces, ¿por qué la has dejado?

—Es complicado, padre. Malia no es como las otras chicas. Merece algo diferente, alguien mejor que yo. Alguien que sea como ella: aire.

El sacerdote arrugó la frente, pero no le contestó.

—¿Y la discusión con tus padres ha tenido que ver en esa decisión?

—Sí y no... A mi madre no le importo un cuerno en realidad.

—No creo que una madre que mantiene la tumba de su hija como una patena sea capaz de tener abandonado al hijo vivo que tiene en casa.

Landon levantó la vista del plato y le miró confuso.

—¿Mi madre cuida de la tumba de Lisa?

—Cada viernes por la tarde, desde que falleció.

—¿Cómo que cada viernes? ¿Me está diciendo que mi madre ha venido aquí cada viernes desde que mi hermana murió?

—Sí, hijo.

Todo encajó de pronto en su cabeza. Landon miró a los ojos saltones del párroco y se levantó de la mesa.

—Discúlpeme, padre, pero tengo que regresar a mi casa. Muchas gracias por todo.

—Ve con Dios, hijo.

Landon corrió hasta el aparcamiento del colegio, se montó en su coche y se dirigió a su casa con el corazón acelerado. Entró corriendo por la cocina y en cuanto vio a Dothy le preguntó:

—¿Por qué no me dijiste nunca que mamá iba al cementerio los viernes?

La mujer, que había sonreído con alivio al verle entrar, se quedó petrificada al escucharle. Inspiró hondo y agarró una silla para sentarse.

—No era yo quien debía decírtelo, cariño.

—¿Cada viernes? —preguntó con dolor.

—Así es, a las siete, cuando tú jugabas. Cuando el pueblo entero se iba al campo para animar al equipo o se quedaba en sus casas para ver el partido en la televisión.

—Cuando nadie podía verla allí —añadió él.

—Cuando podía ir y llorar tranquila.

Siempre había pensado que su madre era la persona más fría y fuerte del planeta; dura como una roca. En aquel momento, sin embargo, se dio cuenta de que en realidad era un iceberg; solo mostraba una pequeña parte de lo que realmente era. Había sonreído durante años, mostrando vitalidad y alegría mientras su padre luchaba por seguir respirando con la insoportable pena de haber perdido a su hija. Reese Frazier vivía con una careta puesta y nadie se atrevía a insinuarle que debía quitársela para enfrentarse al dolor y romper a llorar de una vez. Así había sido todo más fácil, dejándola simular que todo era normal, que no soportaba más dolor del que alguien es capaz de imaginar. Así lo había querido ella, quizá para proteger a los demás, quizá para impedir que alguien de fuera usara aquello para verla débil... Así era ella. Se enfrentaba a las adversidades con una buena sonrisa, una copiosa comida casera que poner en la mesa, una pose erguida y cualquier acto social en beneficio de alguna causa. Landon no entendía que pudiera vivir así, pero al menos ya sabía la verdad. Jamás había ido a verle jugar porque aprovechaba aquellas ocasiones para ir a llorar en paz a su hermana.

—¿Dónde están? —le preguntó ahogado. De pronto las lágrimas le presionaban por salir, después de haberlas retenido durante tanto tiempo.

—En el salón del té.

Landon no podía respirar bien, sentía como sus mejillas se le humedecían e intentaba secárselas una y otra vez sin éxito. Abrió la puerta y entró dando grandes zancadas hacia su madre.

—Lo siento mucho, mamá.

Se tiró a sus pies y la abrazó. Durante un par de segundos se hizo el silencio en la habitación, pero enseguida sintió sus manos cálidas acariciándole la espalda.

—Ya está hijo, deja de llorar y levántate. Tampoco ha sido para tanto, sabía perfectamente que regresarías. Ha sido solo un malentendido.

Su madre se levantó del asiento, le dio el abrazo más largo de los que Landon recordaba e inmediatamente se excusó.

—Estoy agotada, voy a acostarme ya. Mañana tengo que ir al centro social para terminar de coordinar todos los puestos que habrá en el Yatta Abba, y será un día aún más agotador. Buenas noches, querido.

Landon, aún jadeando, se sentó en el sofá que acababa de quedar libre y miró a su padre con tristeza, culpa y dolor.

—Has actuado bien, hijo.

—No me he disculpado por lo que creéis, aún sigo pensando que mamá se equivocaba con Malia... Aunque ya no importa, lo hemos dejado.

—Lo siento. Aunque igualmente quiero que entiendas algo de tu madre. —«¿Algo más?», pensó Landon.

—Te pareces demasiado a ella, ese es el problema. Quiere que te vayas lejos no para deshacerse de ti o porque no le importes, sino porque no quiere que te quedes aquí atrapado como ella. Por eso te hemos enviado a Europa los dos últimos veranos, para que vieras mundo y supieras todo lo que hay más allá de Alabama. No quiere que te ates a este lugar por amor y que eso le ponga límites a tus sueños, a tus posibilidades.

—¿Dices que mamá se siente atada a este pueblo por ti?

—Así es, hijo.

—¡Pero si es la mujer más feliz del mundo aquí! Es la reina de Abbeville.

—Te equivocas. No es la más feliz pero sí la más fuerte, y tengo la suerte de que esté enamorada de mí.

Landon calló y volvió a ver lo profunda que era la parte inferior de aquel iceberg. Su padre también se levantó para ir junto a su mujer al dormitorio, y le dio un apretón en el hombro a Landon.

—Y sobre lo de Malia... Solo puedo darte un consejo como padre: no escuches a nadie, ni siquiera a mí. Eres suficientemente listo como para saber escuchar solo a tu corazón.

34

«Don't say you love me, unless you do[13]».

«Don't say you love me», Fifth Harmony

Malia se sumió en el silencio. No había palabras que transmitieran lo que sentía dentro. Había pasado de brotar felicidad como si viviese en una primavera permanente cuando estaba al lado de Landon, a adentrarse en un vacío asfixiante en el que ya no había un lugar correcto al que poder regresar o ir, en el que no estaba él para darle oxígeno.

No había esperado ver a April colgada de su brazo tan pronto, ni había podido imaginar que sentirse humo delante de él pudiera doler tanto. El chico que la había abrazado, besado y acunado, que le había susurrado las palabras más bonitas al oído, el que le había hecho descubrir sensaciones inimaginables... hacía todo lo posible por no cruzarse con ella. Aquel dolor se había instalado tan en el centro de su pecho que, por mucho que se alejara bosque adentro, no encontraba alivio.

Durante el Yatta Abba de aquel año, aguantó estoicamente en su puesto de flores a pie de calle, vendiendo ramos mientras la alegría general de todo el mundo golpeaba en el centro de su tristeza.

A finales de curso, tuvo que asistir a la ceremonia en la que le impusieron al chico la medalla como *Valedictorian*[14], porque el coro cantó el himno del colegio en el acto, y también le escuchó dar el discurso de

---

13. No digas que me amas, a menos que lo hagas.

14. Alumno con el expediente académico más alto del centro escolar.

graduación por el mismo motivo. Ella cantaba y, mientras lo hacía, le miraba a él, pero los ojos del chico enfocaban siempre al suelo o al cielo.

Malia no entendió que, justo antes del baile, April se dejara toquetear por Quinn y que, tras el último día de clase, Landon hubiese desaparecido de Abbeville como si se lo hubiese tragado la tierra...

—Se ha ido para hacer unas prácticas en el mismo hospital del año pasado. Me lo ha contado Nona, a la que se lo ha contado Brett, que escuchó como Dave, ese idiota insoportable, se lo decía a Luke —la informó Kendall—. Tal para cual, ninguno de esos dos nos merecía. Estamos mucho mejor sin ellos, aunque tú tienes la suerte de que se haya ido lejos y no tendrás que cruzarte con él por la calle cada dos por tres. Si el mono neurona de Dave vuelve a acercase a mí, te juro que gritaré. Aún sigo sin entender que llevara a Susan Allister al baile, ¡si viste como mi abuela!

Kendall explotó la pompa del chicle que mascaba a la misma vez que hablaba y se enrollaba en el índice uno de sus rizos pelirrojos. Era la última tarde que iban a pasar juntas cantando en su porche antes de que Callum la recogiera para llevarla a la reserva a pasar el verano.

No ver a Landon no era tener suerte, pues, aunque él ya no estuviera en Abbeville, creía verle todos los días en alguna esquina; porque cada sitio era un recuerdo de él, porque seguía allí a pesar de que no lo viera de verdad. Y eso era cruel.

En cuanto pisó la reserva, Malia sintió como si se cerrara una puerta detrás de ella. Abbeville quedó atrás y decidió no mirar en aquella dirección. Pasaba las mañanas con Mamá Tawana, aprendiendo sus rituales en los que usaba campanas tubulares, cuencos de cuarzo y alquímicos. Por las tardes, nadaba con sus primos en el rio, y las largas noches tranquilas de verano eran para charlar sobre sus antepasados junto a su padre. Sin embargo, las madrugadas le pertenecían a Landon, a sus recuerdos. La memoria llena de caricias que había en su piel se encendía; recordaba sus bromas acompañadas de aquella sonrisa que soplaba su flequillo para desplazárselo hacia atrás. Cada amanecer debía volver a sanar sus heridas, de las que se sentía terriblemente culpable. Si no se hubiera asustado, si hubiera sido un poco más valiente, más atrevida, si le hubiera querido más y mejor...

Kendall había intentado que ella lo odiara por dejarla, por salir con April, por hacerlo tan pronto, por hacerlo tan público, por no ser amigos. Pero no podía llenar de odio un lugar que aún estaba lleno de amor.

Una tarde de julio, Malia decidió no salir más al rio, era demasiado agotador fingir la risa, disfrutar del agua que no confortaba su espíritu o llenar de palabras vacías conversaciones en las que no sentía necesaria su participación. Cuando llevaba tres días quedándose en la casa, suspirando sin descanso, su abuela la sorprendió con la intención de sacarla de aquel trance apagado en el que se había sumido.

—Sé que quieres ayudar a los demás, pero antes debes comenzar por sanarte a ti misma. No eres la misma, mi niña, no tienes luz. Es importante aprender a sanarse uno mismo, ser tu propio sanador. Tu sensibilidad es tu fuerza, conecta con la naturaleza, porque eres naturaleza.

Mamá Tawana le sacó su vestido por los brazos y le dejó caer uno de los sayones blancos que usaba en los ritos.

La condujo hasta la tinaja de latón antigua que tenía en el patio trasero y, bajo la luz apagada del anochecer, le indicó que la ayudara con el incienso.

—Malia, nuestros finales son tan importantes como nuestros comienzos. Este baño te limpiará y podrás volver a celebrar la belleza que hay en todo. Además de mover tu sistema linfático, desintoxicarás tu cuerpo y tu espíritu mental con turmalina, cristales de amatista, aceite esencial de jazmín, sal de azufre, espirulina… Toma, deshoja esta peonía y echa los pétalos junto con los de la rosa y la artemisa fresca.

Mamá Tawana encendió una vela blanca e hizo que la chica se metiera en la bañera. Después colocó un pétalo en su entrecejo y comenzó un cántico que Malia nunca había oído antes, pero que era tan pegadizo que pronto comenzó a cantarlo ella también.

Regresar a Abbeville para comenzar el curso no fue algo que pudiese negociar, pero se enfrentó a aquel año de *senior* con el espíritu fuerte y la intención de cumplir con todas sus responsabilidades. Kendall tenía muchos cotilleos que contarle el primer día; dos meses fuera del pueblo habían dado para mucho, aunque ninguno de ellos era sobre Landon. Él no había regresado, y Malia pensó que probablemente ya se encontraría en Duke comenzando con sus clases en la universidad. Aunque los de su mesa también eran los veteranos del instituto, seguían siendo «los diferentes», por lo que nadie hacía grandes intentos por sumarse a ellos, y no hizo nuevas amistades. Todo seguía casi igual, casi. Ruth tenía intención de ser astronauta, lo que la hacía objeto de burlas, como si fuera un deseo infantil, pero la chica lo tenía todo muy claro. Iba a solicitar plaza en Auburn para estudiar ingeniería física, y Malia sabía que algún día la vería por la televisión subiendo a un cohete, rumbo a alguna misión peligrosa. Tobias se había convertido en jugador de videojuegos profesional. Brett, por su parte, se había graduado, pero lo habían contratado como ayudante del director de la banda, así que seguían viéndolo por allí. Nona y su baraja habían repetido curso, y con ella todo seguía como siempre, aunque ahora Malia era reacia a escoger una carta cuando se lo pedía, ya que siempre salía la misma, Los Enamorados, y, por mucho que dijera aquel tarot, Landon estaba lejos de allí.

Cuando salía del instituto, ayudaba en la floristería y hacía los deberes, y comenzó a preparar baños para rituales, incluso a crear algunos propios, que siempre probaba primero su madre o ella misma.

Los días pasaron lentos, tan lentos que las semanas parecieron meses y, cuando volvió el verano, sintió que llevaba en Abbeville toda una vida entera sin él.

PARTE 3

CAMELIAS: flor del amor eterno.

35

«El sur viene conmigo donde quiera que vaya: mis modales,
mi paladar, mi acento y mi apreciación de la humedad».

Allison Glock

—¿Por qué no te quedas nunca a dormir? —le preguntó la chica que estudiaba enfermería.

—Te llamaré en unos días.

Landon le dio un beso rápido en los labios, terminó de vestirse y salió de aquel cuarto desordenado. Deshizo el lazo rojo atado en el pomo de la puerta y lo lanzó dentro antes de cerrar. Cruzó el estrecho pasillo de aquella residencia universitaria y, en cuanto salió al campus, respiró hondo. Ya era de noche, pero aún no demasiado tarde, aunque la persistente lluvia de aquel frío febrero había desolado las calles que unían unos edificios con otros. Se puso el gorro de la sudadera de los Blue Devils y atravesó la explanada, dejándose mojar. Era liberador estar solo durante un rato en un lugar donde, desde su llegada, no había parado ni un minuto. Había hecho amigos a cada paso, ligaba incluso con más facilidad que en el instituto, porque las chicas estaban desinhibidas y deseosas de experimentar en la universidad, y había aceptado todas y cada una de las oportunidades de diversión que se le habían presentado. Para estudiar le gustaba ir a la biblioteca o unirse a grupos de estudio; cualquier cosa antes que quedarse solo y dejar que su mente le hiciera preguntas.

Aquella noche, sin embargo, era una de las malditas en las que se traicionaba a sí mismo, huía de todo y se autolesionaba al abrirle la puerta a los recuerdos. La lluvia olía demasiado bien, el sonido de las ramas agitadas por el viento parecía formar una melodía, y sentir como la humedad llegaba a su piel resultó liberador a pesar de todo. Siempre había un segundo maravilloso antes de que el recuerdo de todo lo que Malia había tatuado en él comenzara a doler. Había pasado un año y medio lejos de ella, pero el dolor no disminuía. Tan solo lo anestesiaba en otras bocas, en otros cuerpos, en largas noches de estudio, en fiestas alocadas, en sesiones de gimnasio que parecían romperle todas las fibras del corazón.

No había pasado ni dos semanas en Abbeville en verano; sabía que Malia estaría en la reserva, pero, aun sabiendo que no había posibilidad de que se cruzaran, cada esquina le recordaba a ella. Por eso había decidido hacer caso a las recomendaciones de su madre y había aceptado hacer un voluntariado como estudiante sanitario en África. Tras aquello, regresar a Duke aquel segundo curso había sido menos doloroso.

Cuando, casi a media noche, llegó a su habitación, su compañero aún no había regresado, y Landon pensó que aún seguiría estudiando en la biblioteca. Metió en un cesto grande toda su ropa sucia, añadió las sábanas de la cama y se echó al hombro el macuto con la ropa de deporte usada. Salió y se dirigió a la lavandería; apostaba a que a aquellas horas no habría mucha cola.

Mientras el aparato daba vueltas con su hipnótico ritmo, se sacó el teléfono móvil del bolsillo y comprobó la hora. Le hubiese gustado hablar con Ben, pero su amigo no tenía dinero para pagar el mantenimiento de una línea telefónica y solo podía hablar con él cuando se encontraba trabajando en la gasolinera; lo llamaba al menos una vez por semana y hablaban del partido de los Crimson, de cómo iban los Generals y de Toby, aunque siempre, antes de colgar, Landon bajaba las defensas, se rendía ante la necesidad de seguir respirando y le preguntaba por Malia.

Sabía por Ben que ella se había graduado, a pesar de sus dificultades con las matemáticas, porque le había pedido ayuda; que cantaba en el coro de la iglesia del padre Oliver los domingos o que salía a veces con Kendall, que había empezado a estudiar peluquería a distancia. Supo también que, desde que se había sacado el carné de conducir, iba ella misma a repostar cada sábado, antes de irse con la furgoneta a los mercadillos de los pueblos vecinos, y que el resto de los días trabajaba junto a su madre en la floristería. La última noticia que tenía era que se había ido unos días a la reserva porque su abuela había sufrido una caída y se había roto un brazo.

No podía evitar preguntarse si habría algún chico nuevo en su vida; esa clase de cosas no las contaba Ben. Quizá Lukas o Kevin, los *senior* del equipo, tras su graduación hubiesen intentado ligarse a la ex del antiguo *quarterback*. Quizá ese Callum había aprovechado para acercarse más; seguro que era el chico que sus padres querían para ella. Incluso pensó que en aquellos mercadillos podía haber conocido a algún vendedor de quesos artesanos del que se hubiera podido enamorar. Aquellos pensamientos envenenaban su alma, pero Landon no era capaz de apartarlos de su mente, no todos los días.

Había pasado tiempo y, si se lo hubiesen dicho la noche mágica que habían pasado juntos en el invernadero, se habría reído en la cara de cualquiera, porque la idea de no volver a verla era impensable. No haberla visto desde hacía más meses de lo que podía contar de golpe sin que le faltara el aire no era lo peor; lo que no podía superar era la idea de que el resto de su vida fuera a continuar así, que aquello fuera algo sin solución. Cuantas más chicas conocía, más la extrañaba.

Landon alzó la vista y miró hacia la televisión que estaba colgada de la pared en la lavandería. Se sucedían imágenes a las que no prestaba atención hasta que alguien a su lado habló:

—Si viviera ahí, llenaría el coche hasta arriba de gasolina y saldría pitando...

—¿Eh?

El chico señaló con la barbilla el monitor y Landon, con desgana, prestó atención a las noticias.

—«Las autoridades han emitido varias alertas por tornados en Alabama. La previsión es que este toque tierra en las próximas horas en el condado de Baldwin, y que estos dos otros pongan rumbo a Atmore, donde entrarían por el nordeste, cruzando la Reserva Poarch Creek. Se esperan vientos de más de setenta kilómetros por hora en la región».

—Cuando hay alerta de tornado, hacer eso no es lo más prudente. Hay que ir a un refugio de...

Según iba hablando, Landon se levantó de golpe y el corazón se le disparó. Ellos tenían un sótano preparado para aquellas situaciones; aquella vieja plantación se había enfrentado a más de un tornado a lo largo de la historia, pero, al pensar en Malia, lo único que le vino a la mente era la destartalada casa de Mamá Tawana. No sabía si ellas aún seguirían en la reserva, pero el miedo se apoderó de él.

Landon paró la secadora y sacó su ropa a puñados. Salió corriendo de allí y se fue pitando hasta su residencia.

—¡Tío! Apaga la luz, estoy durmiendo —protestó su compañero de habitación cuando entró.

—Lo siento, Donny. Tengo que hacer el equipaje, hay alerta de tornados en la casa de mi chica.

—¿En Alabama? ¿De qué chica?

—Mi ex, mi... Déjalo, tengo prisa.

—Pero, si hay alerta de tornados, ¿cómo vas a llegar? El aeropuerto estará cerrado.

—No lo sé, pero tengo que tomar el primer avión que salga para allá —dijo tajante, cerrando la cremallera de su macuto de un tirón. Se lo colgó al hombro y salió sin decir adiós.

En cuanto llegó al Aeropuerto Internacional de Durham, comprobó que los de Dothan, Mobile e incluso el de Pensacola estaban cerrados, pero el de Atlanta seguía abierto y había un vuelo directo. Era lo más rápido. Iría hasta allí y alquilaría un coche para llegar hasta la reserva. Landon sacó un billete para el primer vuelo y, cuando llevaba un buen rato esperando en la puerta de embarque, los letreros electrónicos anunciaron un retraso de dos horas. Miró la hora que era y calculó cuánto faltaba para que Ben llegara al trabajo. Todavía quedaba mucho, pero era el único al que podía llamar. Si se le ocurría avisar a sus padres de que tenía intención de tomar un vuelo para cruzar un estado en medio de varias alertas de tornado, con toda seguridad cancelarían sus tarjetas de crédito para impedírselo, como poco. Y tampoco tenía valor para llamar al número de la floristería y preguntar por Malia, porque ¿qué derecho tenía él a llamar y preguntar por la chica a la que había dejado? De todos modos, no estaba dispuesto a quedarse allí, con los brazos cruzados, mientras ella podía encontrarse en peligro. Si cuando llegase, todo estaba bien, se marcharía y regresaría; pero si le había pasado algo... Sacudió la cabeza para sacar de ella esa idea. Puso la alarma en su teléfono y se recostó en tres sillas a la espera de que su vuelo saliera sin más retrasos.

A primera hora de la mañana, llegó a Atlanta, después de un aterrizaje horrible a causa de la tormenta. Cuando tocó el suelo intentó relajar los músculos del cuerpo, pero tenía el cuello agarrotado. Alquiló un coche y consultó el estado de las carreteras para ver por dónde podría circular para llegar hasta la reserva. Antes de ponerse en marcha, llamó finalmente a la floristería, pero nadie contestó. Eso le hizo pensar que la madre de Malia tampoco estaba en Abbeville, y eran las ocho de la mañana; demasiado temprano para que la ayudante de Lomasi hubiese llegado para contestar al teléfono. Lo intentó con el número de su teléfono móvil, pero obtuvo la señal de fuera de servicio. Entonces llamó a Ben y el chico le dijo que por allí todo estaba bien a pesar de las tormentas y el fuerte viento. No sabía nada de Malia y le confirmó que su madre había ido hacia Atmore a pesar de las alertas por tornados, pero poco más podía decirle. Al menos, ya sabía dónde encontrar a las dos, aunque no eran buenas noticias, pues estaban en el peor sitio en el que podrían estar.

Los primeros ciento cincuenta kilómetros, hasta la altura de Montgomery, las hizo sin otra complicación que una fuerte lluvia. Sin embargo, a medida que se acercaba a su destino, tuvo que ralentizar considerablemente la marcha y hasta lo pararon un par de coches de policía para advertirle de los peligros a los que se enfrentaba si continuaba en aquella dirección. Iba literalmente siguiéndole los pies al tornado, circulando sobre el desastre que había causado a su paso. Árboles arrancados que los servicios de mantenimiento habían apartado de la carretera, casas con el techo desprendido y ventanas rotas. Suciedad, lodo y basura esparcida por doquier; ese era el resultado de la furia de la naturaleza.

Landon tardó cuatro horas en hacer los siguientes cien kilometros, y tuvo que parar en algunas ocasiones porque la lluvia era tan violenta que era incapaz de ver la carretera. La preocupación le llevó varias veces al enfado. ¿Por qué Malia no podía tener un teléfono móvil como cualquier persona normal? Aquel era el tipo de situación que validaba su utilidad, porque incluso podría haberle ahorrado aquel viaje suicida si con un solo mensaje de texto hubiera podido preguntarle si estaban a salvo. Si habían huido de la reserva a tiempo, si habían llegado a algún tipo de refugio, si Mamá Tawana había tenido problemas por su brazo roto, si Lomasi no habría cometido la estupidez de coger la furgoneta para ir a Atmore en mitad de la alerta.

En cuanto Landon atravesó la entrada de la reserva, comenzaron a asaltarle otro tipo de preguntas, como si cuándo le viera Malia, la chica lo recibiría de buen grado o más bien lo mandaría al cuerno. ¿Qué pintaba él allí en realidad? No era nadie para ella ya; no tenía siquiera derecho a sentir preocupación por ella... pero, a pesar de todo, agarrándose al recuerdo más noble de aquella nativa, avanzó por el camino que llevaba a la casa de su abuela. El escenario era dantesco: con casas destrozadas y árboles arrancados de cuajo por todos lados. En una de aquellas viviendas maltrechas, un árbol había hundido el techo por la mitad, y sobre él había caído un enorme letrero de los que anunciaban las ofertas del concesionario de un tal Jimmy con un sombrero de vaquero. Un hombre se había subido para intentar quitar aquel cartel, mientras que la que probablemente era su esposa lo miraba impotente desde el suelo con un bebé en los brazos, ambos mojándose bajo la lluvia. Landon decidió parar para ayudar; no podía pasar de largo sin más y, además, aunque necesitaba saber si Malia se encontraba a salvo, también temía su reacción cuando lo viera, por lo que aquella parada le ofrecía una tregua.

—Voy a subir a ayudarlo, ¿por qué no se meten en mi coche para no mojarse mientras tanto? —le ofreció él a la mujer llorosa.

El hombre, agradecido, le indicó qué hacer; y Landon se subió al techo inestable por una escalera aún más inestable.

«Será gracioso ver la cara de mi madre si me parto la crisma aquí arriba», pensó. Era difícil mantener el equilibrio; el cartel pesaba más de lo que imaginaba y estaba algo encallado entre el árbol y los restos de techo. Las gotas de lluvia se le metían en los ojos y no podía secarse porque no podía soltar el metal. Tras varios forcejeos, consiguieron soltarlo y, con cuidado, lo dejaron resbalar hasta el suelo enfangado con un estruendo que festejaron desde allí arriba.

Escucharon los aplausos de varios que pasaban por allí cargados con escombros. Entonces la vio, con los hombros rendidos, el pelo empapado pegado a la cara y la expresión confundida. Los demás la adelantaron mientras ella, rígida como una estatua, le miraba sin soltar la carretilla de la que tiraba. El corazón de Landon se disparó con unos bombeos que dolían. No pudo sonreír, porque aquella estampa no le permitía hacerlo, y tampoco sabía si merecía sonreírle. Bajó de aquel techo hundido y avanzó hacia ella. La chica cerró un poco los ojos como si no creyera lo que estaba viendo y, como seguía inmóvil, Landon se preguntó si querría que él se acercara más o no. Se paró a un par de metros y la llamó con cautela. Entonces ella soltó la carretilla y su labio inferior comenzó a temblar. Él creyó que se le rasgaba el pecho al verla así, le ofreció las palmas de sus manos y aquello hizo que ella reaccionara. Malia se acercó hasta él y, sin mediar palabra, hundió la cara en su pecho y dejó que él la abrazara.

—¿Estás bien? ¿Están bien tu abuela, tu madre y tu padre? —le preguntó con ella entre sus brazos, volviéndose a sentir completo, resistiendo las ganas de besarla con aquel abrazo que unía sus cuerpos por primera vez después de tanto tiempo.

Malia no respondió porque se deshacía entre sollozos. Permanecieron abrazados durante unos minutos, mojándose bajo la lluvia, con los pies enterrados en lodo, envueltos por un silencio interrumpido por ráfagas de viento y ecos de derrumbamientos.

—Lo siento. No he debido lanzarme hacia ti —se disculpó Malia en cuanto logró recuperar algo de entereza—. Han sido demasiadas emociones y yo...

—Ey, tranquila. Te he abrazado yo también. He venido solo para ver si estabas bien, y te aseguro que un abrazo ha sido mucho más de lo que esperaba recibir.

—¿Cómo has venido hasta aquí? Tú estabas en...

—Escuché lo de los tornados en el canal de noticias mientras hacía la colada en la lavandería de la universidad anoche y... ¿Cómo no iba a venir? Estaba preocupado —se confesó en voz baja.

—Tú... ¿Has venido desde...? —Se le ahogó la voz—. Me alegro de verte... Me alegro mucho.

Landon no pudo evitar sonreír con ternura. Le apartó el pelo mojado de la cara, y le pareció un milagro de Dios que, en medio de tanta catástrofe, ella siguiera pareciendo una flor silvestre de primavera.

—¿Pero estáis todos bien? ¿Cómo está tu casa y la de tu abuela?

—Sí, estamos todos bien. Las casas más afectadas son las que estaban hechas de madera, como la de Mamá Tawana. Pero no sé cómo está, aún no he tenido fuerzas para ir a verla. La de mi padre ha resistido bien el embiste del tornado. Tan solo han reventado un par de ventanas. Nosotros logramos llegar al refugio a tiempo, pero hay muchos heridos. Mamá Tawana, aunque se rompió un brazo hace unos días, está desde ayer curando y cuidando de todos en el centro cívico con mi madre. Mi padre está coordinando todo con el consejo tribal y me ha mandado a casa a descansar con esta carretilla para recoger los escombros que pueda encontrar allí.

—Déjame que lleve la carretilla yo. Ya que he venido hasta aquí, no me voy a quedar de brazos cruzados. Empezaré ahorrándote el paseo hasta tu casa, sube al coche y luego veré qué se puede hacer con esas ventanas rotas.

La familia a la que había ayudado Landon le dio las gracias de nuevo; y se unieron al grupo de personas que se dirigían al centro cívico. Malia accedió a subir al coche. Metieron la carretilla en el maletero, que no pudieron cerrar, y circularon con precaución y en silencio por aquellas tierras castigadas.

—¡Para! —exclamó de pronto Malia.

Landon tardó unos segundos en reconocer el lugar. Donde hacía años había visto una humilde casa de madera color amarillo, con un bonito jardín donde ondeaban sábanas blancas mecidas por un aire inundado con la fragancia del cultivo de flores, solo había barro y escombros. Los ojos de la chica se habían convertido en dos pequeños espejos que reflejaban la desolación, un lugar sin color, sin vida. Malia agarró con la mano el tirador de la puerta y la abrió, dispuesta a bajarse, pero se quedó allí sentada y volvió a arrancar en un llanto desolador que llenó de impotencia a Landon. Él la miró y entendió que cada una de sus lágrimas era un recuerdo perdido, y se preguntó qué habría hecho él si le hubiera pasado algo semejante.

—Lo siento mucho, Malia. —Le puso una mano en la espalda para consolarla; sin embargo, aquel contacto también era algo difícil de manejar para él—. Ahora mismo no puedes hacer nada, pero todo volverá a tener vida, ya lo verás.

La chica terminó por controlarse, se sosegó y lo guio hasta una humilde construcción sólida que reflejaba en su pintura blanca los envites del tornado con los que había sido castigada. A su alrededor, además, había esparcido todo lo que ese monstruo había arrastrado. Era una casa de una planta, con un pequeño porche y con un tejado en el que destacaba una afortunada chimenea aún en pie. Landon localizó en seguida las dos ventanas rotas, porque las cortinas de ganchillo estaban enrolladas hacia fuera de la casa.

—Debimos haber tapiado estas en lugar de perder tiempo haciéndolo con las ventanas de casa de Mamá Tawana. Todo sucedió tan rápido...

—Métete dentro, date una ducha y descansa. Yo recogeré la basura de aquí fuera. ¿Te parece bien?

—Te lo agradezco mucho; siento todo el cuerpo entumecido —contestó ella con una mirada que reflejaba lo sorprendida que estaba aún de verle allí.

Era complicado recoger los papeles, latas y trozos de objetos esparcidos alrededor bajo aquella lluvia y con el viento moviéndolo todo de un lado para otro, pero Landon lo hizo lo más rápido que pudo; deseaba meterse en la casa para estar junto a ella, aunque fuera para verla dormir. Guardó unos tablones que pensó que servirían para proteger las ventanas y dejó la carretilla llena de escombros en la parte trasera.

—Malia, ya he terminado —avisó al entrar en la casa, asomando la cabeza. Le temblaba el cuerpo porque estaba completamente empapado y la voz apenas le salía del cuello.

No tenían luz, por lo que, en cuanto Landon cerró la puerta, la única iluminación de la habitación era la tenue luz del anochecer que entraba por las ventanas rotas, la que proporcionaba el fuego de la chimenea y unas cuantas palmatorias que Malia había repartido.

—¿Puedo asearme? Me gustaría ponerme ropa seca.

Soltó su macuto en la entrada y miró al frente al escuchar los pasos de Malia aproximarse. La chica apareció con uno de aquellos vestidos floreados suyos bajo un ancho jersey marrón y otra vela entre las manos. Aún tenía el pelo mojado, pero el aroma floral de su champú llegó hasta él, consiguió que le temblaran las rodillas.

—Claro que puedes, aunque creo que acabo de fastidiar la cortinilla —dijo mostrándole dos amplios cuadrados de tela impermeable—. He pensado que esto puede servir para evitar que siga entrando agua por esas ventanas.

—Oh, sí. Buena idea —contestó algo tartamudo y nervioso—. Yo he agarrado estos tablones; evitarán que el viento pueda lanzar algo que se meta por ahí. Terminemos con esto y me ducho después.

—Voy a por el martillo y unas púas —dijo apresurada la chica.

Entre los dos sellaron las ventanas, y Malia se ofreció a prepararle un baño y le calentó unos cuantos cubos de agua en la chimenea, para así calmarle el frío agudo que se había instalado en su cuerpo y que le hacía castañear los dientes. Mientras Malia sellaba la ventana del baño, Landon vio como llenaba la bañera y dentro metía algunas piedras, sales y pétalos de colores.

—Te sentirás mucho mejor en un rato —dijo ella mientras encendía unas velas.

—¿Tienes alguna bolsa de plástico para meter toda la ropa mojada?

—Sí, te la traigo en seguida.

Landon se desvistió con rapidez, le importaban poco las piedras y las flores, pero su cuerpo pedía a gritos meterse dentro de aquella agua caliente. La bañera era algo pequeña para él, pero, en cuanto se metió y dejó reposar su cabeza en el borde, inspiró y aquel aroma invadió sus pulmones con una sensación de paz y descanso.

—¡Por todos los cielos, Landon! —exclamó ella al entrar.

—¿Qué pasa? —preguntó él asustado, abriendo los ojos.

—¡Estás desnudo!

—Suelo bañarme desnudo.

Malia se había dado la vuelta y alargaba el brazo con una bolsa de plástico y unas toallas.

—Podías haber esperado a que te hubiera dado esto.

—Me iba a desmayar del frío y ya me has visto desnudo antes. No es que hayas descubierto nada nuevo. A no ser que se te haya olvidado... aunque a mí no se me ha olvidado tu cuerpo, te lo aseguro —Landon sacó un brazo por el lateral de la bañera y adoptó una pose cómoda para seguir hablando con tono de suficiencia—. Recuerdo perfectamente cuando me dijiste que para ti el cuerpo humano era solo un envoltorio de lo que verdaderamente importa, que mis músculos no tenían ningún misterio para ti y...

—¡Landon! Eres... esto es... inapropiado. ¡Cállate! Estaré fuera —Malia hizo esfuerzos por reprimir la risa. Recordaba sus palabras, pero en aquel instante no tenían el mismo valor.

—Avísame si viene tu padre. No me gustaría que él me viera así. Eso sí que sería inapropiado.

Escuchó que la chica tosía para recuperar la compostura.

—No vendrá. Pasará la noche en el centro ayudando. He quedado por la mañana allí con todos.

Al oír aquello, a Landon se le cortó la respiración. Tenían aquella casa para ellos dos solos. Malia le había recibido mucho mejor de lo que esperaba, y había comprobado que ni el deseo ni el amor que sentía por ella se habían apagado ni un ápice a pesar de haber estado separados tanto tiempo. Al verla bajo la lluvia, la había deseado. Al sentirla a su lado en el coche, la había deseado. Al verla recién bañada, le había vuelto loco. Al observar como encendía las velas y se le elevaba el vestido al alzar el brazo, había hecho esfuerzos por no lanzarse hacia ella. Pensar en salir de aquel baño para hacer otra cosa que no fuera ir a hacerle el amor era de locos.

Al cabo de un rato, hundió la cabeza hasta chocar con las piedras y se armó de fuerza para abandonar aquel calor confortable. Se enrolló a la cintura la toalla que le había dejado, se miró en el espejo para peinarse con los dedos e inspiró antes de girar el pomo. Salió con pasos firmes pero lentos y, cuando llegó a la sala, vio que Malia se había quedado dormida en el sillón, con lágrimas pegadas en la cara, junto a la chimenea donde bailaban las llamas de un fuego que había encendido. Las llamas se reflejaban en su rostro, que se veía aún más bonito con aquellos tonos rojizos. Landon dejó caer los hombros y soltó el aire de sus pulmones. Estaba claro que sus pensamientos no eran los mismos que los que circulaban por la mente de la chica. El joven sacó la ropa seca de su macuto y se vistió sin hacer ruido. Malia también había dejado unos sándwiches preparados en la mesa y, como a su estómago no le había llegado nada desde la noche anterior, devoró uno sentado en aquella mesa para dos. Miró alrededor y se imaginó a la chica viviendo allí.

—¿Me he quedado dormida? Oh, lo siento —dijo al rato Malia.

Landon se había sentado en la alfombra junto a ella, con su cabeza reposando en el cojín del sofá donde estaban los pies de Malia. Había comenzado a adormilarse, hipnotizado por el sonido de la lluvia, el crujir de la madera ardiendo y la respiración acompasada de la chica.

—Sigue durmiendo. Está bien.

—No, estás en el suelo.

—Técnicamente, sobre la alfombra.

—No, vamos. No puedes descansar ahí. Puedes dormir en mi cama. Ven, te acompaño.

Malia se levantó y guio a un reticente Landon por el estrecho y corto pasillo en el que se enfrentaban las puertas de las dos habitaciones de la casa. La iluminación del fuego de la chimenea apenas llegaba hasta allí y, cuando abrieron la puerta, no vieron nada en su interior.

Malia agarró su mano para guiarle y, en aquel instante, un terrible relámpago, acompañado del estruendo de un trueno, los sobresaltó. La chica dio un paso atrás, chocó con el pecho de Landon y él la agarró para calmarse juntos.

—Está bien, aquí estamos a salvo. Tu casa es un lugar seguro y no hay más avisos de tornados —le susurró al oído al ver que respiraba agitada.

—Sí, lo sé —dijo ella sin moverse.

—¿Quieres que me quede contigo?

Malia no contestó, tampoco se movió. Continuó dentro del abrazo de Landon hasta que finalmente apoyó la cabeza sobre su brazo. El chico entendió que ella no quería separarse y su cuerpo reaccionó con rapidez a su deseo, y la apretó más contra él.

Otro rayo rasgó el cielo e iluminó la casa durante un segundo en el que ella se giró y pudo mirarle a los ojos. Su mirada mostraba deseo, porque iba directa a sus labios, y él no tuvo más que agachar la cabeza con lentitud para cerciorarse de que ella dejaría que la besase. Y se dejó. Solo se movió para facilitarle su boca abierta y para amoldar su cuerpo al hueco del suyo. Landon se agachó y la cogió en brazos. Como en aquel pasillo no podía ver nada, regresó cargando con ella hasta la chimenea y, tumbándola sobre la alfombra, la cubrió con su cuerpo.

Lo que había comenzado con unos besos que parecían caricias se tornó con rapidez en una profunda agitación. Sus bocas se habían reencontrado y se reclamaban con agonía, como si ansiaran recuperar el tiempo perdido, como si hubieran estado muertas y de pronto volvieran a la vida. Malia tiró de la sudadera de Landon, exigiendo que se deshiciera de ella, y él le sacó por la cabeza el vestido enrollado en el jersey marrón con un solo movimiento.

—Dios... Eres preciosa, Malia —confesó él con el cuerpo en tensión, con unas ganas locas de hacerla suya.

Landon recorrió sus curvas con las manos, activando el recuerdo que en la palma de sus manos tenía de ellas, terminando por apretarla con fuerza contra su pecho. Se amaron con prisa, con caricias que dejaron marcas en su piel y con respiraciones ahogadas en las que se dijeron más que en una conversación de horas. Landon besó su cuerpo de arriba abajo, como si pudiera dibujarle la silueta con besos, y se sintió en el paraíso cuando pudo deslizar entre sus dedos el sedoso pelo que descansaba sobre la perfecta redondez de su pecho.

Permanecieron abrazados más tiempo del que duró la pasión, pero no hablaron sobre aquello. Landon no sabía qué significaba, ni siquiera si tenía algún significado, si cambiaba algo. Sentía que, en realidad, aquello solo demostraba que entre ellos no había cambiado nada.

36

«When I first saw you, I saw love. And the first time you touched me, I felt love. And after all this time you're still the one I love[15]».

«You're still the One», Shania Twain

—Bueno, ¿y cómo es Duke? —preguntó Malia después de ponerse el jersey para sentarse en el sillón.

—Un lugar en el que no estás tú —contestó él acercándole uno de los bocadillos que había dejado intacto antes de dormirse. Malia miró al techo y aceptó el plato con una sonrisa—. Duke es grande, divertido, con unos edificios que te hacen sentir dentro de la peli *El club de los poetas muertos* y con unos jardines que te encantarían. Allí no te conoce todo el mundo por los pasillos, ¿sabes?

—Estoy segura de que no tardarás mucho en hacerte notar.

Landon levantó una ceja. Estaba tan bonita que alargó la mano para sacar el teléfono de su chaqueta y le hizo una foto.

—¿*El club de los poetas muertos*? ¿Es una película? —preguntó ella.

—¿No la conoces? Dios, tienes que verla. Nos la pusieron en clase del Señor Collins. La escena en que todos recitan el poema de Walt Whitman a Lincoln es mítica: «Oh capitán, mi capitán» —dijo él subiéndose de pronto a la silla de madera.

—Landon, vístete ya —le pidió ella entre risas, mostrándole el sándwich que estaba comiéndose.

---

15. La primera vez que te vi, vi amor. Y la primera vez que me tocaste, sentí amor. Y después de todo este tiempo, aún eres el único que amo.

El chico bajó de un salto y se puso los pantalones.

—¿Qué va a pasar ahora con tu abuela? —Landon se sentó junto a ella en el sofá.

—No lo sé, supongo que se vendrá a vivir aquí con papá. Aunque no sé si eso funcionará. Mamá Tawana ha vivido siempre en esa casa de madera sin cañerías ni electricidad. Cuando era pequeña hacía los deberes con una lámpara de queroseno en esa casa y, hasta hace apenas unas horas, llenaba cubos de agua del manantial para cocinar y lavar... —La voz se le quebró, y se tapó la cara con una mano.

—Ey... Todo saldrá bien. Si hay alguien en este mundo que pueda superar esto, es ella. Las casas son solo paredes y un techo.

Malia echó el cuello un poco hacia atrás y alzó las cejas:

—Vaya... Pues sí que es buena esa universidad; ahora eres tú el que dice cosas sabias.

—Soy un alumno aplicado —añadió él elevando los hombros.

Ambos rieron, y luego se instaló el silencio entre ellos. Landon se sentó junto a ella en el sillón y la acurrucó entre sus brazos. Malia apoyó la cabeza en su pecho y él aprovechó para inspirar el aroma a violetas de aquel pelo sedoso. La chica suspiró con mucha profundidad y tembló, lo que hizo que él la abrazara con más fuerza. Entonces ella habló como si necesitara oír esas propias palabras para convencerse a sí misma:

—Lo reconstruiremos todo. La tribu es fuerte; se unirá, y unos a otros nos ayudaremos. Lo último que quiero hacer ahora es regresar a Abbeville; me necesitan aquí. Además, yo ya quería regresar, quedarme con Mamá Tawana y seguir aprendiendo de ella.

—¿Quieres dejar Abbeville para vivir en la reserva? ¿Eso es lo que quieres hacer, lo que te hace feliz? —Landon se lo preguntó con la voz estrangulada.

—Sí, supongo. Aunque la idea de quedarme para siempre en la reserva también me asfixia, casi tanto como la idea de quedarme en Abbeville para trabajar en la floristería con mi madre. No todo el mundo tiene tan claro lo que quiere hacer en la vida como tú. Yo aún no he encontrado mi camino.

—Bueno, no tienes por qué decidir tu futuro hoy —Landon le acarició el pelo y besó su cabeza.

—No. Desde luego que no. —Malia volvió a suspirar. Sabía que su futuro era aún como la bruma y, aunque no tenía por qué vislumbrarlo de inmediato, algún día tendría que decidir qué hacer con su vida.

Landon había cerrado los ojos y se había quedado en silencio. A ella también le pesaban los párpados y terminó por rendirse al cansancio un rato. El teléfono móvil del chico los despertó cuando el sol despuntaba por el horizonte tras las nubes. Ella se desperezó y miró de reojo como él se levantaba para contestar la llamada.

—Estoy en Atmore, en la reserva. Sí, estoy bien. Sí, cogí un vuelo ayer... Pues porque, si te lo hubiera dicho, me habrías cancelado la tarjeta... Pues buscaré un trabajo... No me estoy poniendo chulo, mamá. Era una emergencia... Los tornados en la reserva, mamá. Esa era mi emergencia... Tenía que saber que estaban a salvo.

Landon bajó el tono, se levantó y caminó hacia el estrecho pasillo, como si así alejara su voz de los oídos de Malia, pero era absurdo, aquella vivienda era demasiado pequeña.

—Porque me importa, mamá... Pues seré un idiota y un inconsciente, pero así me hiciste tú... No, no tengo ganas de bromas, pero estás haciendo un drama de esto y estoy cansado... No lo sé, aún no he sacado el vuelo de vuelta... ¿Entonces no me cancelas las tarjetas?... Supongo que lo heredé del abuelo, siempre fue el más divertido de la familia... Venga, mamá... Yo tampoco estoy dispuesto a dejar que me chilles más, así que voy a colgar.

Landon regresó al salón enfadado. Recogió su camiseta del suelo y se la puso antes de girarse para comprobar que Malia estaba despierta.

—¿Todo bien? —preguntó la chica.

—Como siempre. Ni siquiera me ha preguntado si estabas bien. Es... ¡Ah! —Landon bramó a la vez que daba una patada al aire.

—Es tu madre. Estaría preocupada por ti, no por mí.

—Malia, por favor, no la excuses. No tienes por qué hacerlo, no va a cambiar nada.

—Solo intento entenderla y ponerme en su lugar. Y, en realidad, lo que no estuvo bien fue el hecho de que no me dijeras, en su momento, que ella no quería que tú y yo estuviéramos juntos. Nunca fuiste claro a pesar de saber que a mis padres no les agradaba la idea. Yo te lo conté, y tú a mí no.

Landon miró al suelo y respiró profundo para calmarse.

—Es que a mí me daba igual lo que ella pensara... aunque eso no tiene importancia ahora.

—Ya. Tienes razón. Lo siento. —Malia se levantó para recoger su vestido del suelo—. Debería arreglarme para ir al centro cívico —continuó hablando apenada, evitando mirarle y con la sensación de tener un puño apretujando su pecho.

—Ey, no... No tienes que lamentar nada. —Landon avanzó hacia ella y acogió su cara pequeña y redonda entre sus manos—. Cuando venía hacia aquí, no sabía qué me iba a encontrar. No sabía si querrías siquiera hablar conmigo... Esto, lo que ha pasado... Ha sido muchísimo más de lo que esperaba y te aseguro que ha sido maravilloso. Pero nada ha cambiado, supongo que ambos seguimos siendo demasiado diferentes y queremos cosas distintas. Yo tengo que regresar a Duke y tú...

—Yo tengo que quedarme aquí —aguantaron la mirada un par de segundos hasta que Malia se rindió—. Lo mejor será que termine de vestirme para poder irnos.

Cinco minutos después, dejaron atrás la casa. Había dejado de llover, el cielo aún tenía un color grisáceo que convertía el paisaje en un escenario desolador, pero los animales ajenos a la catástrofe regresaban a su ritmo de vida normal. Los pájaros volaban en bandadas armoniosas y los perros pululaban entre el desastre, olfateando en busca de alimento.

—Podría quedarme unos días para ayudar por aquí —dijo Landon al volante.

—Cualquier ayuda vendría bien, pero debes marcharte. La universidad no esperará por ti.

El silencio que se instaló entre ellos era afilado como una navaja. Malia se preguntó cómo todo podía cambiar en cuestión de minutos; de sentir felicidad plena a verse sumida en un desamparo emocional. Lo tenía justo al lado, pero en realidad continuaba muy lejos de ella. Se preguntó si eso significaba que Landon nunca regresaría de verdad, si aquello solo había sido un oasis.

El chico paró frente al centro cívico y entonces se giró hacia ella:

—No voy a despedirme ahora. Me iré y volveré en una hora. ¿Seguirás aquí?

—Sí, supongo. ¿Por qué vas a volver?

—Antes de regresar a Duke, tengo que ir a por algo. Algo que quiero darte.

Parecía de pronto animado, como si su cabeza hubiese estado procesando ideas y aquello le hubiese llevado hasta la luz.

—Está bien. Hasta luego entonces.

La chica se bajó del coche confusa, pero las miradas de todos los que andaban por allí sobre ellos hicieron que no se entretuviera y entrara en el centro sin tan siquiera mirar como el coche alquilado de Landon se marchaba.

Tal y como había dicho el chico, en menos de una hora se presentó de nuevo allí. Ella estaba ayudando a servir leche y galletas en un comedor improvisado cuando su cabellera rubia asomó por la puerta y su sonrisa, esa que seguía cortándole la respiración, iluminó aquel día sin sol en el cielo. Algunos comenzaron a murmurar sobre quién era aquel extraño y por qué la buscaba. Lomasi lo saludó desde lejos y dibujó un «gracias» en sus labios, pero no se acercó a él porque llevaba en brazos una enorme pila de mantas dobladas. Mamá Tawana no le sonrió, tan solo elevó una ceja al descubrirle allí. Malia se apresuró en ir hacia él y continuó andando para sacarlo de allí antes de que su abuela se acercara a ellos.

—¿Quieres mantenerme oculto de todos, Cascabel? —preguntó burlón.

—Abbeville no es el único lugar donde los cotilleos son el plato principal a la hora de la cena.

—Aquí tienes. —Landon, sonriente, le ofreció un paquete. Malia, sorprendida, le miró interrogante—. Sé que dije que no podíamos ser amigos, pero mi vida es infinitamente peor si no estás tú. ¿Podríamos tener aunque fuera eso?

Malia rompió el envoltorio y descubrió un teléfono móvil que le hizo soltar una carcajada.

—Las señales de humo no llegan hasta Carolina del Norte —anotó él.

Malia sabía que el Landon bromista aparecía para mitigar al Landon inseguro, por lo que sonrió y aceptó el regalo.

—¿Amigos por teléfono? —preguntó Malia reticente.

—Algo así... ¿Te parece bien?

Malia sabía que aquello era un arma de doble filo. Era un regalo demasiado caro, aunque sabía que para él esa palabra no significaba lo mismo que para ella y que lo hacía simplemente porque era lo que él necesitaba para regresar a ella, para no perderse; y eso le provocó un latido significativo en el corazón. Por ello lo aceptó y le dedicó una sonrisa dulce.

—Me parece bien. Llámame cuando llegues para saber que has tenido un buen viaje.

—Ya ha sido un buen viaje, Malia. Si necesitas cualquier cosa en la que yo pueda ayudar, llámame también. Te he grabado mi número, por si lo has olvidado.

Landon le guiñó un ojo y posó la mirada en sus labios unos segundos antes de inspirar y despedirse.

37

«Entrénate a ti mismo para dejar ir todo aquello
que temes perder».

La Guerra de las Galaxias (película)

—¿Cómo que un *ewok?* —protestó Malia.

—Sin duda, tú serías un *ewok.* Son pequeños, amigables y pacíficos. Viven en la profundidad de la selva de Endor, que es una luna, y sus casas están sobre los árboles. No me digas que no querrías ser uno de ellos.

—Landon Frazier, ¿me has hecho ver siete películas de la saga *Star Wars* para terminar llamándome *ewok?* Creo que voy a colgarte.

—Tú me hiciste ver *La princesa prometida* y esa del muerto que le manda cartas a la mujer, que termina liándose con su mejor amigo.

—*Posdata: te quiero.*

—¡Esa! Y te sigo llamando por teléfono. —Rio él mientras se acomodaba en la estrecha cama de su residencia universitaria.

—¡Pero aún te falta *Matilda* si quieres ver las que son mis películas favoritas! Y reconoce que te gustó mucho el espadachín que buscaba a Seis Dedos.

—Oh, sí. «Me llamo Iñigo Montoya. Tú mataste a mi padre. Prepárate a morir», recuerdo esa escena.

—En realidad te la recomendé porque me recuerdas al niño enfermo que no quiere saber nada de las escenas con besos.

—Malia Tullis, eres muy vengativa.

Los dos arrancaron a reír, como hacían prácticamente todos los días. Al principio las llamadas habían sido espaciadas, una o dos por semana;

sin embargo, sin darse cuenta, al cabo de un par de meses, eran una parte más del día y, muchas veces, del final de la noche. De hecho, el compañero de habitación de Landon había comenzado a usar tapones de los oídos para poder dormirse mientras él charlaba con la chica que sabía constelaciones con nombres de flor y de cristales mágicos, y que le recomendaba películas románticas que él veía obediente deseando encontrarla en ellas, imaginándose lo que habría sentido ella al verlas.

—Aunque no lo creas, estoy influyendo en ti con mi selección de películas. Abro tu mente y la llevo a nuevos terrenos inexplorados por tus neuronas.

—Oh, Cascabel, llevas influyendo en mí desde el día en que te conocí. En cuanto te encontré en el invernadero, comencé a ver todas las películas de indios y vaqueros que se habían hecho hasta entonces. Y no solo las clásicas, donde tu gente no sale muy bien parada, por cierto. Mis favoritas fueron *Entierra mi corazón* y *Bailando con lobos*. Dios mío, hasta fui al autocine a ver con Lisa *Leyendas de pasión* la noche de clásicos, porque me dijo que salía una niña nativa que se parecía a ti.

—¿Y qué aprendiste de todas esas películas, chico Cometa?

—Que los nativos americanos y los colonos son igual de malos o de buenos dependiendo del momento. Y del director.

—Sin duda mi favorita es *Pocahontas,* la versión de Disney. «Si sigues las pisadas de un extraño, veras cosas que jamás soñaste ver...» —canturreó Malia al teléfono, y Landon sonrió como si le hubiese acunado con su voz.

—Es que tú eres muy Pocahontas. Malia Pocahontas Tullis. Cántamela entera, venga.

Y así, a más de *quinientos kilómetros* de distancia y estando de acuerdo en algo por fin aquella noche, se quedaron dormidos los dos al teléfono.

Landon estudiaba mucho, pero también se divertía siempre que surgía la oportunidad, aunque no volvió a pasar la noche en una cama que no fuera la suya. De alguna forma, volver a tener contacto con Malia hizo que el resto de las chicas dejaran de interesarle. Sin embargo, con ella podía pasarse horas al teléfono y sentir que habían transcurrido solo minutos.

Le habló de Donny, su compañero de dormitorio, un estudiante de ingeniería al que le gustaba mucho beber zumo con ginebra, las fiestas de las hermandades y jugar al ajedrez. Y también de Elsa, una chica de Idaho con la que compartía las prácticas de biología, apuntes y la pasión por los partidos de fútbol. Quiso dejarle claro a Malia que Elsa no tenía interés en él, ni en ningún chico en general; y, al hacerlo, ella no contestó, pero siguió hablando de forma alegre con él. Ella nunca hablaba de chicos, pero sabía por Ben que Callum visitaba la floristería cada dos semanas, aunque ya no llevaba flores porque el tornado había arrasado con la granja de Mamá Tawana.

—¿Qué tal van las cosas por Abbeville? ¿Algún romance nuevo? —le preguntó un día tentando a la suerte.

—¿Desde cuándo te interesan ese tipo de cosas? —Malia se rio y escuchar ese sonido le reconfortó.

—Solo pregunto por mis amigos. Me importan mis amistades... y tengo el corazón de un pueblerino del sur. Ya sabes que me encanta un buen chisme.

—Un buen chisme... Bueno, no sé si tengo algo jugoso que contarte. Kendall ha empezado a quedar de nuevo con Dave, le ha dado una última quinta oportunidad al parecer.

—Dave será un cretino si no la trata bien esta vez. Están hechos el uno para el otro.

—¡Qué sabrás tú! —Volvió a reír la chica.

—Por aquí me llaman Doctor Amor, pequeña.

—Landon, creo que voy a colgarte —le amenazó aguantando una carcajada.

—¿Acaso sabes tú más que yo? ¿Opinas que no hacen buena pareja?

Malia calló durante un par de segundos, Landon la escuchó respirar, y él aprovechó para mirar a través de la ventana de su habitación hacia el amplio campus, verde brillante, sumido en el alboroto primaveral.

—Yo también creo que están hechos el uno para el otro, porque Dave parece un chico centrado con su trabajo en el hipermercado, pero en realidad tiene la cabeza de un botarate. Va siempre como un loco con la furgoneta, como si estuviese en la Nascar. Y Kendall es todo lo contrario; parece que está como una regadera, pero en el fondo sabe muy bien lo que quiere, es perseverante. Ella hará que él madure y Dave la llevará siempre a bailar. Funcionará.

—Y tú, ¿tienes quien te lleve a bailar? —Nada más preguntarlo se arrepintió, y el silencio que prosiguió hizo que pegara la frente en el cristal y cerrara los ojos.

—No necesito que nadie me lleve a bailar —dijo finalmente.

—Dicen que «ir sola a los bares a bailar es de busconas» —entonó con la voz de su madre, intentando recuperar el tono bromista de la conversación.

—¡Landon! Yo no voy a bailar sola a los bares. Sabes muy bien dónde me gusta bailar.

Claro que lo sabía. Ella bailaba en su azotea jugando con las sombras, en el bosque como si fuera una hoja caída de un árbol, en el agua como los delfines... Su pelo bailaba siempre al viento.

—Es divertido bailar en los bares, Malia. Deberías hacerlo de vez en cuando, aunque sea con Kendall.

—Puede que lo haga durante la fiesta del Yatta Abba con ella.

Durante el mes de abril, la conversación giró en torno a los exámenes finales de Landon. Él se desahogaba, comenzaba ansioso, agobiado con el ritmo demoledor de estudio, y ella conseguía darle ánimos y fuerza para continuar. La promesa de hacer algo especial cuando volvieran a verse en mayo era el mejor aliciente para dejarse la piel estudiando.

—Podríamos ir otra vez a la playa —le sugirió él, y al instante siguiente recordó aquel primer beso de verdad mientras las olas mojaban a ambos.

—O a ver las cascadas de Noccalula, aunque están un poco lejos —replicó ella con rapidez.

—Haremos divertido el viaje entonces.

—O al parque acuático de Point Mallard.

—Parece que tienes cierto interés en verme con el bañador puesto, Cascabel. Creo que sería interesante ir a Dothan para ver el Monumento al Cacahuete. —Rio Landon—. O al planetario de Landmark Park, para ver si así descubres cómo se llaman en realidad todas tus constelaciones florales.

—Y al lago Tholocco; tengo tantas ganas de que sea verano para pasarme las tardes dentro del agua...

—No me había dado cuenta —ironizó el chico ya relajado, dispuesto a sentarse de nuevo en su escritorio—. Pues iremos a Tholocco y a muchos lagos más. Te llevaré a mi casa del lago Martin, te encantará. Puede que incluso quieras quedarte allí a vivir. —Rio Landon.

—Son muchos planes —dijo Malia disminuyendo el tono alegre.

—El verano es largo.

—Pero ahora tengo un horario laboral de verdad en la floristería, y tendré que ir a la reserva, todavía hay muchas cosas que hacer allí. Mamá Tawana aún tiene la casa a medio levantar.

—No soy un gran carpintero, pero también podré ir a echar una mano.

—Landon, tú tienes que divertirte y descansar después de los exámenes. Querrás ver a tus amigos, hacer algún viaje... —recalcó ella con aquella voz de la razón que tanto imponía al muchacho.

—Llevarte a bailar...

—¿Qué?

—Lo primero que haré será llevarte a bailar, Cascabel.

Aquella noche se acostó con la certeza de algo: era imposible frenar los sentimientos de su corazón. Había intentado alejarse de Malia y dejarla libre, pero, si ella era de verdad como el aire, tan solo tenía que ponerse a su merced. Él sería una hoja mecida por el viento, se pondría en sus manos, cedería a sus deseos... Lo que fuera con tal de tenerla en su vida, de hacerla suya de nuevo. Conseguiría que funcionara, porque tenía claro que, sin ella, jamás tendría una vida feliz y plena.

38

«Ciertas cosas pueden capturar tu mirada, pero sigue solo
a las que pueden capturar tu corazón».

Proverbio siux

La calle Kirkland se llenó de puestos hasta alcanzar la plaza central de Abbeville. Era el primer sábado de mayo, el día en que el pueblo celebraba la llegada de la primavera y la floración de los cornejos con aquel festival. Tenderetes con exposiciones de artesanía, alimentos artesanos, arte y, por supuesto, entre todos ellos, la preciosa furgoneta celeste de Lomasi con los artículos de jardín y los cubos con flores frescas.

Era un buen día para darse a conocer, porque llegaban turistas y gente de los pueblos cercanos a aprovecharse de los precios especiales de la feria y a divertirse con la exhibición de coches antiguos, la música *blues* y *country* que inundaba las calles y la degustación de carnes tras el concurso de barbacoas. Había muchas actividades para los niños pequeños, y todos los restaurantes abrían sus puertas con sus mejores platos.

Malia trabajó mano a mano junto a su madre y pasó un día verdaderamente divertido y agotador. No les quedó ni un solo gladiolo, ni una petunia ni las azucenas frescas; aunque, sin lugar a dudas, las reinas de aquel día habían sido las ramas de cornejos, con sus flores blancas, que Malia había montado en bonitos ramos.

Cuando vio pasar por delante de la furgoneta a la señora Miller vestida como Cenicienta y al señor Leinster vestido de veterano de guerra, rumbo al Cementerio de Pioneros, supo que era hora de cerrar y marcharse para descansar en casa. Un buen grupo de personas los seguían, deseosos de conocer las historias que se escondían detrás de los curiosos nombres de algunas lápidas.

—Mi madre fue Cenicienta hasta que la señora Miller entró en el Consejo y se hizo amiga de Reese Frazier, pero nadie contará la historia de Cenicienta Phoebe Hutto Epsy como ella. —Kendall apareció de la nada de repente, se dejó caer en la carrocería de la furgoneta y miró con los ojos encendidos al vestido de raso celeste abullonado que llevaba la señora Miller.

—Pobre Cenicienta... si levantara la cabeza y viera la que lio su madre al ponerle ese nombre —añadió Nona, que la acompañaba con su baraja de cartas en la mano—. Escoge una, Malia. Tengo un presentimiento.

—Nona, es la última carta que voy a sacar. Nunca me dices qué significan —protestó Malia, aunque obedeció, y en cuanto amontonó los cubos de metal vacíos, eligió una carta.

—Y de nuevo, Los Enamorados... Mmm...

—¿Y bien? —preguntó la nativa alzando la barbilla.

—Ponte guapa esta noche —le dijo la afroamericana.

—¿Estás loca? De aquí me voy directa a la cama. Tengo los pies como botas después de estar de pie aquí todo el día.

—Malia Tullis, ni se te ocurra dejarme tirada. Necesito que salgas conmigo. Le dije a Dave que esta noche sería noche de chicas, tiene que sentir en su cuerpo lo que siento yo cada vez que me dice que va a salir con alguno de los chicos. Temor. Celos. Angustia. Quiero que sufra...

—Pero estoy agotada, Kendall.

—Bah, no quiero oírte. A las siete te recojo. ¡Para una noche de fiesta buena que hay aquí al año!

Nona le mostró de nuevo la carta que había sacado y, con una sonrisa a lo Gioconda, se alejó junto a la pelirroja.

—Mamá...

—Claro que sí, hija. Ve con ellas, te lo has ganado.

Malia resopló, esperaba que su madre le recomendara descansar y quedarse en casa. Así ella podría tumbarse en la azotea y esperar la llamada de Landon. Él estaría de vuelta en el pueblo en unos días y, cuando más cerca estaba el momento de reencontrarse, más tiempo pasaban al teléfono.

Cuando llegó a su casa, se dio una buena ducha, descolgó el vestido color salmón de tirantes, porque hacía bastante calor, y se puso una de las sandalias que ella había adornado con flores secas, hojas y plumas de ganso. Cubrió sus dedos de anillos y se rehízo la pequeña trenza de la que colgaba su cascabel. De pronto su teléfono sonó, y no tuvo que ver el nombre que aparecía en la pantalla, porque era el único que sabía de la existencia de aquel móvil.

—Hola, Doctor Amor —saludó alegre la chica.

—No lo vas a olvidar nunca, ¿verdad? —resopló Landon.

—No hasta que oiga algo mejor.

—Venga, ten un poco de clemencia. Hoy he hecho mi último examen.

—¿Qué tal te ha salido?

—No hay misterios para mí sobre la neuroanatomía.

—Me alegro mucho. ¿Puedes decir entonces que ya estás de vacaciones?

—En cuanto me tome la primera cerveza.

—¿Vas a salir esta noche? —le preguntó ella risueña, imaginándose a Landon con la expresión de ir a por todas en la cara.

—Puedes apostar lo que quieras.

—Disfruta, te lo has ganado. Y feliz Yatta Abba, supongo que lo has olvidado, pero hoy...

—Ey, ey... Ve en busca de tu madre, tiene algo para ti de mi parte —la interrumpió con tono divertido.

—Pero, ¿cómo?... ¡Mamá!

Su madre apareció como por arte de magia a su lado con un ramo de margaritas. Llevaba una tarjeta escrita por su madre, pero que había firmado con el nombre de Landon en el que solo ponía «Feliz Yatta Abba». Su madre se encogió de hombros y miró al techo de forma fugaz.

—Fue muy buena idea lo de haceros una página web para la venta y los servicios de entrega a domicilio —dijo el muchacho aún al teléfono.

—¡Gracias, Landon! Aunque ya me dirás cómo quieres que le explique esto ahora a mi madre...

—No veo que haya que explicar nada. Te deberían mandar flores todos los días.

El corazón de Malia latía como loco. Sabía bien que todo aquello había ido más lejos de lo que se habían propuesto los dos, pero hacía mucho que no se sentía tan feliz. Lo único que no hacía perfecto el día es que él aún no estuviese allí para poderle entregar su corazón frente a frente.

—Estás loco.

—No sabes cuánto.

Tuvieron que cortar la conversación cuando Kendall apareció puntual por la puerta para recogerla. Su madre no le preguntó nada, tan solo les pidió que tuvieran cuidado y les deseó que lo pasaran bien.

Cenaron unas hamburguesas en Money's Grill, charlaron sobre la estrategia que quería seguir Kendall para hacer sufrir a Dave y sobre lo guapo que salía Jeremy Irvine en su última película, y compartieron una copa de helado mientras decidían a qué canción podían sacarle dos voces para cantarla juntas.

—¿Cuándo regresa Landon? —le preguntó su amiga de camino a uno de los bailes callejeros que animaban la noche en la ciudad.

—En unos días. Quiere ir a la playa —contestó ella intentando no dar mucha información a alguien que no sabía mantener la boca cerrada.

—A la playa... ¿Vas a volver a salir con él?

—No, yo... No lo sé —respondió con sinceridad.

—Reformularé la pregunta: ¿Quieres volver a salir con él?

—Sé que le quiero.

—Guau. Eso es mucho más que querer salir con alguien. —Kendall sacó un chicle de su bolso, le quitó el envoltorio y se lo metió en la boca antes de entrar en el único *pub* del pueblo donde se podía bailar, jugar al billar y tirar dardos al mismo tiempo—. Pues al final las cartas de Nona tenían razón.

—¿En qué tenían razón?

—Con esa carta suya que siempre sacas. Solo tienes que mirar al frente para ver quién está con el idiota de mi novio bebiendo cerveza en la barra.

Malia abrió los ojos antes de hacer caso a su amiga para girarse y mirar hacia donde le había indicado la explosión de su pompa de chicle. Los latidos de su corazón despegaron como una bandada de pájaros tras un cañonazo. Ahí estaba, con una camisa remangada por encima de los codos, unos vaqueros bien teñidos y unas zapatillas deportivas de las que nadie se ponía para hacer deporte.

En cuanto sus miradas se encontraron entre la gente, se produjo la sonrisa en ambas caras. Malia arrugó la frente, negó con rapidez y encogió los hombros para preguntarle cómo demonios podía estar él allí si habían hablado por teléfono hacía menos de dos horas. El chico hizo bailar sus cejas con rapidez y le guiñó un ojo antes de despegarse de la barra para ir en su busca.

—Se terminó la noche de chicas... —dijo resignada Kendall, tras pegarse un buen tirón de la camiseta para ensanchar su escote—. Voy a intentar que al menos ese vaquero me invite a un trago.

Malia no pudo contestarle, tampoco pudo dar un paso. Estaba congelada, tan solo podía sonreír y, cuando el chico comenzó a bailar al ritmo de la canción que sonaba, se tapó la boca con ambas manos para aguantar la risa.

—¿Baila, señorita? —preguntó Landon antes de soplar sobre su flequillo para despejar su frente.

—Pero, ¿cómo?...

—Oh, vamos. Luego te lo explico. Ahora baila conmigo; está sonando nuestra canción.

—Pero si tú y yo no tenemos una canción —replicó ella sin poder dejar de sonreír.

—Pues ahora la tenemos, y es esta.

Landon la agarró por la cintura con un brazo, la aproximó a su cuerpo y buscó su mano para comenzar a bailar.

—¿Una de los Backstreet Boys? —dijo horrorizada.

—¡Es un clásico! —Landon acercó su boca al oído de la chica para cantarle sin pudor—. «*As long as you love me...*».

—Al menos dime que no has hecho tú que la pongan.

—«*I don't care who you are, where you're from...* ».

Malia soltó una carcajada tan dulce como lo era el roce de la mano de Landon sobre la fina tela de su vestido.

Bailaron cuatro canciones seguidas entre giros imposibles, risas contagiosas y miradas cargadas de intenciones.

—¿Salimos de aquí? —le preguntó Landon con sus labios rozando el cuello de Malia al hablar.

Aquello encendió el cuerpo de Malia, por lo que, con la respiración entrecortada, le dijo que sí. Él la agarró de la mano y se deshizo del saludo de algunos con maestría para salir a la oscuridad de la noche.

—¿Qué tienes pensado? —le preguntó ella por el simple placer de escuchar su voz, porque, en realidad, le daban igual sus planes mientras estuviera incluida en ellos.

—Es una sorpresa.

—Toda esta noche es una sorpresa.

—Bueno, no todo —contestó aproximándose más a ella, interrumpiendo el paso del aire entre ellos y fijando los ojos en sus labios—. Me tomé la libertad de pedirle permiso a tu madre para poder hacer... lo que quiero hacer.

—Landon, trabajo para mi madre y vivo con ella, pero yo tomo mis decisiones y controlo mis horarios. Voy a cumplir diecinueve años, no era necesario pedirle permiso a ella para nada.

—No quería que se asustara cuando viera que no dormías en casa.

—¿No voy a dormir en mi casa? —Malia alzó las cejas e inspiró para aguantar la respiración.

—Solo si quieres venir conmigo y descubrir lo que tengo entre manos.

Landon siempre conseguía lo que quería; eso es lo que pensó Malia. Aquella sonrisa irresistible, aquel tono seductor, su mirada penetrante que le hacía flaquear las rodillas... Nunca había sido inmune a él y no creía que alguien en el universo pudiera serlo. Por ello, tras un lapsus de tiempo con el que pretendía que el chico al menos experimentara un atisbo de duda, dio su conformidad y le siguió hasta su *jeep*.

—Pero, dime, ¿adónde vamos? —preguntó ansiosa cuando se dio cuenta de que salían de Abbeville.

—A su debido tiempo. Acomódate, vamos a tardar un rato. En la guantera tienes galletas de queso, por si te entra hambre durante el viaje.

—No tengo hambre, ¡estoy nerviosa!

—Pues canta y relájate —repuso él, encendió la radio y sintonizó una emisora de clásicos.

—Está bien, pero sube la voz. Dolly Parton se merece llevar el volumen bien alto. —Entre canción y canción, Malia reconoció el camino hacia los Gulf Shores—. ¡Vamos a la playa!

—Sí... pero no.

Al final se rindió, porque el chico se mantuvo hermético para salvaguardar el secreto, lo que hacía todo aquello más excitante. Hicieron una parada a medio camino para tomar una taza de café y un trozo de tarta de manzana, y casi cuatro horas después entraron en Foley.

—¡No lo soporto más! Dime algo, ¿qué vamos a hacer aquí?

—Dormir, hay que esperar aún un poco —dijo él, y echó el freno de mano en un aparcamiento tras un *outlet* de Nike.

—¿Dormir? Yo no puedo dormir ni esperar.

—Preciosa, esta mañana he hecho un examen, después he tomado un vuelo hasta Dothan, un autobús hasta Abbeville y luego he conducido este coche cuatro horas para llegar aquí. Necesito dormir un poco. Te prometo que la espera valdrá la pena.

Tras decir, aquello reclinó su asiento, cruzó los brazos sobre el pecho y cerró los ojos.

—¿Te despierto a alguna hora en concreto?

—No hace falta.

Malia arrugó los labios y cruzó también sus brazos sobre el pecho. No veía absolutamente nada en la oscuridad de la noche y no tenía ni la más remota idea de por qué la había llevado hasta allí. Sin embargo, al ver que Landon comenzaba a roncar un minuto después, relajó el cuerpo y le miró con ternura. Debía estar agotado, pero aun así aquella expresión apacible en su rostro le resultó muy *sexy*. Se recostó en su asiento de lado para poder mirarle y, aunque lo que más deseaba en aquel momento era cubrir su cuerpo con el suyo y besarle, se conformó con tenerle al lado y escuchar su respiración acompasada.

A las seis sonó el teléfono móvil de Landon y ambos abrieron los ojos sobresaltados.

—¿Ya?... Sí, de acuerdo. Dame diez minutos. —Landon colgó y la miró, se restregó la mano por la cara y sonrió—: ¿Estás preparada?

Le prestó una sudadera de Duke a Malia y dejaron el coche en aquel aparcamiento solitario para ir hacia una explanada con pocos árboles. El sol apenas empezaba a despuntar por el horizonte, todo eran visiones veladas con ruidos apagados que sonaban fuerte en la quietud general de aquel lugar. Entonces lo vio; un campo sembrado de cestas enormes de mimbre y largas telas de colores que cubrían grandes extensiones de terreno.

—¡Es el festival de globos de Foley! —exclamó entusiasmada la chica.

—Te dije que te llevaría a bailar —le dijo Landon buscando su mano.

—¿A bailar?

—Vas a bailar con el aire.

—Como un pájaro.

—Bueno, como un globo, en realidad. Pero, si te quieres sentir pájaro, puedes imaginar lo que quieras.

—Oh, Landon. ¡Gracias! No sé por qué haces todo esto por mí, pero gracias.

—¿No lo sabes? —Paró sus pies y la retuvo un instante—. ¿De verdad no lo sabes?

Malia comenzó a respirar agitada cuando él la agarró por la cintura y le levantó la barbilla con un par de dedos. Ella posó su mano sobre el corazón del chico y abrió los labios un poco para concederle el permiso de besarlos. Y él los besó, solo una vez, con un beso suave que arrastró sus labios por los de ella, acariciándolos, despegándose de ellos con reticencia.

—Nos esperan —le susurró, y tiró de ella para seguir caminando hacia un muchacho que los saludaba agitando el brazo—. Ese de ahí es el primo de un compañero mío en Duke, es un piloto de globos que tiene una empresa para hacer vuelos con turistas. Hoy está aquí por el festival, pero antes nos dará un paseo.

—Un paseo al amanecer —dijo ella.

—Es el mejor momento para volar. El viento suele estar más calmado y la atmósfera más estable. Soy Bobby, y este es Spectra. —El hombre se presentó y le dio un apretón de manos a Landon.

—Spectra es precioso —exclamó Malia llenándose la vista con el globo.

Estaba comenzando a inflarse de aire y lucía muchos colores, iluminados en aquel momento por los primeros rayos del sol. Con unos pocos fogonazos del quemador, la tela se elevó con ganas de volar, erguida majestuosa sobre el extenso campo verde. Con ayuda de una escalerilla, Landon y ella se metieron en la góndola y, antes de que se dieran cuenta, de forma suave, como por efecto de magia, comenzaron a elevarse sobre el suelo.

Malia sintió como Landon se colocaba detrás de ella y la abrazaba, y ella se dejó abrazar porque, aunque arriba no hacía más frío que abajo, sus brazos eran el lugar cálido en el que quería ver aquel amanecer.

El piloto liberó propano para ascender y comenzó a jugar con las corrientes de aire favorables, lo que hizo divertido el vuelo durante un rato hasta que encontró una altura estable en el cielo.

—Creí que aquí arriba me sentiría arrastrada por el viento, pero no... ¡Estamos volando! Me siento como un diente de león flotando en el aire.

—Eso es porque estamos dentro de la masa de aire, nos movemos con ella —le aclaró el piloto.

Malia llenó sus ojos con los rayos anaranjados del sol que pintaban el cielo y con los diferentes tonos de verde que sobrevolaban, respiró profundamente aquel aire límpido y se bañó con el agua condesada de una nube al atravesarla. Incluso pudo sentirse pájaro al volar cerca de una bandada.

—Esto es increíble, Landon.

—Me alegra que te guste, porque esto es lo que quiero hacer siempre.

—¿Volar en globo? —preguntó ella alzando la cabeza hacia él, con la sonrisa contenida en sus carrillos.

—Hacerte feliz, Cascabel.

Landon besó la cabeza de la chica y la soltó para dejarla libre, para que experimentara las sensaciones sin él, pero junto a él. Para que fuera pájaro, aire y diente de león. Sin embargo, una hora después, cuando la barquilla tocó de nuevo el suelo y bajaron, Malia se abrazó a él y le besó, con todas sus fuerzas. Bobby silbó y los hizo reír, aunque no separaron sus labios hasta que les faltó el aire.

A las nueve se abrían oficialmente las puertas del festival, y fueron directos a uno de los puestos de comida ambulantes para comprar algo que desayunar. Aunque fue tentador pasar por delante del carrito de los nachos y del de las manzanas caramelizadas o rebozadas en chocolate con *toppings,* optaron por comprar unos *pretzels* y dos cafés, y se sentaron en la hierba para comer mientras veían entrar al público: familias enteras dispuestas a pasar un día entretenido. Vieron una exhibición de perros amaestrados que saltaban obstáculos y obedecían a sus amos como si estos fueran verdaderos domadores de circo, y se rieron mucho, contagiados por el resto de las personas que disfrutaban tanto como ellos. Después se marcharon de allí para llegar hasta la playa, tal y como Malia deseaba.

En cuanto se bajó del coche, la joven gritó de alegría al sentir la brisa fresca del Golfo y corrió, como la primera vez que Landon la había llevado al mar, hacia aquella arena blanca y fina como la harina de trigo.

Como en aquella ocasión no llevaban bañador, se conformaron con pasear por la orilla y mojarse los pies.

—Landon, estoy muy feliz, pero también algo confundida. Hace dos años me dejaste porque no quise ir detrás de ti a Duke, hace unos meses irrumpiste en mi vida para despedirte asegurando que querías ser solo mi amigo y, durante todo este tiempo, he pensado que era todo lo que tendríamos. Pero ahora... ¿Qué significa esto en realidad?

—Lo sé... Te juro que lo he intentado, pensaba que por mi culpa, por estar conmigo, tú dejarías de ser tú o que con el tiempo romperías mi corazón.

—¿Yo? ¿Romperte el corazón a ti?

—Sí, tú. Aún tengo miedo de que termines haciéndolo, pero quiero correr el riesgo, porque soy mucho más feliz teniéndote en mi vida. Me siento completo cuando puedo abrazarte. Soy libre cuando me uno a ti... —Lo último lo susurró a su oído mientras acariciaba su pelo hasta el final.

Malia comprobó lo fácil que su cuerpo cedía con un solo roce de palabras en su oreja. Aquello era algo bueno, pero también peligroso, porque le hacía dejar de lado la razón.

—Pero nada ha cambiado. —Respiró agitada, dejando que él continuara acariciándola con los labios por su cuello—. Nuestras vidas siguen siendo muy diferentes.

—Conseguiré que puedan ir de la mano. Puede funcionar, no hay otra cosa en el mundo en la que quiera poner más empeño. Haré lo que sea necesario si sé que puedo regresar a ti para besarte y amarte con locura.

La espuma blanca se enrolló en sus pies mientras ellos sellaban una promesa con sus bocas. Terminaron comiendo un bocadillo de langosta en uno de los restaurantes del paseo y, antes de que el sol cayera, regresaron a Abbeville para comenzar el que Landon aseguró que sería el mejor verano de sus vidas.

39

«Amazing Grace, how sweet the sound
that saved a wretch like me.
I once was lost but now I'm found;
was blind, but now I see[16]».

«Amazing Grace», himno cristiano[17]

Había pasado un año entero, con sus altibajos. Tras un verano maravilloso en el que habían hecho muchos kilómetros con viajes de un solo día, escapadas a los lagos cercanos y noches bajo las estrellas, se habían despedido el día en que Landon tuvo que regresar a la universidad. A partir de entonces, había habido días espectaculares, días en los que se habían colgado el teléfono enfadados, y reencuentros a medio camino en Greenville. Landon había volado tantas veces como había podido a Abbeville para verla, y las despedidas siempre habían sido dolorosas. Malia había ido por Pascua a Duke, y quedó fascinada con la elegante arquitectura de sus edificios, con el ambiente divertido y a la vez intelectual que se respiraba por sus pasillos. Y, aunque se sintió como un pez fuera de su pecera, Landon la ayudó a nadar. Habían conseguido que aquello funcionara, porque la distancia hacía que valorasen los ra-

---

16. Increíble Gracia, qué dulce sonido que salvó a un desgraciado como yo. Una vez estuve perdido, pero ahora me he encontrado. Estuve ciego, pero ahora veo.

17. Himno cristiano que cantaron los indígenas durante su exilio forzoso para mantener alta la moral en el Sendero de Lágrimas, atravesando nueve estados, hasta llegar a Oklahoma. Se perdieron más de 4.000 vidas.

tos que pasaban juntos, porque aquellos momentos ardían como el gasóleo. Su relación era intensa, pasional y extrema cuando se veían; y el resto del tiempo sobrevivía gracias a la amistad que los unía y al amor que esperaba paciente.

—¿Voy a tener alguna sorpresa como la del año pasado? —le preguntó Malia por teléfono mientras se tomaba un descanso.

Aquel año habían acudido muchos turistas al Yatta Abba y su puesto había mantenido largas colas durante más de dos horas con ella sola al frente, pues su madre había tenido que acudir a un encargo urgente de última hora en un pueblo cercano.

—Preciosa, me pides demasiado. Estoy agotado, pensaba descansar. Además, sé que mi madre ha preparado una cena de bienvenida, y se la oía entusiasmada con la idea.

—¿En serio? ¿Llevamos sin vernos dos meses y me estás diciendo que no vas a venir a verme, aunque sea un momento?

—Pero si voy a estar allí todo el verano, Cascabel...

Malia lo conocía bien, sabía que aquello no era verdad. Apostaba el cuello a que su novio había urdido todo un plan para que ella no supiera la sorpresa que le tenía preparada. Aunque de la cena de bienvenida era muy propio de Reese, y sintió una punzada de inseguridad.

—¡Pero sabes que mañana debo ir a la reserva!

—Mierda, la fiesta de Mamá Tawana. Se me había olvidado.

—¿Se te había olvidado? —La chica comenzó a dudar, porque el tono desconcertado en la voz de Landon había sonado muy real.

—Bueno, pues nos vemos en dos días. Cuando regreses, no pasa nada. De veras que estoy muerto de cansancio, Malia.

—Si eso es lo que quieres, está bien. Esperar dos días más no nos matará —concluyó ella, apagada, porque creía lo que Landon le había dicho, y había pasado de esperar una sorpresa a tener que esperar un poco más para estar juntos.

Habían mantenido su relación a salvo de Reese Frazier, la distancia había jugado a su favor, pero en aquel momento sintió que, si en verdad tenía una cena familiar de bienvenida, ella debería estar presente.

La sola idea de enfrentarse a aquella mujer que no la quería en la vida de su hijo le producía sudores fríos, pero sentirse apartada rompía su corazón.

Cuando llegó a casa al atardecer, tras recoger y limpiar la furgoneta, casi agradeció poder disponer de unas horas para descansar. Ser impaciente no aportaba más que ansiedad y malos resultados. Por ello, subió a darse una ducha fresca y se conformó con esperar la llamada de Landon como todas las noches, a sabiendas de que su voz estaba mucho más cerca.

Se puso una camiseta y desenredó su largo pelo con tranquilidad, sentada en la cama mientras miraba por la pequeña ventana de su habitación como los últimos puestos terminaban de recoger y la calle volvía a quedarse despejada y tranquila. Entonces lo vio; era el *jeep* de Landon aparcando bajo su ventana. Dio un grito de felicidad. Bajó descalza las escaleras, casi sin posar los pies sobre los escalones, y salió de la floristería a la carrera para cruzar la calle y lanzarse a unos brazos que la reclamaban.

Landon la sostuvo como si se tratase de un pequeño koala que rodeaba su cintura.

—Te odio por hacerme sufrir, Landon Frazier. ¿Por qué me has mentido?

—Porque, si no, no habría sorpresa.

—Pero ¿y tu madre y su fiesta de bienvenida?

—No sabe que venía hoy. Así que estaría bien que subieras a vestirte para poder irnos, porque pueden descubrirme y, además, se nos va a hacer tarde.

—¿Entonces hay sorpresa?

—Por supuesto, ¿qué clase de novio crees que soy? Feliz aniversario, Cascabel. —Landon volvió a besarla con ímpetu, y con una palmada en el trasero la animó a entrar en casa para vestirse.

Malia se cruzó en el vestíbulo de la tienda con su madre que acababa de llegar.

—Tú lo sabías, ¿verdad?

—Una madre siempre lo sabe todo, hija.

Se vistió como si fuera un tornado arrasando su habitación y descendió las escaleras como una ardilla.

—Hasta luego, mamá —le dijo, y le dio un beso en la mejilla.

—Hasta mañana.

—¿Hasta mañana?

Lomasi se rio y encogió los hombros a la vez que se mordía los labios para sellarlos y no dejar escapar la información que guardaban.

—¿Adónde vamos, Landon?

—Sabes que no te lo voy a decir, así que...

Malia se agarró a su cuello y se lo comió a besos sonsacadores, pero el chico encendió la radio y se mantuvo hermético todo el viaje. El sol terminó de ocultarse en el horizonte justo cuando Malia vio que el *jeep* atravesaba las puertas de la reserva y lo miró confusa.

—¿La sorpresa está aquí?

Landon sabía bien el camino, lo recordaba a la perfección, aunque aquella vez todo estaba en su lugar, los tejados sobre las casas y los árboles sujetos a la tierra.

—Esta vez he necesitado ayuda de tu madre y de una amiga suya que vive por aquí; Tami, creo que se llama —dijo por fin cuando el coche enfiló el pequeño sendero que conducía a la vieja casa de Mamá Tawana.

Malia abrió los ojos al ver la casa levantada, perfectamente reconstruida, pintada como nunca la había visto e iluminada como un pastel.

—¡Qué bonita ha quedado! Seguro que de día es preciosa, pero de noche es... mágica.

—Ven conmigo. Mañana aquí estará toda tu familia, pero esta noche es nuestra. Tu abuela aún no la ha visto, sigue en la casa de tu padre, pero tu madre nos ha dejado preparado algo. Tan solo tenemos que dejarlo todo recogido para mañana.

Siguieron un camino iluminado por farolillos eléctricos que colgaban de los árboles, y Malia no tardó en reconocer el aroma que lo impregnaba todo. La fragancia de los tulipanes, los narcisos y los jacintos en flor la envolvió.

—¡Ha florecido el cultivo! Es maravilloso, Landon. Es como si no hubiera pasado nada, como si todo fuera igual... No, igual no. ¡Mucho mejor!

Malia caminaba dando vueltas sobre sí misma, admirando la extensión de la tierra, llenando los pulmones con el aire cargado, llenándose con la belleza de todo.

—¿Y qué es eso? —preguntó de pronto, señalando al centro de la plantación.

—Espero que nuestra cena... Me muero de hambre.

Malia rio y se dejó llevar de la mano a toda prisa entre las flores hasta llegar al corazón de aquel lugar.

—¡Esto es precioso! —exclamó la chica y, al ver a Landon contrariado mientras intentaba ahuyentar a los gatos de Mamá Tawana de la mesa, rompió a reír—. Pobres, parecen tan hambrientos como tú.

—No fastidies, Malia. No pienso compartir la cena con ellos. Huele de maravilla.

Al final convinieron que era mejor apartar un plato a unos metros con algo de pato y trozos de pan mojados para los gatos, para que los dejaran cenar tranquilos a ellos.

—Tu madre es increíble. Ha hecho un trabajo espectacular con el cultivo.

—Bueno, aprendió de Mamá Tawana y ahora es la mejor en su trabajo, y la mejor madre.

—Siento que se haya vuelto a Abbeville.

—Mamá intenta no ver a papá demasiado, y mañana él estará aquí. Y yo lo agradezco, fue demasiado tenso verlos juntos en mi graduación y cuando ocurrió lo del tornado. Han hablado por teléfono cuando han tenido que decidir algo sobre mí y poco más.

—Lo siento. —Landon cruzó la mesa para tomar su mano.

—No, está bien. Separados están mejor.

—Durante mucho tiempo creí que mis padres también terminarían divorciados, porque él siempre estaba triste por lo de mi hermana y ella pasaba más tiempo fuera de casa que dentro, pero la verdad es que, al final del día, siempre se buscaban. Ambos se necesitan.

—Tus padres se quieren mucho, Landon. No todos demuestran su amor de la misma forma... —Malia tomó su copa y dio un largo trago mientras perdía la mirada un instante—. Estaba pensado en mañana. ¿Querrías quedarte? Me gustaría presentarte a todos. Creo que es hora de que conozcas a mi padre.

Landon tragó de golpe el trozo de pato y comenzó a toser.

—Por Dios bendito, Malia. Esas cosas no se sueltan así, a bocajarro.

—¿Te parece mal?

—No, me parece... que en algún momento debía ocurrir. Pero no puedes decirle que hemos pasado juntos la noche aquí. Por lo que cuentas, tu padre no es tan liberal como tu madre.

—No; si supiera que estamos aquí solos y que vamos a pasar la noche juntos, probablemente querría arrancarte tu bonita cabellera rubia.

Landon volvió a atragantarse y se quejó. De un tirón acercó la silla de Malia a la suya e hizo que la chica la abandonara para sentarse sobre él.

—Creo que es mejor que deje de comer, porque conseguirás que me muera.

—¿Y qué hacemos con la cena?

—Mira esos tres de ahí, estoy seguro de que dejarán los platos relucientes. Yo tengo otro plan para nosotros, uno que me ha vuelto loco estos dos últimos meses.

Landon se levantó y cargó con ella en brazos a través de la plantación hasta el interior de la casa.

Mucho antes del amanecer, Landon había salido de la reserva. Se fue a una cafetería de Atmore donde desayunó y se aseó un poco. Conocer al padre de Malia le imponía mucho; por lo que Malia contaba de él, no era alguien de trato fácil. A media mañana, volvió sobre sus pies hasta la casa de Mamá Tawana con el estómago hinchado y calambres que le ahogaban al respirar.

El jardín de la casa estaba lleno de *creeks*, en el porche distinguió a la anciana sentada en una mecedora junto a otras mujeres y Landon buscó a Malia, angustiado. Muchos ojos se habían posado sobre Landon cuestionándose quién era, y él les sonrió antes de saludarlos con un movimiento de cabeza. Respiró hondo antes de girar la llave para apagar el motor y le dio gracias al cielo cuando por fin vio a Malia bailando en el centro de un corro que había formado un grupo de niños.

—Creo que estoy sufriendo un ictus —le dijo al llegar cerca de ella, intentando aparentar que no hablaba. —Malia se rio y le ofreció la mano, aunque él dudó antes de agarrársela—. ¿Puedo tomarte de la mano? Quiero decir, ¿cómo se ha tomado tu padre que yo venga aquí hoy? —Malia volvió a reírse y él la reclamó con la mirada—. Venga, dame una pista. Si está cerca me vale con un parpadeo, un guiño, una sonrisilla...

—Respira, Landon. Es la primera vez que te veo así de nervioso.

—Es la primera vez que voy a conocer al jefe de una tribu.

—Él no es el jefe. —Ella volvió a reír mientras tiraba de él y lo conducía hacia el porche.

—Como si lo fuera... —murmuró el chico, que continuó saludando a la gente con rápidos movimientos de cabeza.

Landon veía los labios de la gente moverse, pero sintió que sus oídos se taponaban en cuanto reconoció al hombre corpulento, cuyos brazos estaban cruzados bajo el pecho de la misma forma que los de aquel indio del cuadro que le aterrorizaba de pequeño. Llevaba una camisa de cuadros blancos y azules, abrochada hasta arriba, con una corbata de bolo hecha de cuero trenzado con puntas de metal y un cierre plateado. Su gesto era serio, las arrugas se marcaban en su cara como si fueran oscuras cicatrices, y le miraba sin pestañear.

Malia lo condujo primero a su abuela:

—Supongo que recuerdas a Mamá Tawana.

—Hola, señora, me alegra volver a verla. —La anciana lo miró inexpresiva y no contestó, movió con lentitud los ojos sobre él y emitió un sonido que el muchacho no supo decir si era de agrado o de disconformidad—. La casa ha quedado muy bonita, seguro que ha sido un año duro, pero ahora todo está nuevo y será como estrenar una casa. De hecho, aún huele a pintura fresca...

—Muchacho, tus inseguridades hacen que llenes de palabras tontas el silencio —le cortó la mujer.

—Abuela... —se quejó Malia.

—Eres guapo. Mi nieta dice que no eres tonto, que vas a ser médico.

—Así es, señora.

—Mmm...

—Landon, ven aquí. Quiero presentarte a mi padre, Muzik Tullis.

—Es un placer, señor. Soy Landon Frazier.

Landon sabía que él conocía su nombre, pero su madre le había enseñado desde pequeño a decirlo completo cada vez que le presentaban a alguien, porque no había que dar por sentado nada. Extendió la mano hacia él todo lo firme que pudo, y aquel hombre se la estrechó con más fuerza de la necesaria.

—Llegas a tiempo de echar una mano.

—¡Claro! ¿En qué puedo ayudar? Lo haré encantado.

—Puedes comenzar cortando el césped —le contestó el hombre casi sin mover los músculos de la cara.

—¿Cortar el césped? —preguntó él, confundido. Y, como el hombre mantuvo su expresión, dio por hecho que era exactamente lo que quería que hiciera—. Está bien, dígame dónde está el segador.

Landon comenzó a remangarse cuando Muzik soltó una carcajada que contagió al resto de los que estaban allí. Landon dejó caer los hombros y resopló aguantando una sonrisa.

—Vale, está bien. Me lo he creído. Me ha metido un gol por la escuadra.

—Un *touchdown,* chico. ¡Un *touchdown!*

Cuando Muzik Tullis dejó de reír, puso una mano sobre su hombro y se ofreció a guiarle en un paseo por aquellas tierras. No podía negarse, así que dejó que le enseñara los cultivos de flores, las nuevas colmenas de abejas y el pequeño arroyo que pasaba cerca; no dejó de hablar ni un momento mientras le contaba la historia de aquel lugar.

40

«Para mí, la condición de mujer del sur, se trata tanto de la taza de té como del whiskey, la música y los buenos modales, la hospitalidad y la lucha por la justicia. Algunas personas piensan que preocuparse por cosas "tontas" como la cocina o la moda se excluyen mutuamente con la política seria. Pero mi abuela, mi madre y sus amigas me enseñaron que encontrar placer en casa con una cena familiar, un club de lectura o una barbacoa en el jardín, puede darnos fuerza para salir al mundo y hacer cosas increíbles».

Reese Witherspoon

Landon sabía que tenía que presentar a Malia formalmente en casa como su novia, pero dejó pasar unos días tras su inmersión en la familia *creek*. El verano acababa de comenzar y pensó que, antes de enfrentarse a aquella situación, podían disfrutar juntos unos días recuperando el tiempo robado por la distancia a lo largo de aquel año.

Descubrieron nuevas playas por la costa de Alabama y la de Florida, celebraron el 4 de julio junto a Ben en su ensenada, agudizaron el ingenio para encontrar lugares en los que poder amarse e hicieron salidas en pareja junto a Dave y Kendall.

Aquella tarde pensaban ir con ellos a Chattahoochee para bañarse, pero algo alteró sus planes. A Ally, que llevaba días pasando por el salón de belleza donde Kendall trabajaba en busca del *look* perfecto que la catapultaría a la fama, aquel día le pareció buena idea apuntarse al plan, y ella y su no-novio Ryan también se subieron a la furgoneta de Dave. Aún no habían salido de Abbeville cuando, en un despiste, Dave chocó a demasiada velocidad con algo por el camino. El golpe los dejó mudos, pero Dave miró por el retrovisor y soltó el aire aliviado antes de meter marcha atrás.

Al bajar, vieron una bicicleta destrozada y una chica enfadada a su lado. Sin saber muy bien cómo, aquella desconocida llamada Vera terminó subiéndose a la furgoneta, bañándose con ellos en el lago y convirtiéndose en la protagonista del grupo con sus contestaciones agudas, sus evasivas y su mirada misteriosa. Venía de Nueva York, estaba en casa de los Kimmel alojada y se notaba a leguas que todo aquello la enfurecía.

Cuando Landon llegó a casa aquella noche, su madre ya sabía más cosas acerca de ella que él.

—¿Dónde te has metido Landon? Estaba preocupada. Sé que habéis tenido un accidente con la chica de los Kimmel. ¿Te encuentras bien?

—Estoy perfectamente, mamá. Le he llevado la bicicleta a Ben para que la arregle, por eso he tardado en regresar.

—Avisa la próxima vez, querido. La cena se te ha enfriado.

—Ya he cenado. Me la comeré mañana.

—Está bien —contestó su madre algo contrariada. Landon se giró con intención de subir a su cuarto cuando ella lo llamó—. He pensado en invitar a cenar a Vera Gillis. Hay que hacer que se sienta bienvenida al pueblo. Una chica como ella debe de sentirse algo perdida aquí, estaría bien que te hicieras su amigo.

—¿Una chica como ella? ¿Qué quieres decir con eso?

—Cariño, es hija de Richard Gillis, un famoso productor musical de Nueva York.

—¿También sabes el motivo por el que está aquí?

—Cariño, yo no pregunto cosas indiscretas. Si está aquí, será por algún buen motivo. Buenas noches, cielo.

Reese ascendió por las escaleras enfundada en su batín de seda tras ponerse de puntillas para besarle en la frente.

Landon había reconocido aquella mirada en su madre, la de una nueva oportunidad. Aquella chica no solo era bonita, con sus ojos grises, su mirada cargada de carácter y su pelo castaño y alborotado que le hacía parecer una pequeña leona muy atractiva; el muchacho no era ciego, se había fijado en ella. Pero también era hija de un famoso y del norte, lo que la convertía en una persona interesante a ojos de su madre, porque Vera era alguien que no era de allí, alguien que podría hacer que se alejara de Malia. Apretó los puños y rugió para sus adentros.

Landon se levantó tarde y, para cuando bajó a la cocina, Dothy ya estaba dirigiendo a Susan sobre cómo empanar bien el pollo frito, a la par que protestaba por la forma en que Betty había limpiado el juego de té de plata.

—Tranquila, Dothy, o terminarás desmayándote en medio del pasillo —le dijo él, le dio un beso de buenos días.

—Puede que ya esté vieja para llevar esta casa, pero aun así tengo más energía que este par de muchachas juntas —refunfuñó la asistenta que debía jubilarse.

—Susan, no la contradigas. Tienes la batalla perdida antes de empezarla —le aconsejó él, y agarró galletas de un bote de latón, y la nueva cocinera afirmó reteniendo la sonrisa—. ¿Dónde está mi madre?

—Se fue esta mañana con tu padre a Dothan para ir de compras por la ciudad. Regresarán esta noche y quieren para cenar pastel de pan de maíz con chile —le informó Dothy.

—Solo en casa... —celebró Landon, girando sobre sí mismo como si fuera Michael Jackson.

—Si invitas a una chica a la piscina, no es cosa nuestra. Nosotras no tenemos ni ojos ni oídos.

—Puede que no la invite entonces. —Landon volvió a besar el carrillo relleno de la anciana y salió de la cocina dispuesto a sudar en el gimnasio durante un rato.

Después llamó a Malia para que se acercara a nadar un rato, pero ella no quiso ir.

—¿Y si aparecen de pronto y me ven?

—Pues los saludas —contestó resuelto.

—Esa no es la forma de hacer las cosas.

—Pues ven a cenar a casa un día, hagamos las cosas como deben hacerse.

—No sé si tengo valor para enfrentarme sola a ellos.

—Pues daré una fiesta, invitaré a todos y te presentaré oficialmente como mi novia. ¿Te sentirías así menos expuesta?

—Puede... —Malia guardó silencio un segundo—. ¿Por qué no me quiere tu madre, Landon?

Al escuchar aquello, Landon sintió una punzada en el pecho.

—Porque no te conoce, pero eso tiene una solución fácil.

Cuando colgó el teléfono, porque Malia debía continuar trabajando, apoyó la cabeza en la pared y suspiró con profundidad. Odiaba que aquello tuviera que ser difícil. Y cuando recordó que la noche anterior su madre había soltado con total naturalidad que quería invitar a cenar a Vera, volvió a suspirar con más fuerza.

Decidió salir a correr para terminar de quemar toda aquella frustración. Una hora después, justo cuando regresaba a su casa para ducharse y descansar, vio a la chica de los Kimmel escondida tras un grupo electrógeno frente a la Standard Oil. Se puso la mano de visera para poder ver mejor y asegurarse de que era ella y de que estaba haciendo lo que parecía que estaba haciendo. Al comprobar que era así, sonrió y avanzó hacia donde se encontraba la muchacha.

—¿Se te ha caído una lentilla o estás agazapada a la espera de que pase un ciclista al que poder asaltar?

Vera estaba espiando a Ben, ¡a Ben! La había visto ¿sonreír? mientras lo hacía. En su interior se desencadenó una risa enorme al ver con claridad que los planes de su madre le iban a salir totalmente por la culata.

Landon no tuvo que esperar mucho para confirmar sus sospechas, aquella chica se había interesado por su no-hermano Ben, pero lo alucinante fue ver que ella había conseguido conectar con una parte nueva del cerebro superdotado del chico. ¡Ben estaba interesado también en ella! Los planetas se habían alineado y, además de beneficioso, aquello le resultaba tremendamente divertido.

Después de haber quedado varias veces con el grupo, supo que Vera arrastraba algún problema y que la habían mandado allí con la esperanza de que aquel lugar disipara sus demonios. Tenía un carácter resuelto, atrevido y desafiante. Con los Kimmel y el padre Oliver, estaba en buenas manos.

Cuando Malia supo que Reese había invitado a cenar a la neoyorquina, Landon vio en su cara un profundo sentimiento de tristeza.

—No creas que no quiero que Vera vaya a cenar a tu casa. Me parece muy cortés por parte de tu madre que quiera recibirla con cariño y así hacerla sentir parte de este pueblo —dijo la nativa con paz en la voz.

—Sabes muy bien que no lo hace con esa intención, pero yo no soy quién le interesa a Vera. Por muy perfecta que resulte la cena, no le servirá a mi madre para nada.

—Bueno, tú sé agradable con ella. Me cae bien, y Ben parece otro desde que ella llegó.

—Yo siempre soy agradable, preciosa —le contestó, buscando su cuello para mordérselo, y movió sus manos hasta el final de su espalda—. Pero por ti pierdo la cabeza.

—Sobre todo por mi trasero. —Rio ella.

—Comenzando por él, sin duda.

La cena resultó genial. Vera estuvo acertada, su madre sureñamente encantadora y su padre hablador, tanto que, cuando Landon llevó a la chica de vuelta a casa de los Kimmel, esta le acusó de haberle pintado a sus padres mucho peor de lo que eran. Aunque ella era muy avispada y pudo leer más allá de lo que aquella cena cordial había sido.

En cuanto regresó a su casa dispuesto a meterse en la cama, su madre lo llamó desde el porche trasero, donde estaba con su padre compartiendo una copa de *bourbon*.

—¿Quieres una copa, hijo? Siéntate con nosotros.

Landon sabía que aquella copa estaría envenenada, pero no podía negarse, por lo que aceptó el vaso de cristal con hielos.

—Vera es una chica encantadora, ¿verdad?

—Es divertida.

—Y muy guapa —añadió Reese.

—Sí que lo es, pero no es mi tipo.

—¡Qué tontería! Esa chica es el tipo de cualquiera. Sus comentarios eran muy inteligentes y acertados; deberías apreciar ese tipo de cosas por encima del físico, hijo mío.

—Sin duda, madre.

—Y... ¿Vais a quedar otro día?

—Supongo que volveré a verla. De hecho, he pensado que podría dar una fiesta en la piscina e invitar a los chicos del equipo y algunos amigos más, como a Vera. Y por supuesto, a Malia.

Su madre apartó la mirada para lanzarla al infinito campo de robles.

—Por supuesto, hijo. Lo organizaré todo para que disfrutéis de una magnífica fiesta en la piscina. Este calor es insufrible. Creo que voy a subir a mi habitación para ponerme más fresca. Buenas noches, cielo. Buenas noches, cariño.

Reese se despidió de los dos hombres cortando la conversación antes de que se metiera en un terreno que no deseaba pisar. Landon miró a su padre, y Robert Frazier se limitó a rellenarle el vaso.

41

*«Uno no entiende a los demás hasta que no considera las
cosas desde su punto de vista, hasta que se mete bajo su piel
y camina con ella por la vida».*

Harper Lee

Landon le había asegurado que iría mucha gente a la fiesta y, conociéndole, sabía que podía encontrarse a medio pueblo en la piscina de los Frazier.

Habían quedado con Kendall para ir juntas hasta la plantación, aunque su novio le había dicho que, tras dejarlo todo preparado, su madre asistiría a la cita con su club del libro en casa de Peggy Smith y que no regresaría hasta media tarde. En cuanto atravesaron el sendero que llevaba a aquel solemne y romántico edificio, Malia sintió que se le retorcía el estómago.

—No tienes por qué estar nerviosa. Mi madre no te comerá —le dijo Landon en cuanto la vio—. Ya ha llegado mucha gente, será una fiesta divertida.

Dieron la vuelta hasta llegar a la piscina. La música que salía de unos altavoces que no se veían sonaba suave pero animada, había comida dispuesta en pequeñas mesas repartidas por el terreno y, sobre el agua clorada, destacaban dos grandes cisnes hinchables.

—Ha venido hasta gente que no conozco. Al parecer mi madre también ha invitado a algunos por su cuenta. Pero vamos, ven a bañarte. Hace un calor de mil demonios.

Malia animó a Kendall a meterse en el agua, pero ella prefirió servirse un vaso de té helado y sentarse en uno de los sillones de exterior para mirar. Si iba a presentarse a Reese después de tantos años, no quería hacerlo llevando un bañador mojado.

Desde allí vio como seguía llegando gente, casi todos conocidos del pueblo; algunos desconocidos, como un grupo de guapas chicas rubias que acaparaban a Landon. Su chico ejercía como el perfecto anfitrión que era, ofreciendo una bebida a todo aquel que llegaba y presentando a los que tenía a su alrededor. La llamaba constantemente para que se acercara a él o se diera un baño, pero ella estaba demasiado nerviosa y tan solo cuando vio llegar a Ally con Vera se dejó acompañar durante un rato. Aunque pronto Ally se desvistió para quedarse con un escueto bikini con el que aturdió a todo el personal y decidió que el *jacuzzi* era mejor lugar que aquel trozo de jardín. También vio llegar a Ben, lo que hizo que Vera también la abandonara rauda y veloz para acudir a su encuentro.

Cada una de las personas que llegaba hacía que su corazón diera un vuelco, y pensó que no podría soportarlo si la madre de Landon tardaba mucho más en aparecer. De hecho, estaba a punto de cerrar los ojos para concentrarse en respirar bien cuando Kendall apareció liada en una toalla.

—Creo que necesitas que me quede contigo.

—No tiene sentido que alguien me dé tanto miedo —se lamentó.

—Oh, sí que lo tiene... Es Reese Frazier, doña Perfecta.

—Así no me ayudas, Kendall.

—Soy mejor cantando que hablando. ¿Te animas?

Malia se encogió de hombros resignada y comenzó a seguir la melodía de «Cups», aquella canción con solo un vaso, las palmadas y su segunda voz les salía genial. Atrajeron la mirada de muchos, pero lo que llenó su corazón fue ver que Landon, por fin, dejaba a todos para acercarse a ella, guitarra en mano.

—Vamos a dejarlos boquiabiertos, chicas —dijo él animado, raspeando la guitarra con brío, orgulloso del resultado de años de clases de guitarra con Ben.

Se decidieron por «Us» de Sissi Star, y atrajeron a casi todos a su alrededor. Sin embargo, cuando Malia por fin vio aparecer a Reese Frazier por la puerta, dejó de cantar y agarró la mano de Landon, impidiendo que pudiera seguir tocando la guitarra. Él le guiñó el ojo para tranquilizarla y, con su pequeña mano afianzada dentro de la suya, se levantaron para acercarse al grupo de chicas con el que se había parado la mujer. Llevaba un pequeño cachorro en los brazos, y la chica se concentró en mirarle evitando los ojos de su ama. Entonces Reese vio aparecer de la nada a Vera con Ben cruzándose por delante de ellos, y aquello fue suficiente para descolocar a la madre de Landon, cuyos ojos oscilaban del uno a la otra sin saber qué expresión adoptar.

Finalmente, Reese se dirigió a Malia, y el resto de los sonidos del mundo se apagaron; solo pudo escuchar:

—Malia, hacía muchísimo tiempo que no te veíamos por esta casa. Me alegro de ver la mujer tan bonita en la que te has convertido. Esas trencitas tuyas son... ideales.

Era incapaz de saber qué proporción de sinceridad y cordialidad había en sus palabras, pero al menos se había comportado con el agrado que la hacía famosa. Si le molestaba que ella estuviera allí, lo sabía disimular de forma magistral.

Después escuchó algo de una cena con su padre, pero el perrito insistía en olisquearle el pecho y, cuando estuvo a punto de caer en sus brazos, la señora Frazier se disculpó y regresó al interior de la casa.

—Así que mañana, a las siete —soltó Landon con la sonrisa de oreja a oreja.

—¿Qué? —preguntó aún aturdida; podía sentir la mirada de todos sobre ella, y eso la asfixiaba, mientras que Landon parecía tan feliz como en la mañana de Navidad.

—La cena, con mis padres.

—¿Una cena? ¿Es necesario?

—Después de eso, no habrá que volver a hacer nada porque, a ojos de mi familia, ya no habrá vuelta atrás. Seremos libres, más o menos.

—Supongo que, si tú has sobrevivido a mi padre y mi abuela, yo podré sobrevivir a tus padres.

—No permitiré que lo pases mal. Y ahora necesitas dejar de pensar en el pelo cardado de mi madre y refrescarte de una maldita vez.

Landon la cogió en brazos sin darle tiempo de reaccionar y corrió hasta saltar a la piscina juntos.

—Esta fiesta es por ti. Creo que estaría bien que la disfrutaras, preciosa. —Landon la atrajo hacía sí en cuanto sacaron las cabezas fuera del agua y la besó.

Ya no eran el centro de las miradas, ni siquiera ese beso había llamado la atención de los amigos de Landon, y Malia pensó que, quizá, su relación ya no los sorprendía. Ellos eran algo real para aquellas personas, y sonrió confiando que, si esos que en un principio habían tildado de imposible, de locura, de sinsentido, su relación, ahora lo veían como algo sólido... los señores Frazier también podrían hacerlo.

Para la cena del día siguiente tuvo unas cuantas peleas con el armario y con el espejo. Tras hacerse varios moños y peinados, evitando las trenzas que Reese había tildado de «ideales», decidió finalmente que el pelo suelto era la mejor opción, porque esa era ella. Tenía el pelo bonito, brillante, tan lacio y suave como la seda, y no tenía por qué camuflarlo, ni ensalzarlo, ni fingir con él ser otra persona. Eligió el vestido que había llevado en su graduación, uno que su madre se había empeñado en comprarle y que tras aquel día no había vuelto a usar; era uno de dos piezas de falda y cuerpo que, aunque guardaba su estilo, era más arreglado que los que solía usar de diario. Malia pensó que sería un bonito detalle llevarle un ramo de flores a la madre de Landon, y lo montó siguiendo los colores de su propio vestido: blanco, rosa y amarillo.

Antes de salir de su casa, Lomasi la detuvo e hizo que la mirara a los ojos.

—Cielo, sé que esta cena no te agrada, pero te diré algo: si Reese Frazier no quiso que fueras la novia de su hijo, sus motivos tendría, y quiero pensar que tan solo pensaba en lo mejor para Landon. Igual que hice yo en su día pensando en ti. Pero tan solo tienes que ser tú misma para que se convenza de que no hay nadie en el mundo mejor para ese chico que tú. Os he visto crecer a los dos, enamoraros, romperos el corazón y superar la distancia y el tiempo. Sois dos piezas diferentes que por algún motivo encajan. Reese es una mujer muy inteligente. Confío en ella y, sobre todo, confío en ti.

—Reese Frazier no se portó muy bien contigo precisamente...

—Yo tampoco me he portado bien siempre con todo el mundo. Si abres los oídos, en la reserva escucharás lo egoísta, liberal y egocéntrica que soy. —Rio ella alzando los ojos al cielo—. Pero, ¿sabes qué? Nadie puede decirte quién tienes que ser, porque uno nace ya con una señal en el espíritu. Tampoco juzgues a nadie sin darle la oportunidad de que te abra su corazón.

—Pues espero poder llegar al suyo.

—No me cabe la menor duda, hija mía.

Landon la recogió con tiempo suficiente para llegar puntuales a la plantación Frazier.

—Mi madre se lo ha tomado muy en serio. Ha sacado la vajilla de la abuela y ha llamado a Dothy para ayudar en la cocina porque dice que, si sigue cocinando Susan, terminaremos con la mitad de la dentadura postiza.

El chico intentaba hacerla reír, pero ella solo podía pensar en cómo seguir siendo ella misma si apenas podía respirar.

—Baja la ventanilla, por favor. Necesito aire.

—Por Dios, Malia... Te prometo que no voy a parar de hablar. La cena será amena, mis padres no han intentado ni una vez que echara atrás la invitación, y parecen dispuestos a aceptar nuestra relación. Es mucho más de lo que esperaba. Dales tú también una oportunidad.

—Se la estoy dando, ¡es solo que necesito aire!

Landon la miró preocupado. Malia sabía que parecía que le estuviese dando un ataque de pánico, pero la realidad es que sentía como si la empujaran por la espalda hacia un lugar desconocido con los pies encadenados. Qué difícil le resultaba manejar aquella situación y los sentimientos que le producía. Le daba rabia ver como se perdía dentro del miedo y comprobar que con todo ello su espíritu se sentía enjaulado. Entendía que ni ella ni Landon eran seres independientes del resto de la humanidad. Tenían familia, hilos tejidos con otras personas que formaban parte de su vida. Si quería unir la suya a la de Landon, tenía que aceptar que él no venía solo y, cuanta más gente entrara en su vida, más hilos la atarían. Con lo fácil que era todo cuando estaban solo ellos dos, cuando parecía que el mundo era un lugar enorme y maravilloso en el que poder nadar, volar y viajar sin mirar atrás... Juntos, sin lastre.

Malia inspiró profundamente antes de bajarse del coche. Landon volvió a asegurarle que la cena transcurriría sin problemas y le hizo una promesa:

—Después de esta noche, nos iremos de aquí. Tu madre podrá apañárselas sin ti unos días. Iremos donde tú quieras, lejos de todos. ¿Te hace respirar mejor esa perspectiva?

—Reconozco que un poco mejor.

Tras un rápido beso en los labios, el chico se bajó del coche y dio la vuelta con rapidez para abrirle la puerta y ayudarla a bajar en un gesto cortés.

—Veo que te enseñé a hacer las cosas bien.

El señor Frazier apareció con una copa en la mano.

—Buenas noches, papá —dijo Landon buscando la mano de la chica—. Aquí tienes a nuestra invitada, Malia Tullis. Mi novia.

—Bienvenida a casa, Malia. Espero que vengas con hambre, Reese ha preparado comida como si viniera a cenar un equipo de fútbol.

—Muchas gracias, señor Frazier. Estoy hambrienta, sí —mintió.

—Pasemos adentro, pues. A mi mujer le van a encantar esas flores que traes.

Entraron los tres juntos en la casa y, al cruzar el umbral, Malia se topó con Dothy, que se marchaba ya con todas las tareas realizadas.

—¡Querida Dothy! —Malia avanzó hacia ella y le dio un abrazo. Tenía tantos buenos recuerdos de ella que la alegría de verla había disipado sus miedos de un soplido.

—Vamos, querida, que pueda salir por la puerta principal solo quiere decir que ya no trabajo aquí, pero no que pueda ir abrazando a los invitados de los señores —dijo la anciana, rígida, con la mirada puesta en el padre de Landon.

Fue entonces cuando Malia sintió que el suelo se convertía en arenas movedizas y deseó desaparecer succionada por ellas. Se apartó y miró hacia el señor Frazier y detrás de él, a su esposa a mitad de las escaleras, con las cejas elevadas.

—No digas tonterías. Ven y dame un abrazo, Dothy —se burló Landon.

—¡Quítame las manos de encima! —exclamó apurada la anciana entre risas que no pudo controlar por las cosquillas que el muchacho le hizo en la cintura.

—Landon, deja ir en paz a nuestra querida Dothy para que podamos recibir como se merece a Malia en esta casa.

Reese bajó las escaleras haciendo fruncir su falda como si llevase enaguas crujientes debajo. Expandió su sonrisa hasta que le llegó a las orejas y, al acercarse a ella, le agarró las manos y le besó sus mejillas.

—Me alegra tenerte aquí esta noche, querida. ¿Te gusta el Orange Pekoe? He preparado un pequeño cóctel en el invernadero. Pensé que te agradaría verlo después de tanto tiempo.

Posó un brazo sobre sus hombros y la guio adelantándose a los hombres. Malia miró hacia atrás y vio que su chico le deseaba buena suerte. Buena suerte... en aquel momento lo habría asesinado, y eso que ella era incapaz de matar ni a un mosquito.

Hacía tiempo que era la propia Reese quien se encargaba del cuidado del invernadero, y Malia tuvo que reconocer que lo había mantenido bastante bien. Recordaba aquel juego de mesa y de sillas pequeñas de metal pintadas de blanco; dominaban el centro del espacio como si se tratase de un oasis en medio de una jungla. Allí había dispuesto unos platos con aceitunas, quesos franceses y verduras crudas con humus de garbanzos.

—El ponche lleva cantidades iguales de té negro, limonada y zumo de naranja, con una pizca de canela y una ramita de menta. Yo suelo añadir un chorrito de vodka algunos días, los que han sido duros. ¿Me entiendes? —Le guiñó un ojo intentando provocarle una risa cómplice.

—No creo que te entienda. Malia no bebe nada con alcohol —le informó Landon.

—¿Por tu religión? —preguntó consternada.

—Malia es cristiana, mamá. Como casi todos en la reserva.

—Mi padre tuvo problemas con el alcohol hace años, señora Frazier, y no quiero abrirle una puerta en mi vida. Pero aceptaré encantada un vaso de ponche, creo que es muy parecido al que hacemos en casa.

—Oh, entiendo —contestó la mujer sin parpadear ante aquella confesión inesperada—. Llámame Reese, cielo.

Ellas dos se sentaron mientras los hombres prefirieron quedarse en pie y, durante todo aquel rato, la madre de Landon le estuvo preguntando cuestiones referentes a jardinería. Malia lo agradeció profundamente, porque ella no habría sabido elegir un tema apropiado del que hablar con la que no dejaba de ser una desconocida para ella. Pero Reese Frazier estaba acostumbrada a tratarse con todo tipo de personas y en todo tipo de circunstancias gracias a sus múltiples actividades en comités y reuniones vecinales, por lo que la conversación fluyó de forma animada.

Cuando la mujer vio que una de las asistentas asomaba la cabeza desde fuera, se irguió un poquito más y sostuvo con dos dedos una pequeña campanilla de latón que hizo tintinear.

—¡Ya está la cena preparada! —proclamó, como si llamase a la mesa a todo un regimiento.

Malia miró a Landon y tragó saliva, eso fue suficiente para que él se acercara y le diera la mano para acompañarla dentro de la casa.

—Si la campanilla te ha parecido intensa, prepárate. En el salón nos espera un grupo de juglares que amenizarán la cena.

—¿Cómo?

—Era una broma, Cascabel. Relájate. Al menos el ponche estaba bueno, ¿verdad?

—Creo que debería haberlo probado con vodka.

Landon rio, lo que hizo que Reese se girara para mirar, y Malia apretó los labios.

La madre de Landon había desplegado todo su potencial en el salón con una mesa decorada con el buen gusto que la caracterizaba. La chica jamás había cenado con tantos platos, vasos y menos aún con cubiertos de plata. En el centro había flores frescas en un precioso jarrón de porcelana y unos candelabros labrados con velas no aromáticas encendidas.

—Qué mesa tan bonita, Reese —dijo ella con sinceridad antes de acercarse a las flores para olerlas.

—Oh, muchas gracias. Da gusto que alguien por fin se fije en los pequeños detalles.

—¿Pequeños, mamá? —ironizó Landon al sentarse y desplegar la servilleta, que llevaba monogramas con las iniciales de la familia, para ponerla sobre sus rodillas.

—Claro, si me hubieras avisado con más tiempo, habría podido ir a Mobile para comprar algo más extraordinario. Aun así, he intentado idear una cena en tu honor, Malia. Creo que una de las recetas *creek*s más deliciosas es la del pato asado.

—Y las ancas de rana rebozadas —añadió ella.

—Oh, qué llamativo... —Rio Reese tapándose la boca con la mano—. Con la de ranas que te empeñabas en traer a casa de pequeño, Landon... Si hubiera sabido la receta, al menos habrían valido de algo tus escapadas al rio con Lisa.

La mesa se llenó de olores y sabores cuando sirvieron las galletas de queso cheddar, la ensalada de brotes salteada y la enorme fuente de pato asado. Malia se sirvió bastante comida, pensó que, si tenía la boca llena, no tendría por qué hablar mucho, ya que, tal y como le había prometido Landon, el muchacho dominó la conversación contando todas las anécdotas graciosas que se le venían a la cabeza sobre Duke.

—Y este año, ¿tenéis pensado continuar como este, con viajes y llamadas telefónicas? —preguntó entonces Reese.

—Solo es un año más —contestó Landon.

—Bueno, pero eso es solo el pregrado en Medicina ¿Es que has decidido hacer los cuatro años del grado en otro lugar?

Los ojos de Malia buscaron a Landon mientras sentía que Reese la miraba a ella, como si ella tuviese la respuesta y, en verdad, no la sabía, porque ellos no hablaban del futuro. Ellos vivían el presente. El futuro era incierto, inseguro y volátil. No le importaba qué camino escogiera Landon, porque había puesto su corazón y confianza en sus palabras, en la promesa de que lo suyo funcionaría.

—Es muy romántico vivir el momento, pero la realidad luego no lo es tanto—comentó la señora de la casa con pesar, como si su realidad hubiera sufrido los estragos de la vida y olvidado un pasado ideal romántico.

—Oh, vamos, Reese... No les agües la cena a los chicos. Seguro que lo tienen todo pensado. Estudies donde estudies, sabes que cuentas con nuestro apoyo, hijo —intervino Robert Frazier.

Cuando le pusieron delante un trozo de tarta de limón con un buen pegote de merengue horneado encima, Malia estaba tan llena que podía notar como le apretaba la ropa interior. «Solo un poco más y todo habrá pasado», se dijo a cada pinchazo; y, aunque el resto de la cena se sucedió distendida entre las anécdotas de Landon y las divertidas historias de hospital del señor Frazier, a ella se le había clavado en la boca del estómago el augurio pesimista de Reese.

—Ha sido una velada deliciosa —dijo la señora Frazier en la puerta principal, a punto de despedirse de la chica—. Y, bueno, esta es tu casa. Espero que ahora nos visites con más frecuencia, Malia.

—Pues claro que vendrá. Es mi chica. —Landon la abrazó por los hombros y la besó en la cabeza.

—Muchas gracias por la cena y por todo —dijo ella mirando primero a Robert Frazier, luego a su esposa y por último a la mansión.

Respiró profundo, le era difícil pensar que aquella casa enorme, llena de cosas que valían una fortuna, en la que tenían cubiertos de plata y podían sentarse a tomar el té en más de cuatro sitios diferentes, pudiera llegar a ser su casa. Para ella aquel lugar era como un bonito museo y, aunque cuando veía a Landon también veía el que era su hogar, el lugar en el que lo había conocido, ella no se sentía parte de él.

Aquella sensación de no pertenencia se instaló en su mente, y se preguntó si precisamente aquel había sido el propósito de Reese Frazier al acceder a invitarla a cenar. Sin embargo, Landon estaba feliz. La acompañó de vuelta a su casa y la besó con todas sus fuerzas en la puerta de la floristería, como si hubieran dado un paso adelante en su relación. Como si no se hubiera abierto un abismo bajo sus pies.

42

«No hay nada mejor que un sureño contando historias.
Cuanto más mayor es, más interesantes son
y menos ciertas».

Manual del Sur

—Mi madre se ha ofrecido a dejarnos la casa del lago Martin. Va a mandar a un equipo de limpieza y hará que llenen la despensa para que no nos falte de nada. Dave me ha dicho que a Kendall le hacía mucha ilusión ir a un concierto de Sugarland; será el sábado, muy cerca, así que he pensado que podríamos ir todos juntos. Y, bueno, me gustaría contar con Ben, parece que este verano está más que dispuesto a probar cosas nuevas. ¿Qué te parece?

Malia estaba preparando un ramo con liliums rosas con el que el señor Freedman quería sorprender a su esposa y, al escuchar su proposición, tan solo hizo un sutil movimiento de hombros.

—¿No te apetece? Te prometí que nos iríamos de aquí unos días. —Se acercó a ella y le colocó una flor en el cabello, para después besarle la mejilla.

—Sí, claro que me apetece ir. Puede ser muy divertido un viaje en grupo, es solo que no esperaba que fuera a casa de tus padres.

—Pero ellos no van a estar. Será toda nuestra. Nosotros seremos los anfitriones —le susurró al oído y le hizo cosquillas en la cintura.

—Está bien —contestó ella riendo, ladeando sus caderas para evitar que sus dedos juguetones continuaran torturándola, aunque Landon no se quedó muy convencido con la expresión de su cara.

—Lo pasaremos genial.

Entonces Malia lo besó como si quisiera callarle y él tan solo aprovechó la oportunidad para atraparla en un abrazo, hundir su boca en la de ella y auparla a la mesa para poder juntar su cuerpo al suyo.

—¿Te quedas a cenar, Landon?

La voz de Lomasi los interrumpió desde la planta superior y Landon miró la techó.

—Solo si tú eres mi postre —le dijo a la chica al oído.

—¡No, mamá! Landon se iba ya. —Rio la chica apartándolo para poder bajarse de la mesa—. Vas a destrozarme el ramo.

Landon se marchó a su casa, dispuesto a pasar el resto del día tumbado en el sofá viendo antiguos partidos de su equipo en la televisión. Estaba siendo un buen verano, su mente había terminado exhausta tras el agotador año universitario, y lo único que le apetecía era dormir, salir a correr para desentumecer los músculos y hacerle el amor a su chica una y otra vez. Aunque la logística y el pueblo no favorecieran a sus encuentros tanto como él quería.

Aquel día, vio el coche de su padre aparcado fuera y entró en la casa con intención de proponerle ver los partidos juntos. Lo encontró en el porche trasero agitando una copa de bourbon y con la mirada perdida en el atardecer.

—¿Un mal día, papá?

—Uno muy malo. He perdido a una paciente... una tan joven como lo era Lisa.

Landon resopló. Se preguntó si algún día su padre superaría aquello. Si Lisa no hubiera muerto, ya habría abandonado aquella casa hacía años y probablemente les habría dado más disgustos que satisfacciones. Aun así, él continuaba hundido con su ausencia, con la idea de no haberla visto crecer.

—¿Quieres ver unos partidos dentro conmigo? Puedo hacer palomitas y... bañarlas en bourbon —terminó con tono bromista mientras le apretaba el hombro.

—Me parece un buen plan, aunque las palomitas mejor con mantequilla.

—Esa no es una opción más saludable, ¿lo sabe doctor Frazier?

Su padre esbozó una media sonrisa, se levantó y le echó el brazo por encima.

—Ven conmigo un momento. Hay algo que quiero darte —le dijo guiándolo hasta su despacho.

Robert Frazier se sentó frente a su escritorio, sacó una llave de un pequeño bote y abrió el cajón inferior. Landon le observaba sin pestañear, expectante por lo que su padre estaba a punto de sacar de ahí dentro.

—Esto lleva aquí demasiado tiempo —dijo mostrándole una pequeña caja burdeos.

—¿Qué es esto, papá? —preguntó a la vez que sostuvo la caja y la abrió con cuidado.

Dentro había un anillo de pedida, con un pequeño brillante redondo engarzado en minúsculas esmeraldas.

—¿Por qué me das un anillo de mamá?

—Este anillo no es de tu madre. Era de tu bisabuela, a tu madre le di el de tu abuela cuando le pedí que se casara conmigo, pero este... antes creí que este iría en otro dedo.

—¿Mónica?

Su padre asintió, con la mirada perdida, como si la estuviera viendo a su lado, y sonrió con cansancio.

—Quiero que lo tengas para cuando lo necesites. La otra noche vi cómo mirabas a Malia, y uno solo mira así a una mujer en toda su vida.

—Entonces, ¿te parecería bien que, llegado el día, me casara con ella?

—Hijo, no es a mí a quien tiene que parecerle bien o mal. Malia es una muchacha especial, quizá demasiado para ti, pero los Frazier tenemos tendencia a ver más allá de donde miran los demás y a ambicionar demasiado. Ahora guarda eso antes de que tu madre lo descubra y vayamos a ver ese partido.

El sábado, Landon y Malia madrugaron para salir temprano hacia el lago Martin. Querían llegar los primeros para disponer la casa antes de que llegaran los demás. Dave y Kendall saldrían hacia allí un par de horas después. Ben había sorprendido a todos con la noticia de que no solo llevaría a Vera sino también a su hermano Toby a pasar el día con la ayuda de una de las enfermeras de Creek Home, y Ally se autoinvitó a última hora junto al colgado de Ryan.

Eran algo más de dos horas en coche, pero Malia las pasó como en todos los viajes: con los ojos muy abiertos, llenándose del paisaje. Le gustaba el *jeep* sin capota de Landon, le permitía sentir el aire y los rayos de sol sobre su piel; y, en las rectas despejadas, abría los brazos y él la animaba a ser pájaro. Eran tonterías que solo ellos entendían, que los hacían reír y los unían con una fuerza sobrenatural.

La casa del lago no era una construcción antigua como la plantación Frazier. Era una edificación moderna, levantada por los abuelos de Landon, que sus padres habían ido modificando cada año para actualizarla a los cambios estéticos. Dentro había pocos muebles y mucho espacio, colores neutros y muchas paredes de cristal que daban sensación de amplitud.

—Guau... Cuando dijiste que vendríamos a la casa del lago me imaginaba una pequeña cabaña con un pequeño embarcadero, pero este sitio es impresionante. Me da miedo tocar algo por si se rompe —le confesó su chica con los brazos cruzados bajo el pecho.

—Qué tontería. Ven aquí conmigo —dijo él, y se tiró sobre el sofá de siete plazas que formaba una «L»—. Te encantarán las vistas que hay desde aquí.

La chica obedeció y se sentó a su lado, él la agarró por la cintura y la sentó sobre sus rodillas.

—Mira hacia allí —le señaló con el dedo.

La casa estaba asentada en una colina que descendía con suavidad hacia una llanura que terminaba en un embarcadero con dos sillas de madera en las que sentarse para ver atardecer.

—Tenemos ese pequeño dique. ¿Quieres ir para bañarnos?

—¿Ya? ¿No esperamos a que lleguen los demás?

—Esperar es una pérdida de tiempo —dijo él con picardía tirando de su vestido para sacárselo por la cabeza. Buscó su ombligo con los labios y ascendió dejando un reguero de besos en su cuerpo.

Landon sintió como la chica se estremecía entre sus brazos, bañada por el sol que entraba por aquellos enormes ventanales. De un tirón se quitó él la camiseta y se tumbó sobre ella en el sofá.

—O podemos dejar el baño para luego—besó con impaciencia su cuello y metió la mano por debajo de su cuerpo para hacerse con aquel trasero redondo que le volvía loco.

—¡Landon! Pueden llegar en cualquier momento —protestó ella entre risas para deshacerse de él.

Él gruñó, abandonó su cuello para buscar sus labios y, sin dejar de besarla, le dio la razón. Se armó de fuerza para detenerse y accedió a ir hasta el embarcadero, aunque no tenía intención de dejar las cosas a medias; el agua también se le daba bien.

Malia corrió colina abajo hacia el lago, y la visión de su cuerpo casi desnudo, con aquel bikini de ganchillo color blanco que realzaba el moreno rojizo de su piel hizo que él corriera tras ella y que se lanzara de cabeza al agua desde el muelle tras desprenderse de su bañador.

—¡Estás loco! Pueden vernos...

—¿Quiénes? ¿Las truchas? No hay nadie, no tengo vecinos cerca. No hay chicos en el espigón, no hay barcos navegando... No hay N A D I E, y yo... estoy muerto de hambre de ti.

Con un brazo se agarró a uno de los diques del embarcadero y con el otro la atrapó por la cintura. Ella lo rodeó con las piernas y se rindió a sus deseos. Dejó que sus dedos deshicieran el nudo que sostenía la parte de arriba de su bikini al cuello y, protegidos del sol bajo los tablones de madera, Malia se irguió para facilitarle el acceso al resto de su cuerpo. Él ya conocía sus puntos débiles, reconocía los sonidos de su garganta, sabía lo que significaban los diferentes ritmos de su respiración y cómo guiar sus manos por el mapa de sus curvas. Ante eso, ella no tenía escapatoria alguna. Fue suya, Malia se dejó amar y él supo aprovechar bien el tiempo.

Aún estaban enlazados en el agua, dejándose mecer por ella, exhaustos, cuando escucharon voces y Malia abrió los ojos alarmada. Landon la soltó y se agarró del borde del embarcadero para mirar hacia la colina y recuperar sus bañadores.

—Son Dave y Kendall. Quédate por aquí bañándote tranquila, ahora traeré unas toallas —le dijo con un último beso apasionado en los labios fuera de la visión del mundo—. Les enseñaré la casa.

Landon sabía ser un buen anfitrión, había tenido una buena maestra; llevó a la pareja hasta su habitación y les dejó tiempo para acomodar sus cosas mientras preparaba algo de beber y comer en la cocina para ofrecerles. Ally y Ryan no tardaron en aparecer y se unieron a ellos. Para cuando llegó Ben con el resto, todos estaban bañándose en el lago, pero salieron a su encuentro para darle una enorme bienvenida al pequeño Toby. El chico les regaló a todos una espléndida sonrisa con aspavientos en sus manos y sonidos de alegría. Los acompañaba su enfermera Jud; Landon la conocía de las veces que había ido a visitar al pequeño a la clínica, aunque aquel día no parecía especialmente simpática. Pensó que quizá tuviera que ver con la presencia de Vera y su reciente relación con Ben. Ninguna de las dos chicas parecía muy contenta, se lanzaban miradas afiladas y, en cuanto Toby estuvo sentado en su silla adaptada, la neoyorquina se quitó los zapatos y casi con un rugido anunció que se iba a lanzar del alto peñón al que había llegado un grupo de chicos que habían hecho lo mismo. La enfermera adelantó a Ben sin mirarle, empujando la silla del chico, y Landon elevó una ceja ante la escena.

¿Acaso su amigo había tenido algún tipo de relación con aquella bonita enfermera? ¿Estaba con ambas a la vez? De repente, Ben pareció ser todo un Don Juan, y Landon no pudo evitar disfrutar de lo lindo mientras su amigo se rascaba la nuca y sus ojos danzaban de un lado a otro con nerviosismo.

Hicieron un picnic bajo los árboles a la orilla del lago, jugaron al vóley, volvieron a bañarse, se pasaron el balón de fútbol y cantaron algunas canciones de Sugarland para practicar antes del concierto. Vera no solo sabía hacer saltos acrobáticos sobre el agua; también dibujaba muy bien, e hizo caricaturas de todos en versión de cómic y se rieron con las imitaciones que Ryan sabía hacer de los habitantes de Abbeville, hasta que Toby tuvo que marcharse a la clínica con Jud en una ambulancia. Había sido un buen día, todo el mundo se lo estaba pasando bien. Todo el mundo, a excepción de Malia, porque Landon vio como la chica parecía tener la mente en otro lugar.

—Te prometí que sería un buen fin de semana —le dijo Landon a Malia de camino al interior de la casa, esperando que se abriera a él. Debían arreglarse para ir al concierto, pero no quería seguir así, con la sensación de que algo se le escapaba de las manos.

—Lo está siendo —contestó ella con una sonrisa serena.

Sin embargo, en cuanto la chica puso un pie dentro de la casa, volvió a tensarse como un conejito en su jaula de transporte.

—¿Qué te ocurre, Malia? Dices que estás bien, pero no lo estás. Has estado más callada que de costumbre, llevas todo el día perdiendo la vista en el horizonte mientras los demás reímos y, en cuanto pones un pie aquí dentro, te encoges. No puedes sentir claustrofobia aquí, estás rodeada de ventanales. ¿Qué te ocurre?

—Estoy bien, es solo que... todo es demasiado real.

—¿Demasiado real? ¿Qué quieres decir con eso? —Landon arrugó el entrecejo y puso las manos en sus caderas.

—¡Malia, ven! Vamos a arreglarnos juntas. He traído todo mi equipo de belleza, pero necesito que me ayudes con las trenzas. —Kendall la llamó desde uno de los baños.

—Lo siento, Landon, es culpa mía... Todo está bien, no te preocupes. Vamos a arreglarnos o no llegaremos al concierto.

Malia soltó su mano y fue corriendo hacia Kendall, pero él se quedó quieto en medio de aquel pasillo, con la sensación de que nada iba bien. No lo entendía, no era capaz de leer la mente de Malia, pero sabía que algo estaba torturándola, algo que la alejaba de él justo cuando parecía que el camino se despejada de baches y de obstáculos. ¿Real? Se preguntó qué había querido decir, por qué esa palabra podría tener una connotación negativa para ambos, porque para él era una palabra genial. «Real» era bueno. «Real» era algo posible. «Real» era mucho mejor que un sueño. Se fue hasta su cuarto para ponerse unos vaqueros y una camiseta, se peinó usando solo los dedos, y decidió dar un pequeño paseo alrededor de la casa para evitar cruzarse con Malia mientras ella se arreglaba. Le había molestado mucho aquello, necesitaba serenarse antes de ir al concierto, porque aquel iba a ser un fin de semana increíble y una sola palabra se lo había echado abajo.

43

«Escucha a la gente que quieres y escucha a la gente
en la que confías, pero sobre todo escúchate a ti mismo».

Friday night lights (serie)

Malia no podía respirar bien. Sentía que se ahogaba, y no era claustrofobia como temía Landon. Era pánico. Todo era demasiado real, el mundo
que los envolvía y arrastraba. Aquella casa maravillosa, pero que le recordaba tanto a Reese Frazier y sus comentarios tan cordiales como afilados
que le recordaban quién era ella, quién era su hijo, cómo funcionaban las
cosas en la vida, cómo se suponía que iba a ser la suya. Por un momento,
se había imaginado llevando una vida igual a la de ella, y había arrancado
a llorar sobre su almohada. Landon sería un maravilloso médico que tra-
bajaría en algún hospital importante algún día, mientras ella... ¿ella qué?
¿Seguiría atrapada en Abbeville vendiendo flores en la pequeña tienda
de su madre? ¿Cómo de posible era unir aquellas dos vidas? Landon
creía con toda su alma que funcionaría, pero algún día él abriría los ojos
y la dejaría. Volvería a dejarla, porque ella se ahogaba continuamente en
el mundo y, aunque él siempre la quería sujetar con fuerza, terminaría
cansándose de aquello.

Durante aquel año se había convencido de que, si Landon decía que
funcionaría, así sería, y había dejado que los días se sucedieran. Disfrutaba de los instantes que compartían, había exprimido sus encuentros y
los días de aquel verano parecían un paréntesis que el tiempo les daba
para poder amarse sin restricción. Landon la tocaba y ella se deshacía.
Landon le hablaba y ella se hipnotizaba con el sonido de su voz. Él le

prometía la luna y ella sentía que de verdad era suya. Pero cuando los temores irrumpían como golpes de machete en su burbuja de felicidad, explotaba y caía sobre la cruda realidad.

Dejó que Kendall le pusiera más colorete del que necesitaba y una máscara de pestañas que alargó su mirada hasta el infinito. Las chicas reían, cantaban y compartían confidencias en el baño hasta que Dave comenzó a pitar desde la camioneta para llamarlas y para marcharse.

Malia salió la última, y Landon estaba esperando en la puerta con las llaves en la mano para cerrar la casa. Notó que estaba serio, pero que al verla se le derretía la mirada, porque la recorrió de arriba abajo. Se acercó a él, le puso una mano en el pecho y le dijo que lo quería.

—Y yo, Cascabel... —contestó como si fuera una obviedad y no entendiera por qué parecía haber algún problema a pesar de aquello.

—Vayamos al concierto. Llévame a bailar —le sonrió, aunque en realidad era una súplica. Como si así todo pudiera volver a ser posible entre ellos.

Al llegar al recinto del concierto, los chicos fueron a por unas cervezas mientras las chicas se hacían fotos. Ally coqueteaba con todo aquel que se le cruzaba por delante, Kendall reclamó a Dave pronto para poder avanzar puestos hacia el escenario y Vera fue tras Ben, que parecía tenso entre la multitud.

—Estás preciosa. —Landon no pudo evitar acariciar con sus dedos la espalda que aquel vestido blanco de flecos dejaba descubierta.

Malia buscó su abrazo y hundió la cabeza en su pecho. Él la abrazó como si supiera que lo necesitaba y, cuando las luces se apagaron y los primeros acordes sonaron, se fundieron en un beso.

Malia intentó disfrutar del concierto, se sabía todas las canciones porque Kendall se había encargado de metérselas en la cabeza y, al menos, mientras cantaba, se sentía feliz. La música, el ambiente animado, los bailes y la algarabía general hicieron que lo que atormentaba su mente se disipara y, de regreso a la casa del lago, parecía sentirse mucho más animada. Landon estaba muy pendiente de ella, sabía que quería hablar, pero no hasta estar a solas, y Malia hizo todo lo posible por evitar estarlo.

Quería dejarse llevar, apartar de su mente los miedos y vivir el instante. Besarle, reír con los demás, comer, beber, bailar...

Decidió hacer un ritual purificador para todos alrededor de la hoguera que habían encendido para asar malvaviscos, y ellos acogieron la idea con entusiasmo, algo afectados ya por la cantidad de cervezas ingeridas. Ella cantó y danzó descalza a su alrededor, jugando con las sombras de su cuerpo que se proyectaban sobre sus amigos, y terminó sentándose sobre las piernas de su chico, que la acogió deseoso, con la mirada vidriosa porque había bebido demasiado, porque era ya muy tarde y porque la lujuria dentro de él había crecido al verla bailar. Landon se levantó con ella en brazos y se despidió de todos para llevársela dentro de la casa.

—Ahora sí que vamos a bailar, preciosa. Hasta caer rendidos el uno en el otro.

Y con aquella frase, Malia dejó de pensar y volvió a entregarse a él, dejando fuera del dormitorio todos sus demonios.

Malia se despertó al amanecer y se escabulló de los brazos de Landon, que aún dormía profundamente. La casa estaba sumida en un profundo silencio, y salió deseosa de captar la serenidad de los primeros rayos del sol. A lo lejos, vio las ascuas de la hoguera junto a las que permanecían Ben y Vera dormidos. Los dejó atrás y trepó hasta el alto peñón desde el que la chica se había lanzado al vacío la tarde anterior. Allí, en lo alto, se sentó. Inspiró hasta llenar sus pulmones con el rocío de la mañana e intentó capturar el sol entre sus manos. Sintió paz, y se preguntó por qué aquel miedo odioso insistía en atacarla cuando todo aquello era tan maravilloso.

Más allá de lo correcto o lo incorrecto, de lo que debía ser o no, era donde estaba ella. Se sentía en el medio de la nada, tal y como estaba en aquel instante, sobre aquella roca, lejos del mundo real donde se hablaba demasiado, se juzgaba demasiado, donde había demasiadas ideas y juicios.

—No pensarás tirarte desde ahí...

—¡Landon! Me has asustado.

—Y tú a mí. Te he visto mirar al vacío tan concentrada que he pensado que querías lanzarte a él.

El chico se sentó detrás de ella y la abrazó. Permanecieron callados un rato, mientras la luz iba poco a poco ganando centímetros a sus pies.

—¿Me quieres, Malia?

—Tanto que, cuando estamos juntos, me sobra el resto del mundo —dijo ella acomodando la cara en su brazo.

—¿Te gustaría vivir en una isla desierta, los dos solos, como los Robinson?

—Algo así sería fabuloso —sonrió.

—Entonces, ¿por qué siento que, aunque estás entre mis brazos, te me estás escabullendo?

Ella giró la cabeza para mirarle a los ojos, unos ojos azules que no lo comprendían. Pero ¿cómo hacerle entender algo a él que ni siquiera ella era capaz de comprender ni controlar? Malia suspiró.

—Estoy aquí, Landon —le contestó simplemente, y le animó a regresar a la casa para preparar el desayuno.

Todos estaban resacosos pero hambrientos y parlanchines. Las chicas hicieron tortitas y los chicos el café.

—Malia, eso que hiciste anoche, el ritual... ¿Son siempre iguales o son diferentes para cosas distintas?

—Hay muchos rituales, Vera. De sanación, de renovación, de gratitud...

—¡Qué guay! ¿Y cómo sería uno de gratitud? Estaría bien hacerlo para darle las gracias a Landon por este fin de semana —dijo Kendall mientras recogía su plato.

—Necesitaría mis piedras y mis plantas. Amatista, jade, cristal de cuarzo. Leche de coco para el baño, pétalos de rosa, caléndula, mis aceites... Pero podemos juntar las manos a la altura del corazón, dar las gracias en voz alta por la poderosa energía que hemos creado juntos este fin de semana y ofrecerla al mundo para hacerlo un lugar mejor.

Todos miraron a Malia y luego se miraron entre ellos y, aunque hubo risas, todos la imitaron y aplaudieron al final.

—Con esto te forrarías en Nueva York. La gente paga una pasta gansa por este tipo de cosas; sobre todo por West Village, Chelsea, Tribecca o Brooklyn. Les encanta lo ecológico, lo natural y espiritual. Tus baños rituales y tus mosaicos de flores serían un éxito.

—Muchas gracias, Vera. Lo tendré en cuenta si algún día me decido a ir hacia el norte —contestó con un nudo en la garganta.

—Mamá Tawana podría convertirse en una franquicia. Tiene un buen nombre comercial —bromeó Landon.

Todos aplaudieron la idea mientras ella se preguntó si su lugar en el mundo tenía dirección, si estaría fuera de Alabama, si pensar en algo así no la separaba más de Landon.

Ben y Vera se marcharon después de desayunar, Ally y Ryan arrancaron la moto poco después, pero Dave y Kendall pensaron en aprovechar la casa un poco más. Se dieron juntos un baño en el lago, se secaron al sol sobre el embarcadero y regresaron a la casa para recogerlo todo.

—Yo, en Nueva York... ¡Vera está muy loca! —comentó en la habitación mientras guardaba las cosas en su macuto y Landon se afeitaba.

—Ey, ¿por qué va a ser una locura? Tú puedes hacer todo lo que te propongas.

—¿Y nosotros? ¿Podemos hacer nosotros todo, a la vez, y seguir juntos?

Landon la miró por el espejo y en seguida se limpió el resto de crema de afeitar de la cara con una toalla para ir hacia ella.

—Así que eso es lo que te preocupa, lo que ha hecho que estés rara estos días... ¿De qué tienes miedo? ¿Por qué vuelves a dudar de nosotros?

—Por lo que dijo tu madre, por lo que ha dicho Vera. Tengo miedo cuando pienso en cómo vamos a seguir con lo nuestro si nuestros caminos aún no están marcados, si tú tienes que terminar la carrera, una muy larga y difícil, mientras que yo no tengo siquiera un futuro claro. El verano terminará, tú volverás a Duke, yo volveré a Abbeville, otro año más... De viajes, visitas, llamadas. ¿No crees que terminarás cansado? ¿Que querrás otra cosa...?

—¿Terminarás cansada tú? —preguntó él buscando sus manos—. Porque yo lo tengo muy claro, y ya no sé de qué otra forma puedo demostrarte que mi amor es verdadero, que no cambiará por las circunstancias. De hecho...

Malia vio que Landon respiraba fuerte, que se iba en busca de su macuto y que regresaba a ella con un paquete entre las manos.

—Quería decirte algo... Me dijiste que tu padre estaba bastante cerca, en el Festival Creek de Blues de Aliceville, por lo que había pensado que podíamos ir hacia allí en lugar de regresar a Abbeville hoy porque... Porque así podría ir a pedirle tu mano.

Landon abrió frente a ella la caja burdeos y, cuando ella vio aquel anillo brillante rodeado de pequeñas piedras verdes, se tapó la boca con una mano y dio un paso atrás. Landon no quería pedirle matrimonio con aquel anillo, ya que a su padre no le había dado mucha suerte. Pensaba empeñarlo para comprarle otro sin historia, uno que iniciara la suya propia, pero la situación desesperada lo había lanzado a usarlo.

—¿Quieres casarte conmigo, Malia Tullis? —insistió él recuperando el paso que ella había retrocedido.

—¿Pero qué haces, Landon? ¿Por qué me haces esto? —le preguntó asustada. Volvió a dar un paso atrás y escondió sus manos como si tocar el anillo fuera como acercarse al fuego.

—Joder, Malia. Porque te quiero.

—Pero no puedes hacerlo... ¡Somos muy jóvenes! ¿En qué estás pensando? No puedes venir y hacer esto una y otra vez.

—¿Hacer qué? ¿Qué hago una y otra vez? ¿Decirte que te amo?

—¡Los grandes gestos! Los anuncios en los letreros en el campo de fútbol, los viajes en globo... «¡Vente a vivir conmigo a Duke!». «¡Cásate conmigo!». Se te da genial hacer todo eso, pero no sabes si eres capaz de asumir esas palabras... de asumir la realidad.

—¿Qué realidad, Malia? Ilumíname, porque te juro que no te entiendo.

—Pues ese es el problema, que no lo entiendes. Esto no es más que otra señal del universo, porque tú y yo no es algo que pueda funcionar. O quizá algo que nunca debió pasar. —Malia se tapó la cara con las manos y se mordió el labio para aguantar las ganas de llorar.

—¿Te vas a poner a hablar ahora del karma? ¡Que le den al universo! Nuestro problema no es cosa del destino cósmico o como quieras llamarlo. Nuestro problema hasta ahora he sido yo. Mi inmadurez primero, mi cobardía después, mi indecisión en algunos momentos... Pero he crecido, sé lo que quiero y estoy dispuesto a gritarlo si hace falta. La cuestión es que tú eso lo ves solo como un gran gesto, eso has dicho... ¿No te lo crees o el problema de verdad es que tú no sientes lo mismo? Yo quiero pasar el resto de mi vida contigo, ¡quiero casarme contigo!

Landon abrió sus brazos exponiéndose al completo frente a ella. Su pecho subía y bajaba acelerado, y había alzado el tono de voz sin darse cuenta.

—Es que la gente dice «estoy casado», como si fuera un escudo a la tentación, en lugar de decir «amo a esta persona». Usan una promesa, un anillo, para salvaguardar la relación, como si el amor por sí solo no fuera suficiente. Yo quiero que el amor sea suficiente. No necesito un anillo para ser valiente ni para amarte. ¿En eso consiste tu plan? ¿En hacer que lo nuestro funcione porque estaremos atados por el anillo?

—Pero ¿qué estás diciendo, Malia? ¿Tú te estás escuchando? Solo quería demostrarte hasta dónde estoy dispuesto a llegar por estar contigo. ¿Qué tiene de malo casarse? ¿Tan horrible sería que lo intentáramos? Podrías venir este año a Duke, probar cosas nuevas o llevarte la furgoneta de tu madre y expandir el negocio. Estaríamos juntos. Además, te encantaban las bodas. Hace años me dijiste que eran lo más maravilloso del mundo; ver a dos personas que se iban a querer durante el resto de sus días...

—Por Dios bendito, Landon. ¡Tenía diez años! Y después mis padres se separaron y el «para siempre» dejó de existir para mí.

—No, Malia. Dejó de existir para ellos. Pero para nosotros puede haberlo.

—¿Cómo?

—Con amor, con confianza.

Landon le agarró las manos, pero ella las escurrió lentamente hasta separarse del todo de él. Malia sentía que se ahogaba, que el aire no le llegaba a los pulmones. Abrió una ventana y sacó la cabeza afuera. Tan solo podía oír la risa chillona de la señora Frazier. Se le amontonaron en la cabeza decenas de imágenes con los cubiertos de plata y sus collares de perlas, revivió momentos de su vida, como cuando despidieron a su madre, cuando su padre gritó y tuvieron que irse de la reserva, los besos de Landon con aquellas chicas del instituto, la imagen de un futuro en el que ella lo esperaba en una casa llena de habitaciones vacías con un delantal atado a la cintura... La imagen de él abandonándola.

—No lo creo, Landon. No creo en los «para siempre».

—¿Entonces qué significa esto? ¿Se ha acabado los nuestro?

—Necesito espacio. Me iré con Kendall en su coche de vuelta a Abbeville.

Landon alzó las cejas, cerró la caja del anillo y lo lanzó contra la pared.

—Estupendo. Me parece estupendo.

El chico salió furioso del dormitorio, y pegó un portazo que dejó intacta la madera, pero que resquebrajó por completo su corazón.

44

«You can pretty lie and say it's okay
You can pretty smile and just walk away
Pretty much fake your way through anything
But you can't cry pretty[18]».

«Cry pretty», Carrie Underwood

¿Qué demonios significaba todo aquello? Landon salió hecho una furia y, cuando se cruzó con Dave, lo mandó al cuerno, aunque él no tuviera culpa de nada. Para cuando regresó a la casa tras un largo paseo bordeando el lago, Malia ya se había marchado con él y Kendall. Abrió una botella de bourbon de su padre y se sirvió un vaso antes de sentarse en uno de los sofás del salón. Le dio un trago demasiado largo, abrasador y azucarado. Se quedó mirando un buen rato los colores dorados del licor y al final terminó lanzando el vaso con rabia al frente.

No entendía por qué Malia huía de él; por qué, si le quería, la idea de casarse le parecía una condena, y por qué no era capaz de confiar en él, en su palabra, en su amor. Se lo había demostrado durante todo un maldito año. Se había esforzado como nadie en los estudios para poder escaparse con frecuencia e ir a verla, había gastado más dinero del que podría reconocer en billetes de avión, en gasolina y en regalos. Había dispuesto su vida en las manos de ella y, ahora, se la había arrojado a la cara.

---

18. Puedes mentir bastante y decir que está bien. Puedes sonreír y simplemente marcharte, fingir cualquier cosa; pero no puedes llorar bonito.

Landon sacó la caja del anillo de su bolsillo y lo abrió. Cualquier chica se habría caído de culo al verlo, pero ella ni lo había tocado. Pensó que quizá estuviera maldito.

¿Demasiado jóvenes? Sus padres se habían casado a esa edad y aún seguían juntos, con sus altibajos, pero todavía enamorados, sujetándose el uno al otro. No comprendía que Malia no quisiera aquello solo porque sus padres se hubieran separado. Cada historia de amor era diferente, cada persona era diferente... eso lo sabía bien, porque no había sido capaz de encontrar a nadie como ella.

Le había pedido espacio y él se lo había dado. Se quedó en el lago unos días solo y, cuando la espera se volvió insoportable, la llamó, pero tenía el teléfono apagado. Entonces decidió regresar a Abbeville y fue a buscarla a la floristería. No podía dejar las cosas así, necesitaba una conversación más serena. Esperó a que la tienda hubiese cerrado para no interrumpirla en su trabajo, pero cuando entró tan solo encontró a Lomasi dentro.

—Necesito hablar con Malia —le dijo vencido.

—Landon, cuánto lo siento... No está.

—¿Está fuera haciendo alguna entrega? —Aquella mirada quería transmitir algo más, notó que la madre de la chica tragaba saliva antes de contestarle con pena.

—No está en el pueblo. Se ha marchado con Callum a la reserva, y creo que deberías dejarla. Malia no es como las demás chicas.

—Señora, eso ya lo sé yo. ¿Por qué se cree que estoy enamorado de ella?

—Sé que la quieres, pero...

—Pero ella no me quiere a mí, ¿es eso lo que quiere decirme? ¿Se supone que la tengo que dejar en paz entonces?

—Tú le hiciste una pregunta y ella se marchó, creo que eso en sí es una respuesta.

—Me pidió espacio —dijo él exasperado.

—Pues dáselo.

—Sí, claro. Buenas tardes, señora.

Landon salió aún más enfadado de la tienda, porque ¿acaso los días que ya habían pasado no eran espacio suficiente? Se preguntó cuánto tiempo más necesitaba Malia para saber si lo quería o no.

Llamó a Kendall, por si ella había hablado con Malia, pero la chica dijo que no sabía nada de ella desde que habían vuelto. También probó suerte con Ben, pero el muchacho aquel día también parecía tener sus propios problemas con Vera, y no sabía nada de nada. Decidió coger el coche para ir a hasta la reserva, porque, si aquello iba a terminar, si aquella historia de amor ya tenía escrito su final, necesitaba saberlo. Sin embargo, tras el largo viaje en carretera, no la encontró allí.

—Necesito hablar con ella —le dijo a Mamá Tawana.

—No puedes enjaular al aire —le contestó.

—Yo no quiero enjaular a nadie, solo quiero hablar con ella —le contestó a la anciana con toda la paciencia de la que pudo armarse.

—Pues tampoco puedes frenarlo, hijo. No puedes frenar el aire, solo puedes dejarte llevar por él de mala gana, y terminarás arrasado; o de buena gana, y volarás.

Landon la miró desesperado, pero los ojos de la anciana eran más fuertes que los suyos. Respiraron acompasados unos segundos y, al fin, Landon relajó los hombros y respiró.

—Mierda —se lamentó cerrando los ojos—. Me pidió ir a su ritmo y yo he vuelto a precipitarlo todo. Con la cena en casa de mis padres, con el anillo...

—Está claro que tienes orejas, ahora aprende a escuchar. Y a esperar. No te queda otra —sentenció la chamana con un golpe de cabeza.

El viaje de vuelta a Abbeville fue terrible. Jamás había vuelto a llorar desde la muerte de Lisa; no era de los que se desahogaban llorando, sino dándole patadas a las cosas o haciendo deporte hasta la extenuación. Sin embargo, en cuanto salió de la reserva, algo dentro de él se quebró, y las lágrimas se escaparon de sus ojos mientras apretó la mandíbula con todas sus fuerzas para intentar frenarlas en vano. ¿Cómo podría vivir sin ella? Sin saber qué nueva constelación habría descubierto en el cielo cada noche, con qué flor se habría preparado su infusión para dormir, sin escucharle decir su nombre rogándole más y sin sus besos, sin su olor. Le dolía tanto el pecho que terminó por parar a medio camino, temiendo que estuviera dándole un infarto, aunque en realidad sabía que aquello no era más que un ataque de pánico. Se tomó un café en un bar de carretera y al amanecer llegó a su casa con tal sensación de vacío que hasta encontró consuelo en los brazos de su madre.

Su padre le consiguió unas prácticas de verano en un hospital de Georgia, y Landon se agarró a ellas con la intención de sobrevivir. Mientras él se hundía, Ben también estaba pasando por su propio calvario. El padre de Vera había aparecido en Abbeville para llevársela de allí, Toby había enfermado y lo habían ingresado en Dothan, y de alguna forma la cabeza de Ben se había lanzado a escalar una montaña de números que crecía y crecía. Landon fue a visitarle al hospital antes de marcharse, y se le cayó el alma a los pies cuando lo vio con aspecto de llevar despierto días, con el pelo revuelto, la ropa manchada de tinta y comida, y con la mirada perdida dentro de aquel montón de folios que amontonaba en una mesa.

—Toby saldrá de esta, colega.

—Lo hará, pero tenemos que salir los dos de aquí, de este laberinto. Tengo que encontrar la salida —le contestó con las pupilas dilatadas.

—¿Desde cuándo no duermes, Ben? Así no serás capaz ni de sumar dos y dos.

Landon se lo llevó a un hotel y le obligó a dormirse mientras él regresaba al hospital para estar cerca de Toby. Al día siguiente, se lo encontró aseado y de vuelta a sus números con varias libretas del hotel que había conseguido del carro de limpieza.

—Siento tener que marcharme, pero si me quedo en Abbeville creo que me moriré. No soporto estar allí sin ella; cada esquina tiene un puñetero recuerdo suyo. —Se agarró el flequillo con los dedos y tiró de él hacia atrás.

—No te preocupes, lo entiendo. Nosotros estaremos bien. Saldremos de esta. Y tú no te des por vencido. Nunca lo has hecho y, si tuviera que apostar, todos los parámetros me dicen que, jugando con la variable del tiempo, todo saldrá bien.

Landon alzó los ojos hacia él y se preguntó desde cuándo para él el amor se había convertido en algo que se podía calcular.

—A veces pienso que, si me hubiese convertido en un árbol, nuestra relación habría sido mucho más fácil. Pero, si quieres que me agarre a ese tipo de esperanza matemática, lo haré, porque ahora mismo me agarraría a lo que fuera.

—Tienes que obedecer a lo que yo llamo el Teorema de Júpiter: ella debe ser tu Sol, la estrella más grande de tu firmamento, la más brillante, la más poderosa; alrededor de la que orbitar a una distancia constante. Y tú debes de ser Júpiter para ella, el astro que más brilla después del Sol. Tiene miedo de perderte, así que debes hacerle saber que siempre que levante la mirada te podrá ver; que serás su constante.

—¿Que tiene miedo de perderme? ¿Por eso se ha marchado Dios sabe dónde?

—No se puede perder lo que no se tiene.

—Pues te aseguro que ella es mi Sol —declaró con desesperación.

—Pues hazle ver que tú eres su Júpiter, o su unicornio, aunque esa probabilidad matemática aún no he terminado de comprenderla.

Landon le dio un abrazo, porque pensó que había empezado a desvariar, y se despidió de él dispuesto a tomar un avión. Le deseó suerte y prometió seguir llamándole para comentar los partidos de los viernes cuando empezara la temporada de fútbol. Landon le dejó pagadas dos noches más de hotel y abandonó Alabama.

45

«El pueblo de mi padre dice que, cuando nacieron el Sol
y su hermana la Luna, su madre murió. El Sol le ofreció
a la Tierra el cuerpo de su madre, del cual surgió la Vida,
y de su pecho extrajo las Estrellas y las lanzó hacia el
cielo nocturno en memoria de su espíritu».

El último mohicano (película)

Los havasupai la habían acogido en su tribu con los brazos abiertos. Había oído hablar mucho de sus cascadas Havasu y de Supai, el recóndito pueblo, prácticamente inaccesible, en el que se encontraban. Y, quizá porque no era ir más al norte ni más al sur, se decidió por ir al oeste y fue hacia allí, donde pensó que nadie la encontraría.

Se sentía tan culpable, tan perdida, tan decepcionante para todos... Había decepcionado a su padre al no estudiar, al no convertirse en alguien de provecho que regresara a la reserva para sumar a la comunidad. Después, había decepcionado a Mamá Tawana al no querer quedarse a vivir con ella para seguir sus pasos. Su madre no le había dicho nada, aunque sabía que también le había decepcionado la forma en que había dejado a Landon, aunque le hizo saber que siempre tendría las puertas abiertas de su casa y de la floristería, y la animó a buscar lo que fuera que necesitaba encontrar. Y a Landon... A él no solo lo había decepcionado, le había fallado, engañado, abandonado. Lo había destrozado. Porque, aunque su propuesta era descabellada, prematura, apresurada, quizá fruto del miedo que sentía el chico al ver que se le escabullía entre los dedos, él la amaba con locura.

El chico tenía razón al decir que a ella le faltaba fe en su amor. Tenía tanto miedo de todas las cosas que podían salir mal que, ante aquella simple pregunta que se respondía con un sí o un no, había decidido no contestar. Había salido huyendo al corazón de Arizona, montada en una furgoneta llena de flores y con todo el dinero de la caja de galletas saladas.

No sabía cuánto duraría aquel viaje, no tenía claro con qué fin lo hacía, pero lo que sí supo desde el primer momento fue que cada kilómetro recorrido no la hacía sentir más libre.

Al llegar donde los suapi, que recibían muchas visitas turísticas a pesar de lo complicado que era acceder a ellos, había tenido que dejar la furgoneta aparcada al final de la carretera, en una zona de aparcamiento rudimentariamente señalizada, porque no había forma de llegar al poblado conduciendo. Solo se podía llegar a pie o a caballo por caminos de piedra y arena durante ocho kilómetros. Por ello, antes de perder toda posibilidad de contacto con el mundo, había conectado el teléfono móvil, regalo de Landon, y le había mandado un último mensaje de audio, porque no tenía valor de escuchar su voz con una llamada.

«Si me quedara contigo, si siguiera viviendo el presente sin pensar en el futuro... sería feliz. Yo sería feliz. Pero no se puede vivir en un presente eterno, el futuro siempre llega y, aunque lo único claro que tengo en la vida es que te quiero en él... porque te amo, Landon, con toda mi alma... No soy capaz de verme en un lugar concreto, ni soy capaz de ver qué estaré haciendo dentro de un tiempo. No sé qué es lo que quiero, no sé quién soy en realidad y, si ni yo sé quién soy, quiere decir que tú estás enamorado de alguien irreal, de alguien que has idealizado en tu cabeza. Por lo que un día te despertarás y te darás cuenta de que no soy quien creías que era, y... me dejarás. Por eso creo que no es justo seguir con lo nuestro. Ni para ti, ni para mí. Sé feliz sin mí, Landon. Y perdóname».

Después de aquello, lloró. Lloró mucho para sanarse por dentro, para perdonarse a sí misma. Ya había pasado por algo así, sabía lo que era echar terriblemente de menos a Landon, sabía lo que era vivir pensando que todo había acabado entre ellos, pero eso no lo hacía más fácil aquella segunda vez. Sin embargo, en medio de aquel dolor, conoció a alguien de forma inesperada. Alguien que le hizo cuestionarse todo hasta abrir en canal su alma: Amanda.

Amanda era una neoyorquina recién divorciada de cincuenta años, que había llegado a Supai en una curiosa peregrinación espiritual y que había entrado a vivir en el mismo barracón en el que Malia se hospedaba. La mujer buscaba el sentido de la vida justo después de un tortuoso matrimonio que la había dejado totalmente perdida y, en cuanto conoció a Malia, algo surgió entre ellas. Se hicieron inseparables. Pasaron a formar parte de la comunidad, trabajando activamente con ellos. Malia no tardó en hacerse un hueco como sanadora, poniendo en práctica todas las enseñanzas de su abuela, y resultó ser un gran reclamo para los turistas. Amanda también quedó totalmente fascinada con sus baños rituales y, de alguna forma, la chica se abrió con aquella desconocida como jamás lo había hecho con nadie. Quizá porque precisamente era una desconocida y podía hablar de sus sentimientos sin temor a la censura, a la crítica o a la decepción. Hablaron hasta agotar sus mentes, lloraron mucho, y dejaron totalmente expuesto su corazón, y lo más inesperado fue que encontraron juntas la fuerza con la que luchar contra el miedo.

—¿Estás segura de que ha llegado el momento de marcharte, Amanda? —le preguntó Malia.

—¿Acaso no crees que ocho meses juntas aquí no ha sido suficiente? Yo estoy preparada para salir ahí fuera. Quiero volver a mis rutinas superficiales, a mis clases de Pilates avanzado, incluso estoy pensando en abrirme una cuenta en alguna aplicación de citas.

Malia rio y se abrazó a ella con fuerza.

—Te voy a echar de menos. —La chica se enjugó una lágrima con el reverso de su mano e inspiró.

—Bueno, en cuanto tú también salgas de aquí y vuelvas a la civilización, podrás encender el teléfono, y estaré a un número de distancia. Además, tenemos algo que sacar adelante.

—Sí, lo tenemos. Te prometo que no tardaré. Deséame suerte —pidió antes de soltarla.

—La suerte es para el resto de los seres humanos, los que no vemos colores en el viento. Tú tienes mucho más que la suerte a tu favor. Tú tienes magia.

Aquel día Amanda se marchó de Supai, pero ella se quedó un poco más, tan solo para poder despedirse del lugar en calma. Eligió un día de primavera para volver a salir al mundo real; sabía bien dónde quería ir, o más bien hacia quién quería ir. Sabía que tenía pocas posibilidades, que en realidad no merecía ninguna segunda oportunidad, pero, si no lo intentaba una última vez, viviría el resto de su vida sintiéndose una cobarde.

Salió de madrugada para evitar sufrir durante la larga caminata las altas temperaturas del cañón por la mañana. No sabía el estado en el que encontraría su furgoneta, ni si seguiría aparcada en el mismo lugar donde la había dejado tantos meses atrás, pero estaba resuelta a ir afrontando los problemas uno a uno.

Las altas paredes rojizas y laminadas que se alzaban a ambos lados del sendero hasta el Cañón de Havasu parecían tocar los millares de estrellas que plagaban el cielo del Gran Cañón. Conocía bien el camino, y lo fue salvando con el corazón emocionado.

—¡Malia! —Oyó su nombre rebotar por las paredes y el pulso se le paró, porque aquella voz era inconfundible, porque era imposible que él estuviera allí, porque estaba sola en medio de la nada y eran las cuatro de la madrugada.

—Malia —volvió a oír unos metros por delante de ella, por donde una pequeña luz que parecía salir de un dispositivo frontal se le aproximaba.

—¿Landon? —preguntó incrédula, intentando reconocer la cara detrás de la luz.

—Es increíble lo lejos que te hace llegar el amor, pero esto ya no tiene nombre... He estado a punto de abrirme la crisma bajando ese desnivel durante el primer kilómetro.

El chico por fin llegó hasta ella y se quitó el dispositivo de la frente para iluminar el suelo a sus pies.

—Pero, ¿qué haces aquí? —acertó a decir la muchacha.

—Eso te iba a preguntar yo. Me acabas de arruinar la sorpresa. Tenía pensado hacerme pasar por un turista que había caído enfermo y que necesitaba los cuidados de la famosa sanadora de los havasupai.

Malia se puso las manos en la boca y abrió los ojos totalmente desconcertada.

—¡Estás aquí, Landon!

—En carne y hueso, y con varias capas de polvo.

—Estas aquí... ¿Por qué estás aquí? —Malia dirigió una mano temblorosa hacia él, aunque no llegó a tocarle. El calor que desprendía su cuerpo era suficiente prueba para saber que era de verdad, que no era ninguna aparición o una alucinación de su cerebro. Era él, porque solo él podía hacer algo así. Aparecer de pronto, en el momento justo, en el lugar exacto.

—Recibí una llamada de Callum hace unas semanas. La verdad es que era la última persona que pensé que me diría dónde encontrarte.

—¿Callum te lo ha dicho? ¿Y cómo se enteró él? Dios, es que no me puedo creer que estés aquí. —Su cuerpo temblaba de emoción y desconcierto.

—Al parecer, una mujer de Nueva York llegó hace unos días a Poarch Creek. Quiso conocer a Mamá Tawana y le habló de ti, de este lugar y... ya sabes, las noticias vuelan.

—Amanda... —Malia sonrió y miró al precioso cielo nocturno que los cobijaba.

—Sí, creo que Callum me dijo que se llamaba así. También dijo que tenías pensado marcharte en breve y, bueno, tenía que intentar llegar a ti antes de volver a perder tu rastro. He estado llamando a la reserva cada semana desde que te fuiste, creo que Callum estaba cansado ya y por eso me dijo cómo encontrarte. —Landon dio un paso adelante, inspiró y se recreó en lo que veía, como si se llenase de ella por los ojos—. Y creo que he llegado justo a tiempo. ¿Te marchabas ya?

—En realidad sí, pero... —Malia se mordió el labio como si escondiera un secreto, y aquello fue suficiente para que Landon aprovechara para interrumpirla.

—Estoy aquí porque hice caso de Mamá Tawana.

—¿A la abuela?

—Sí. Ella me dijo: «Tienes orejas, ¿no? Pues úsalas para escuchar» —dijo imitando su voz—. Y de todo aquel largo y retorcido mensaje que me enviaste justo antes de desaparecer... que te podría recitar, porque lo he escuchado tantas veces que me lo sé mejor que el himno de los Crisoms... Me quedé con la parte importante, con la que decía que me amabas. Eso fue suficiente para mí, para no rendirme.

Malia notó como de pronto volvía a sentir calor dentro de su cuerpo, como si la sangre volviera a circular por sus venas con el único propósito de llenar su corazón.

—No sé si quieres que siga hablando, pero espero que me concedas la oportunidad de soltarlo todo, aunque solo sea por esa bajada suicida que acabo de hacer para llegar hasta ti —le pidió él, y dio otro paso más hacia ella.

Malia asintió, dejó en el suelo el bolso cargado de recuerdos y alzó los ojos hacia él.

—Escúchame, yo sé muy bien quién eres. Eres quien llena de luz mi vida, y me encanta que no seas convencional. Me maravilla no ser capaz de adivinar lo que pasa por tu mente, que veas flores en el cielo, que hables con las abejas, que quieras ver mundo, que los trabajos formales te parezcan cárceles, porque... ¡Oh, Dios mío! Lo son. Y precisamente por eso te necesito en mi vida. ¿Cómo podré soportar vivir en una cárcel si no te tengo a mi lado para mirar la vida a través de tus ojos y que el mundo así me parezca un lugar mejor? Si quieres ser nómada, ¡seremos nómadas! Dime dónde quieres ir y nos dirigiremos allí. No dejaré que ningún lugar llegue a asfixiarte; antes nos marcharemos a otro. Y podrás hacer lo que te venga en gana. Podrás experimentar hasta que descubras qué es lo que quieres hacer, qué es lo que más te gusta... porque, como bien me dijiste, aún somos muy jóvenes. Malia, tú eres mi sol, el que hace crecer jardines en Júpiter, y yo orbito a tu alrededor —terminó diciendo con decisión.

—¿Júpiter? —Rio Malia.

—Sí, era algo de eso... Y, para terminar de decir todo lo que tenía preparado para decirte: prometo amarte siempre. Para siempre. Sin anillos, con la absoluta seguridad de que lo nuestro no se puede romper.

Malia se perdió dentro de sus ojos azules y asintió. Se puso las manos sobre el corazón y habló pausada.

—Yo también quiero decirte algo... Lo que siento por ti, Landon, no se puede romper. Eso es muy cierto. Pero, si te dijera que ya no me da miedo pensar en un «para siempre», te mentiría. Y no sé si algún día dejará de darme miedo.

—Pues yo estoy absolutamente seguro de que esto será un «para siempre». Un siempre te llevaré a bailar, siempre contaré estrellas contigo, siempre dejaré que lleves la razón cuando discutamos (aunque no sea así), siempre amaré cada parte de tu cuerpo y de tu alma... Yo seré quien confíe por los dos.

Malia lo interrumpió para besarle, porque él se había aproximado tanto a ella que le faltaba el aire, y porque ya había esperado suficiente. Malia alzó los brazos hacia su cuello y sintió cómo él la elevaba hasta separarla del suelo. El abrazo fue más intenso que el beso, porque necesitaban sentir con él que eran inseparables, que volvían a ser uno solo. Y, cuando la respiración resultó ser innecesaria, hundieron sus bocas en la del otro como si aquel beso fuera el voto de amor más verdadero que ambos pudieran hacerse.

Malia había intentado huir de todo, creía que su espíritu salvaje necesitaba la soledad para mantenerse intacto, indemne. Pero la verdad era que lo único que había descubierto en aquel largo viaje de un año había sido que la soledad era tan solo eso: hacerle frente a todo sola. No era un escudo de protección, sino una barrera que no dejaba entrar ni salir. Era no tener a nadie con quien compartir las alegrías, ni un abrazo en los momentos duros. La soledad no la había hecho más libre, solo había sido una herramienta de su miedo para convertirla en un ser sin nada que sentir.

Había comprendido que la vida real no ahogaba si no te dejabas ahogar; que, frente a la vorágine de las cosas preestablecidas, estaba quien marcaba la diferencia; que solo dejaría de ser quien era si ella cedía. No era aire, no era un pájaro, no era un árbol; tan solo era una chica que deseaba amar y ser amada, a quien lo único que le impedía sentirse libre eran sus propios miedos.

Aceptó que el mundo siempre la enjaularía de algún modo, y que amar era un riesgo en sí, pero también que era la mejor forma de sentirse libre que había conocido, porque ella decidía a quién le entregaba su corazón y cómo de fuerte lo hacía latir.

—Entonces, ¿este beso quiere decir que sí? ¿Quieres vivir esta vida junto a mí? —le preguntó el chico, atrapando su pequeña y redonda cara entre sus manos firmes.

—Sí que quiero, Landon. Orbita a mi alrededor y yo haré que crezcan las flores.

EPÍLOGO

Llevaban ya tres años viviendo en un camping de Ithaca, un pequeño oasis universitario entre Manhattan y Toronto lleno de cascadas, bosques y tiendas de segunda mano. Llegaron allí con la caravana de Ben totalmente adaptada para poder vivir en ella. Él ya no la necesitaba, había construido una preciosa casa a orillas del rio, y desde allí podía seguir investigando el universo, gracias a su nuevo empleo como profesor colaborador con varias universidades del país. Landon y Malia también se llevaron la furgoneta de Lomasi para vender flores en los múltiples mercadillos que a lo largo de la semana había por todo el estado de Nueva York.

La idea que burbujeaba en la mente de Malia desde hacía tiempo consiguió hacerse realidad un año después de llegar cuando, junto a Amanda, abrió el centro holístico donde realizaban sus ritos sanadores a un módico precio. No tardó mucho tiempo en correrse la voz, sobre todo entre las amistades del padre de Vera, por lo que la clientela subió rápidamente y el negocio despegó con facilidad. Tanto que las peticiones para convertir a Mamá Tawana Medicine en una franquicia cada vez eran más insistentes.

A Landon le quedaba solo un año para terminar Medicina en Cornell, y pronto podrían volver a poner rumbo a un lugar diferente. Habían hablado sobre la posibilidad de viajar durante un año por Sudamérica y pasar temporadas en diferentes ciudades, mientras Malia buscaba enseñanzas en los distintos chamanes de aquellas otras tribus y él ejercía la medicina colaborando con alguna ONG. La ventaja de vivir en una caravana era que podían llamar *hogar* a cualquier parte del mundo.

Aquella tarde de viernes, Malia estaba sentada en un banco de Ho Plaza mientras se comía un *pretzel* a pellizcos y escuchaba como los alumnos de música tocaban «All you need is love» de los Beatles con las campanas de la torre McGraw. Esperaba paciente a que Landon saliera de sus prácticas para dar una vuelta por el centro de la ciudad.

Por fin lo vio aproximarse, con su mochila al hombro y su vieja gorra de los Generals puesta. En cuanto la vio, surgió como siempre aquel brillo único en sus ojos azules que era capaz de iluminar toda la ciudad.

—Hola, preciosa —dijo atrapando sus mofletes inflados por la comida para besarla.

—¡Quiero que huelas esto! —Malia habló con la boca llena mientras abría su amplio bolso de cuero marrón para sacar un botecito de cristal que destapó para llevar directo a la nariz de Landon—. ¿Qué te parece?

—Si es para conseguir que alguien se maree, me parece perfecto —comentó él, aturdido al inhalar directamente del tarro.

—¡Huele de maravilla! Es para mi ritual de resplandor espiritual. Es la base para un exfoliante, lleva sal rosa del Himalaya, miel de Mamá Tawana, aceite esencial de incienso y de rosa, y flores de lavanda. Voy a probarlo mañana con Amanda —le contó ella entusiasmada, ignorando el comentario de él y levantándose del banco para cobijarse bajo su abrazo.

Aunque era abril, el gran bosque del campus hacía que el aire de Ithaca siempre fuera bastante fresco, por lo que sentir el calor corporal de Landon resultaba doblemente reconfortante.

—¿Qué tal tu día?

—Los talleres de casos clínicos son geniales. Han hablado del caso de una mujer que llegó a urgencias con fuertes dolores abdominales y que...

—¡Oh, Landon! Mira, una tamia.

Malia salió corriendo, y le dejo con la palabra en la boca, como si aquella ardilla fuera lo más fabuloso del universo. La vio meter la mano en el bolsillo de su larga rebeca para sacar una pequeña bolsita con semillas de girasol. Se las ofreció a la pequeña bola de pelo rayado y consiguió que el animal se posara en su mano para atrapar el botín. Entonces, se giró hacia su chico y le sonrió, resplandeciente.

—Por Dios, Malia. Las ardillas pueden transmitir con un mordisco la rabia... —se acercó a ella negando con la cabeza, pero sonriendo.

—Esta cosita no puede tener la rabia. ¡Mira qué bonita es!

El animal saltó de nuevo al suelo y corrió para alejarse y poner a buen recaudo sus semillas.

—Me muero por un helado de Cornell Dairy —anunció suplicante la *creek*.

—¿Antes de cenar?

—No, de cena. —Rio ella.

—Eso no puede ser una cena. ¡No se mastica! Haces que eche de menos las barbacoas de pescado con Ben.

Malia se encogió de hombros con una falsa disculpa, pero en aquel momento nada le apetecía más en el mundo que un helado hecho con aquella famosa leche. Landon accedió a los deseos de su chica, pero pidió una hamburguesa con doble ración de patatas para cenar en la caravana.

Cuando llegaron una hora después a Buttermilk Falls, el sol comenzaba a ocultarse por el horizonte. El ruido del mundo quedaba lejos de aquel bosque, donde la única constante era el rumor de las aguas que fluían desde la cascada hasta el lago Cayuga. Los dos vehículos los esperaban aparcados uno frente al otro, formando en medio un falso porche en el que dos sillas plegables y un espacio para hacer hogueras era más que suficiente para ambos. Malia se sentía libre allí fuera y Landon disfrutaba invitando a sus compañeros de universidad a barbacoas y partidos improvisados de fútbol.

Aquella noche era clara, lo que les permitió ver, tumbados en la cama, a través del techo acristalado de la caravana, un cielo repleto de estrellas en la mitad de aquel bosque que se había convertido en su hogar. Ben había hecho una verdadera obra de arte allí dentro. Cada mueble tenía un doble uso, había espacios escondidos en rincones insospechados, y Malia había decorado su interior con colores alegres, de tal modo que, según Landon, parecían feriantes de circo. Pero poco le importaba a él cómo fuera el lugar mientras estuviera con ella.

—¿Qué te parece si vamos a casa? —sugirió Malia, tumbada sobre el pecho de Landon. —El muchacho elevó una ceja y echó el mentón hacia atrás para localizar aquellos ojos marrones—. ¿Por qué no pasamos unos días en Abbeville? Siento la extraña necesidad de ver a mi madre. Y también me gustaría ir a la reserva para ver a papá y a la abuela.

—Vale, preciosa. En unas semanas tendremos las vacaciones de primavera.

—¿Entonces te apetece ir?

—Tú eres mi brújula —le contestó antes de besarla en la coronilla.

Malia le dedicó una enorme sonrisa y, como si sintiera la necesidad de recompensarlo por decir aquello, se sentó sobre él y se deshizo lentamente de la camiseta de tirantes que usaba como pijama.

Decidieron ir primero a Poarch Creek. Querían hacer una visita rápida con la idea de que les diera tiempo de ir a visitar a toda la gente de Abbeville a la que querían ver.

Al poco de traspasar las puertas de entrada a la reserva, algo llamó tanto su atención que se desviaron del camino y se vieron en la obligación de detenerse.

—¿Ese no es el coche de tu padre? —le preguntó Malia a Landon al pasar junto al edificio del museo tribal.

—Sí —contestó él con el ceño fruncido.

Junto al bonito Buick, había un camión del que estaban descargando una multitud de cuadros. Aparcaron al lado y bajaron desconcertados.

—¡Son los cuadros de mi casa! —exclamó Landon al acercarse—. Pero ¿qué diantres...?

—¡Cuidado con esa lámina! Tiene más de cien años, caballeros. —Reese Frazier alzó la voz amenazadora desde la entrada y, cuando vio a los chicos perplejos junto al camión de transporte, dio un grito de sorpresa—. ¡Landon!

La mujer fue directa hacia su hijo para abrazarle, aunque Landon era incapaz de moverse, porque no entendía lo que estaba ocurriendo.

—Mamá, ¿qué haces tú en la reserva? ¿Qué hacen nuestros cuadros aquí?

—Oh, cielo. Los he donado al museo *creek*. Creo que este es su lugar y, bueno... llevo tiempo colaborando con ellos. Creo que mi pasión por la historia de nuestra tierra es una gran aportación. Al fin y al cabo, ahora soy de la tribu de alguna manera. ¿Verdad, querida? —miró a Malia y estiró el cuello.

—Pero eso es... ¡maravilloso! —contestó ella, y la abrazó.

Reese tardó en devolver el abrazo, aunque luego se acomodó en él y miró a su hijo con las cejas elevadas. Landon sonrió a su madre y sintió que el mundo siempre era un lugar mejor si Malia estaba en él.

—¡Cuidado con esa litografía! Por Dios todo misericordioso, esos hombres son unos salvajes. —Reese fue directa al camión, dispuesta a descargarlo todo ella misma.

—Si no puedes con tu enemigo, únete a él... ¿No es cierto? —dijo animada la chica.

La madre de Landon había dejado claro durante los primeros años que no creía en su relación, pero aquella era una señal inequívoca de que finalmente había aceptado la realidad, y Malia se sintió especialmente aliviada.

—Creo que después de esto ya lo he visto todo en la vida... —comentó él negando con la cabeza.

—De eso nada, Cometa. Te aseguro que aún quedan muchas cosas por ver y otras que te van a sorprender —le dijo ella, y le agarró la mano para ponérsela con suavidad sobre su vientre.

Las cejas de Landon oscilaron un par de segundos antes de ser capaz de hablar con cierta tartamudez:

—¿Cómo? ¿Quieres decir que tú...? ¿Que tú y yo...? Malia... —dijo justo antes de desplomarse a sus pies.

La *creek* se agachó con rapidez y le puso las manos en la cabeza para cerciorarse de que no se había hecho daño. Al sentir el contacto, Landon abrió los ojos y agarró su pequeña cara para mirarla, como si analizando sus pupilas pudiera reconocer su nuevo estado. Se incorporó a medias solo para abrazarla, e incapaz de articular palabra, comenzó a proferir gritos triunfales que atrajeron la atención de los de dentro.

Quizá adivinasen lo que pasaba, quizá comenzaron a aplaudir y se unieron a la celebración con la intención de descansar del pesado transporte de cuadros; pero fuera como fuese, aquel instante fue grandioso, tal y como le gustaban a Landon que fueran los grandes momentos. Y Malia sintió como su amor se elevaba hasta el cielo, tomaba forma de nube y rompía a llover sobre ellos para regarlo todo, para hacerlo eterno... para siempre.

AGRADECIMIENTOS

Gracias Esther Sanz, por hacerme sentir en casa, por ser cercana y sincera, por luchar por mí, por hacer todo lo posible, por confiar en mis palabras, en mis historias y en mi corazón.

Gracias Berta, por hacerlo taaaaan fácil, divertido y constructivo que contigo ansío siempre el momento de las correcciones. Siempre sumas, y te lo agradezco.

Gracias al resto del equipo Titania/Urano, aquí y allá, por cuidarme a mí y a mis historias.

Sin vosotras me habría perdido infinidad de veces por el camino: Kate Danon, Caro Musso, Lidia Tatuaje, Ana Lara, Patricia García, Shirin Klaus... Gracias por darme un cogotazo cuando me ha hecho falta, un empujón cuando no terminaba de arrancar y tanto cariño incondicional que por eso sois mis amigas.

Tengo que agradecer de nuevo a Sara Lectora por ser un diez como lectora cero, te me estás haciendo indispensable. No te digo más... ¡Gracias por todo! Por llegar y quedarte junto con esas estrellitas. Sois toda una constelación para mí.

Gracias Roberto Castro, por ser el primer filtro que es tan necesario, y también a Marina y Lorena, por sacar tiempo *in extremis,* para ayudarme.

Mi agradecimiento eterno a las librerías que me acogen, a los clubs de lectura que me eligen, a los lectores que me leen (gracias infinitas por escogerme), a los que además comparten sus sentimientos (no sabéis lo que me emocionan vuestros mensajes y fotos) y a los que también, además, me reseñan (siempre, SIEMPRE, os leo).

Gracias Quico, por llevarme siempre a bailar. Gracias familia, por vuestro apoyo (logístico y emocional), por dar alas a mi pasión y querer volar junto a mí.

Elenacastillo.tintayacordes@gmail.com
Twitter: @tintayacordes
Instagram: @elenacastillo_tintayacordes

ECOSISTEMA DIGITAL